Mireille Pluchard

LE MOULIN DU PRIEURÉ

ÉDITIONS FRANCE LOISIRS

Édition du Club France Loisirs,
avec l'autorisation des Éditions De Borée

Éditions France Loisirs,
123, boulevard de Grenelle, Paris.
www.franceloisirs.com

ISBN : 978-2-298-09821-1

Tout homme qui naît [...] est le dépositaire
d'un héritage qu'il peut revendiquer ou renier,
dont il peut être fier ou honteux,
mais auquel il ne peut échapper.

J. R.

I

Importune rencontre

Le siècle nouveau, espérance de vie meilleure pour les plus humbles, promesse d'opulence pérenne pour les nantis, avait débuté sous les meilleurs auspices pour le jeune couple Thérond, en charge de l'exploitation du moulin du Prieuré.

Les raisons étaient multiples au fait que Louis et Lucile qui comptabilisaient dix ans de mariage – dix années de totale félicité – abordent l'année 1905 avec sérénité.

De novembre à février, chaque année, le moulinier et sa femme devaient faire face à l'afflux des producteurs, les récoltes d'olives étant en nette progression tout autant que croissaient la confiance et la renommée du moulin.

La plaine de Vézénobres comptait encore quelques patriarches égrotants dont la mémoire cependant restait vive et qui se souvenaient de l'activité du prieuré avant la guerre de 1870 ; ils ne se privaient pas de commenter sa surprenante résurrection.

— Le gendre du *païre*[1], c'est pas un paresseux !

---

1. *Occitan : métayer, bayle.*

Tout nu et tout cru, qu'il est descendu de sa montagne, mais un gars courageux, ça se respecte.

— C'est l'ancêtre, le vieux Grasset, qui doit se frotter les mains dans sa tombe ! *Té,* un moulin à l'abandon…

— Dis, tu exagères !

— Bon, je te le concède, un moulin qui vivotait depuis plus d'un demi-siècle et qui, tel un phénix, renaît de ses cendres, on n'en voit pas tous les jours.

Alors oui, Louis Thérond était en droit de se réjouir, il parvenait enfin à faire vivre décemment sa famille qui allait encore s'agrandir pour son plus grand bonheur. Il l'avait deviné avant que Lucile ne lui fasse part de ses espérances.

— N'avez-vous pas quelque chose à me dire, chère madame Thérond ? À moins que ma belle épouse ne se plaise à faire des cachotteries…

— Tu as deviné, Louis ? Un sixième sens ?

— Celui de l'observation, ma tendre chérie. Tu resplendis à chacune de tes grossesses, c'est un signe, non ?

C'était un signe, en effet, que la jeune femme ne pouvait réfuter. Si sa première grossesse, particulièrement perturbée, ne s'était pas déroulée dans la plénitude souhaitée, il avait suffi que le petit Jean-Louis pousse son premier cri pour que son instinct maternel éclose pleinement, en même temps que se révélait une femme nouvelle et profondément amoureuse.

La deuxième, accueillie dans la joie, n'était pas allée au-delà du quatrième mois. Aussi, leur bonheur fut-il total quand, cinq ans après la naissance de leur premier héritier, naquit une fille. Lucile avait désigné fièrement à son père, venu la visiter, le berceau où vagissait une mignonne *droulette* et suscité plus d'émoi qu'elle ne l'aurait cru en lui disant :

— Nous l'avons appelée Florence, papa. Vous vous souvenez de ma promesse ?

— Si je me souviens, ma fille ! Quel bonheur tu me procures, Lucile ! Puisse ta petite Florence être tout autant dotée de courage et de compassion que l'infatigable infirmière que nous appelions « la dame à la lampe[1] ». Et dire que ta pauvre mère voyait rouge rien qu'à évoquer celle qui ne briguait pas d'autre gloire que d'être la lumière des soldats.

— Maman vous aimait tant, et d'un amour tellement absolu !

Antoine Loubaresse avait essuyé une larme.

— Chère Marthoune ! Sa mort, qui nous a tous bouleversés, et toi plus encore qui entamais une grossesse, fait que ma vie n'a plus de sens. Il me tarde d'aller la rejoindre.

— Vous me peinez, papa. Vos petits-enfants ne sont-ils pas une bonne raison de vivre ?

— Ils le sont, Lucile. Les tiens et ceux de ton frère illuminent mes vieux jours, de même que la réussite de ton couple, comme celui que forment Clément et Pascaline comble mon cœur de père. Le frère et la sœur épousant la sœur et le frère : la vie ne pouvait m'offrir plus grand bonheur. Chacun sa part !

---

1. *Il s'agit de Florence Nightingale.*

Puis il avait ajouté, le regard dans le vague, un bon sourire sur les lèvres :

— Tu vois, ma fille, la vie a été généreuse avec moi.

Que de reconnaissance pour une existence que tant de labeurs et tant de tourments avaient jalonnée ! À l'hiver de sa vie, le païre du Belvédère[1], sage parmi les sages, n'en voulait retenir que les moments heureux, capables de balayer tous les autres, comme le mariage précipité de sa fille chérie.

Après des débuts chaotiques, le couple que formaient Lucile et Louis était un modèle d'harmonie, soudé par un amour qui éclatait, sans retenue, au grand jour.

Ni Maria ni Martha les jumelles, ni Antonia leur cadette, les filles de son fils, ni Jean-Louis son premier et seul petit-fils, pas même la mignonne petite Florence qui se hissait, câline, sur les genoux de l'aïeul, ne furent assez convaincants pour retenir leur gentil papé Toine.

La mort, une mort paisible d'homme bon et honnête, le prit un soir de juin 1902, alors qu'il était assis sur le banc de pierre, sous la tonnelle du mas de la Sarrasine, et suivait des yeux les ondulations végétales de la mer d'émeraude qui portait le regard jusqu'au domaine du Belvédère.

Clément l'affirmait mordicus à sa sœur et à son beau-frère, grandement éprouvés :

— Je vous assure, il souriait. Je me suis approché de lui pour lui demander ce qui le réjouissait.

1. *Un des personnages du* Mas de la Sarrasine.

« La Sarrasine, ce n'était pas un rêve, a-t-il murmuré, non, une belle, une si belle réalité. »

Plus de mamé Marthe pour dispenser généreusement ses « fruits oubliés » et ses confitures. Plus de papé Toine pour raconter l'histoire terrifiante de la bête du Gévaudan. Bien que privés de l'âme de ses propriétaires, le mas de la Sarrasine et le moulin du Prieuré, tombés respectivement l'un dans l'escarcelle du fils et l'autre dans celle de la fille, n'en étaient pas moins entre de bonnes mains et résonnaient maintenant de rires et cris d'enfants.

Pressés d'avoir enfin un fils, Clément et Pascaline avaient mis en route le quatrième et le claironnaient alors que Lucile gardait encore le secret de ses quatre premiers mois de grossesse – la peur d'être déçue une nouvelle fois ? –, ce qui n'avait pas échappé à l'observation amoureuse de Louis.

Comme le faisait Marthoune, sa mère, qu'elle avait tant de fois accompagnée, la jeune femme allait vendre régulièrement au marché les produits de leur exploitation. Plus question, cependant, de tenir un banc à Vézénobres où avaient fleuri des épiceries de village, annonçant le lent déclin des typiques rassemblements hebdomadaires de paysans producteurs.

La jeune Mme Thérond montait à Alais, prenait un emplacement – toujours le même – sous les voûtes séculaires de la place des Halles qu'on appelait le vieux marché et installait ses marchandises sur une planche maintenue par deux tréteaux de bois.

Son frère ne manquait pas de la taquiner :

— Oh ! là, là ! on dirait que tu t'embourgeoises ! Il te faut désormais une clientèle... comment dire... plus citadine...

Ses yeux pétillants de malice et son air goguenard démentaient toute méchanceté, toute aigreur ; la repartie facile, sa sœur n'en répliquait pas moins du tac au tac :

— Parce que toi, ton vin, tu le vends aux vignerons du coin ? Rappelle-moi un peu, tes meilleurs clients ne sont-ils pas des cafetiers et restaurateurs alaisiens ?

— Bien répondu, belle-sœur ! Autant pour toi et tes galéjades, Clément, je crois que Lucile t'a mouché.

Pour avoir ajouté joyeusement son grain de sel, Pascaline sema l'hilarité et tous trois éclatèrent d'un rire franc et généreux, celui de l'affection qui unissait, sans faille, les deux couples.

— Et moi qui venais en quémandeuse ! hoquetait Lucile en riant de plus belle.

— En quoi puis-je t'obliger, Lucile ? demanda Pascaline en reprenant son sérieux.

— Pourrais-tu me garder Florence pendant que je serai au marché ? Ce n'est pas spécialement la place d'une enfant qui trotte tout juste.

— Alors là, tu vas faire une heureuse ! Antonia adore sa petite cousine.

— C'est réciproque, crois-moi. Notre petite Flo n'a que son prénom à la bouche, Tonia par-ci, Tonia par-là !

Ce fut, dès lors, une habitude, Lucile déposait Florence au mas de la Sarrasine une fois par mois pour vendre à Alais ses produits. Bouteilles et *boutarels*[1] d'huile d'olive alignés sur le plateau voisinaient avec un cuvier de vertes *picholines* et un autre de noires *grossanes* confites au sel, parfumées à la feuille de laurier et vendues à la louchée, dans un cornet de papier kraft.

Faisant feu de tout bois, Lucile ajoutait à son étal des pierres de savon montées en pyramide, objets d'un échange de bons procédés avec Fernand Riboulet, maître savonnier dans son bel âge. Dans sa masure de Saint-Maurice – preuve que son métier ne l'avait pas enrichi –, le vieil homme continuait son humble artisanat grâce à un ami paludier en Camargue qui lui procurait de la salicorne et au moulin du Prieuré qui le fournissait en *grignons*[2].

Lucile, quant à elle, vendait la production du vieux savonnier, ne prélevant qu'une petite part et sa consommation personnelle de ces pierres de savon qui faisaient, par leur onctuosité et l'abondance de leur mousse, le bonheur des ménagères.

Quand en venait la saison, elle y ajoutait des paniers de figues, les fameuses *abicous*, ces figues de Provence, noires comme la nuit et plus douces que le miel dont la plaine de Vézénobres revendiquait la spécialité. À la demande de Lucile, toujours en quête d'une production à vendre, Louis avait planté trois figuiers qui s'appuyaient au vieux pigeonnier en bordure de leur propriété

1. *Occitan : bidons en fer-blanc.*
2. *Ultimes résidus du pressurage des olives.*

et, bon an mal an, Lucile agrémentait son étal de fruits frais et de pots de confiture.

Levé aux premières lueurs du jour, Louis avait attelé la jardinière et l'avait chargée en matériel et en marchandises préparées la veille par Lucile. Tout en s'assurant que rien ne brinquebalerait au premier cahot de la route, il s'inquiétait du surcroît de fatigue que ne manquerait pas de procurer à son épouse son expédition alaisienne.

— Tu ne veux vraiment pas que je vienne avec toi, Lucile ? demanda-t-il en réitérant sa proposition de la veille.

— Enfin, Louis, je suis enceinte, pas malade ! Me prendrais-tu pour une mauviette ?

— Je m'en garderais bien, ce serait faire insulte à ta vitalité. Simplement, je me dis que les tréteaux à mettre en place, les boutarels à installer, plus tout le reste, sans parler du trajet, ça fait du poids, du surmenage. Penses-tu que Jean-Louis pourrait t'être d'une aide quelconque ?

Assis devant un bol de lait sur lequel il soufflait consciencieusement pour refroidir le liquide fumant, le garçonnet leva la tête vers son père et s'autorisa à intervenir dans la conversation de ses parents :

— Tu m'avais promis, papa, que nous travaillerions ensemble à nettoyer les *scourtins*[1]...

D'un commun accord, Lucile et Louis avaient banni le vouvoiement usuel. On était au XXe siècle, que diable !

— Tu as de la suite dans les idées, mon garçon !

---

1. *Paillassons de chanvre ou de coco servant au pressurage des olives.*

sourit son père en lui ébouriffant sa tignasse de bohémien. Et aussi quelques trous de mémoire. Les chèvres que tu dois...

— J'y pense, papa, j'y pense ! se défendit l'enfant. Je vais mettre les biquettes au pieu en lisière du serre de la Couloubrine et après, au travail ! Tous les deux !

Louis voulait se composer une mine sévère, il n'y parvenait pas. Celle que faisait son fils était tout à la fois enthousiaste et anxieuse. Emballé de passer une journée à aider son père, entre hommes, et inquiet que celui-ci n'ait changé d'avis et se passe de sa compagnie, Jean-Louis le fixait avec l'intensité inquiète de ses yeux noirs.

Il en était ainsi depuis les premiers pas autonomes du bambin qui s'attachait à les mettre consciencieusement dans ceux de son père. Il faut dire que Louis faisait preuve, envers l'enfant, d'une patience de bénédictin, ne s'irritait jamais quand sa marche encore malhabile entravait son chemin, pratiquait l'indulgence à l'égard de ses gestes patauds.

Dès qu'il sut parler, formuler des phrases, ce ne furent que questions dont le gamin, curieux, abreuvait son père, buvant ses réponses qui nourrissaient sa vie. Père et fils, la chair et l'ongle. Rien ne collait mieux à leur fusionnelle relation que cette expression imagée.

Ce bonheur partagé, d'être toujours ensemble, était fait de cette merveilleuse alchimie que produisent amour, admiration et tendresse mêlées. Le père aimait l'enfant qu'il s'était approprié par amour de sa mère, il s'émerveillait chaque jour devant ce petit d'homme qu'il avait aidé à naître et qui était à l'origine d'un amour révélé, d'un rêve inaccessible enfin réalisé.

Il était père d'un enfant qui attendait tout de lui, aussi Louis avait-il fait son credo, dès le premier vagissement du bébé, de lui apporter l'amour et la sécurité. S'ajoutait, maintenant que le petit bonhomme avait largement dépassé l'âge de raison, l'envie de le guider, de l'instruire de ce modeste mais essentiel savoir qui était le sien et qui lui permettait d'assurer dignement son rôle de chef de famille.

En retour, et sans calcul, l'enfant adulait son père, lui accordait toutes les qualités, admirant sa force physique et recueillant ses paroles comme des oracles divins. Quand, de plus, il surprenait ses parents en grande conversation, Louis faisant à Lucile les éloges de leur enfant, il se gonflait d'orgueil, non d'une bouffonnerie détestable, mais de cette fierté légitime de faire honneur à ses parents.

— Ce matin, notre Jean-Louis m'a épaté, confiait un jour Louis à sa femme.

— Oh toi, je te prends en flagrant délit d'orgueil paternel ! le titilla Lucile.

— À juste titre. Imagine qu'il avait repéré, dans une tournée[1], des *bouteillans*, ces olives presque rondes d'une grande productivité d'huile certes, mais au goût si âpre qu'il râpe le gosier. Et il m'a fait remarquer, me prenant à part, la duplicité

1. *L'équivalent d'une cargaison d'olives, peu importe le poids.*

de ce producteur. Professionnel et fin négociant, notre Jeannot !

— Surtout à bonne école avec toi, mon chéri !

Leur conversation n'avait pas échappé à Jean-Louis qui emmagasinait avec jubilation les louanges de son père.

Femme et mère comblée, Lucile ne prenait nul ombrage de cette fusion père-fils, d'autant plus que le gamin lui réservait ses câlineries ; on a beau faire partie du sexe fort, on n'en est pas moins affamé de petits bisous si tendrement maternels, de comptines doucettement fredonnées, de chagrins si habilement consolés. Et ça, assurément, ce n'étaient pas affaires d'hommes !

Un jour, pourtant, et en peu de mots, cette maman tendresse avait assombri le sixième anniversaire de Jean-Louis.

— L'an prochain, tu seras assez grand pour aller à l'école.

L'enfant avait écarquillé les yeux qui, sous l'effet de la surprise et le refus du changement, prenaient des reflets d'airain à l'instar de ceux de sa mère. Certes, on lui avait parlé de cette bâtisse de pierres grises, sur la place du village de Ceyrargues, d'où s'échappaient des ânonnements d'enfants : « Trois fois deux six, trois fois trois neuf, trois fois quatre… » ; à plusieurs reprises, il avait pu voir, dans la cour ombragée par trois jeunes platanes, des tabliers noirs aux boutons rouges s'ébattre en piaillant. Il en avait fait peu de cas.

— Pourquoi, maman ? demanda-t-il alors d'une voix enrouée de sanglots qu'il retenait avec peine.

— Pourquoi ? En voilà une question ! Pour apprendre, mon fils. Tu auras un maître ou une maîtresse qui t'enseignera le calcul, l'orthographe ; tu réciteras des poésies et tu dessineras. De plus, tu auras des camarades pour jouer dans la cour, je suis sûre que tu vas aimer, Jeannot.

Dérouté par ces explications qui n'éclairaient pas sa lanterne, Jean-Louis se retourna vers son père, l'interrogea du regard et crut chuter d'un palier dans sa descente aux enfers quand celui-ci appuya les dires de sa femme :

— Tu peux croire ta maman, Jeannot. Elle sait de quoi elle parle pour avoir été, elle aussi, à l'école de Ceyrargues.

— Mais toi, papa, tu n'y es jamais allé ? lança le fiston avec une bouffée d'espoir.

— À Ceyrargues ou à l'école ? demanda Louis, amusé.

Et sans attendre, il poursuivit :

— Je suis allé à celle du Bleymard, mon village natal, et je t'avoue ne pas avoir mis beaucoup d'entrain à étudier, ce que je regrette aujourd'hui. L'instruction ne nuit jamais, fiston.

Jean-Louis l'avait bien compris : son sort était scellé. Or, à six ans, les échéances à long terme ne troublent que l'espace d'un instant et quand vint le jour fatidique, c'est d'un pas décidé qu'il répondit à l'appel de la clochette de l'école. Son père ne l'avait-il pas conforté par des encouragements qu'il recevait comme une promesse ?

— Plus tu apprendras tes leçons et feras de bons devoirs, meilleur moulinier tu seras, mon fils !

Aujourd'hui, en classe de C.M.2, il lui arrivait

de s'interroger sur le réel intérêt d'apprendre les dates importantes des batailles d'empire pour réussir toutes les étapes de la fabrication de l'huile d'olive. Néanmoins, il s'était fait, comme l'avait pressenti sa mère, de bons copains de classe avec qui il partageait des parties de billes et de ballon prisonnier, sans que ces moments-là ne surpassent le temps des vacances qui le retrouvait attaché aux pas de son père.

C'est bien ce qui le tourmentait ce matin, au point d'en oublier de finir son lait.

— Tu m'avais promis, papa... insista-t-il en fixant Louis.

— Oui, je sais, fiston. Pourtant, s'il est une chose qu'on peut remettre au lendemain, c'est bien le nettoyage des scourtins, alors que le marché d'Alais... Je vais te parler en homme, fils. Ta maman va te donner, dans quelques mois, un petit frère ou une autre petite sœur, on ne peut savoir à l'avance. Alors la priorité c'est de la soulager, et moi je te fais confiance, tu veilleras à ce qu'elle ne se fatigue pas trop en l'aidant à décharger et recharger la jardinière, à installer son banc, tu comprends ?

Il n'en fallait pas plus pour conforter l'enfant dans l'importance que lui conférait son père ; il insista cependant :

— Et les scourtins ?

— Parce que tu crois que je m'y attellerais sans toi ? Pour sûr qu'ils attendront demain, à deux, c'est mieux ! Té, aujourd'hui, je m'occuperai de la roue qui mérite une bonne révision, elle n'a pas chômé ces derniers mois !

— Maman, je vais t'aider au marché ! s'écria Jean-Louis en bombant le torse de fierté à l'adresse de Lucile qui descendait de la chambre avec la petite Florence, encore noyée de sommeil, dans les bras.

— Alors pressons-nous, il faut déposer Flo à la Sarrasine !

Louis enveloppa d'un regard empli d'amour sa petite famille qui prenait le chemin de terre, coupant à travers le bois de Canto-Perdigal.

Ce n'était pas une mince affaire que de se frayer un passage jusqu'aux arceaux du marché, lequel n'était desservi que par d'étroites ruelles où les attelages peinaient à se croiser.

Jean-Louis coulait des regards admiratifs à sa mère qui, le geste ferme et sûr, sans aucune brusquerie, maîtrisait magistralement son mulet dans ce chaos d'encombrements.

— Vrai, il t'obéit, Fouquet ! fit-il remarquer, béat.

— Il est surtout apeuré. Je le connais, va. Il fait son flambard sur nos terres et, en ville, il devient plus doux qu'un agneau.

Enfin parvenus à leur place, mère et fils procédèrent à l'installation de leur banc, Fouquet ne bronchant pas du renfoncement où sa maîtresse l'avait fait reculer. Fier comme Artaban du rôle dont l'avait investi son père, Jean-Louis se chargea des tréteaux qu'il déplia et sur lesquels, aidé de Lucile, ils installèrent un plateau.

— Attends, je vais mettre une toile cirée, c'est tout de même plus attirant, le freina sa mère.

Ce fut ensuite un jeu d'enfant, du moins au dire du gamin, que d'installer bouteilles et estagnons, d'empiler en verdâtres pyramides les pierres de savon, alors que Lucile retirait le linge blanc qui protégeait les deux cuviers. Alors seulement, Jean-Louis prit conscience du brouhaha qui régnait sur la place, des clients, des curieux, de tout un petit peuple qui s'interpellait. Pour un peu, il se serait rencogné, comme son mulet, si sa mère ne l'avait sollicité pour mille petites tâches qu'il accomplissait sans rechigner.

La matinée était bien engagée et l'étal se vidait sous l'œil ébahi du gamin dont le regard allait du boutarel qui se perdait dans la foule au sac de toile, pendu à la ceinture de sa mère, qui s'enflait à chaque transaction. Un service qu'elle lui demanda allait ternir sa bonne humeur.

— Peux-tu aller m'acheter du papier kraft, Jean-Louis ? Je n'en ai presque plus pour faire des cornets à olives.

Un vent de panique le glaça tout entier. Seul ? Dans cette ville dont il ne connaissait pas les rues ? Dans cette foule qui, soudain, lui paraissait hostile ?

— Où… où ça, maman ? bredouilla-t-il.

— Au bazar Dufour, c'est par là, lui dit-elle en tendant le bras vers une venelle qui ressemblait à un coupe-gorge. Tiens, voilà des sous, ne les perds pas. Tu m'en rapportes une ramette de cinquante, je l'aurai.

— Je retrouverai mon chemin ? demanda-t-il encore, hésitant.

— Tu ne vas pas semer des pierres comme le

Petit Poucet ! Cette ruelle te mène face au bazar et te ramènera ici, sans coup férir. Va, Jean-Louis, et ne traîne pas en route.

À tout prendre, il aurait préféré garder l'étal... encore que... il pensa à son père, à ses recommandations. Ah, s'il avait pu glisser sa main dans la sienne ! Mais il fallait y aller et il se décida en pensant très fort à son papa.

Il s'en revenait tout fier, par le même chemin, sa ramette de papier sous le bras, la monnaie au fond de sa poche, quand un homme à la démarche indécise sortit en trébuchant de l'*Hôtel du Cheval blanc*. S'appuyant au mur pour retrouver une certaine stabilité, il emprunta la même ruelle, en sens inverse de Jean-Louis qui se plaqua, à son tour, contre le mur d'une maison aveugle alors que l'homme, arrivant à sa hauteur, s'arrêtait et l'apostrophait mollement :

— Il me semble que je te connais ? Comment t'appelles-tu ?

— Thérond. Jean-Louis Thérond, bredouilla l'enfant.

Puis il ajouta, pour se donner du cœur au ventre :

— Je suis le fils du moulinier.

L'homme eut un ricanement glauque.

— Le fils du moulinier ? Vraiment ? Approche que je te regarde de plus près, invita-t-il avec une sorte de rictus.

L'enfant restait plaqué au mur, le monsieur l'intimidait. Il était imposant. Non par sa stature, son papa était plus grand, plutôt par sa corpulence et sa mise de bourgeois prospère. De plus, son regard, brouillé par l'abus d'alcool, le fixait avec insistance.

— Je dois m'en aller... balbutia l'enfant.

Depuis qu'elle avait expédié son petit au bazar Dufour, Lucile était sur des charbons ardents. N'avait-elle pas agi avec légèreté ? Jean-Louis n'était pas habitué à la ville. Aussi jetait-elle sans cesse des regards de côté, espérant le voir arriver. Elle exhala un soupir de soulagement en reconnaissant sa silhouette sautillante au bout de la rue, puis le vit cesser sa marche et entrer, lui sembla-t-il, en conversation avec un quidam. Ne pouvant quitter son banc pour aller à sa rencontre, elle l'appela :

— Presse-toi, Jean-Louis !

La voix de sa mère ragaillardit l'enfant.

— Vous voyez, on m'appelle ! Au revoir, monsieur.

— On se reverra, petit !

Jean-Louis prit ses jambes à son cou et regagna l'étal de sa mère, haletant, soufflant comme un phoque. Il exhalait tout à la fois son angoisse initiale, l'insistance de cet homme aviné et sa fierté de revenir avec le papier kraft et la monnaie.

— Tu en as mis du temps ! Je commençais à m'inquiéter.

— C'est à cause du monsieur... répondit-il, tout essoufflé.

— Tu ne dois pas parler avec des inconnus, Jean-Louis.

— Ce... ce n'était pas un inconnu, c'était *lou moussu*[1].

---

1. *Le monsieur (désignait un propriétaire cossu).*

Le corps tout entier de Lucile se crispa. Une pâleur intense bistrait son visage. Elle insista, cependant :

— *Lou moussu,* quel *moussu ?*

— Celui du Belvédère, pardi, là où travaillait papé Toine !

— Je te dis que je ne le connais pas ! coupa sèchement Lucile.

Elle était fébrile, ne songea plus qu'à plier boutique et rentrer chez elle, dans son moulin, y retrouver son cher Louis. Lui seul pourrait chasser les douloureux souvenirs et les mauvaises pensées qui, soudain, l'assaillaient.

II

La révolte des gueux

Jean-Louis avait les larmes aux yeux. Visiblement, maman était en colère et une petite voix lui suggérait qu'il en était la cause. Il n'avait pourtant rien fait de mal, sinon de répondre poliment au moussu.

L'attitude de sa mère était troublante ; non seulement elle se mettait, sans raison, dans un état de fébrile nervosité, mais de plus elle affirmait ne pas connaître le moussu du Belvédère, un paroissien qui avait son nom sur le dossier d'une chaise de velours cramoisi, à l'église de Vézénobres. Fallait-il lui rappeler cet état de fait pour raviver sa mémoire ?

Observant à la dérobée sa mâchoire toujours crispée, la fixité de son regard et la poigne de fer avec laquelle elle tenait les rênes, il se ravisa et garda le silence. Il en sortit enfin quand, dépassant le chemin menant à la Sarrasine, il remarqua que la jardinière filait tout droit vers le moulin.

— On ne va pas chercher Flo ? s'étonna-t-il.

Lucile sembla émerger d'un mauvais rêve et bredouilla :

— Quelle étourdie je fais !

Fouquet renâcla, sa maîtresse avait tiré sec pour arrêter son trot véloce ; elle le faisait maintenant rebrousser chemin au risque de verser dans le fossé. Le demi-tour accompli, le mulet emprunta, sans qu'on l'y incite, l'allée cavalière qui menait à la Sarrasine où il savait trouver à se désaltérer.

Autant l'ambiance avait été joyeuse, dans le petit matin, quand les deux belles-sœurs s'étaient donné la bise, autant en cette fin de matinée une chape de plomb semblait s'être abattue sur le mas de Clément et de Pascaline.

« Est-ce moi qui me fais des idées ? » se dit Lucile, le cœur encore chaviré par la rencontre qu'avait faite son fils.

Jean-Louis, frappé lui aussi par le silence inhabituel, exprima tout haut son étonnement :

— On n'entend pas les filles. D'ordinaire, elles caquettent comme de poules...

Lucile poussa la porte et entra. Silencieuse, Antonia jouait sur le sol avec Florence, les jumelles entouraient leur mère qui, assise et la tête dans les mains, pleurait silencieusement.

La crainte d'un malheur balaya les précédents soucis de Lucile, elle se précipita vers Pascaline.

— Linette, que se passe-t-il ? Mon frère, il ne lui est rien arrivé ? Le bébé ? C'est peut-être le bébé ?

Toute une tragédie s'élaborait dans sa tête. Pourtant, hormis son frère, toute la maisonnée était là, et apparemment bien portante. Pascaline leva la tête. Son menton tremblait quand elle répondit à l'anxiété de sa belle-sœur :

— Ton frère va bien, sois rassurée, sauf qu'il

est furieux, fou furieux. Il avait une réunion avec d'autres viticulteurs... l'avenir n'est pas rose, vois-tu, pour le vignoble.

— Clément amplifie tout. Une année bonne et l'autre non, le refrain est connu. Il se rattrapera cette année, il paraît que le débourrement[1] est bien avancé.

— Le vin se vend mal, Lucile, les derniers chiffres font frémir. C'est à se demander s'il n'est pas préférable de se contenter de faibles récoltes...

— Qu'est-ce que tu me racontes ? Clément a toujours bien écoulé son vin, ce n'est pas du jour au lendemain que tout va s'effondrer...

— Va le voir, il est dans sa cave. Il t'expliquera... enfin s'il s'est un peu calmé. Les petites sont toutes retournées.

Elle disait vrai, Martha et Maria étaient pâlottes et leurs yeux rougis disaient leur bouleversement. Tonia et sa cousine, rattrapées par le jeu, avaient déjà oublié la colère de Clément et ses imprécations contre la concurrence, les droits de douane et la chaptalisation, des mots qui n'évoquaient rien pour elles.

Clément arpentait sa cave à pas comptés et ce n'était pas peu dire qu'il avait sa mine des mauvais jours.

— Tu as mangé de la vache enragée, on dirait ? l'aborda Lucile. Qu'est-ce qu'il te prend d'aller à des réunions qui ont pour but d'échauffer les esprits ?

— L'union fait la force, Lucile, et quant à

1. *Éclatement des bourgeons.*

échauffer les esprits, comme tu dis, la conjoncture s'en charge grandement. Sept francs l'hectolitre, ça te parle ?

Le ton de Clément était allé *crescendo*. Il tapait maintenant d'un poing rageur sur un muid[1] et lançait, comme un défi :

— À ce prix, je préfère le garder... ou le boire tout entier !

Lucile se garda d'en rajouter ; son frère était dans un tel état de rage qu'il ne savait plus raisonner. Sept francs ! Quelle bêtise ! Alors que la récolte de 1903 s'était écoulée sans problème à vingt-quatre francs l'hecto ! Une petite récolte, elle en convenait, de même que la précédente, consécutive à des printemps mouillés. Elle le guida sur un autre sujet, sachant qu'elle toucherait sa corde sensible. Clément était un tendre, malgré ses dehors de chien fou.

— Linette est bouleversée, ce n'est pas bon dans son état. Et tes filles ne sont pas moins troublées par tes élans belliqueux. Viens les rasséréner, Clément. Dans l'adversité, on ne rumine pas chacun de son côté, on fait front ! Ensemble !

Sa sœur parlait d'or, il se savait, aussi son ire retomba-t-elle comme un soufflé. Tous deux retournèrent dans la salle du mas.

— Mes jolies droulettes ! dit-il en caressant les chevelures identiques, aux reflets de miel clair, de ses jumelles.

Maria leva sur son père des yeux pleins de reproches tandis que Martha le couvait d'un

1. *Tonneau d'une contenance de 250 litres environ.*

regard doux et inquiet. La ressemblance des bessonnes s'arrêtait au physique, leur caractère les opposait diamétralement.

— Tu as de gros soucis, papa...

C'était plus un constat qu'une interrogation qu'émettait la pensive Martha.

— Les soucis des adultes ne sont pas ceux des enfants. Allez jouer, mes filles. Votre cousin Jean-Louis s'impatiente de vous voir accourir vers lui.

Vive et primesautière, Maria donna le signal et, comme un vol d'étourneaux, les fillettes s'égaillèrent sur la terrasse. L'enfance est un trésor qui chasse les tracas, tel un coup de mistral expédie les nuages.

— Linette, regarde-moi, ma belle ! Je t'ai causé de la peine et j'en suis tout contrit...

— Comment ne pas me tourmenter quand je te vois si chagrin, que je te sens à bout ? Tu travailles tant !

Mari et femme s'étreignaient. Preuve que leur amour résistait aux orages. Lucile esquissa un sourire.

— Je crois qu'on reparlera de la mévente de ton vin une autre fois, Clément. Il semblerait que vous ayez plus urgent à faire...

— Tu es bête, ma sœur ! la rabroua Clément tout en baisotant la nuque et le cou de Pascaline.

Puis il la congédia sans façon :

— Donne le bonjour à Louis. J'irai le voir, un de ces soirs !

Chemin faisant, Lucile réalisait qu'elle avait oublié, le temps de son intervention à la Sarrasine, l'objet de sa propre contrariété, agacement qui l'enflamma aussitôt à évoquer l'outrecuidance de ce malotru qu'elle refusait de nommer.

« Qu'il ne s'approche plus jamais de mon fils, sinon... » grinça-t-elle intérieurement.

En réalité, ses dents grincèrent tant sa mâchoire était contractée. Jean-Louis n'y prit pas garde, occupé à maintenir la petite Florence qui gigotait sur le siège de moleskine. Il songeait, néanmoins, que les grandes personnes étaient parfois bizarres, qu'elles prenaient la mouche à tout propos et fit une remarque si pertinente qu'elle dérida le visage de Lucile :

— Tu crois qu'on est pareils, ma sœur et moi, comme vous l'êtes, toi et tonton Clément ?

Louis s'avança pour aider Lucile à descendre et pour décharger la jardinière.

— Petit marché, constata-t-il.

Il regretta aussitôt sa remarque, le visage chiffonné de Lucile attestant de sa contrariété ; il allait l'édulcorer d'un « ça marchera mieux la prochaine fois » quand Jean-Louis crut bon de donner une bribe d'explication :

— On aurait pu tout vendre si on était restés plus longtemps !

Louis regarda son fils, puis sa femme.

— Je t'expliquerai ! lui dit-elle simplement, et elle entra pour réchauffer le repas.

Le reste de la journée s'étira trop lentement au gré des deux époux, l'une avide d'une oreille et d'un cœur attentifs, l'autre aiguisé de curiosité. Les enfants enfin couchés, ils gagnèrent leur chambre et Lucile entreprit de narrer l'aventure de leur fils.

— Ce n'était pas un peu imprudent de livrer Jeannot à la foule ? l'interrompit Louis. Il n'est pas habitué...

— La foule est moins nocive à Jeannot qu'un seul homme, celui qui l'a abordé, qui lui a demandé son nom et promis de le revoir. J'en frémis encore.

Point n'était besoin de le nommer. Louis se doutait de qui il s'agissait, il demanda pourtant :

— Comment s'est-il présenté ?

— Il ne s'est pas présenté, mais Jean-Louis a fermement reconnu le moussu du Belvédère.

Il n'en fallut pas plus que cette simple phrase pour replonger Lucile dans la plus noire des angoisses. Combien elle détestait ce passé qui ressurgissait, s'imposait, troublait son bonheur simple et vrai, sa quiétude de femme heureuse et amoureuse !

C'était la deuxième fois, en dix ans, que son existence paisible était remise en question. La première avait eu lieu au décès de son père, quand il fallut – inévitable corvée – passer devant le notaire chez qui Antoine Loubaresse avait consigné ses dernières volontés.

Frère et sœur ne s'attendaient à aucune surprise, leur père les ayant assis, tous deux, de son vivant. Restaient quelques liquidités et placements pour lesquels Clément et Lucile furent convoqués individuellement avec leur conjoint. Rien qui choquât les deux couples, au demeurant.

— Votre père avait souscrit, en mon étude, un placement de dix mille francs en votre faveur, expliqua le notaire à Lucile et Louis qui ne manquèrent pas de s'étonner d'une telle somme.

Il sortit; du dossier « Succession Loubaresse/ Thérond », une lettre scellée qu'il tendit au couple.

— Je m'absente un instant... le temps que vous en preniez connaissance.

Discrétion ! Maître mot de l'étude notariale.

Et là, à la lecture d'une lettre vieille de dix ans et d'une plus récente, datée de 1902, signée de papé Toine, une tornade avait soufflé dans le cœur des époux Thérond. Tout ce qui avait été balayé, enterré, rayé à tout jamais – du moins l'espéraient-ils – ressurgissait pour mieux les accabler.

Impulsive et vindicative, Lucile s'était écriée :

— Je ne veux pas de cet argent !

Puis elle avait rejoint Louis dans un silence méditatif.

Après mûre réflexion, Louis lui avait pris les mains, l'avait regardée dans les yeux, il lui parla comme à une convalescente :

— Il n'est pas à toi, cet argent, Lucile. Comme ton père, tu n'en es que la dépositaire. Ce sera à Jean-Louis de juger, un jour, s'il accepte cet héritage et veut en faire usage...

— Alors il faudra lui dire...

— Un jour viendra, en effet, où il aura le droit de savoir... et de juger. À nous de faire confiance en son raisonnement.

Comme toujours, Louis argumentait avec sagesse. Après ce gros coup de tonnerre et ces éclairs de souffrance, l'orage enfin s'éloigna du moulin du Prieuré.

Et voilà qu'il revenait, trois ans plus tard, sous une autre forme. Physique celle-là, bien vivante, trop vivante. Détestable !

De la même façon qu'elle avait, dans un premier réflexe, refusé l'argent, Lucile insistait :

— Je ne veux plus que cet homme croise le chemin de notre fils ! Encore moins qu'il lui adresse la parole ! D'ailleurs, il n'existe pas et tant mieux si le sort s'acharne sur...

— Chut, Lucile ! Chut, mon amour ! Tu n'as rien à craindre de qui que ce soit et notre fils non plus. Et surtout, tu ne dois pas te réjouir du malheur des autres, c'est malsain. N'avons-nous pas la plus belle part ? Nos enfants, notre amour... que rien ni personne ne pourra nous l'enlever.

Comme il était bon de se blottir dans les bras de Louis ! Lucile sentait tout danger s'éloigner. Qu'elle avait été sotte de s'affoler ainsi ! S'affoler ? Cela lui faisait penser à son frère.

— Au fait, Clément viendra te voir un de ces soirs. Il a bien besoin de toi pour retrouver un peu de sérénité ; c'est un sanguin, mon frère, toujours à s'enflammer sans réfléchir.

— Vous ne seriez pas de la même famille, par hasard ? se moqua gentiment Louis.

Ils étaient venus tous les cinq, les vacances de Pâques autorisant les enfants à de plus tardives veillées. Assis en demi-cercle devant la cheminée, Jean-Louis, Florence et leurs cousines jouaient aux devinettes tandis que derrière eux, autour de la table ovale, s'étaient installés leurs parents dont la conversation, pour être fournie et passionnée, était parfois couverte par les éclats de rire des plus jeunes.

— Moins fort, la jeunesse ! réclama Louis en accompagnant sa demande d'un indulgent sourire.

— C'est vrai, ça. Pour un peu, on ne s'entendrait plus ! renchérit Clément, appuyant la demande de son beau-frère.

Ce n'était pourtant pas faute de hausser le ton !

— Tu m'as bien entendu, Louis. Sept francs l'hecto, c'est à ce tarif que nous sommes réduits ! C'est ça ou laisser le vin vieillir dans les tonneaux... en espérant qu'il vieillisse bien. C'est même à se demander s'il ne sera pas plus rentable de laisser la prochaine vendange sur les souches, insistait Clément en tapant du poing sur la table.

Louis voulait comprendre.

— Mais enfin, comment en est-on arrivé là en si peu de temps ? Tu n'as rien vu venir ?

— Rien ! Rien de rien ou si peu ! Comme on dit, une année rattrapait l'autre, c'est le cycle de la nature, tu en sais quelque chose avec les oliviers.

— Tu l'as dit ! On est toujours sous le feu de l'offre et de la demande...

— Et de la concurrence étrangère !

— Je t'avoue ne plus la redouter ; les gens en reviennent de ces huiles d'arachide transparentes comme l'eau.

— Alors que les vins d'Algérie ont beau jeu de concurrencer ceux du Languedoc. Té pardi, on joue dans la même cour : des vins de consommation courante, autrement dit ordinaires !

Clément n'avait pas tort, certes l'abondance de la production coloniale n'était pas seule en cause. Les viticulteurs du Midi qui se battaient pour leur « vin naturel » se heurtaient aux négociants parisiens, des gens sans scrupule, se disait-il ouvertement, à qui profitait une législation avantageuse votée pour les producteurs de betteraves sucrières. Sucrage et addition d'eau allaient bon train chez ces négociants âpres au gain.

— Ça ne peut plus durer, il est temps que les viticulteurs se réunissent en comité de défense pour faire front aux grands domaines, nos plus proches ennemis ! lança Clément avec sa fougue naturelle.

Louis posa une main apaisante sur le bras de son beau-frère.

— Ton père n'aimerait pas t'entendre parler comme ça, lui fit-il doucement remarquer.

— C'était une autre époque ! rétorqua le viticulteur dont les joues s'enflammaient.

— Pas si lointaine, Clément. Cela dit, ton idée de comité me semble une bonne chose... pourvu que chacun ne tire pas à hue et à dia. Et pour ton vin, si je peux me permettre un conseil, je crois qu'il vaut mieux le vendre, même à sept francs l'hecto, plutôt que de le laisser dormir dans ta cave. En parlant de vin, tu n'as pas le gosier sec ? Lucile, sors les verres pendant que je débouche une bouteille de carthagène. Du clos de la Sarrasine, s'il vous plaît !

Voilà qui allait détendre l'atmosphère. Les femmes n'avaient rien perdu de la conversation animée entre les deux hommes, Pascaline approuvant à tout ce que déclarait Clément par de petits hochements de tête entendus, Lucile recueillant les paroles de Louis comme autant de sages réflexions.

— Ne préférerais-tu pas une tisane, Pascaline ? J'ai fait sécher de la verveine, les enfants en boiront sûrement.

— Va pour ta verveine, c'est un gage de sommeil paisible et Dieu sait combien nous en avons besoin.

Tout en s'affairant, Lucile réfléchissait. Son frère s'ouvrait de ses problèmes et eux, qu'avaient-ils à lui proposer ? N'était-ce pas une sorte d'appel au secours que lançait l'impétueux Clément ? Une idée l'illumina.

— Si l'on faisait coup double avec les vers à soie ?

C'était une de leurs constantes familiales que de pérenniser l'éducation de bombyx au mas de la Sarrasine. Instaurée par Marthe, sa mère, Lucile avait pris le relais alors qu'elle était encore fille et se faisait un plaisir, depuis son mariage, d'aider Pascaline à récolter en moyenne cent cinquante kilogrammes de cocons, payés rubis sur l'ongle, revenus que les deux belles-sœurs se partageaient à parts égales.

Après un quart de siècle de mise en veille, tant à cause de la pébrine que de la concurrence – là aussi – de la soie chinoise, l'industrie cévenole avait le vent en poupe, soutenue par le ministère de l'Agriculture qui ne ménageait pas ses efforts. *Produisez du cocon !* encourageaient slogans et panneaux publicitaires. Et de préciser : *La France n'en produit que vingt tonnes alors qu'elle en utilise mille.*

— Que veux-tu dire ? demanda Pascaline, toujours surprise par les réactions épidermiques de sa belle-sœur.

— On mettait cinq onces[1] de graine ? Mettons-en dix !

1. *Cent cinquante grammes.*

— Et la place ? intervint Clément.

— Un étage de claies supplémentaire. Et pourquoi pas dans la remise, avec des *fogairons*[1] ? Pour la feuille de mûrier, que je sache, elle ne nous est pas comptée !

Lucile s'emballait. Pascaline freinait des deux pieds.

— Je vais accoucher au mois d'août, avança-t-elle comme excuse en tapotant son ventre déjà bien rond.

— Et moi, c'est prévu pour décembre !

Voilà, c'était dit. Il ne lui tardait pourtant pas de l'annoncer. Comme toujours, elle avait agi impulsivement.

— Et tu ne nous en disais rien ? C'est une bonne nouvelle, ça !

Jusqu'aux enfants chez qui l'annonce n'était pas tombée dans l'oreille de sourds.

— Vrai, tante Lucile ? Tu vas avoir un bébé, comme maman ?

— Moi, je le savais ! crâna Jean-Louis.

Il n'en fallait pas plus pour que la soirée s'achève dans la joie, chacun levant son verre ou sa tasse aux bébés en gestation.

— À nos futurs garçons ! se réjouit Clément.

— Garçon ou fille, je suis preneur ! répondit Louis en écho.

La proposition de Lucile avait fini par faire son chemin et, comme un seul homme, Clément et Louis avaient aménagé la remise en magnanerie,

---

1. *Petits foyers en fonte où l'on mettait des braises incandescentes.*

installé claies et *cavalets*[1] pendant que Lucile organisait l'emploi du temps de toutes les forces vives.

— Les filles, et toi aussi Jean-Louis, vous ne traînerez pas, le soir, à la sortie de l'école ; nous comptons sur vous pour *traire* les mûriers. Et le matin, avant de partir, vous changerez la litière des magnans.

— Du moulin, il me faudra passer par ici ? se rebella faiblement Jean-Louis.

— Ce n'est pas un si grand détour, que je sache ! Surtout que, le soir, nous rentrerons ensemble avec la jardinière. Au début, je ne viendrai que les après-midi. Par la suite, on verra.

Son organisation méthodique ne laissait pas place à l'improvisation ; Pascaline l'admirait, tout en songeant qu'un peu de fantaisie avait aussi son charme et donnait au quotidien plus de souplesse. Néanmoins, elle reconnaissait qu'une éducation de vers à soie ne se prenait pas à la légère, cette année moins encore que les autres, l'argent frais qu'elle générerait n'étant pas à traiter par le mépris.

L'emploi du temps de Lucile tirait quelques soupirs à Louis. N'en faisait-elle pas trop ? Et n'entraînait-elle pas Linette dans son sillage, une Linette dont les grossesses s'enchaînaient, à son sens, un peu vite ?

— Déjà levée, jolie madame ?

— Je vais mettre les chèvres au pré avant que les enfants se réveillent. Au retour, je ferai ma moisson de légumes au jardin, j'ai vu qu'il y avait

---

1. *Petites échelles de forme pyramidale.*

une bonne ramassée de pois mange-tout. Avec du petit salé, on se régalera. Et puis j'ai toute une lessiveuse de linge à mettre à bouillir. Ah, le repas de Jeannot !

— Tu ne souffles donc jamais ? soupira Louis qui ne pouvait détacher son regard de sa jeune femme toujours en mouvement.

— S'arrêter ? Pour quoi faire ?

— Pour ne rien faire, justement ! J'ai plaisir à te voir approcher un fauteuil, l'hiver près de la cheminée, l'été sous le tilleul qui ombrage la cour.

— Un drôle d'amoureux qui ne m'aime qu'assise ! plaisanta-t-elle, sans pour autant négliger sa besogne.

— Assise, debout, couchée, je t'aime tout le jour et toute la nuit, murmura-t-il à son oreille après l'avoir happée par un bras et emprisonnée dans les siens.

La gamelle de Jean-Louis était prête, qu'il réchaufferait, comme les autres enfants venus de mas éloignés, sur le poêle de la classe. Une tranche de pain et une poignée de figues sèches compléteraient son repas. Elle se dit qu'il était si bon de s'abandonner un instant aux bras d'un mari amoureux comme au premier jour.

Les deux jeunes femmes étaient éreintées, néanmoins fières de leur harassant travail quand elles le virent métamorphosé en argent sonnant et trébuchant. Neuf cent quatre-vingts francs !

— Presque mille francs, tu te rends compte, Pascaline ! jubilait Lucile en oubliant ses reins fourbus, les cernes bistre qui creusaient son visage, ses mollets durs et douloureux d'escalader sans cesse les cavalets.

Pascaline peinait à se réjouir, elle avait une pensée pour Clément qui s'était résolu à suivre le conseil de Louis et avait vendu – il disait donné – son vin au rabais.

— Ce sera bientôt plus rentable de faire du magnan que de produire du vin, fit-elle remarquer, amère.

La réflexion était pertinente. Le siècle nouveau semblait tenir ses promesses de Belle Époque, du moins pour certaines productions et certaines couches de la société ; les élégantes ne manquaient pas, qui se vêtaient le jour de vaporeuses robes de shantung et se drapaient le soir dans des étoles de soie.

— Chut, Linette ! Crois-moi, on ne les a pas volés, nos sous !

Ce disant, Lucile rafla l'argent déposé sur la banque par le filateur et le fourra dans le sac de tapisserie de Pascaline.

— Voilà qui va mettre un peu de beurre dans vos épinards, sœurette ! dit-elle à l'oreille de Pascaline.

— Ah non, il n'est pas question qu'on change la donne ! On partage, comme d'habitude, se rebella Linette.

— Nous en avons discuté avec Louis et il est entièrement d'accord pour cet arrangement. Vous nous avez aidés à nos débuts difficiles, aujourd'hui c'est à nous. Juste retour des choses, ma chère.

— Je ne peux pas accepter, Lucile, c'est injuste, tu as tant travaillé !

— Nous avons tous travaillé ! Gâte un peu tes filles. Tiens, si tu te mettais à la couture et leur confectionnais une belle robe d'été ?

La résistance de Pascaline mollissait.

— Laisse-moi te donner un petit pécule que tu remettras à Jean-Louis, il n'a pas démérité, lui non plus, céda-t-elle enfin.

La fête nationale du 14 juillet, instaurée depuis 1880 par une IIIe République désireuse d'exalter le patriotisme de la population, battait son plein et, dans le ciel de France, les feux d'artifice éclataient dans la liesse populaire.

C'est lors de l'embrasement déclenché des hauteurs de Vézénobres que Maria arriva, toute rouge et essoufflée, au moulin du Prieuré.

— Tante Lucile, viens vite ! Le bébé, il arrive ! Maman est seule avec Antonia.

Lucile essayait de remettre un peu d'ordre dans le débit volubile de sa nièce.

— Comment ça, seule ? Et Clément ?

— Papa est encore à une de ses réunions...

Le ton qu'avait pris Maria n'était pas équivoque : tout en révolte et en réprobation, la fillette prenait le parti de sa mère.

— Martha est allée à Ceyrargues chercher Mme Martin ; elle m'avait recommandé de rester à la maison, mais moi je sais bien que maman serait plus rassurée si tu venais l'assister.

— Nous arrivons ! décida promptement Lucile. Louis, attelle Fouquet, nous y allons tous, tu ramèneras les filles.

C'était au tour de Fouquet d'écumer des babines

et des naseaux, mené tambour battant jusqu'à la Sarrasine ! Au même moment, Martha et Mme Martin déboulaient d'un raccourci.

Martha retint sa sœur qui voulait, comme les grands, se précipiter dans la chambre de sa mère.

— Je t'avais pourtant recommandé de ne pas quitter maman, papa ne va pas tarder... lui reprocha-t-elle à mi-voix.

— Qu'en sais-tu ? La maison, nous, maman, c'est le dernier de ses soucis ! s'emporta Maria dont les yeux bleus se piquaient de reflets outremer.

Ceux de Martha, identiquement azur, avaient pris une teinte grisâtre ; sa main s'abattit sur la joue de sa sœur qui en resta sidérée. Sa jumelle ne l'avait pas habituée à une telle violence. D'un même élan, elles s'étreignirent, l'incident était clos. Elles partirent, comme les invita leur tante, avec oncle Louis qui ramenait toute la marmaille au moulin.

Tapies encore derrière le mont Bouquet, les premières lueurs de l'aube blanchissaient timidement l'horizon quand la charrette légère de Clément, acquise aux années fastes, fit crisser les pierres de l'allée. Ni Lucile ni Mme Martin n'en firent cas alors que Pascaline, arc-boutée sur d'épuisants efforts, se libérait enfin d'une profonde angoisse.

— Clément ! Je savais qu'il serait là pour accueillir son fils !

Tout alors se déroula très vite. L'entrée de Clément, surpris par la grande lueur qui éclairait leur chambre, par le feu d'enfer entretenu dans la cuisine, l'ahan de Pascaline fournissant un ultime effort, les miaulements soutenus d'un enfançon et les cris affolés de Lucile.

— Vite, madame Martin, on la perd ! Faites quelque chose !

Ils étaient trois à soutenir Pascaline dans une position semi-assise, à tapoter ses mains, ses joues, à lui prodiguer des massages de jambes, de bras. Tous trois, silencieux, suspendus au souffle lent, si lent à revenir. À la place d'un souffle, ce fut un cri puissant et désespéré :

— Je veux voir mon fils ! Je ne l'entends pas ! Mon fils !

Trois soupirs soulagés.

— Les filles sont calmes d'ordinaire ! triompha Mme Martin en déposant une jolie droulette dans les bras de sa mère.

Illico, Pascaline tourna la tête vers Clément.

— Tu es déçu, mon Clément ?

— Déçu, moi ? Est-ce que j'en ai l'air ? Elle est si jolie, cette petite… Comment allons-nous l'appeler ?

— Clémentine, si tu veux bien ! Je crois bien qu'elle te ressemble.

Alors que, dans la cuisine, Lucile et Mme Martin s'offraient un bol de café bien mérité, dans la chambre, l'icône radieuse de la maternité vibrait à l'enthousiasme de son époux.

— C'est vrai ? Vous avez gagné ?

— Une bataille, ma belle blonde, une sacrée bataille, mais pas encore la guerre. Enfin, Jaurès est avec nous qui préconise le regroupement des viticulteurs, ça c'est une avancée ! Une loi visant à traquer la fraude va être votée et, dans le département de l'Aude, un homme est en marche en qui nous mettons tous nos espoirs. Il sera notre porte-drapeau, notre porte-parole.

III

Le prophète des platanes

Assis sur son nuage d'espoir, Clément avait rentré sa vendange et se réjouissait.

— Une récolte qui dépasse les plus optimistes prévisions. Et du degré en perspective. On frôlera les onze, en toute honnêteté, pas comme ces gougnafiers qui chaptalisent sans vergogne.

Les revenus des vers à soie avaient été les bienvenus, sans quoi il aurait fallu emprunter, peut-être hypothéquer, pour payer les vendangeurs ; la récolte 1904, bradée à sept francs, permettrait, elle, de tenir le coup jusqu'aux prochaines ventes.

Conscients de la solidarité qui s'était exercée à leur égard, Clément et Pascaline ne tardèrent pas à s'acquitter auprès du couple Thérond.

À peine le viticulteur terminait-il son labour d'hiver, un travail d'aération du sol qu'il faisait en croisé, à peine son épouse et ses filles en avaient-elles terminé du séchage des châtaignes qu'ils étaient appelés, en urgence, au moulin du Prieuré.

— Bravo ! Bien calculé ! railla Clément avec son ironie mordante. Ma sœur a choisi idéalement son moment pour te faire à nouveau papa.

— Comme si l'on pouvait choisir ! se défendit Louis en souriant, nullement troublé par les agaceries de son beau-frère qu'il savait sans méchanceté.

— Joli prénom, en tout cas. Camille, ce n'est pas commun. Une de tes aïeules, Louis ?

— Un aïeul, plutôt, que Lucile a déniché dans le livret de famille de mes parents que m'avait restitué le notaire de Villefort lors du décès de ma mère. Garçon ou fille, a-t-elle dit, nous l'appellerons Camille.

Dès le milieu d'un mois de novembre froid et venteux, les charrettes avaient commencé à se succéder au moulin du Prieuré et le couple de mouliniers, fidèle à la tradition, n'avait pas manqué d'offrir le bol de bouillon chaud sur les tranches de pain à ceux qui apportèrent les premières tournées.

À la mi-décembre, une chenille continue serpentait sur le chemin longeant la Courmière. C'est à ce moment d'intense activité au moulin que Lucile ressentit les premières douleurs de l'enfantement.

Branle-bas de combat, comme toujours en ces cas-là, et juste retour des choses ! Pascaline et Clément débarquèrent, l'une se proposant d'emmener les enfants à la Sarrasine, l'autre offrant son temps pour décharger, peser et mettre à détriter les olives.

— C'est pas de refus, beau-frère. J'ai embauché deux saisonniers, comme d'habitude, pour janvier et février, seulement au moment du broyage et de la décantation de l'huile. D'ordinaire, on s'en sort avec Lucile pour la réception.

— Et avec moi, papa ! avait cru bon de rappeler Jean-Louis, jamais très loin de son père quand l'école ne l'en éloignait pas.

— Et avec toi, bien sûr ! Tu es mon contremaître.

Jeannot n'avait aucune idée de ce que représentait cette fonction, néanmoins il se sentit flatté. N'était-ce pas le moment opportun de placer sa requête ?

— J'aimerais rester ici, avec toi, plutôt que d'aller à la Sarrasine. Pardonne-moi, mon oncle, dit-il d'un petit air contrit.

Son visage avait revêtu un masque comiquement dramatique, Clément n'en prit pas ombrage, son neveu ne se plaisait qu'au moulin, avec son père.

— Nous verrons... atermoya celui-ci, qu'une nouvelle tournée appelait à la pesée.

Un drame identique se déroulait dans la chambre de la jeune accouchée où Flo, la petite Flo, était tombée en extase devant la nouvelle-née et ne la voulait plus quitter. Cinq mois qu'elle jalousait Antonia, sa cousine tendrement chérie et qui s'occupait si bien d'elle jusqu'à ce que Clémentine ne vienne tout gâcher ! Cinq mois qu'elle attendait, elle aussi, « son » bébé ! Elle se campait devant le berceau d'osier dans lequel reposait le bébé et faisant écran à qui voudrait l'en déposséder.

— Antonia sera déçue, petite Flo, si je ne te ramène pas au mas, insista gentiment sa tante.

— Tonia n'a pas besoin de moi, elle a Clémentine, bouda Florence.

Plus qu'une évidence, la réponse de la fillette

n'était que l'expression d'une souffrance qui avait échappé à Lucile ; la jeune femme s'en voulut de cette négligence maternelle, imputable à des journées copieusement remplies. Désireuse de rattraper sa maladresse, elle fit une entorse à sa méthode d'éducation et céda à la fillette, encore qu'elle enrobât sa décision d'habile façon.

— Camille réclame ta présence ! Regarde, elle grimace rien qu'à imaginer que tu pourrais t'éloigner d'elle ! fit remarquer Lucile, jetant un clin d'œil complice à sa belle-sœur.

Florence se rengorgea :

— Tu crois, maman, qu'elle pleurerait si je partais ?

— Si je crois ? J'en suis certaine ! Viens t'asseoir à côté de moi, dans le lit, je serais heureuse d'avoir mes deux filles pour moi toute seule.

Il n'en fallait pas plus pour que Florence retrouve son sourire et voue à « son » bébé un amour inconditionnel.

Comment refuser alors à Jean-Louis ce que Flo avait obtenu ? Il fut décidé – le temps d'une semaine, pas plus, assurait Lucile – que Pascaline viendrait tous les matins au moulin apporter le repas, ferait un peu de ménage et apporterait toute la lessive chez elle où ses filles, vacances de Noël obligent, s'occuperaient de la basse-cour, mettraient le repas à cuire et prépareraient les premières bouillies de tapioca de Clémentine, le sein de Linette s'étant prématurément tari.

Les deux familles fêtèrent la nouvelle année en même temps que les six bougies de Florence au moulin du Prieuré, dans la pièce unique du rez-de-chaussée qui n'aurait pas abrité une personne de plus. Neuf autour de la table et les deux petites cousines dans le même berceau pour économiser la place.

— Tu n'envisages pas d'agrandir ton moulin, Louis ? fit remarquer Clément. Et quand je dis ton moulin, je pense aussi au logement.

— Pour sûr que ce ne serait pas du luxe ! approuva Louis. Vois-tu, c'est le fonds qui manque le plus et je n'ai pas le cœur à poser une hypothèque sur les biens de ma femme pour obtenir un prêt.

— Bah, plus on se serre, plus on a chaud ! plaisanta Clément.

Même à l'étroit, ils n'étaient pas moins tous joyeux d'être ensemble. Ni moins amusés de titiller les susceptibilités qui les faisaient démarrer au quart de tour.

— Tu ne manqueras pas de boutarels à vendre au marché, ma sœur ! persifla le vigneron, admiratif.

Cette année, le moulin, saturé, avait dû refuser les tournées des retardataires.

— Toi non plus de bouteilles de vin ! rétorqua la jeune femme. Rappelle-moi un peu la progression de ta vendange ?

— Plus trente pour cent par rapport à 1904, reconnut Clément.

Puis il ajouta, le front barré d'une ride :

— La production, ça ne veut rien dire. Et les promesses… ah, les promesses ! « Anne, ma sœur Anne, ne vois-tu rien venir ? » C'est un peu notre cas : on scrute, on attend et pas le moindre coin de ciel bleu dans l'avenir de la viticulture.

— Que fait-il, alors, le chantre du vignoble languedocien ? demanda Louis comme une boutade bon enfant.

— C'est vrai, ça, insista Lucile, on n'en entend plus parler de ton « théâtreux ».

— Riez, riez, mes braves. Il en fera de grandes choses, notre Cigalou ! Simplement, il attend son heure.

Il ne manquait pas de surnoms, l'élégant barbu portant chapeau façon cronstadt et nœud papillon, qui se voulait le défenseur du Midi viticole.

Un temps cabaretier à Argeliers, dans l'Aude, siège de son comité agricole, Marcelin Albert n'a de cesse de revenir à la vigne, son premier métier. D'une enfance studieuse, il garde le goût du beau langage et, de quelques prestations sur la scène du théâtre municipal, l'art de la gestuelle autant que celui de la déclamation.

Vilipendant la loi restrictive sur les bouilleurs de cru, sur le sucrage, il se taille un costume d'apôtre des vignerons qui flatte son culte de la personnalité. Un pur pour les uns, un naïf pour les autres, un vendu diront certains à son déclin, Marcelin Albert attend, en effet, son heure et peaufine des discours bien sentis qui ne seront pas sans conséquence.

Et comment ne pas être en osmose avec celui qui se vante de n'avoir aucune ambition politique, sociale, même au niveau régional ? Comment ne pas applaudir à ses discours dans lesquels il prône la production d'un vin sain et naturel ? Oui, comment ne pas vibrer à ses accents de révolte quand la colère des viticulteurs ne se contient plus, quand certains plongent dans la misère ?

— Six francs l'hecto ! Vous m'avez bien entendu ! Il ne faut pas espérer vendre notre vin à plus de six francs ! Si encore on le vend ! s'effondra Clément au retour d'une de ces réunions de regroupement de viticulteurs qui occupaient nombre de ses soirées, quand ce n'était pas une grande partie de la nuit.

— C'est donc que les cafetiers et les restaurateurs s'enrichissent sur notre dos ? demanda Pascaline qui, toujours, abondait dans le sens de son Clément.

— Même pas ! On m'a rapporté que dans le département de l'Aude le vin est vendu à l'heure dans les bistrots. Le client paye pour un temps défini et boit jusqu'à plus soif.

— C'est affreux ce que tu dis là, Clément !

— Affreux ? Il y a pire ! Certains viticulteurs en sont réduits, pour survivre, à vendre une vigne par-ci, une vigne par-là, et parfois ne trouvent pas d'acquéreur, même au prix de terrain nu. La misère, ce n'est pas un mot en l'air, c'est une triste réalité alors que, bien agrippés à leur maroquin, les ministres nous observent, de Paris, sans remuer un cil.

Il disait vrai, Clément. De nombreux maires, autant de députés tiraient en haut lieu la sonnette d'alarme, en vain. Oui, il disait vrai et le disait si fort, avec tant de conviction qu'il en venait à troubler sa femme et ses deux filles aînées, chacune à sa façon et selon son tempérament réagissant à ses virulentes prises de position.

— Une mauvaise passe, mon pauvre chéri, le réconfortait tant bien que mal Pascaline. Les lois ne sont pas immuables, elles tourneront bien un jour en notre faveur et ce ne sera que justice pour la profession.

— Une passe, comme tu dis, qui s'éternise. On ne voit pas comment on pourrait sortir de cette crise.

Le découragement de son père attristait la jeune Martha qui prenait toujours sa défense quand Maria, sa jumelle, portait un jugement sans complaisance sur les éclats de leur père.

— Pauvre papa ! se lamentait volontiers la première. Avec tout le mal qu'il se donne, il mériterait d'avoir des satisfactions.

— Pourquoi s'obstine-t-il aussi à faire du vin ? Il suffirait d'arracher les souches et de semer du blé, nous ne manquerions pas de pain !

— Tu n'es qu'une ingrate, une mauvaise fille ! À t'entendre, on dirait que tu ne manges pas à ta faim.

— Qu'en sais-tu, madame la savante, de notre avenir ? La vigne, le vin, notre père ne voit que ça, je te jure que je ne me marierai pas avec un viticulteur, ah ça, non !

— Pas plus un viticulteur qu'un ministre, personne ne voudra de toi, tu es trop méchante !

La belle osmose de leur petite enfance, propre à leur gémellité, se délitait dans leur appréciation différente des soucis familiaux. Leur mère n'avait pas été sans remarquer ce fossé qui lentement se creusait entre ses deux aînées et s'en désolait. Ce n'était pas de leur âge de prendre ainsi les tracas des adultes à bras-le-corps, du moins n'était-ce pas son souhait de troubler l'insouciance naturelle des gamines de onze ans.

Ce n'était pas la première fois qu'elle exhortait Clément à plus de retenue devant les filles.

— Contiens-toi, Clément, je t'en prie. Martha et Maria sont chagrinées à chacun de tes éclats et j'ai remarqué qu'elles calquent, entre elles, ton attitude.

— Comment ça ? s'étonna-t-il en bon naïf qu'il était.

— Pour une broutille, elles se disputent et le ton monte en intensité. Elles étaient si calmes, petites filles !

Il promettait d'y prendre garde... et l'oubliait dès le lendemain, exalté de fureur ou joyeux conquérant comme en ce mois de mars 1906 où tout le Midi viticole avec lui clamait à la victoire. En effet, faisant table rase de décrets précédents, le parlement avait voté, le 27 février, une loi affranchissant les déclarations et droits des propriétaires pour la distillation de leur propre récolte.

— Quand je te disais, Pascaline, qu'il ne fallait pas céder d'un pouce. Tu vois, on avance. Si on ne vend pas du vin, on vendra de l'alcool !

Pascaline restait dubitative ; elle ne trouvait pas cela très glorieux, cependant il fallait bien vivre. Et puis l'enthousiasme de son Clément était communicatif.

— Te voir réjoui, enfin, me donne du courage pour aborder la saison des vers à soie. Ta sœur est partante… Elle, rien ne l'arrête ! Mais je tiendrai bon cette année, si on se partage le travail, on partage aussi les bénéfices.

L'oreille toujours aux aguets, les jumelles commentaient à leur façon les derniers événements.

— Quand je te disais qu'il était idiot de s'obstiner à produire du vin ! Personne n'en veut.

— Et avec quoi ferait-on l'alcool, *bédigassa*[1] !

— Il n'y a pas de quoi se vanter à faire de l'alcool. La « fée verte », la maîtresse nous en a parlé à l'école et même M. le curé au catéchisme. L'absinthe, comme on l'appelle, rend les gens fous. On pourrait produire autre chose que de la folie, non ?

— Ma pauvre Maria, tenta de la raisonner sa sœur, tu vois décidément le mal partout. Comment nettoierait-on les plaies, les blessures de toutes sortes si on n'avait pas d'alcool ? Tiens, tu en parleras à Florence…

— Notre cousine ? Pff ! Qu'est-ce qu'elle en sait, à son âge ?

— Je l'ai vue faire, l'autre jour, dans la cour de récréation. Une fillette avait les genoux écorchés après une chute sur les pierres ; eh bien, elle a dit à la maîtresse qu'il fallait désinfecter à l'alcool. « Même si ça pique, il faut le faire », insistait-elle malgré les pleurs de la blessée.

Ne trouvant pas de riposte percutante, Maria avait tourné le dos à sa jumelle en lui lançant :

1. *Occitan : nigaude.*

— Toi, de toute façon, tu es la chouchoute de papa !

La perspective de distillation, si elle ne satisfaisait pas pleinement le viticulteur dans l'âme qu'était Clément, apporta un peu d'apaisement et la tension de leur père se relâchant, celle des filles s'atténua. Contraintes de travailler de concert au ramassage de la feuille quand s'annonça la saison des magnans, elles en oubliaient de se chamailler pour soulager plus activement leur mère à laquelle elles vouaient le même amour.

Pour le sourire bienveillant de celle-ci, il leur arrivait de s'entraider pour faire leurs devoirs et répéter leurs leçons, dispensant même leur grand savoir à leur jeune sœur Antonia.

Pascaline était la première à se réjouir de cette paix familiale retrouvée et, elle ne s'en cachait pas, aurait volontiers arrêté l'horloge du temps.

— Ah, si tu savais combien la vie m'est douce, Lucile ! confiait-elle à sa belle-sœur. Un mari plus épris que jamais, et aussi plus serein, des filles en bonne santé qui poussent comme des champignons… Que demander de plus à l'existence ?

— Cette plénitude te va bien, Pascaline… lui répondit pensivement Lucile alors qu'un nuage assombrissait son regard brun teinté de vert.

— Tu n'es pas mal non plus ! s'égaya Pascaline, ignorant la mélancolie passagère de Lucile. Une taille de guêpe, un teint de pêche, toujours enjouée… Mon frère est un heureux homme.

— Je ne sais… hésita Lucile. Pourtant, il le mériterait, je ne connais pas homme plus attentionné ni père plus aimant. Loin de réagir comme mon frère quand les soucis l'assaillent, il prône la patience. Louis a une telle confiance en la vie ! Cependant, les temps sont durs, les charges augmentent et l'argent ne rentre pas à flots malgré tout le travail qu'il abat.

— C'est bien pourquoi, ma chère, nous partagerons le bénéfice des cocons à parts égales. On ne discute pas !

L'embellie à la Sarrasine fut de courte durée.

— Clément, mon chéri, que t'est-il arrivé ? Tu as versé avec la carriole ?

Le front buté, les mains agitées de tremblements nerveux, le mari de Pascaline restait muet.

— Ne me dis pas que tu t'es battu !

Clément s'emberlificota alors, la rage et la douleur gênant son élocution, dans des explications incompréhensibles pour qui n'avait assisté à la dernière en date de ces réunions de viticulteurs où s'élaborait, disait-il, l'esquisse du monde moderne des producteurs de vin.

— Ils vont trop loin ! Qu'ils ne comptent pas sur moi ! Et je ne serai pas le seul à refuser de les suivre sur ce terrain.

— Pourrais-tu, au moins, m'expliquer ? tentait de le calmer Pascaline. Et en sourdine si possible, tu vas réveiller les filles. Ou plutôt non, ne dis rien avant que j'aie nettoyé ton visage… tout ce sang… mon Dieu, faut-il que les hommes soient fous !

Clément, plus groggy qu'il ne voulait le paraître, s'abandonna aux mains de Pascaline qui lava délicatement son visage et découvrit sa lèvre fendue qui avait doublé de volume, son œil à demi fermé, sa pommette éclatée.

Une main sur la bouche pour retenir son apitoiement douloureux, elle murmura :

— Qui t'a fait ça, mon pauvre amour ?

— Est-ce que je sais ? avoua-t-il, penaud. Le ton est monté, le premier coup est parti, on ne sait d'où ; ensuite, ce fut un véritable pugilat.

— Comment en êtes-vous venus là, vous tous, des amis de longue date, bons pères de famille ?... se désola la jeune femme.

— Nous ne parlions plus le même langage, les poings se sont exprimés à notre place.

— C'est donc que tu as donné autant que tu as reçu ? Pourquoi, Clément ? Pourquoi cette violence ?

Le chagrin et l'incompréhension enrouaient la voix de Pascaline, alors Clément lui prit les mains et raconta pendant que deux fillettes assises sur les plus hautes marches de l'escalier pleuraient silencieusement.

Si le regroupement des viticulteurs en coopérative de vente, solution proposée dès 1901, avait fait son chemin et eu des adeptes, la fusion en matière de vinification préconisée par les uns n'était pas du goût de tous. Loin de là !

— Ce serait comme perdre son âme, expliquait Clément.

Perdre son âme ! Les deux fillettes, catéchisées en vue de leur communion solennelle, étaient glacées d'effroi. D'instinct, elles se rapprochèrent l'une de l'autre dans une même fusion de peur.

La riposte de Pascaline fusa, énergique.

— Son âme, tu y vas fort ! Ce serait surtout perdre sa spécificité ! Mélanger sa vendange, celle de la plaine à celle des coteaux, quelle stupidité ! Si c'est pour entendre de pareilles âneries et te battre comme un chiffonnier, il vaut mieux que tu fuies ces réunions de tartufes. Il y a mieux à faire à la maison où l'on voit plus souvent tes talons que ton visage !

La mercuriale de sa mère réchauffa le cœur de Maria. Et tant pis si son père, la tête baissée, en prenait pour son grade. Au contraire de sa sœur, Martha sentit ses larmes redoubler.

« Pauvre Papa, murmura-t-elle pour elle-même, personne ne le comprend… à part moi. »

— De la poudre aux yeux ! On nous endormait avec des boniments pour mieux nous contraindre. Tu as raison, ma Linette, c'est bien fini tout ça.

— À la bonne heure ! Il suffit de regarder les choses en face, les vers à soie nous ont rapporté de quoi payer nos vendangeurs, avec le droit de faire bouillir[1] nous assurons jusqu'aux prochaines ventes. Haut les cœurs, Clément, 1907 sera une bonne année, j'en prends le pari.

— Il me semble entendre ma sœur ; Lucile aurait-elle déteint sur toi ? Moi, je t'aime toute douce et tendre dans mes bras.

Enlacés comme aux premiers jours de leur amour, les deux époux gagnèrent leur chambre. Deux légères chemises de toile eurent juste le temps de retrouver la leur. Martha et Maria

1. *Distiller.*

souriaient dans le noir : leurs parents se mignotaient comme des amoureux !

Un qui se tapait le ventre, c'était Stéphan Bolsky, « l'Estéphane », comme on l'appelait dans la plaine. Pensez donc, le malheur des uns faisant, hélas, le bonheur des autres, son alambic n'allait pas chômer, cet automne. Bien au contraire ! Aussi avait-il pris plus de soin qu'à l'accoutumée pour l'astiquer.

Et que je te fais briller les cuivres ! Et que je passe l'écouvillon dans la tuyauterie ! Et que je m'assure de l'étanchéité des raccords ! Il n'avait rien laissé au hasard, l'Estéphane. Et un matin d'octobre, il ne lui resta plus qu'à l'atteler à ses deux percherons, imposants comme des patriarches et paisibles comme des matous au coin du feu.

Il fallait bien la puissance de ces deux mastodontes pour trimbaler tout l'attirail nécessaire à sa noble industrie. Encore ne fournissait-il pas le bois pour mettre en chauffe la chaudière, cela incombait à ceux qui avaient « droit de bouillir ». Il fallait bien aussi toute une journée pour installer sa rutilante machine et assembler l'abri démontable conçu tout exprès pour la protéger de la pluie.

Sollicité tous les ans à la même période, figure emblématique dans chacun des villages où il exerçait son art séculaire, il avait à cœur de respecter scrupuleusement son calendrier établi à l'avance et tenu à jour par la benjamine de sa nichée, la seule aussi qui accomplissait une scolarité satisfaisante.

— Katiouchka, faudrait voir à me donner un peu de marge, ça va distiller dur cette année ! Té, par exemple, à Ceyrargues, je mettrais ma main au feu que j'y passerai deux jours de plus que d'habitude.

Obéissante et néanmoins fière de cette responsabilité, la jeune Katherine, que tous les siens appelaient Katiouchka ou Katia suivant leur humeur, cochait de croix, de traits ou de ronds dessinés au crayon de couleur, les jours de la semaine en notant sur la ligne le village concerné. Ainsi, son analphabète de père s'y retrouvait parfaitement grâce à ces codes colorés connus d'eux seuls.

Cette année, la donne différait.

— Katiouchka, tu viendras bouillir avec moi !

Jusque-là, rien de nouveau, c'était son lot en cette période ; aussi Katherine acquiesça-t-elle, soumise :

— Il faudra alors prévenir M. le curé que je manquerai la messe et le catéchisme.

— Et aussi ta maîtresse que tu n'iras pas à l'école de tout le mois... et peut-être plus.

Alors là, c'était la catastrophe ! C'est qu'elle l'aimait, l'école, Katherine Bolska – une particularité des origines polonaises de son père –, et les devoirs, et les leçons, et surtout Mlle Bosquier, une si gentille institutrice.

Des camarades, en revanche, elle en avait peu. « Pouah, tu sens la *raque*[1], Katherine ! » Reproche on ne peut plus évident en période de brûlage mais qui lui collait à la peau les douze mois de

1. *Occitan : déformation de rafle. Par extension, marc de raisin.*

l'année. Autant, dans ce cas, se tenir loin de ces filles moqueuses.

Elle tenta une faible rébellion.

— Ma maîtresse n'aime pas qu'on manque l'école...

— Qu'est-ce que j'y peux si j'ai besoin de toi ? coupa le père, dépourvu d'états d'âme.

Une autre pensée la fit frémir de crainte, elle insista :

— L'année prochaine, c'est ma communion. Que va dire M. le curé si je ne suis pas à la messe ?

— S'il a quelque chose à dire, qu'il vienne et on s'expliquera !

Katherine comprit qu'elle n'avait plus qu'à obtempérer.

Stépan Bolsky arriva au petit jour, un matin de novembre, et s'installa sur la place du village de Ceyrargues, un lieu tout indiqué en raison de sa belle fontaine où il puiserait l'eau nécessaire à son fourneau. Ce fut alors la grande distraction des enfants de l'école au moment de la récréation.

— L'alambic ! L'alambic est arrivé !

— Vous avez vu les chevaux ? Des sacrés bourrins, ma foi !

Il n'y avait pas que les enfants pour se réjouir de cette animation annuelle, de la convivialité qu'elle générait et aussi de l'ambiance mystérieuse dont l'Estéphane entourait la transformation des fruits macérés en odorant et limpide alcool.

La première à colporter la nouvelle fut une paysanne venant puiser de l'eau et tout à coup le village prit vie comme une crèche animée. Des rues et des chemins, tout un petit peuple venait en curieux admirer l'alambic au repos sachant que dès demain il faudrait faire place aux charrettes et tombereaux venant des mas apporter leurs gâteaux[1] de rafle, toujours accompagnés d'une nuée de moucherons.

Et ça, c'était pour la vue, l'odeur viendrait après !

Dans la cour de l'école, les jeux n'étaient plus de mise. Tous les enfants avaient les yeux rivés sur l'étrange appareil, sur les percherons, sur l'affairé bouilleur qui s'activait. Jean-Louis, quant à lui, n'aurait jeté qu'un regard dédaigneux s'il n'y avait eu, courant sur la place à chacun des ordres de son père, la fascinante Katiouchka.

Le soir même, il demandait à ses parents :

— Papa, maman, je pourrai rester demain, après la classe, pour voir fonctionner l'alambic ?

Dans une atmosphère de fruit défendu, l'odeur âcre et puissante envahissait la place. L'Estéphane ne quittait pas des yeux le grand thermomètre gradué qui tressautait dans son étui du cuivre, au bout du serpentin.

— Katia, du bois !

Plus vif que la fillette à l'œuvre depuis le matin, Jean-Louis se rua vers le tas de rondins réguliers apportés par un bouilleur, en chargea quatre dans ses bras et les déposa au pied de la chaudière.

---

1. *Les raisins ayant macéré et séché en fond de cuve formaient une sorte de galette compacte qu'il fallait parfois morceler à la hache.*

Bien qu'étonnée de ce geste, Katherine lui coula un regard reconnaissant alors que son père ronchonnait :

— Mollassonne, il te faut un larbin !

À croire que ce diable d'homme avait un œil derrière la tête.

Tandis que l'étrange alchimie s'élaborait dans un non moins subtil principe de vases communicants, Jean-Louis Thérond pouvait tout à loisir détailler Katherine Bolska qui, malgré les oripeaux dont elle était vêtue, lui faisait penser à une princesse de conte de fées.

Légère, elle effleurait le sol de ses galoches grossières et il se promit de lui offrir, un jour, des bottines en chevreau. Gracieuse sous sa couronne de cheveux qui s'imprégnaient d'effluves enivrants, elle rajustait régulièrement son bonnet de tarlatane ; il rêvait d'avancer une main, de dérouler cet artifice et piquer de fleurs sa chevelure libérée.

Katherine, nullement gênée par l'insistance du regard de son jeune admirateur, s'appliquait à satisfaire son père.

Soudain, l'Estéphane poussa un grand cri :

— Ferme tout, Katherine, ça goutte !

Puis, se tournant vers son public :

— Qui veut déguster le premier godet ? Attention, c'est chaud brûlant !

Aussitôt, Jean-Louis fit un pas en avant. Après tout, son cœur ne battait-il pas comme celui d'un adulte pour les beaux yeux d'une jolie donzelle ?

— Ah, ah, ah ! s'exclama Stéphan Bolsky en

se frappant les cuisses. Tu as vu ça, Katiouchka ? Un gamin dont on presserait le nez pour faire jaillir du lait ! Recule, foutriquet, et contente-toi de humer la part des anges !

Jean-Louis s'enfuit à toutes jambes, poursuivi par le rire moqueur du bouilleur de cru.

IV

Une brouille passagère

Pour la deuxième fois de leur vie, Louis et Pascaline se retrouvaient dans le train qui les menait à Villefort. Ils n'avaient pas la mine compassée ni l'étreinte au cœur comme cela avait été le cas à la mort de leur mère.

Ils n'arboraient pas non plus un sourire béat. Leur visage reflétait plutôt l'agacement. Que les dérangeait-on en pleine saison de cueillette des olives ? Hélas la mort ne s'embarrasse pas de ces contingences matérielles !

— Je me demande bien ce que nous veut le notaire de Villefort ? soliloquait Louis. Mijoule est mort, et alors ! En quoi cela peut-il nous concerner ?

— Notre pauvre mère y croyait ferme comme bois qu'il testerait en ta faveur, fit remarquer Pascaline en hochant la tête.

— Si elle y a cru un temps, il en est un autre où elle a dû déchanter. Pauvre maman !

Évoquer sa mère et son navrant destin[1] faisait monter la rage au bord de ses lèvres serrées. Il lança comme un trait :

---

1. *Voir* Le Mas de la Sarrasine.

— Pourvu qu'il ne nous laisse pas des dettes ! En voilà un qui n'aurait pas craché sur le vin de ton mari.

— Les clients de Clément ne sont heureusement pas de la même trempe que le second mari de notre pauvre mère. Vois-tu, mon frère, plus j'y pense, plus je me dis que jamais sa route n'aurait dû croiser celle de cet homme !

Pascaline tremblait comme une feuille. Louis quitta sa place en vis-à-vis et vint s'asseoir près d'elle ; il entoura d'un bras ses épaules drapées dans une chaude rotonde de laine brune et se força à ramener l'esquisse d'un sourire sur son visage crispé.

— Ne dis pas ça, Linette, tu n'aurais jamais connu ton Clément et moi, ma Lucile. C'était notre destin, comme ce fut celui de notre mère d'unir son existence à ce triste personnage.

— Au moins, aujourd'hui, ferons-nous l'aller-retour dans la même journée. Cette brave Mme Chabalier n'est plus de ce monde pour nous parler de maman dont elle était l'amie, la confidente et même la complice, après avoir été sa patronne.

Un lourd silence suivit les paroles de Pascaline. Frère et sœur, chacun dans ses pensées, se laissaient bercer par le roulement régulier de la voiture, par l'impression d'inclinaison qui accompagnait chacune des courbes, nombreuses, de cette ligne de chemin de fer qui traversait hardiment la chaîne des montagnes cévenoles, tunnels et viaducs aidant.

Le décès de leur beau-père qu'ils avaient appris par un courrier à eux destiné, émanant de Me de

Granat, notaire à Villefort, qui les convoquait en son étude, n'avait suscité chez Pascaline, comme chez Louis, qu'une totale indifférence.

La convocation du notaire était, elle, plus sujette à supputations et, n'était l'insistance du tabellion, ils se seraient dérobés volontiers. Or le pli que Pascaline avait glissé dans son sac, identique à celui que son frère serrait dans son portefeuille, ne supposait pas une quelconque échappatoire.

Impératif, précis, concis on ne peut plus, il titillait la même curiosité chez le frère et la sœur : *Vous êtes priés de vous présenter en mon étude le mardi 20 novembre 1906 à 11 heures précises pour affaire vous concernant. Vous aurez soin, à cet effet, de vous munir de toutes pièces tendant à prouver votre état civil...* Suivait une brève formule que l'on pouvait considérer de politesse... si l'on n'était pas très regardant.

— Il n'est pas donné à tout le monde de bien vieillir ! fit remarquer Louis. M. de Granat, qui m'avait paru en son temps un homme fort courtois, est assurément de ceux-là, imbus par l'âge et la fonction !

La formule, en effet, manquait de civilité et participait à la sourde irritation des deux « convoqués ». Si leur cœur n'était pas en peine – pour ça, non ! –, leur esprit était au questionnement. C'est pourquoi, loin de repaître leur regard de paysages oubliés, ils s'adonnaient à de muettes réflexions.

Ils ne voyaient rien de ce décor givré qui défilait devant leurs yeux, de ces monstrueux ouvrages de pierre, foulées de géants chaussés de bottes de sept lieues, enjambant des vallées engourdies de froidure, rien de ces antres noirs et ventrus qui avalaient le convoi comme un ogre vorace.

Seules les tiraient de leur torpeur méditative les entrées en gare, ponctuées de sortes d'aboiements : « Chamborigaud, trois minutes d'arrêt ! » « Génolhac, cinq minutes d'arrêt ! »

— Génolhac ! T'en souviens-tu, Linette ? Notre première halte pour souffler quand nous avons fui les Fournels.

Un sourire nostalgique accroché à ses lèvres, un éclat brillant dans les yeux, Louis remontait le temps. Peine perdue s'il avait cru, en évoquant le passé, dérider le visage fermé de sa sœur.

Les Fournels ! Propriété de Mijoule, leur beau-père. Sinistre ferme de leur enfance. Tombeau de leur mère qui s'était désespérément accrochée à la promesse de son second mari : « La ferme reviendra à ton fils, Marie, je t'en fais le serment, et même, je doterai ta fille ! »

Serment d'ivrogne ! Pascaline n'y voulait plus songer. Négligeant de répondre à l'évocation attendrie des souvenirs, elle demanda abruptement :

— Tu parlais sérieusement, Louis, quand tu avançais d'hypothétiques dettes de ce triste bonhomme ?

Il y avait du mépris dans sa voix, autant que d'appréhension, Louis s'empressa de la rassurer.

— À quel titre, grands dieux, en serions-nous responsables ? Il ferait beau voir que les fruits du travail servent à payer ceux de l'ivrognerie !

La révolte de Louis n'était pas loin d'égaler celle de la jeune femme, l'année qui s'écoulait et ses fantaisies climatiques n'avaient pas servi la production d'olives et ne permettraient certainement pas d'espérer de substantiels revenus.

Le rejoignant sur ce terrain, Pascaline s'épancha :

— Les fruits du travail, comme tu dis, seront bien maigres cette année encore et... et... je suis à nouveau enceinte...

Louis allait se réjouir tout haut et la congratuler quand il vit deux larmes perler au bord des yeux azur de sa sœur.

— Tu pleures, Linette ? Ta grossesse se passe mal ?

— Moins bien que les autres, en effet, la fatigue sans doute et surtout les soucis. On s'épuise dans les vignes, Clément s'échine à faire un bon vin qui ne se vend pas... ou alors quasiment à perte. Ajoute à cela qu'il passe ses soirées et une partie de ses nuits en réunions d'où il revient survolté. Il ne dort plus, sinon en s'agitant... Tout va mal, Louis, très mal.

Pascaline fondit en larmes et toute la patience et les paroles apaisantes de son frère ne parvenaient à la calmer. Un crissement de freins, un tonitruant « Villefort, cinq minutes d'arrêt ! » ramenèrent un semblant de fébrile sérénité.

— Dépêchons-nous qu'on en finisse ! dit-elle brusquement en se saisissant de son sac et en se coiffant de son chapeau au large rebord ourlé vers l'avant que surmontait une discrète aigrette.

Tout en se faisant l'agréable réflexion que ni les soucis, ni le labeur, ni les maternités n'avaient entamé le goût sobre et raffiné de sa sœur, Louis la taquina :

— Prends le temps de mettre ton chapeau du bon côté, sœurette ! À moins que ce ne soit un moyen pour éloigner le mauvais sort.

L'écusson ovale, en relief de façade, les guida jusqu'à la plaque de cuivre qui brillait comme un miroir, apposée à la maison cossue de la rue du Chazalet. Elle offrait, quant à son libellé, un éclaircissement sur le propriétaire de l'étude : *Maître Lucien de Granat, successeur de feu Jean de Granat.*

— Mon frère de lait ! s'exclama Louis. Suis-je bête de n'y avoir point pensé. Il ferait moins le faraud si je lui rappelais cet anodin détail.

— Nous ne sommes pas là pour ça, soupira Pascaline.

Ils étaient en avance de quelques minutes à leur impératif rendez-vous et durent néanmoins attendre un bon quart d'heure avant d'être introduits dans le bureau qu'ils eurent de la peine à reconnaître, le jeune M. de Granat n'ayant pas mégoté sur cette tendance Art nouveau, préfigurant l'Art déco, un style qui ne fit pas bouger un cil à Louis mais qui ne laissa pas sa sœur indifférente.

— C'est beau ! souffla-t-elle, reléguant l'espace d'un instant sa mine morose et son air renfrogné.

Après une invitation à s'asseoir qu'il énonça sans les regarder, le notaire leva enfin la tête et s'adressa au couple silencieux :

— Avant toute chose, madame Loubaresse, monsieur Thérond, je dois m'assurer de vos états civils respectifs, dit-il en tendant ses mains dans lesquelles, en un bel ensemble, Pascaline et Louis déposèrent les paperasses demandées.

Louis avait cru bon d'y ajouter le livret de mariage de leur mère, ce que le notaire sembla apprécier.

— Bien... bien... tout cela est parfait. Voilà, madame, monsieur, en un mot comme en cent, vous êtes héritiers à parts égales du domaine dit les Fournels, sis sur la commune du Bleymard. Ferme, terres, bois, cheptel, tout cela tombe, par la volonté... oui, on peut dire ça... du défunt Arsène Mijoule, dans votre escarcelle.

Il laissa aux deux jeunes gens le temps d'assimiler une nouvelle qui, apparemment, les abasourdissait. Devant leur mutisme persistant, il se prit à douter de leur compréhension et leur parla comme à des demeurés :

— Arsène Mijoule, vous connaissez ? C'était votre beau-père, n'est-ce pas ? Et n'avez-vous pas vécu, un temps, aux Fournels avec lui et votre mère qu'il avait épousée ?

— Si l'on s'en souvient ! s'exclamèrent le frère et la sœur.

— À la bonne heure ! Alors, voilà, je vous épargne la lecture longue et fastidieuse des documents enregistrés par feu mon père. Vous aurez loisir d'en prendre connaissance à tête reposée. Sachez qu'ils datent de l'année du remariage de votre mère et n'ont plus été retouchés.

— Comment se fait-il ?... bredouilla Louis qui cherchait à comprendre.

— Il se fait, monsieur Thérond, qu'Arsène Mijoule, sans autre famille que celle qu'il créait en épousant Marie Brunel, veuve Thérond, avait mis tous ses biens au nom de son épouse, s'en réservant toutefois l'usufruit. Au décès de votre mère, M. Mijoule n'a en rien modifié ces dispositions et vous voilà, à sa mort, les héritiers directs, c'est simple !

— Mais elle n'en savait rien ! s'indigna Louis. Rien de rien ! Notre mère ignorait tout cela.

— Qu'en savez-vous ? Dans nos campagnes, on ne s'épanche guère et, si les hommes ont le verbe haut, les femmes se cantonnent dans des discrétions qui n'apparaissent que post-mortem au grand jour. La preuve : vous doutez encore, tel l'apôtre Thomas.

Il semblait soudain que le notaire ne comptait plus son temps ; il relut le document qui les faisait propriétaires, expliqua les modalités juridiques de prise de possession, s'enquit même du devenir de ce domaine.

— Arrêtez-moi si je me trompe, les Fournels ne vous intéressent pas. Vous êtes tous deux établis dans la plaine alaisienne ? Si vous voulez vendre…

— Bien sûr qu'on veut vendre ! s'écria Pascaline qui n'avait pas encore dit un mot.

Il y avait une telle véhémence, une telle conviction dans ce désir si fortement exprimé ! Lucien de Granat ne douta pas qu'il serait pressenti pour leur trouver un acquéreur. C'était bon pour les finances de son étude, ça !

— Pour cela, chère madame, il reste une petite formalité à accomplir. Signifier son départ à la fille de ferme qui, depuis le décès du sieur Mijoule, s'occupe du bétail. Si je peux me permettre, il serait bon, même, qu'elle restât dans les lieux jusqu'à l'arrivée du nouveau propriétaire. La dénommée Guillemette Thomas m'a assuré qu'elle aurait tôt fait son bagage si vous souhaitez qu'elle parte.

— Ça, je m'en charge ! déclara Pascaline qui se trémoussait sur sa chaise. Ce sera l'occasion de lui dire son fait.

Ébahi, Louis ne reconnaissait plus sa sœur. Agacée par ce voyage impromptu, silencieuse et abattue tout le long du trajet, passive en début d'entretien, la voilà qui prenait des initiatives sans lui demander son avis.

— Tu veux monter aux Fournels aujourd'hui ? Ça va nous prendre le reste de la journée.

— Il faut en finir une fois pour toutes. Et puis il y a peut-être, là-haut, des affaires de maman...

Elle écrasa rageusement une larme qui lui avait échappé. Affermissant sa voix, elle se tourna vers son frère.

— Ne traînons pas, Louis.

Puis s'adressant d'un ton sans réplique au notaire :

— Si vous voulez bien nous recevoir, maître, à notre retour, nous estimerions le prix à demander et vous signerions un mandat de vente pour les Fournels.

— Non seulement je vous recevrai volontiers, mais de plus je vais mettre ma calèche à votre disposition ; moi, je suis cloué à mon étude toute la journée et vous, vous gagnerez du temps.

Décidément, Lucien de Granat devenait urbain !

— Si même vous décidez d'y passer la nuit, ne vous mettez pas en peine pour mon attelage, ajouta-t-il, de plus en plus cordial.

À quoi Pascaline répondit que c'était hors de question.

Pour le coup, la tendance s'était inversée, Louis restait coi alors que sa sœur menait la danse. C'est tout juste si elle ne lui prenait pas les rênes des mains pour mener la calèche tambour battant.

Négligeant de relever la capote malgré le froid cinglant qui s'intensifiait à mesure que l'attelage prenait de l'altitude et la burle piquante qui leur cinglait le visage, ils ne manquèrent pas de susciter la curiosité des villages et hameaux traversés. Eux ne voyaient rien, les yeux rivés sur le chemin, la tête occupée d'un flot de pensées, le cœur serré à l'idée de remettre les pieds dans cette ferme maudite. À peine tournèrent-ils la tête, en traversant Le Bleymard, vers le *Café-Restaurant du Pont*, imaginant sur le seuil la silhouette grise de la vieille Mme Chabalier, puis à la sortie du bourg vers le cimetière où reposait leur mère.

— Elle non plus n'en savait rien, soupira Louis.

— Mensonges, hypocrisie, bassesse... En trois mots, on peut résumer la vie de Mijoule ! éructa Pascaline en serrant les dents.

Les jours raccourcis de novembre l'étaient plus encore sur le flanc nord du mont Lozère ; il suffisait au soleil, peu virulent, d'en contourner le sommet pour que la ferme trapue des Fournels étire son ombre dès 4 heures de l'après-midi, puis se laisse happer lentement par le crépuscule.

Elle était dans cette hésitante posture, qu'on nomme communément entre chien et loup, quand Louis et Pascaline posèrent pied à terre... encore qu'ils eussent, un instant hésité, doutant d'être arrivés à destination.

Les années et les circonstances étaient-elles responsables du souvenir affligeant qu'ils avaient des lieux de leur enfance ? À moins que leurs yeux d'adultes ne leur renvoient une autre vision, toujours aussi austère certes, quoique moins délétère ?

Là où ils s'attendaient à trouver une ruine croulante trônait une maison solidement ancrée dans le sol et dont la toiture de lauzes semblait ne pas avoir souffert des automnes venteux, des hivers rigoureux, des printemps pluvieux. Portes et volets ne branlaient nullement et si pas un seul rideau ne pendait aux fenêtres, du moins les vitres étaient-elles claires.

— Si je m'attendais... nous ne nous trompons pas, au moins ? demanda Linette, intriguée.

— C'est bien là, je t'assure. Viens, toquons à la porte.

— J'appréhende... murmura-t-elle, soudain tétanisée.

Néanmoins, elle se reprit et frappa deux coups très nets d'un index impatient. La porte s'ouvrit sur une grande femme dont les yeux arrondis, injectés de sang, jetaient des éclairs et qui se mit à crier comme une possédée.

— La patronne ! Ça alors ! C'est vous, bien vous, patronne ? Non, ce ne peut être... Votre fantôme, alors ? Ah, ah, ah, le feu, le feu de l'enfer. Pitié, la patronne. Pardon ! Pardon, madame Mijoule !

La grande forme maigre s'était jetée aux pieds de

Pascaline et s'y abîmait en supplications, informe tas de laine noire agité de soubresauts comme titillé par le trident acéré d'un diable cornu.

Déconcertée par cette attitude incompréhensible, Pascaline ne bougeait pas, émettait seulement de faibles insistances, couvertes par les cris d'orfraie de Guillemette Thomas.

— Relevez-vous, madame Thomas ! Allons, relevez-vous !

— Vous n'êtes pas devant Mme Mijoule ! Reprenez-vous, madame, vous n'avez pas devant vous un fantôme ! énonça fermement Louis qui avait compris le quiproquo.

Un coup d'œil au visage révulsé dont les yeux exorbités semblaient saillir de la tête, un autre à la table où trônaient une bouteille grandement entamée et un verre vide, cela ne faisait aucun doute : la femme était sous l'emprise de l'alcool ; la ressemblance de Pascaline avec sa mère avait fait le reste.

Avec fermeté, Louis prit Guillemette Thomas aux épaules, la releva et l'accompagna jusqu'à une chaise de paille.

— De l'eau, Linette ! Il faut lui bassiner le visage...

— Elle n'a plus sa tête. Une folle, une vieille folle... Mon Dieu, comme je regrette, nous n'aurions pas dû venir ici ! se lamentait Pascaline.

— Maintenant nous y sommes, répondit calmement Louis, et cette femme est mal en point, nous n'allons pas l'abandonner.

— Une ivrognesse !

Louis avisa un seau d'eau dans un coin de la

pièce, il y trempa un torchon, l'essora et l'appliqua sur le front de la femme qui frémit tant l'eau était glacée. Il en remplit le verre et la força à boire. Elle s'engoua, eut deux ou trois hoquets puis se répandit en vomissements qui n'en finissaient pas. Un spasme en amenant un autre, elle n'était plus qu'une chiffe pantelante qui aurait chu de sa chaise si Louis ne l'avait fermement retenue, alors que Pascaline maintenait un baquet qui, à chaque effort de Guillemette, se remplissait d'un liquide brun et mousseux.

Épuisée, hagarde, mais totalement dégrisée, la vieille femme balbutia :

— Alors vous n'êtes pas la patronne ? Bien vrai ?

— Ni elle ni son fantôme, je suis sa fille...

— Sa... sa fille ? Le maître m'avait parlé d'un fils...

— C'est moi, madame, et nous sommes venus...

— Pour vous venger ? Mais je n'ai rien fait ! Ce n'est pas moi qui... Moi, j'ai juste eu la langue un peu longue... il faut dire qu'elle m'avait pas à la bonne, Mme Mijoule. Je vous le jure, c'était un accident. Le maître, il s'en est jamais remis. C'est que ça vous travaille, une chute pareille... et ses yeux qui nous fixaient comme pour nous accuser...

— Elle n'a pas encore dessoûlé ? demanda Pascaline. Je n'entrave rien à son discours.

Louis hochait la tête.

— Je crois, au contraire, qu'elle a beaucoup de choses à nous révéler. Laissons-lui reprendre ses esprits.

La nuit était tombée et Guillemette se libérait enfin des tragiques circonstances de la mort de Marie Mijoule. Oui, la patronne avait grimpé sur une échelle pour cacher des sous. Oui, c'est elle, Guillemette, qui en avait averti le maître. Et oui, c'était Mijoule qui avait fait basculer l'échelle.

— Elle le volait, il voulait lui faire peur ! Non, non, jamais il n'a eu l'intention de la tuer ! Ah ça non ! La patronne, c'était la patronne, ça se respecte.

— Mais alors ? insista Louis, aveuglé d'une brume de larmes.

— Le maître a trop penché l'échelle, les montants ont ripé sur la paille. Ah, si la pauvre madame était tombée tout simplement sur les ballots ! Mais non ! Sa tête est allée heurter un corbeau de pierre. J'entends encore son cri et le rire de Mijoule qui s'étrangle dans sa gorge. Il pleurait, Dieu qu'il pleurait en se jetant sur le corps sans vie de la patronne ! Et moi, grosse bête, je restai bras ballants, tout juste bonne à répéter : « C'est un accident, mon maître, c'est un accident ! »

— Vous l'avez tuée ! hurla Pascaline comme une bête blessée.

— Ah non, madame ! Non, non, monsieur ! Vous ne pouvez pas dire ça. Notre vie, à moi et au maître, elle n'a plus été pareille ; le travail, lui, n'a pas changé et même qu'on en faisait toujours plus en mémoire de la patronne, bien qu'on n'ait plus le cœur à rien...

— À boire, tout de même ! coupa Pascaline.

La femme Thomas se tordait les mains.

— Ça permettait d'oublier... l'espace d'une nuit et, le lendemain, l'image de la pauvre madame raide morte sur le plancher du fenil revenait nous hanter.

Un silence suivit ce pitoyable aveu, lourd, interminable, dense comme les sentiments qui habitaient les protagonistes jusqu'à ce que Guillemette le rompe. Se levant et tendant la main vers un sac de toile posé sur une chaise, elle dit :

— Bon, *eh bé,* je vais partir. J'avais préparé mon sac quand on a enterré le maître.

— Maintenant ? s'étonna Louis. Vous avez trouvé une place dans une ferme ?

— Qui voudrait de moi, à mon âge ?

— Mais enfin, vous savez où aller ? Vous avez de la famille...

Guillemette haussa les épaules, fit non de la tête et se ravisa :

— Vous me permettriez de coucher dans l'étable pour cette nuit ? Demain, c'est juré, je ne serai plus là !

C'était maintenant au tour de Louis de cogiter et il le fit rapidement.

— Vous allez coucher dans votre lit, madame Thomas. Auparavant, je vous demanderai de nous préparer nos chambres. Ma sœur et moi, nous passerons la nuit ici. Il sera temps, demain, d'aviser pour les décisions à prendre.

Pascaline jeta un regard éperdu à son frère alors que Guillemette retrouvait son allant.

— J'y cours, j'y cours, mon maître ! Et je le bassinerai pour qu'il ne soit point humide. Pareil pour vous, la patronne...

— Je ne suis pas et ne serai jamais votre patronne, murmura Pascaline, assommée par la tournure des événements.

Tout à son entrain retrouvé, la fille de ferme prenait des initiatives qu'elle commentait :

— Avant tout, je vais mettre un bouillon à cuire. J'ai des œufs et je ferai une omelette au lard, et puis des tommes fraîches. Ça vous ira, mon maître ? Et vous aussi, la patronne ?

Leur visage parlait pour eux : la nuit n'avait pas été de tout repos ! Certes le couchage était propre et bien pourvu en couverture et édredon et leur corps apprécia ce repos confortable ; la tête, elle, n'en prit aucun à sans cesse plonger dans le passé puis extrapoler l'avenir.

Mutique, les yeux soulignés de cernes gris, le visage fermé, Pascaline déglutissait avec peine le gros bol de lait que lui avait servi la fille de ferme avant de chausser ses sabots et de jeter une cape de laine sur ses épaules.

— Faites excuse, mes maîtres, c'est l'heure de la traite.

Louis n'était pas plus faraud ; l'œil noir, l'air grave, le front plissé derrière lequel on devinait une tempête, il évitait de croiser le regard de sa sœur. Pourtant, il était bien décidé à défendre son point de vue… en y mettant des formes.

— Je crois, Linette, qu'une décision ne se prend pas dans l'impulsion. Nous devons réfléchir dans le calme, prendre le temps d'en discuter avec nos conjoints…

Pascaline sursauta, comme aiguillonnée.

— Que sait-elle, Lucile, de la vie aux Fournels ? De la nôtre et surtout de celle de notre mère ? Rien ! Pas plus que Clément !

— Il n'empêche, Linette. Nous avons toujours été associés aux soucis et aux joies du Prieuré et de la Sarrasine. Pourquoi laisserions-nous Lucile et Clément en dehors de cet héritage aussi déroutant qu'imprévu ?

Sans le vouloir, Louis avait haussé le ton, Pascaline répondit avec lassitude :

— Ce n'est pas ce que je voulais dire, Louis. Ne crois pas que ce legs me réjouisse, encore moins qu'il me monte à la tête ! Je n'en ai pas dormi de la nuit et, crois-moi, si nous ne traversions pas des moments difficiles, la sagesse serait de refuser l'héritage de ce... de ce... de ce porc !

— L'héritage de notre mère ! tonna Louis en se levant si brusquement qu'il fit tomber sa chaise. Elle est morte pour ça, pour nous ! Et toi, tu lui ferais injure ?

Pascaline pleurait, la tête dans ses bras, Louis arpentait la pièce à grandes foulées nerveuses quand Guillemette reparut.

— Voilà, les bêtes sont soulagées, le râtelier est garni, la paille remplacée. J'ai même donné son picotin à votre cheval. Alors je vais partir ; si le maître pouvait me donner mes gages pour voir venir...

Guillemette s'était tout naturellement adressée à Louis, lequel tardait à lui répondre. Devant son hésitation, elle précisa :

— Le pauvre monsieur me payait à la quinzaine...

— Madame Thomas, je vais vous faire une proposition, celle de rester ici quelque temps à vous occuper de la ferme, dit-il enfin, posément. Une situation temporaire qui vous laissera le temps de chercher une autre place et, à nous, de réfléchir à ce que nous allons faire des Fournels.

Voilà, c'était dit ! Louis paraissait soulagé, le visage ingrat de Guillemette se fendit d'un sourire béat tandis que Pascaline, accablée, jetait sa chaude rotonde sur ses épaules, se saisissait de son sac, de son chapeau et prenait la porte en disant :

— Puisque c'est ta décision, inutile de nous attarder ici. Nous avons mieux à faire chez nous.

La brouille entre le frère et la sœur, la première de leur vie, était consommée. Malgré les tentatives de Louis, Pascaline se murait dans un silence réprobateur, doublé d'un abattement qu'elle ne cherchait nullement à dissimuler.

Pas un mot jusqu'à Villefort ni même chez le notaire auquel Louis demanda de différer la mise en vente des Fournels, le temps, lui précisa-t-il, de prendre une décision dans la sérénité. Bien que surpris, et de ce revirement de situation et de l'apathie de la jeune femme, la veille particulièrement virulente, Lucien de Granat ne put qu'approuver cette prudente attitude sans, toutefois, oublier ses intérêts.

— J'en connais un qui va être déçu. Un client, un bon client, en vérité. Il vous aurait payé rubis sur l'ongle, appuya-t-il avec un air entendu.

Puis, se fendant d'un sourire, il ajouta d'un air matois :

— Prenez votre temps, je saurai bien le faire patienter !

Louis craignait qu'une fois dans le train Pascaline ne laisse éclater sa colère et ne se répande en reproches. Il fut déçu. Rien. Pas un traître mot et toujours cette attitude pleine de ressentiment. Accueillie joyeusement par ses filles, à la Sarrasine, elle laissa partir Louis sans un mot.

— Une dure épreuve que de plonger dans ton enfance, mon pauvre Louis. Ça remue de souvenirs, n'est-ce pas ?

— Il n'y a pas que cela, ma chérie. Ma sœur...

Le récit du court mais intense séjour en Lozère du frère et de la sœur occupa toute la soirée, Lucile n'en revenant pas que son Louis et sa belle-sœur héritent, en quelque sorte, de leur beau-père, les enfants posant des questions sur la ferme, sur les vaches, sur les grands prés herbus qu'évoquait leur papa.

Louis avait cependant attendu le coucher des enfants pour en venir à ce qui, à l'évidence, le tarabustait.

— Alors, que voulais-tu me dire au sujet de ta sœur ?

— Elle ne me parle plus !

Et Louis de narrer les raisons de cet incompréhensible différend et le comportement, on ne peut moins logique, de Pascaline, son mutisme et surtout cette sorte de désespoir qu'il avait cru lire dans son regard d'ordinaire limpide.

— Savais-tu qu'elle est enceinte ?

— Encore ! Clémentine marche à peine... Mon

frère et son désir forcené d'avoir un fils ! C'est un peu tard, j'en conviens, mais je lui en toucherai deux mots, à ce *destimborla*[1].

— Si par chance tu le trouves chez lui ! Il passe plus de temps à son comité de défense des viticulteurs que dans ses terres. Vois-tu, si je comprends la révolte de Pascaline, il n'en reste pas moins qu'elle se trompe de cible en me faisant porter le chapeau. Prendre le temps de réfléchir, je ne lui en demandais pas plus, bon sang !

La colère de Louis montait en puissance, Lucile jugea bon d'en finir pour ce soir :

— Allons nous coucher, Louis, tu as besoin de repos. Demain, les idées seront plus claires.

— Tu as raison, ma jolie. Une nuit sans ma petite femme, c'était… comment dire… le bagne !

Une nuit, à l'évidence, ne suffit pas et ce fut au tour de Louis de s'enfermer dans des cogitations qui n'aboutissaient pas. Lucile s'était donné pour consigne de ne plus relancer le sujet, son époux était tiraillé, elle n'allait pas en rajouter. Néanmoins, au bout d'une semaine, elle n'y tint plus ; ce n'était pas dans sa nature de laisser traîner des situations délétères. Elle revenait de la Sarrasine où la mine défaite de Pascaline l'avait convaincue : cette situation ne pouvait s'éterniser.

— Eh bien voilà, j'ai réglé son compte à mon frère ! avoua-t-elle à son mari qui attisait les braises dans l'âtre.

— Vous êtes fâchés ? Vous aussi ?

— Pas le moins du monde ! Certes, il y a des

---

1. *Occitan : écervelé, détraqué, fou.*

vérités qui ne sont pas bonnes à entendre et je n'ai pas mâché mes mots.

— Ça, je te crois sans peine ! ironisa Louis.

— Je lui ai dit son fait, à savoir qu'il passe plus de temps à refaire le monde qu'à retourner ses champs, qu'il existe d'autres façons de prouver son amour à sa femme que de lui faire des enfants, surtout si on peine à leur assurer une vie décente.

— Eh bé, il en a eu pour son compte, le Clément ! Et il ne t'en veut pas ?

— Pas le moins du monde. On s'est fait la bise en se quittant et je les ai invités à venir manger au moulin, dimanche.

— Ils… ils viendront ? Tous ?

— Pardi !

Louis gratifia Lucile d'un chaleureux sourire. Chère, très chère et finaude Lucile qui comprenait sa souffrance et ménageait son orgueil.

— Je t'aime, ma toute belle ! murmura-t-il en l'enveloppant de ses bras et baisotant sa nuque.

— Tss tss tss ! La leçon que j'ai faite à Clément est valable pour vous, monsieur Thérond. Notre moulin se refuse à accueillir un pensionnaire de plus.

— Nous agrandirons le moulin, lui susurra Louis en ronronnant comme un matou.

V

La Guille

Louis n'avait pas fermé l'œil de la nuit mais, loin d'être tourmenté par cette veille inhabituelle, il avait, au contraire, l'esprit clair et le cœur léger.

« Tout ça, se disait-il, grâce à l'énergique initiative de Lucile. Sacrée bonne femme que la mienne ! Voilà que soudain tout est clair et mes propositions vont convenir à Linette. »

Il n'avait pu les exposer ce matin à Lucile, les tournées d'olives les ayant pris au saut du lit. Aussi, tout le jour eut-il hâte que le ciel s'obscurcisse pour avoir enfin son avis.

Il ressassa son projet toute la journée, l'embellissait au fil des heures, alla même jusqu'à bâtir des châteaux en Espagne dont il rougissait aussitôt, honteux de rêver si haut.

« En plus de mon amour, je lui offrirai un moulin digne d'elle, à ma Lucile », se promettait-il. Et d'ajouter, pour n'oublier personne : « Je ne sais rien des ambitions de Pascaline, sinon qu'elle sera assurée de jours meilleurs. »

Lucile n'avait pas dit un mot : blottie contre Louis, sous leur chaud édredon, elle l'avait écouté religieusement.

D'un bond, elle sauta du lit.

— Où vas-tu, Lucile ? Quelque chose te déplaît ?

— Bien au contraire, c'est que j'ai envie de voir à quoi ressemblera notre moulin. Descendons, tu me feras un croquis.

— Maintenant ?

— Oui, maintenant, sinon je ne trouverai pas le sommeil. J'ai tant de choses dans la tête que j'ai hâte de les voir concrétisées.

Ils descendirent dans la salle, sans bruit, comme deux enfants préparant une sottise, et Louis griffonna sur une feuille blanche.

— Nous ne pouvons agrandir le moulin, à proprement dit, ni sur l'arrière ni sur le côté, alors on va faire une avancée en façade, c'est là où seront pesées les olives, entreposée l'huile finie. Le vieux moulin, on n'y touche pas, on y sera tout simplement plus à l'aise pour triturer, broyer, malaxer la pâte et laisser décanter.

— Et maintenant, la maison ! s'excitait Lucile, un sourire radieux éclairant son visage.

— Là aussi, il faut composer avec la configuration du terrain. On va l'étirer sur la gauche jusqu'à rejoindre le pigeonnier, la salle sera doublée et l'étage aussi, ce qui permettra d'aménager deux autres chambres dignes de ce nom. Jean-Louis et Florence ne dormiront plus dans la soupente.

Lucile avait des étoiles dans les yeux, ceux de Louis se fermaient de lassitude quand le couple regagna le lit, le corps lourd de fatigue et l'esprit voguant en douces flâneries.

Il avait plu toute la nuit, une pluie soutenue qui délavait les toits, lissait les arbres dénudés et rendait les chemins boueux. Au matin, un crachin persistait, glacé, pénétrant, troublé par d'intermittentes rafales de vent qui faisaient courber l'échine.

Uniforme, la grisaille régnait que balaya en un instant toute une charretée de fillettes joyeuses : les filles de Clément et de Pascaline, heureuses de partager, le temps d'une journée, les jeux des enfants du moulin.

— Rentrez vite, mes jolies ! invita Lucile en ouvrant la porte. Et toi aussi, belle-sœur ! Quel temps ! Viens te réchauffer. Mon frère n'est pas avec vous ?

— Il essaie de faire cohabiter notre cheval avec votre mulet. Ce n'est pas un jour à laisser une bête dehors.

Clément entra enfin et tendit les mains à la cheminée.

— Il faut vous aimer pour sortir par ce temps ! dit-il, un large sourire éclairant son visage.

Celui de Linette, tout pâle de froid à son arrivée, commençait à rosir dans la bienfaisante chaleur du moulin. Elle avait perdu cet air buté qu'elle avait à son retour du Bleymard et Louis s'en réjouit.

— On se fait la bise, Linette ? Sans rancune ?

Le doux sourire qu'elle lui dédia ne le convainquit pas ; il était fait de résignation plus que de réelle satisfaction. Louis se prit à douter : sa sœur réserverait-elle un bon accueil à sa proposition qui alliait pourtant sagesse et sécurité ?

L'heure, cependant, n'était pas encore à exposer son plan, le repas de Lucile n'attendait pas. On se serra autour de la table, les benjamines sur les genoux ; par ce temps, une poule au pot, son bouillon chaud et ses légumes étaient les bienvenus.

— Tu permets, Lucile ? demanda Clément pour la forme tout en desserrant d'un cran sa large ceinture en cuir. Ma foi, tu nous as régalés.

Pascaline opinait de la tête ; elle aurait volontiers déboutonné quelque peu sa robe sous laquelle son corps commençait sa lente mutation.

Louis avait hâte que Lucile serve le café, il voulait enfin passer aux choses sérieuses.

Devinant l'impatience de celui-ci, elle débarrassa promptement la table pour y installer les enfants qui ne pouvaient, en ce jour exécrable, aller jouer dehors.

— Si vous faisiez un concours de dessin ? leur proposa-t-elle. Votre tante et moi allons coucher les petites, elles vous laisseront tranquilles.

Proposition favorablement accueillie. Il fallut encore trouver le papier, les crayons en nombre suffisant. Enfin le silence régna que Louis troubla d'une voix qu'il avait de la peine à affermir, tant il redoutait les réactions de sa sœur.

— Croyez bien, vous tous, déclara-t-il en préambule, que j'ai longuement réfléchi à la situation qui nous préoccupe. Aujourd'hui, je pense être en mesure de vous proposer une solution, disons intéressante. Je vous la livre en gros ou en détail ?

Un peu de légèreté, pensait-il, ne nuisait pas à la gravité de l'instant. Sur le même ton, Clément lui répondit :

— Les deux, mon général !

— Alors voilà ce qui m'est venu à l'esprit comme une évidence : on vend les terres et les bois, on garde la ferme, le cheptel et une pièce de pâture.

— Les vaches te manquaient donc autant ? laissa échapper Pascaline dans un soupir. Grand bien te fasse, mon frère, de retourner là-haut !

— Loin de moi cette idée, Linette ! Je pensais plutôt y mettre un fermier... ou une fermière...

— Pas cette maudite femme Thomas, j'espère ?

La rancœur était encore tenace. Pascaline s'enflammait à chacune des avancées de son frère, puis redevenait silencieuse, pétrie dans une attitude de réprobation alors que, imperturbable, Louis entrait maintenant dans les détails. Il n'était pas utopique d'espérer vendre facilement les pièces arables et les bois de mélèzes dont il avait pu se faire une idée de l'étendue à la studieuse lecture des biens consignés dans un document que lui avait remis le notaire.

— De l'argent frais qui sera pour chacun de nous le bienvenu. À la Sarrasine, vous pourrez souffler un peu et voir venir. Ici, j'envisage d'agrandir le Prieuré où nous sommes trop à l'étroit, tant pour vivre que pour travailler.

En l'absence de réactions de son épouse, Clément approuvait :

— Vrai ! Avoir enfin un peu de trésorerie, ça nous soulagerait. Pour autant, c'est une décision qui concerne Pascaline.

Plus âpre encore fut la discussion autour des vaches et de la ferme dont Louis espérait un modeste mais substantiel revenu, alors que Clément doutait de trouver un fermier si peu ambitieux pour se contenter de cette portion congrue et que Pascaline se résignait avec une moue désabusée à imaginer la femme Thomas se comportant en maîtresse des lieux.

À l'évidence, la partie était loin d'être gagnée. Sans calcul, mû par une sincérité qu'avouait le regard limpide qu'il planta dans celui de sa sœur, il ouvrit son cœur :

— La situation actuelle nous incite à vendre, j'en conviens, Linette. L'affectif, lui, m'inspire plus de circonspection, notre mère ne vivait-elle pas et n'est-elle par morte pour ces biens qui la payaient de son sacrifice ? Alors, la sagesse, n'est-ce pas ce compromis : vendre une partie de notre héritage et garder l'autre comme une poire pour la soif ? Si le besoin d'argent se fait cruellement sentir – et qui en est à l'abri par les temps qui courent ? –, j'aurai moins de scrupule à hypothéquer la ferme de Mijoule que le moulin du Prieuré, crois-moi !

— Ton frère a raison, Linette.

— Si tu le dis... capitula Pascaline dans un soupir. Pourvu que je n'entende plus parler de tout cela ! Je vais te signer un pouvoir, Louis.

— Pas de précipitation, sœurette ! Il faut tout d'abord envoyer un courrier au notaire pour l'informer de notre décision et le charger de la vente partielle. Lui saura nous conseiller.

La journée, écourtée par la pluie qui habillait la nature de gris, se mourait dans de pesants non-dits. Lucile jugea opportun de dépoussiérer l'atmosphère en proposant une tasse de café et un bol de lait pour les enfants.

— Auparavant, dit-elle se forçant à l'enjouement, nous allons admirer les œuvres de nos jeunes artistes.

Antonia, au bord des larmes, tendit son dessin.

— Mon bouquet de fleurs est trop laid, pleurnicha-t-elle, il m'aurait fallu des crayons de couleur.

Un clin d'œil de Lucile et tout le monde comprit qu'à la fin le bouquet d'Antonia serait plébiscité. On n'en observa pas moins, avec attention, les dessins de ses sœurs et de ses cousins. Celui de Martha représentait une couvée d'oiselets dans leur nid tandis que la pétulante Maria s'était dessinée à califourchon sur une monture qui caracolait. Jean-Louis, le perfectionniste, avait reproduit dans ses moindres détails l'alambic de Bolsky.

— Mazette ! s'exclama l'oncle Clément, il ne manque rien à l'alambic de l'Estéphane ! Lui, par contre, est un peu rikiki...

— Ce n'est pas M. Bolsky, c'est sa fille Katherine ! se rebiffa Jeannot, vexé.

— Et notre Florence nous a dessiné notre future maison ! sourit largement Lucile en tendant la feuille à son mari.

— Hou là ! là ! Ce qu'elle sera grande ! admira Louis. Mais pourquoi cette croix au-dessus de la porte, fifille ?

— Ce n'est pas une maison, pas du tout. C'est un hôpital pour soigner les malades !

M. de Granat avait fait diligence et contacté son acheteur potentiel pour l'informer des *desiderata* des vendeurs.

— Bon sang, voilà qui m'arrange ! La ferme, j'en ai une et plus grande que celle des Fournels !

Que n'avait-il tenu sa langue, ce *duganel*[1] de Lhermet ! Lucien de Granat se frottait les mains : en voilà un qui paierait le prix fort à se dévoiler aussi naïvement.

Il paya, en effet, sans prendre le temps de discuter du prix, il y avait si longtemps qu'il lorgnait ces terres jouxtant les siennes. La transaction se fit et, par notaires interposés, les fruits de la vente furent remis, à parts égales, au frère et à la sœur. Une affaire rondement menée qu'accompagnait un courrier dans lequel Me de Granat assurait avoir signalé à la femme Thomas qu'elle pouvait rester à la ferme jusqu'à nouvel ordre.

Alors qu'à la Sarrasine Clément s'acquittait de deux traites encore dues, relatives à l'achat de matériel agricole, qu'il réglait les sacs de sulfate de cuivre achetés à crédit pour les premiers traitements et envisageait même l'acquisition d'une vigne abandonnée qu'il faudrait replanter, le chantier était ouvert au moulin du Prieuré.

Louis avait fait appel à un maçon de Vézénobres, M. Escoffier, qui travaillait avec son fils, Gustave, et Albert, un arpète d'une quinzaine d'années.

Le devis que fournit Escoffier parut raisonnable au couple Thérond qui décida de lui confier les travaux.

— Nous allons procéder par étapes, si vous le voulez bien. J'aimerais que vous commenciez par le moulin, ça nous fera un lieu de repli quand on en viendra à l'habitation proprement dite.

— On commence quand ? demanda Escoffier.

— En mars. Dès que j'aurai soutiré mon huile.

---

1. *Nigaud, naïf.*

Ils n'étaient que trois et on aurait juré qu'ils avaient douze mains ! Au bout d'une semaine, on voyait s'élaborer, au son des marteaux et des burins qui préparaient la pierre, les deux murs et la façade de l'avancée du moulin.

— Du bon boulot, Escoffier ! complimentait Louis. Gustave est à bonne école et le jeune Albert n'a pas les deux pieds dans le même sabot. Un dégourdi, votre apprenti !

— Si le temps nous mène, monsieur Louis, parole d'Escoffier, on plante le rameau avant le dernier du mois. Faudra payer l'absinthe pour marquer le coup.

— L'absinthe ? Comme vous y allez ! Je n'en ai pas chez moi.

— Vous tourmentez pas, monsieur Louis. Il suffira de payer votre tournée chez la Germaine, au *Café de la Mairie* ! Ah, maintenant que j'y pense, une petite avance, ça serait pas de refus, faut que je fasse rentrer le bois de charpente et les tuiles.

Alors, au Prieuré aussi, on écorna le beau pécule, fruit d'une vente rondement menée !

Le moulin était hors d'eau, à savoir qu'il était chapeauté de tuiles rondes et rouges et ses huis équipés de fenêtres, portes et volets. Les finitions intérieures viendraient après.

— Et maintenant, c'est ici que ça se passe. Il y aura du bruit et de la poussière, madame Thérond, surtout au début, le temps des fouilles, quoi ! Après, cocagne !

— On s'y fera ! s'était résignée Lucile.

Hélas, malgré ses bonnes résolutions, elle ne se départait d'un muet agacement qui ne se dissipait qu'au départ des maçons. Et le lendemain les désagréments recommençaient de plus belle.

— De la poussière partout ! se plaignait-elle. Sur le linge, sur la vaisselle, sur les aliments ! Quand donc finiront-ils ?

— Et si je vous emmenais tous les cinq en voyage ? lui proposa Louis, la sentant découragée.

Laisser sa maison à l'équipe Escoffier ? Lucile avait de la peine à s'y résoudre. Louis insista.

— Un voyage sur les chemins de mon enfance, je suis certain que cela plairait aux petits, et à toi te ferait le plus grand bien.

Des étoiles nostalgiques faisaient pétiller son regard à la pensée de faire découvrir les Fournels à sa famille, Lucile n'hésita plus.

— Tu sais, mon chéri, que c'est une excellente idée. Nous joindrons l'utile à l'agréable... à moins que cette fille de ferme soit aussi détestable que le laisse à penser ta sœur.

— Linette pèche par excès d'aversion envers cette pauvre femme. Tout n'est pas aussi noir chez elle. Toi qui es de bon jugement, ma Lucile, tu sauras me dire ce qu'elle t'inspire.

Il ne fallut pas longtemps pour préparer un bagage, avertir les maçons que, pour quelques jours, ils avaient le champ libre et passer à la Sarrasine pour les informer de leur départ.

— Pourras-tu nous mener, demain, à la gare, Clément ? Ensuite, si ce n'est pas trop te demander, j'aimerais que tu gardes mon mulet, il se languirait trop, tout seul, au Prieuré. Et aussi que tu ailles jeter un œil sur le chantier.

— Comme si j'avais du temps à perdre ! fit

mine de ronchonner Clément avec son sourire d'éternel adolescent.

Un service en appelant un autre en échange, Lucile proposa à Pascaline d'emmener les jumelles. Mère et filles restèrent sur la défensive, Pascaline ne cachant pas à ses enfants l'aversion qu'elle nourrissait envers les Fournels. Celle qu'on attendait le moins, la petite Antonia toujours occupée à veiller sur sa sœur, vint se planter devant sa tante et s'invita :

— Moi, je veux bien venir, tante Lucile. La sorcière, elle me fait pas peur !

Un doigt sur la bouche et les yeux tout en joie, Lucile lui caressa la joue.

— Chut Tonia ! Il ne faut pas traiter Mme Thomas de sorcière. Allez ouste, donne-moi quelques chauds habits pour ta fille, Pascaline, je l'embarque. Enfin une qui ne boude pas son plaisir de voir du pays.

On aurait dit des moricauds qui descendaient du train en gare de Villefort. Quatre enfants au visage mâchuré qui se frottaient les yeux et riaient de bon cœur !

— Gardez les yeux fermés dans les tunnels si vous ne voulez pas recevoir d'escarbilles, leur avait pourtant conseillé Louis.

Des escarbilles ! Le mot leur avait plu, qu'ils répétaient sans fin jusqu'à la sortie du tunnel et reprenaient au prochain.

Et les tunnels ne manquaient pas !

Après le train, la patache, celle qui reliait Mende à Villefort et qui les déposa au Bleymard. Restait à faire à pied la montée aux Fournels.

Le printemps explosait plus encore, leur sembla-t-il, sur ce versant du mont Lozère que caressait une légère brise. Des genêts d'Espagne au parfum entêtant, des pins droits et verts qui jetaient leur ombre fragile sur un parterre polychrome, le tout dans un bruissement d'insectes butinant, ce coin de montagne rendait l'âme rêveuse et leur cœur léger.

— C'est encore loin, papa ?

Florence avait pris Camille à califourchon sur son dos et peinait un peu au détour d'un chemin qui ne donnait aucune perspective de hameau ni de ferme.

— La grimpette aurait-elle eu raison de notre intrépide Flo ? Encore un petit effort, demoiselle, et nous serons arrivés. Tiens, donne-moi ton fardeau.

Installée sur les épaules de son père, Camille dominait le groupe qui fournissait un dernier effort. Elle fut la première à distinguer la toiture brun rouge de la ferme des Fournels.

— Là-bas ! dit-elle simplement en pointant un index en direction du mas.

Redécouverte avec sa sœur dans le froid de l'hiver, la ferme de son enfance avait agréablement surpris Louis, elle le ravissait sous le ciel printanier.

— Alors, comment la trouves-tu ? fit-il s'adressant à Lucile.

— Trapue ! répondit-elle spontanément.

— Mais encore ? insista Louis.

— Solide... hasarda Lucile ne sachant que répondre.

— Une sacrée belle maison que celle où tu vivais, papa ! s'exclama Jeannot.

Jean-Louis avait trouvé la manière, Florence renchérit :

— On dirait la chaumière de Blanche-Neige !

— Alors, c'est vrai ? Il y a une sorcière ? balbutia Antonia, pétrie des fabulations de sa mère.

— Tonia ! la reprit Lucile qui distinguait une silhouette plantée devant la ferme, la main en visière au-dessus des yeux, apparemment peu habituée à voir des gens s'inviter en ces lieux.

Certes, la femme sans âge qu'était Guillemette Thomas portait la même défroque qui oscillait entre le gris et le noir, au moins avait-elle le mérite d'être sans taches. Son bonnet, encore que peu flatteur, n'était pas jeté sur une tignasse hirsute, il était posé sur un gros chignon torsadé avec soin.

Ce qui frappa surtout Louis, c'était son teint clair, sa peau à peine hâlée, ses pommettes un peu rosies, en lieu et place d'une trogne avinée, rougeaude et striée d'un réseau violacé, témoin criant de son intempérance.

« Aurait-elle mis fin à cette détestable habitude ? » se prit à espérer Louis, et il lui tendit la main.

— Vous me reconnaissez, madame Thomas ?

— Par Dieu oui ! Ah ça, si je reconnaissais plus le maître...

Louis présenta sa femme, ses enfants, la fille de sa sœur et s'invita sans plus de façon.

— Vous aurez à nous supporter quelques jours, nous avons des choses à régler, n'est-ce pas ? dit-il en guise d'excuse.

Un aiguillon piquant aux fesses la fille de ferme ne l'aurait pas fait s'activer de pareille façon. Guillemette voulait tenir à tout : préparer des chambres pour tout ce petit monde, raviver son feu pour cuire le repas, faire visiter la ferme de fond en comble. Lucile se proposa de l'aider.

— Je veux bien, la patronne, ça ira plus vite. Et puis vous verrez les armoires, j'ai rien touché, juré, depuis que la pauvre madame...

— Je n'en doute pas ! répliqua Lucile que l'insistance de la femme agaçait. Encore que tout ce linge jauni, ces pliages cernés de gris mériteraient une bonne lessive.

— Je pourrais m'y atteler cet été, on sèche vite au grand air... si je suis encore là.

Enfin la table fut dressée qui tira un sourire à Lucile : des couverts de fer-blanc, des écuelles ébréchées dont le bord faisait dentelle, des verres dépareillés... et de grandes serviettes de lin brodées au chiffre M.

— Le maître interdisait d'y toucher, il disait qu'elles serviraient pour les grands jours. Et aujourd'hui, c'en est un. Pour sûr ! C'est un grand jour !

— Et pourquoi donc, madame Thomas ? s'enquit Louis qui entrait, suivi de sa marmaille.

— Madame Thomas... Madame Thomas... Je crois toujours que c'est à quelqu'un d'autre que vous parlez. Ici, on m'appelle la Guille, c'est plus simple.

— Ce n'est pas très joli, fit remarquer Florence. Je préfère vous appeler Guillemette, alors.

— C'est bien gentil à vous, demoiselle ! Je disais, mon maître, que c'est un grand jour de voir revivre les Fournels. Et tous ces *polits mourets*[1] bien gentils !

Tous avaient grand-faim et le repas de Guillemette,

---

1. *Jolis visages en parlant des enfants.*

pour simple et improvisé qu'il fût, ravit les grands et petits estomacs. Les enfants repus s'agitaient sur leur chaise.

— Nous pouvons aller jouer dehors, papa ?

— Attention aux *bestias longas*[1], mes joliets ! intervint Guillemette, tout en s'affairant à ranger les reliefs du repas. Elles dorment encore sous les pierres chaudes.

— Asseyez-vous, madame Thomas, nous avons à parler.

Louis n'en revenait pas de la vitalité de cette femme qu'il aurait classée, sans lui donner un âge précis, dans la décennie des septuagénaires ou approchant. En toute innocence, la fille de ferme éclaira sa lanterne, tout en balayant vigoureusement le sol.

— Pas de madame, je vous en prie. Jamais personne m'a demandée et ce n'est pas maintenant, à presque cinquante ans, qu'un mari va se présenter !

Elle riait d'une bouche partiellement édentée, ne semblait éprouver aucune souffrance de cet état de fait. Sa voix se fêla simplement quand elle ajouta :

— Pas d'enfant non plus à faire sauter sur les genoux ! Bah, c'est la vie. Comme on dit, s'ils font pas rire, ils font pas pleurer.

Louis renouvela son invitation à s'asseoir, prière à laquelle elle se déroba une nouvelle fois.

— Ma boîte ! Il faut que j'aille chercher ma boîte !

---

1. *Occitan : bêtes longues, les serpents.*

Et la voilà partie dans l'arrière-cuisine qu'elle appelait *patouille* pour en revenir avec une sorte de cassette en métal qu'elle renversa sur la table. Les yeux écarquillés et la bouche arrondie, Louis et Lucile, médusés, regardaient pièces et billets éparpillés devant eux.

— Qu'est-ce que c'est que cet argent ? Et pourquoi avoir cette somme par-devers vous ? demanda Louis.

— Ben, l'argent des marchés, pardi ! Quatre mois que Mijoule est parti, pour autant les tommes et le beurre n'ont pas moisi dans la patouille. Et puis Mijoule avait promis un veau au boucher de Génolhac, té, il avait pas patience qu'il soit plus sous la mère, une si belle viande à vendre au prix fort. Alors voilà, il y a toutes les recettes depuis décembre…

Au moins, on pouvait compter sur une honnêteté à toute épreuve de la part de cette Guillemette.

— Et vos gages ? demanda Louis.

— J'ai un toit sur ma tête, répondit la fille de ferme en pointant d'un doigt le plafond, et j'ai toujours mangé à ma faim.

Un long silence suivit la sage réflexion de la femme Thomas. Puis Louis se décida enfin à comptabiliser l'argent. Lucile faisait des tas, lissait les billets ; ils recomptèrent trois fois avant de convenir qu'ils ne rêvaient pas : mille deux cents francs ! Mille deux cents francs qui leur tombaient du ciel… enfin… du travail d'une seule femme aussi discrète qu'un tombeau. Le choix de Louis était fait, il fallait que cette demoiselle Thomas reste à la ferme des Fournels.

Elle avait pris place un peu en retrait, les mains sous son tablier, comme si cet argent enfin remis à son propriétaire ne la regardait plus, elle attendait. Louis leva la tête vers elle.

— Vous n'êtes pas sans savoir, mademoiselle Thomas, que nous avons vendu la majeure partie des terres...

— Si je sais ! Le vieux Lhermet n'a pas mis longtemps à poser ses clôtures. Il m'a bien avertie : « Attention, la Guille, qu'il m'a dit, que je voie pas tes bêtes dans mes terres. »

— Il faudra bien pourtant vous y conformer si vous prenez la ferme à rente...

Voilà ! C'était dit !

— Fermière à rente ? Moi ? Jamais de la vie ! Fille de ferme suis et le resterai jusqu'au bout. Fermière, la Guille ? Ils se moqueraient bien, au Bleymard ! Et jusque dans la vallée !

— Vous voulez donc partir ? Vous avez trouvé une place ?

Guillemette baissait la tête, dérobait son regard noyé de larmes à l'observation de Louis qui se méprenait. Lucile, fine mouche, comprenait le raisonnement de la femme Thomas.

— Cela ne vous semblerait pas... comment dire... pénible de rester aux Fournels en tant que fille de ferme ? demanda-t-elle en scrutant le visage de Guillemette.

— Vous ne vous moquez pas, la patronne ? Je peux rester ?

Lucile regarda Louis. « À toi de conclure ! »

disait-elle. Il s'entendit alors proposer à Guillemette le double de ses gages actuels qu'il jugeait dérisoires tout en lui conservant le statut de fille de ferme auquel elle paraissait attachée.

— Six cents francs de gages à l'année, payables à la quinzaine ou au mois, à votre convenance. Cela vous irait-il, mademoiselle Thomas ?

Dissimulant une satisfaction qui accélérait les battements de son cœur, Guillemette fit sa bourrue.

— Autant vous le dire tout de suite, mon maître, je ferai jamais pâturer huit vaches sur ce que vous me laissez de prairie. Six, ça sera déjà joli !

— Eh bien nous en vendrons deux, concéda Louis, arrangeant.

— Le Pierrou de Bagnols, il dira pas non. Tout le troupeau, qu'il voulait, ce *coqui*[1]. J'ai pas dit oui, j'ai pas dit non. Pas vrai, c'est pas plus mauvais de le laisser un peu sur les braises ?

Finement rusée en plus d'être honnête et travailleuse infatigable, Guillemette n'en finissait pas de se dévoiler. Louis lui laissa le soin de négocier avec ledit Pierrou et l'assura de la fournir en paille et en fourrage pour l'hiver.

— Je suis à peu près sûr que vous me dénicherez quelque fermier pour nous le vendre à bon compte, lui confia-t-il avec un sourire en coin.

— Il n'en manque pas qui mettraient leurs bêtes sur le sol pour vendre leur paille et faire quatre sous.

— Eh bien, c'est entendu, je monterai dans le

1. *Coquin, dans le sens de roublard.*

courant du mois d'août et vous garnirai le fenil, je ferai rentrer aussi votre bois de chauffage.

Toutes ces parlotes agaçaient visiblement Guillemette qui voulait entraîner ses nouveaux patrons dans sa patouille ; elle dut attendre encore les dernières mises au point de Louis qui lui demandait expressément de déposer l'argent de ses marchés chez le notaire, au moins une fois par mois.

— Par la même occasion, il vous paiera vos gages, j'en conviendrai avec lui. Alors, tout cela vous agrée, mademoiselle Thomas ?

— Faudra vendre la Noiraude... et aussi la Tissoune, elles ont fait leur temps, répondit Guillemette qui suivait son idée. Tenez, les maîtres, venez voir ma réserve.

Une odeur aigrelette de lait suri flottait dans l'espèce de laboratoire où régnait une méticuleuse propreté. Sur une étagère s'alignaient des *escudélons*[1] par les trous desquels s'égouttait le petit-lait alors que sur le long plan de granit d'une pile des pains de beurre délicatement moulés s'empilaient. Ici, des pots de miel du sombre au transparent et là, prisonniers de boîtes disparates d'où s'échappait leur parfum de sous-bois, des cèpes découpés en fines lamelles séchaient lentement.

De nouvelles fragrances, à la fois robustes et délectables, titillèrent leur odorat ; Guillemette venait de soulever le lourd abattant d'une imposante maie, pleine à craquer de salaisons.

— Les deux cochons que j'ai mis au saloir ! énonça-t-elle. Mijoule disait qu'on avait assez de

1. *Larges faisselles.*

patates et de châtaignes pour les nourrir. Démarrés à la *gaspe*[1], ils faisaient bien leurs quatre quintaux, ces deux-là ! Le Gustou des Chazes m'a dit : « La Guille, un de ces quatre, y vont te fiche par terre, ces foutus bestiaux. Je viendrai te les occire à la première lune de janvier. »

— Vous avez charcuté deux cochons ? Seule ? s'étonna Lucile qui imaginait sans peine le travail fourni.

— Comme toujours. Mijoule, il aimait mieux le manger que le charcuter !

Subjuguée par l'abondance de victuailles qui l'entouraient, Lucile promenait un regard fasciné sur les étagères, sur le coffre, attitude interceptée par la finaude fille de ferme.

— Vous emporterez tout ce qu'il vous convient, la patronne. Pour vous et pour l'autre madame, celle au regard triste.

Ils avaient enfin parcouru, à la suite de leur guide qui ne voulait rien laisser au hasard, tous les coins et recoins de la ferme ; ils paressaient maintenant au soleil finissant tandis que Guillemette, accompagnée des enfants enthousiastes, était allée chercher les vaches au pré.

— Veux-tu que nous montions au fenil ? demanda Lucile dans un murmure, en prenant la main de Louis.

Sans se retourner, fixant toujours l'horizon, il répondit d'un ton grave :

— Pas encore, Lucile. Je ne suis pas prêt.

Puis il ajouta, et c'était à peine audible :

1. *Occitan : aussi appelé petit-lait, résidu du beurre et du fromage.*

— C'est drôle, je n'arrive pas à en vouloir à cette fille…

Les clarines annonçaient le retour du troupeau. Il émergea soudain d'un bosquet touffu, précédé de Florence avec, comme d'habitude, Camille accrochée dans son dos. De part et d'autre des montbéliardes, aubrac et limousines au pas lent, Antonia et Jean-Louis, armés d'un bâton, canalisaient leur avancée. Fermant la marche, légère comme une jeune fille, Guillemette avait la bouche pleine d'onomatopées destinées à ses vaches.

— Brouiii… Brouiii… Vaï vaï vaï…

— Et maintenant, où va-t-on ? cria Florence.

— Dans l'étable, ma mignonne. Il faut les débarrasser de ce bon lait qui gonfle leurs pis, expliqua patiemment Guillemette.

— Je vais vous aider à les traire, Guillemette !

Deux jours encore s'écoulèrent au rythme besogneux de la fille de ferme qu'aucune tâche ne rebutait. Deux jours, un vent de liberté pour les enfants, une belle parenthèse amoureuse pour Lucile et Louis qui, confiant les petits à Guillemette, s'offraient une balade au champ de menhirs ou à la cascade de Rûnes.

Deux jours aussi – qui s'en serait douté ? – que Guillemette savoura comme les plus heureux de sa pauvre vie.

Le dernier soir, alors que tout était silence dans la ferme endormie, Louis fut alerté par un frottement de pas furtifs dans le couloir. Il se leva sans bruit, sortit de sa chambre et suivit à distance la flamme chancelante d'une bougie.

En chemise et cotillon, pieds nus et en cheveux, telle une condamnée, Guillemette Thomas effectuait en secret un rituel. Elle gravit quelques marches de bois avant de s'immobiliser devant une porte dont elle tourna la clenche qui obéit sans bruit. Puis elle se faufila dans l'entrebâillement et disparut, happée par la pénombre.

Louis arriva à son tour devant la porte entrouverte et se figea devant la scène pitoyable. Son bougeoir posé sur une solive, la fille de ferme agenouillée, les épaules secouées de sanglots muets, soliloquait :

— C'est peine que vous ne soyez plus là, la patronne, ils vous donneraient tant de joie, vos petiots ! Et votre fils, un bon gars, M. Louis. Soufflez-lui à l'oreille, patronne, que je suis une bonne fille… pas une criminelle… non… pas une criminelle, vous le savez.

Les mots balbutiés arrivaient à peine à l'oreille de Louis tant sa tête bourdonnait ; malgré le rideau humide qui brouillait ses yeux, il la vit enfin se relever, appuyer une échelle contre le mur, grimper jusqu'au dernier barreau où elle s'immobilisa. D'une main, elle fourragea dans la poche de son cotillon, en retira une poignée de fleurs des champs qu'elle déposa sur le bec-de-corbin meurtrier.

Le cœur en paix, Louis regagna sa chambre et pleura tout son soûl des larmes d'apaisement.

VI

Turbulences

— Tu nous fais manger, Pascaline ?

De retour de leur escapade lozérienne, Louis et sa famille faisaient halte à la Sarrasine pour déposer Antonia et reprendre leur mulet.

— À la fortune du pot, alors ! répondit-elle, le visage tout joyeux de retrouver sa fille.

— Garde ton pot, belle-sœur, et regarde plutôt ce que nous rapportons.

Lucile souleva le linge blanc qui recouvrait la panière d'éclisses préparée par Guillemette. Elle ajouta, voyant la mine de Pascaline s'assombrir :

— Ne t'avise pas de faire ta maniérée. Il s'agit du beurre et du fromage de « tes » vaches, de la charcuterie de « tes » cochons, du miel de « tes » ruches…

— C'est vrai, maman ! s'écria Antonia, interrompant la fastidieuse énumération. Et même que Guillemette a bien recommandé à tante Lucile de partager avec toi.

Et il n'y avait pas seulement les victuailles à partager ! Louis avança sur la table la part de Pascaline, cinq cents francs après qu'il eut payé les quatre mois de gages de leur fille de ferme.

Pascaline s'était fait une raison et avait décidé

d'accepter tout ce qu'il lui revenait de droit des Fournels sans plus de commentaire. Surprise, pourtant, et agréablement, de cet argent si vite engrangé, elle lança comme un défi :

— Au moins, il me servira à payer une magnanarelle pour la saison des vers à soie !

Elle rougit aussitôt de sa bravade et ajouta en modérant son propos :

— Si tu ne vois pas d'inconvénient, Lucile, à ce qu'une autre que moi te prête la main.

— Et pourquoi en verrais-je ? Clément est au courant ? Au fait, où est-il, mon frère ? Déjà à épamprer ?

— Il devrait ! soupira Pascaline. Mais il avait une réunion avec d'autres viticulteurs.

— Preuve que la vigne peut attendre ! se mêla Martha. Ce n'est pas dans les habitudes de papa de la négliger.

— On parle de moi ? En bien, j'espère ! Alors, les voyageurs, le séjour a été profitable ?

— À toi de juger, Clément !

Ce disant, Louis désignait sur la table l'argent partagé et, au sol, la corbeille dont ils feraient de même.

— La chance a tourné, alors. Pour nous aussi, viticulteurs oubliés, le ciel s'éclaircit, notre Cigalou est en passe de nous mener à la victoire. Et toi, tu vas être surpris de l'avancée de tes travaux.

— Ça c'est vrai, mon oncle ! appuya Maria. Je suis allée au moulin avec papa ; ils en mettent un coup, les maçons, surtout Albert ! Le pauvre garçon, il faut qu'il tienne partout.

La surprise, en effet, fut à la hauteur de la naïve admiration de la fillette. Au Prieuré, c'était la révolution sans pour autant que les propriétaires puissent jouir d'une pièce finie. Rien n'était achevé, tout était à faire.

— Dans un mois, à peine, notre fils fait sa communion. Où pensez-vous, monsieur Escoffier, nous laisser la place pour notre repas de fête ? demanda Lucile, les poings sur les hanches, bien décidée à acculer le maçon, comme on dit, au pied du mur.

— Sous votre tilleul, té pardi ! C'est pas l'endroit rêvé ? répliqua Escoffier sans se démonter.

— Pour cela, il faudrait que vous m'assuriez d'un soleil sans partage et ça, ce n'est pas dans vos cordes. Il faut trouver une autre solution, et vite !

Louis, fort opportunément, vint à la rescousse des bretteurs.

— J'aurais, pour ma part, une petite idée. Que manque-t-il à l'avancée du moulin ? Le carrelage et un coup de blanc de chaux aux murs ! Mettez-y un tâcheron et ça fera l'affaire.

Marché conclu à la satisfaction des deux belligérants. Aussi vit-on arriver, quelques jours plus tard, un tombereau de sable et une charretée de carreaux et de sacs de ciment, suivis dès le lendemain d'un employé à la tâche qui ne rendit pas celle d'Albert plus aisée. Pauvre arpète toujours à tenter de satisfaire des éternels mécontents !

Julie Boissier n'était pas une mazette et chaque jour Lucile se réjouissait, à plusieurs titres, du choix de sa belle-sœur. Tout d'abord parce que la jeune magnanarelle – en novembre, elle serait catherinette – travaillait consciencieusement, ensuite parce qu'elle soulageait Pascaline dont la grossesse, plus pénible que les précédentes, la rendait patraque et abattue plus souvent qu'à son tour.

Surtout enfin, parce qu'elle la sentait apte à la suppléer au moment de la communion de Jean-Louis qui requerrait de nombreux préparatifs au moulin. Elle lui en fit la proposition :

— On voit que vous avez l'habitude des magnans, Julie.

— Vous me croirez ou non, madame Thérond, je suis née entre deux claies. Ma mère, avant moi, se plaçait entre autres pour les vers, elle n'a pas eu le temps de rentrer chez elle et a posé son paquet, comme on dit, dans une *banaste*[1] de feuilles de mûrier. Faut croire que ça crée des liens ! s'exclama Julie en éclatant de rire.

La joie de vivre de cette humble fille était communicative, Lucile ne s'en priva pas :

— Des liens de soie, ma foi, c'est bien mieux que des liens de chanvre.

Puis, redevenant sérieuse :

— Vous sentirez-vous, Julie, d'assumer seule la magnanerie pendant toute une semaine ? Je vous paierai en conséquence.

— Une semaine et plus, allez ! Ne vous tracassez pas.

— Alors c'est dit ! Je vous abandonnerai la semaine qui précède Pentecôte, jour de communion de notre fils. Je voudrais lui offrir une belle fête. Tenez, je vous invite ! La Sarrasine n'est pas

---

1. *Occitan : panier, corbeille.*

si loin du Prieuré, vous aurez le temps, entre deux ramassées, de festoyer avec nous.

— Ne prenez pas ombrage, madame Lucile, si je décline votre invitation, car j'aurais scrupule à laisser mon jeune frère. Le dimanche est le seul jour où nous mangeons ensemble, Henri est placé à la ferme Adhémar, à Saint-Maurice.

Lucile se souvint : les fées ne s'étaient pas penchées sur les berceaux de Julie et d'Henri Boissier. Le père, un journalier, était mort asphyxié dans la cuve à vin qu'il nettoyait, quelques jours avant la naissance du petit Henri, la mère les avait quittés l'hiver dernier d'un mauvais froid mal soigné.

Lucile laissa parler son cœur :

— Votre frère sera des nôtres, lui aussi. J'insiste, ça me fait plaisir. Nous ne sommes pas si nombreux de famille.

Elle n'avait pas plutôt entériné cette invitation spontanée – comme nombre de ses pulsions, aurait dit Louis – qu'un rapide calcul lui confirma qu'ils seraient treize à table.

« Me voilà dans un beau pétrin ! » se morigéna-t-elle.

Sans être une superstitieuse effrénée, Lucile redoutait comme tout bon chrétien une version revisitée de la Sainte Cène, tout comme elle jugeait hérésie qu'on posât le pain à l'envers sur la table. Elle n'eut pas longtemps à se triturer l'esprit pour trouver qui ferait le quatorzième convive, sa nièce Maria la mettant, en toute innocente, sur la voie.

Chaque soir, après son travail dans la magnanerie, Lucile papotait un moment avec sa belle-sœur. Une ère paisible semblait régner à la Sarrasine, comme le prouvait la frimousse ouverte de l'impétueuse Maria qui venait aux nouvelles.

— La salle neuve du moulin sera prête à temps, ma tante ? Jeannot m'a assuré qu'Albert faisait merveille à blanchir les murs. Il m'a dit encore que son patron ne le ménageait pas.

— C'est bien pourquoi, après avoir été à la peine, ce jeune garçon sera à notre table pour banqueter avec nous. Ça en fera, de la jeunesse ! se réjouit Lucile.

Plus réjouie encore était Maria chez qui sa tante crut deviner une expression de plaisir intense, en même temps qu'une soudaine érubescence colorait son teint clair.

En veine, elle aussi, d'agréables futilités, Pascaline déballa ses dernières emplettes : percale blanche, popeline rose et popeline bleue pour tailler des jupes semblables et des chemisiers différents à ses jumelles.

— Moi, j'ai misé sur la broderie anglaise pour mes filles, confia Lucile.

Pascaline se mit à rire tout en sortant de l'armoire deux jolies robes festonnées.

— Les grands esprits se rencontrent ! se réjouit-elle en dépliant les deux toilettes. On les croira plus sœurs que cousines, nos quatre fillettes.

— Sur le marché, j'ai trouvé des petits chapeaux de paille souple. Veux-tu que je t'en rapporte deux pour parfaire la ressemblance ?

— C'est pas de refus… si tu trouves le temps, entre les vers à soie et la communion, de tenir ton étal.

Le temps ? Elle le prendrait ! Piquée au vif à la vue des revenus providentiels fournis par Guillemette, Lucile ne songeait qu'à se colleter aux marchés alaisiens, il y allait de son honneur. Aussi ne perdit-elle pas de temps dès son retour au Prieuré.

— Louis ! Jeannot ! Préparez-moi des estagnons pour lundi, je suis sûre que ma clientèle a hâte d'admirer l'or ambré de notre nouvelle huile. Demain, j'irai voir le père Riboulet ; son savon a dû sécher et doit être prêt à vendre.

— Prends au moins le temps de venir admirer notre moulin ! l'invita Louis qui jubilait de satisfaction.

Elle ne bouda pas son plaisir et apprécia du seuil le carrelage noir et blanc qui, posé en diagonale, allongeait la pièce et les murs blancs sur lesquels le jeune Albert appliquait les dernières retouches.

— Ah, c'est bien que tu sois là, Albert ! D'abord, je te félicite et ensuite je t'invite à la communion de Jean-Louis. Tu mérites enfin une journée de détente.

— C'est aimable à vous, madame Thérond, s'empressa l'arpète, plus souvent malmené que choyé.

« Voilà une affaire réglée ! » se disait Lucile qui se félicitait de cette journée menée tambour battant.

Jean-Louis allait se charger d'émousser sa bonne humeur.

— Maman, tu n'as pas encore acheté mon brassard ?

Il faisait ses devoirs et soudain lui revenait une recommandation de M. le curé à tous les communiants.

— J'irai le chercher, avec ton petit costume, à la fin de la semaine prochaine. Pourquoi cette question ?

— Parce qu'ils sont offerts, de même que les

couronnes pour les filles, par M. et Mme de Villeméjeanne, les châtelains du Belvédère.

— Quelle sornette me chantes-tu là ?

Lucile était en alerte au seul mot de Belvédère.

— Ce n'est pas un mensonge, maman. Le curé dit que c'est très bien qu'une tradition perdue revienne à la mode.

— Une tradition ! Quelle tradition ?

— C'était du temps des rois, je crois. Les seigneurs se montraient généreux envers les petites gens...

— Sauf que nous sommes en République ! Les cadeaux empoisonnés des seigneurs ne sont plus de mise. Tu mettras le brassard dont j'ai passé commande.

— Que va dire M. le curé, maman, et aussi le...

— Le curé, je m'en charge, et de ce pas !

Ah ça, elle allait lui faire entendre raison à ce brave curé qui croyait bon de ressusciter les us d'un autre monde ! Et il l'écouterait tant elle serait convaincante.

Peine perdue ! Elle avait, en guise d'interlocuteur, un fantoche qui répétait une leçon bien apprise :

— Considérez ceci comme un don généreux, et je soupçonne Mlle Diane, je veux dire sœur Anne-Félice, la sœur de Mme de Villeméjeanne, d'être à l'origine du rétablissement de cette prodigue coutume. De plus, cela créera une unité dans le chœur de l'église, pas de brassard de riche ni de brassard de pauvre ; pareil pour les couronnes qui orneront le front virginal de nos jeunes innocentes.

Lucile s'en revint chez elle, plus courroucée que jamais.

— Je n'ai pas dit mon dernier mot ! lança-t-elle en guise d'explication.

Et le lendemain, elle partit en croisade... et se heurta à des mères pour qui couronne ou brassard était le dernier des soucis.

— Enfin, madame Domergue, est-ce que vous trouvez normal qu'on soit soumis au Belvédère comme des valets de ferme ?

— Je n'ai pas vu ça sous cet angle, madame Thérond. Notre fille aurait porté la couronne de ma communion, un peu jaunie, je vous l'accorde, et si on lui en donne une plus fraîche, je ne vais pas me plaindre !

Autre maison, autre discours. Et toujours pas celui que Lucile rêvait d'entendre.

— Il faut se mettre à leur place ! Ces pauvres châtelains en mal d'enfant...

— Ils n'ont pas le droit d'accaparer les nôtres !

— Refuser leur cadeau ne serait vraiment pas charitable.

Elle avait cru soulever une révolution et c'était un tollé !

— Ah, ces Loubaresse ! tenta d'apaiser avec humour Louis à qui elle disait son courroux. Frère et sœur, même combat ! Sois plus futée, ma chérie, et fais mine d'accepter l'offre. Le jour venu, Jean-Louis portera le brassard que tu avais prévu et nul n'y verra rien.

Quand donc Jean-Louis rapporta le précieux carton plat et son contenu de faille, de soie et de perles argentées, Lucile le rangea dans son armoire et lui substitua celui qu'elle avait acheté. Et elle n'avait pas mégoté, il rivaliserait plus qu'honorablement aux côtés de ceux offerts par le Belvédère.

Le parvis de l'église de Vézénobres était éclaboussé de soleil en ce beau dimanche de Pentecôte. S'y pressaient, outre les fillettes en robe blanche et les garçons en costume de marin, leur famille endimanchée, enchapeautée, gantée et chaussée de cuir, étouffant et suant dans des cols haut fermés, des tailles corsetées, des vestons trop cintrés.

Les portes restées closes avaient maintenu une fraîcheur bienfaisante que tous furent aises de trouver en entrant. En longue procession, communiantes et communiants remontèrent la nef et allèrent s'installer en demi-cercle, autour de l'autel. La célébration pouvait commencer.

Elle fut belle, priante, chantante, émouvante, sincère... mais longue ! Gageons que plusieurs ménagères s'inquiétèrent de leur frichti qu'elles voulaient festin. Lucile ne faisait pas exception à la règle, aussi n'eut-elle de cesse, à la sortie, de rentrer au moulin. Hélas, sur le parvis, M. le curé gesticulait et haranguait :

— Ne partez pas, les enfants ! Et vous non plus, mes amis ! Un photographe va immortaliser cette belle journée.

Comprenant l'impatience de Lucile, Pascaline proposa :

— Veux-tu que nous rentrions, Lucile ? Confions les enfants à nos époux, ils ramèneront la charrette et nous prendrons ta jardinière.

Le gigot de mouton, un broutard à la fois tendre et ferme, à la croûte brune et au cœur rosé, dégageait de subtils arômes d'ail dont il était piqué, de thym brisé dont il était parsemé, de pommes de terre aux petits oignons grelots dont il était entouré.

L'énorme jésus descendu des Fournels voisinait avec un pain de beurre de même origine et avait revêtu l'habit cévenol en s'accompagnant de radis roses, tirés le matin même du potager.

Dissimulée aux regards curieux et maintenue dans la fraîche pénombre du vieux pigeonnier, la pièce montée d'une quarantaine de boules soudées d'une cascade de caramel, dans lequel le pâtissier avait inclus des dragées avant refroidissement, serait le clou du repas.

On n'attendait plus que le gros de la troupe ! Une troupe qui rongeait son frein sur la place de Vézénobres pour une photo qu'on désespérait de tirer.

Le photographe peinait à faire entrer les communiants dans son champ de vision et, quand enfin le cadrage était bon, voilà qu'on cherchait M. le curé, lequel était accaparé par une paroissienne qui convenait d'une messe à la mémoire d'un défunt de sa famille. Rattrapait-on l'homme de Dieu qu'une maman s'immisçait dans le cadre pour arranger la coiffure de sa fille. C'était à désespérer.

On semblait enfin prêt. Louis cherchait son fils des yeux. Se dissimulait-il derrière plus grand que lui ? La réponse lui vint du prêtre qui criait :

— Thérond ! Jean-Louis Thérond ! Il ne manque plus que lui. Où est-il passé, ce lascar ?

Le reste se déroula, pour Louis, comme dans un mauvais film. On entendit des pas précipités dans l'église, Jean-Louis en jaillit, rejoignit le groupe dans lequel il se plaça au hasard.

Heureux hasard qui le fit côtoyer une fillette dont la couronne, au ras des sourcils, n'avait rien de seyant, mais que le garçonnet jura être la plus belle de toutes.

« Pourvu que maman achète la photo ! espéra-t-il. Notre premier portrait ensemble, Katherine Bolska et moi. »

Jean-Louis était au paradis. Aussi ne prêta-t-il pas attention à Hadrien de Villeméjeanne qui, sortant à son tour de l'église, se plaçait derrière lui et posait une main possessive sur son épaule.

Clic clac ! Le cliché était pris. Le cœur de Louis battait la chamade.

Sur le chemin du retour, père et fils, muets, avaient l'esprit habité des troubles divers. Jean-Louis avait totalement oublié l'objet qui pesait dans la poche de sa veste pour focaliser ses pensées sur la jolie Katiouchka, plus gracieuse encore que dans ses rêves. Louis, quant à lui, ne se débarrassait pas d'un cauchemar : la repoussante vision de la main d'un homme honni posée sur l'épaule de son fils.

Un point commun, cependant, réunissait le père et le fils : ils ne parleraient pas de leur bouleversement à Lucile.

« Que pourrait comprendre maman des premiers émois de son fils ? » se disait Jean-Louis.

« Pourquoi assombrir cette belle journée ? Ma chère Lucile s'est donné tant de mal ? » songeait sagement Louis.

On ne pouvait rêver mieux que cette familiale douceur de vivre qui présida à la communion de Jean-Louis, au point que Julie Boissier et le jeune

Henri, tout comme Albert, l'heureux quatorzième, se sentaient adoptés.

Ils furent néanmoins les premiers à partir. Il fallait bien soigner les magnans qui en étaient à leur troisième mue. Albert, lui, prétexta l'inquiétude de ses parents s'il ne rentrait pas avant la nuit. La vérité était d'autre nature : il n'avait jamais fait pareille bombance et son estomac se ressentait de cet excès.

Il n'en fallait pas plus pour assombrir les yeux bleus de Maria qui avaient dévoré le jeune arpète tout au long du repas.

Quand Pascaline donna le signal du départ, Lucile se récria :

— Vous n'allez pas me laisser tous ces restes sur les bras !

— Je t'assure, nous n'avons plus faim, Lucile. Tu avais prévu pour tout un régiment !

— Alors vous revenez demain et la fête continue ! décida-t-elle toute joyeuse.

— Ce sera sans moi, alors !

D'une phrase, Clément venait de miner la soirée. Toutes les têtes tournées vers lui demandaient une explication.

— Le bout du tunnel ! Il est à portée de main pour peu qu'on s'en donne la peine. J'ai une réunion très importante.

— Ce n'est pas possible, papa ! s'écria Maria.

Elle insista :

— Tu sais bien qu'on doit réparer le poulailler.

— Le poulailler attendra, ma fille, il est plus urgent de faire valoir ses droits.

— Ce n'est pas possible, papa… Tu avais promis à maman et moi, je devais t'aider…

Maria était au bord des larmes. Le chagrin et aussi la colère qui la submergeaient embrasaient le regard qu'elle dardait sur son père ; l'impassibilité de ce dernier lui fit chercher un appui chez sa mère. Elle se dressa comme un coq sur ses ergots :

— N'est-ce pas, maman, qu'il est urgent de…

Une violente secousse la fit taire. Martha s'était saisie de l'une de ses nattes et la forçait à s'asseoir tandis que leur mère baissait la tête en exhalant un soupir de lassitude. La riposte de Maria ne se fit pas attendre, elle appliqua un retentissant soufflet à sa jumelle puis s'enfuit à l'extérieur, poursuivie par Maria en larmes.

— Ces deux-là, deux garçons manqués ! voulut plaisanter Clément mais l'incident avait sonné la fin de la fête, la famille Loubaresse leva le camp.

« L'animosité entre ces deux gamines révèle un malaise plus profond que ne le soupçonnent leurs parents », se disait Lucile en débarrassant les reliefs du repas.

Les enfants étaient couchés et dormaient à poings fermés, la tête pleine de joyeux souvenirs à engranger. Louis aidait sa femme et rangeait tables, chaises et tréteaux tout en observant à la dérobée le front plissé de Lucile. La fatigue de la journée avait certes raison de la vaillante Lucile, il devinait cependant, dans cette jolie tête, une profonde cogitation. Avait-elle eu vent de l'épisode de la photo ? Lui avait-on fait une réflexion au sujet du brassard ? Il devait en avoir le cœur net.

— Qu'est-ce qui te tracasse, ma chérie ?

— La mésentente de mes nièces ! avoua-t-elle, heureuse de pouvoir échanger son point de vue. Clément et Pascaline ont tort de prendre ça à la légère.

— Paradoxalement, c'est l'amour qui les oppose, l'amour inconditionnel de l'une pour son père et de l'autre pour sa mère. D'un côté il y a l'aura dont Martha entoure son père qu'elle pose en héros, de l'autre l'empathie protectrice de Maria envers sa mère, à ses yeux la sacrifiée.

— Curieux amour filial, tu avoueras ! Je n'admettrais pas qu'un seul de nos enfants se comporte ainsi !

— Le comportement d'un enfant, ma Lucile, n'est que le reflet de celui de ses parents. Dieu sait combien il me déplaît de porter un jugement sur ma sœur ou sur ton frère, pourtant il est évident que Clément, pardonne-moi Lucile, est un parfait égoïste et Pascaline une béate amoureuse.

— Une analyse que je partage, mon chéri, et une situation que je déplore, crois-moi.

Ainsi, là était le tourment de Lucile ? Louis, quoique honteux, s'en trouva soulagé.

— Et à laquelle nous ne pouvons remédier, conclut-il. Alors, si tu ne vois pas d'inconvénient, je vais me coucher.

— Je te rejoins, le temps de rentrer les vêtements des enfants.

C'était une constante, chez Lucile, que le rangement. Elle n'aurait fermé l'œil de la nuit si un seul pantalon traînait encore sur le dossier d'une chaise, une veste à un clou, des chaussettes sur la descente de lit.

Le costume de marin de Jean-Louis, s'il était

posé sur le lit, méritait d'être suspendu dans l'armoire. Ce que fit Lucile, lissant auparavant la culotte courte du plat de la main, puis imprimant une énergique secousse à la veste d'où s'échappa un objet qui roula sur le plancher.

« Le polisson ! se dit-elle. Ramasser des pierres, à son âge ! »

Elle n'avait pas pris la peine de se munir d'un quinquet, les volets en claie laissant pénétrer le rai blafard de la pleine lune. Elle ramassa sa provende et s'approcha de la fenêtre.

« Une montre ! Une montre de gousset en or ! D'où pouvait bien provenir cet... »

À peine la question posée, une réponse lui nouait les entrailles. Elle se rua dans leur chambre où Louis se glissait entre les draps.

— Tu savais, Louis ?

Angoisse et excitation agitaient ses mains qui tendaient l'objet incriminé.

— Si je savais quoi ?

— Pour la montre !

Rien ! Il ne savait rien et ne douta pas plus qu'elle de sa provenance. Alors, d'un même élan qu'elle était venue à Louis, Lucile s'en retourna dans la chambre de son fils et le secoua d'importance jusqu'à ce que l'enfant émerge de son sommeil de bienheureux.

— Que fait cet objet dans ta poche, Jean-Louis ?

Le ton était acide ; pour le coup, Jeannot était réveillé et en venait à regretter d'avoir passé sous silence ce cadeau inattendu.

— C'est... c'est le moussu, maman.

— Le moussu. Quel moussu ?

La voilà qui faisait à nouveau la bête ! C'était horripilant.

— Enfin, maman, tu sais bien. Le monsieur du Belvédère !

— Raconte ! ordonna-t-elle, raidie dans une colère blanche.

— Il m'a attrapé par le bras alors que nous sortions de l'église après avoir déposé notre cierge éteint sur l'autel. Quand nous avons été seuls, il m'a donné cette montre, elle appartenait à son père et il m'a dit qu'elle me revenait.

— De quel droit ! hurla Lucile au risque de réveiller les filles.

Elle ne se contrôlait plus et secouait l'enfant qui, tout penaud, ne cessait de répéter :

— Je ne sais pas, maman. Je n'en sais rien. C'est un cadeau pour ma communion…

En deux enjambées, Louis fut au pied du lit, Jeannot se jeta contre lui, tout secoué de sanglots.

— Calme-toi, Lucile ! Je t'en prie, calme-toi ! Et toi aussi, fiston. Ta maman s'inquiète, et c'est normal, que tu reçoives un présent de cette valeur de la part d'un étranger. Il te fallait refuser tout net, mon petit.

— Je ne savais pas, sanglotait l'enfant.

— Eh bien, tu le sauras désormais ! Les Thérond ne se laissent pas acheter par des cadeaux ! éclata Lucile qui peinait à modérer son courroux. Nous renverrons cette montre au Belvédère. Je ne veux plus en entendre parler.

Le sommeil fuyait les deux époux. Dans la chambre voisine, leur fils reniflait encore quelques larmes, innocente victime du comportement des adultes qui demeurait pour lui une insoluble énigme.

— Encore une fois, ma chérie, ce n'est pas à nous de décider si cette montre doit retourner au Belvédère, murmura Louis à l'oreille de Lucile qu'il sentait encore frémissante de trop de tension.

Elle se lova dans ses bras pour apaiser son cœur bondissant et son âme troublée.

— Il n'a pas le droit, Louis ! Non, il n'a pas le droit ! Aucun droit et surtout pas celui de jouer avec nos sentiments ni avec ceux d'un enfant, notre enfant ! s'insurgea-t-elle dans un dernier sursaut de rébellion.

— Accordons-lui le bénéfice du doute, ma chérie. Il souffre plus qu'il ne joue de ses erreurs passées. Quant à la montre, si tu veux bien, demain j'irai la déposer chez notre notaire, avec les lettres qui seront un jour la propriété de notre fils. À lui, alors, de décider de la garder ou non... quand viendra l'heure des révélations.

— Pourquoi ? Pourquoi, sanglotait-elle maintenant, devrions-nous en arriver là ?

— Parce que nous lui devons la vérité... un jour, quand il sera en âge de comprendre.

— Il va souffrir ! Il va souffrir alors que c'est moi la coupable.

— Chut, ma belle, chut, ma tendre chérie. Il n'y a pas de faute à aimer...

— Mais c'est toi que j'aime, Louis ! feula-t-elle.

— Je le sais, Lucile. Et Jean-Louis sait aussi combien nous nous aimons et combien nous l'aimons. Cela adoucira la confession du secret entourant sa naissance.

VII

La fin d'un monde

Dans le convoi ferroviaire, bondé de viticulteurs en colère, qui s'ébranlait enfin, Clément Loubaresse jubilait. Cela n'avait pas été une mince organisation de s'assurer que toutes les délégations du canton alaisien trouveraient place dans le train spécial négocié avec les responsables locaux du P.L.M.

Tarifs réduits, horaires décalés, tout avait été âprement discuté par le comité de Vézénobres dont il avait pris la tête malgré les soupirs désolés de son épouse.

— La victoire est à portée de main, ce n'est pas le moment de lâcher prise, lui rétorquait-il, plus engagé que jamais.

En ce jour prometteur, tant les viticulteurs avaient répondu présent, il doutait d'autant moins de l'aboutissement de leur long combat. Le « triomphe des gueux » se dessinait en filigrane depuis le mois de février, depuis que le Cigalou avait fédéré le fameux groupe des quatre-vingt-sept.

— Tu te rends compte, Pascaline, quatre-vingt-sept villes et villages du Languedoc ont entendu Marcelin Albert et l'ont suivi. Tous regroupés pour la défense de la profession ! s'était enthousiasmé

Clément à la lecture de l'article paru dans *Le Tocsin*, un organe de la lutte viticole crée par celui qu'on appelait aussi le Rédempteur.

L'homme était loin d'être sot et l'avait bien compris, il fallait mobiliser à grande échelle et pour cela, informer.

— Écoute encore ! Un certain Louis Blanc, pharmacien de son état et éditorialiste à ses heures, a publié « Le Manifeste des gueux », avait poursuivi le mari de Pascaline.

Et de lui lire les premières lignes de l'article :

— « Propriétaires, ouvriers, royalistes, républicains, nous sommes ceux qui crèvent de faim… »

Dès lors qu'une logistique bien huilée assistait les organisateurs, les manifestations se succédèrent dans chaque département, voyant enfler à chaque fois le nombre des participants. Béziers, Perpignan, Carcassonne, pour ne citer que les grands rassemblements, les défilés allaient bon train dans une ambiance de kermesse où l'on amenait volontiers les femmes et les enfants.

— Viendras-tu à Nîmes avec les filles ? demanda Clément.

— Dans mon état ? Non, ce ne serait pas raisonnable, lui avait répondu Pascaline.

Une petite voix décidée s'était fait entendre :

— Moi, je veux bien t'accompagner, papa !

Il y avait, dans l'intonation de Martha, une sorte de défi, sinon de reproche à l'encontre de sa mère qui, à son sens, ne s'engageait pas suffisamment auprès de son père.

— Je préfère que tu restes ici, tu pourrais te perdre en ville.

Clément approuva son épouse. Martha fusilla sa mère d'un regard bleu acier qui disait sa déception.

Et là, debout dans le couloir, sa *gâpette* de prolétaire sur le coin de l'œil, un mouchoir à carreaux noué autour du cou sous la chemise largement ouverte, Clément avait une pensée pour sa si raisonnable Linette : sa place n'était vraiment pas dans un compartiment étouffant dans lequel se serrait tout un petit peuple bruyant, gesticulant et excité.

L'agitation qui avait régné dans la gare d'Alais, pour épique et colorée qu'elle fût, n'était rien aux côtés de ce qui les attendait sur les quais en gare de Nîmes où convergeaient des convois venant de l'Aude, de l'Hérault et des Pyrénées-Orientales.

On s'interpellait, on dépliait des banderoles, on s'emparait de celles qui avaient servi à décorer les locomotives et qui allaient précéder chaque délégation. Le calicot que tendaient Clément Loubaresse et son acolyte René Domergue, vigneron lui aussi à Ceyrargues, reprenait le slogan inventé par un confiseur : *Le raisin pour le vin. Le sucre pour les berlingots !*

Marcelin Albert avait misé sur deux cent cinquante mille personnes, ils étaient trois cents mille dans le cortège qui, remontant l'avenue Feuchères, envahit l'esplanade où devaient avoir lieu les premiers discours. Une estrade et des porte-voix attendaient les tribuns. Le premier qui prit la parole brandissait une pancarte représentant un taureau nîmois luttant contre un pain de sucre. Alors même qu'il ouvrait la bouche, une ovation le salua tandis qu'une clique jouait *Toréador en garde* que reprenait la foule survoltée. Le ton de la journée était donné.

Une bonne demi-heure s'écoula, les ténors du bagout se succédant au pupitre, puis le groupe de tête se remit en marche, entraînant à sa suite la nuée de manifestants.

Le rythme était volontairement soutenu en vertu des horaires qu'il fallait respecter à la lettre car, et ce serait pour tous l'incroyable surprise, le Cigalou en personne les attendait en haut des marches de la Maison Carrée.

La tête de cortège atteignait déjà le Grand Théâtre et la dernière délégation, celle de Clarensac, tournait seulement devant le *Café de la Bourse*, quand l'explosion de joie éclata, dévala le boulevard, rejoignit une grappe de jeunes filles dont la pancarte expliquait leur présence : *Nous défendons notre avenir*. Écrite en lettres noires sur fond blanc, brandie avec vigueur au sein d'une foule en liesse, leur démarche avait quelque chose d'émouvant.

La nouvelle courut, arriva jusqu'à elles.

— Marcelin Albert ! Notre sauveur, il est là !

— Où ça ? Où ça ?

— À la Maison Carrée ! Là-haut !

Les jeunettes poussaient des cris de joie, devenaient hystériques. Abandonnant leurs pancartes, elles jouaient des coudes, se faufilaient, écartaient tout ce qui gênait leur passage. Elles voulaient voir leur héros, le Rédempteur !

Des scènes aussi tragi-comiques se multiplièrent au fur et à mesure que la présence du leader se rependait et l'on vit même des femmes saisir leurs jeunes enfants, les mener à « l'apôtre » qui caressait leur tête d'une main aristocratique. Ce n'était plus l'inaccessible, c'était l'homme en chair et en os ! *Ecce homo !*

D'un seul chœur, d'une seule âme, à la demande de Marcelin, tous sacrifièrent au serment des fédérés et la ville de Nîmes résonna aux accents de *La Vigneronne* et à ceux, plus virulents, de l'Internationale viticole.

Harangues, discours devaient clôturer la manifestation. Ils se prolongèrent jusqu'au moment où Marcelin Albert et son état-major, les maires et députés, s'éclipsèrent pour partager un repas bien mérité à l'*Auberge du Cheval Blanc.*

Ils n'étaient pas les seuls à avoir faim... et soif sous l'ardent soleil de ce 2 juin 1907. Sur un mot d'ordre des chefs de délégation, on vit des gens se ruer vers les arènes, d'autres au contraire remonter le boulevard et rejoindre le jardin de la Fontaine. C'est vers ce lieu de repli, choisi par le canton d'Alais, que Clément Loubaresse mena ses troupes, priant pour que l'intendance ait suivi.

— Vous êtes là ! s'écria-t-il en découvrant, sous les ombrages, ses hommes et leurs charretons remplis de victuailles. Bon sang, ce que j'ai pu redouter de ne pas vous trouver ! Vite, servez-nous à boire ! De l'eau ! De l'eau pour tous !

— De l'eau alors que nous sommes venus défendre notre vin ? s'insurgèrent, rieurs, quelques facétieux.

— Le vin viendra après, concéda Clément. Il faut surtout se réhydrater. Les femmes et les enfants d'abord !

Il y en eut pour tous, et en suffisance, les municipalités acquises à la cause des vignerons avaient pourvu, en citernes et réservoirs, les aires de cantonnement des manifestants.

Il ne manquait rien, non plus, des victuailles prévues par le comité de délégation de Vézénobres qui proposait force charcuterie, poulets et rôtis froids que chacun accompagnait à son goût, qui d'une tomate, qui d'un oignon ou tout simplement d'un morceau de pain, lesquels avaient monopolisé les fours de village et les boulangers. Saint-Étienne-de-l'Olm, Ceyrarges, Gauzignan, c'était à qui fournirait le meilleur pain pour tout ce peuple qui allait défendre le droit d'en avoir à sa table.

Autant la première partie de la journée avait été intense en émotions et découvertes en tout genre, autant la seconde se déroulait dans une plénitude de devoir accompli. Sous les frondaisons propices à la rêverie, on revivait ces moments forts.

— Qu'est-ce qu'il voulait dire, notre Marcelin, en martelant que nous ne sommes pas des parias ?

— Té, pardi qu'il a raison, nous ne méritons pas d'être exclus des richesses de notre pays, voilà ce qu'il voulait dire.

— Moi, j'ai bien aimé la détermination de Crouzet, le maire de Narbonne. Il a raison, il faut que nous lancions un ultimatum au gouvernement, il y a trop longtemps qu'on se fiche de nous !

— Un peu révolutionnaire, ce Dr Crouzet !

— Et le maire de Nîmes alors, qui veut détourner le Rhône !

— Tu n'as rien compris, mon pauvre. Il veut faire creuser des canaux à partir du Rhône pour irriguer la plaine languedocienne, on ne peut pas dire que ce soit une mauvaise idée !

— Utopie ! Ce n'est pas pour demain, en tout cas !

Ainsi l'on commentait, s'enivrant de paroles autant que d'espoir jusqu'à 5 heures de l'après-midi où il fallut lever le camp pour retourner à la gare. Une légère brise s'était levée qui faisait avancer le groupe reposé avec plus de vigueur.

Les Cévenols n'avaient pas été les seuls à consulter leur montre ; de toutes parts convergeaient des groupes se hâtant vers la gare. Là, ne régnait plus, comme ce matin, une discipline quasi militaire instaurée par les meneurs de délégation ; c'était le cahot, la franche pagaille, le désordre à l'état pur. On braillait pour se rallier, on gesticulait pour se reconnaître ; bref, c'était à qui fendrait la foule et imposerait son groupe avec le plus de véhémence et de détermination. Et l'on entendait des appels désespérés :

— Où est passé mon droulet ? Pourtant, je lui avais bien dit de ne pas me lâcher d'une semelle. Justin ! Où es-tu, chenapan !

— La délégation de Mauguio ! Dites, vous n'avez pas vu ceux de Mauguio ? Misère, on les a perdus !

Quand ce n'étaient pas des apostrophes qu'en d'autres temps et d'autres lieux ces braves gens ne se seraient pas autorisées :

— Laissez passer, voyons ! On ne reste pas planté, *bestias*[1], au milieu comme le jeudi.

— Des moutons ! Des moutons de Panurge ! Té, pour un peu, ils s'embarqueraient avec les

1. *Occitan : imbéciles.*

premiers venus ! s'irritait un délégué de Limoux en voyant son groupe se tromper de leader.

Clément et son ami Domergue, fiers comme Artaban, fendaient la foule et à leur suite toute la délégation cévenole : ils n'avaient pas égaré un seul de leurs membres et touchaient presque au but, s'asseoir enfin dans les voitures qui les ramèneraient au pays. Ils montaient l'escalier monumental qui menait aux voies et avaient bifurqué, comme l'indiquaient les flèches, sur la droite. Ils allaient atteindre le quai numéro 3, le leur, où un groupe en errance s'excita à l'annonce que faisait un cheminot d'une voix nasillarde :

« Attention ! Dans deux minutes, départ du train pour Béziers quai numéro 2 ! »

Béziers ! C'était pour eux. Ils se ruèrent alors vers l'escalier dont Clément franchissait les dernières marches. Ce fut un choc frontal, un assaut désarmé. Les uns roulèrent en avant, d'autres pirouettèrent en arrière, tous se reçurent avec plus ou moins de bonheur sur le palier inférieur et l'on compta les points. Ce n'était pas brillant !

Des plaies et des bosses, des contusions multiples, quelques entorses et une belle frayeur, voilà pour les moins blessés qui se relevèrent en se massant les lombes. Des poignets fracturés qui faisaient hurler de douleur et, pour les plus gravement atteints, passablement sonnés, le silence...

Sur des civières de fortune, on transporta les blessés, encore inconscients, dans le hall de la gare où les ambulances hippomobiles vinrent les prendre et les diriger vers l'hôpital général. On dénombra deux traumatismes crâniens qui, au bout de quarante-huit heures d'observation, s'avérèrent bénins.

Plus graves étaient la fracture ouverte d'un vigneron de Lézan dont l'humérus saillait de la manche de son veston et celle de Clément Loubaresse dont le tibia de la jambe droite, déjà passablement endommagée au temps de son engagement militaire[1], était brisé en deux endroits.

En l'absence de Clément – et à son grand désespoir, c'était chose courante en cette période de lutte acharnée –, Pascaline n'avait pas vu le temps passer, accablée de nombreuses besognes qui ne souffraient retard.

Secondée par ses jumelles, elle avait lavé et étendu deux corbeilles de linge, travaillé au jardin potager, sans oublier de faire quelques incursions à la magnanerie où Lucile et Julie Boissier, aidées de Jean-Louis, s'activaient à l'installation des tunnels de bruyère.

— Venez vous rafraîchir ! leur proposa-t-elle. Je vais envoyer Maria à la source et nous boirons un grand verre de sirop.

Vers 5 heures, alors que ses filles ramenaient les chèvres d'un bosquet où elles avaient brouté tout le jour, elle proposa de goûter et leur cria de la cour :

— Descendez, vous trois, pour vous restaurer ! J'ai préparé du pain perdu.

— C'est pas de refus ! lui répondit Lucile en encadrant son buste dans une étroite ouverture. On termine juste cette claie.

---

1. *Voir* Le Mas de la Sarrasine.

Deux heures plus tard, satisfaite de son travail, Lucile avait rassemblé ses enfants pour rentrer au moulin après d'ultimes recommandations à Julie Boissier :

— Vous fermerez une ouverture sur deux, Julie, et en décalé. Ce serait dommage qu'à quelques jours de monter au cocon nos magnans prennent un coup de froid… ou de chaud.

Puis, à Pascaline qui décrochait son linge, elle jeta le bonsoir.

— À demain, Linette ! Et le bonjour à mon frère… Il doit en avoir son plein le dos de ses défilés.

— Il défend la viticulture, ma tante ! répliqua aussitôt Martha, toujours à prendre la défense de son père.

Maintenant, la nuit était tombée et Pascaline ne cessait de jeter des coups d'œil à la pendule, se prenait à guetter le falot de la calèche au bout de l'allée cavalière, tendait l'oreille au crissement des roues sur le chemin.

« Le voilà ! » se dit-elle, exhalant un soupir de soulagement.

En attente comme sa mère, Martha s'écria, toute joyeuse :

— Papa ! Papa est de retour !

Plus vive et tout aussi inquiète, Maria fut la première à se précipiter sous la tonnelle, elle rentra aussitôt, la mine déconfite.

— Ce n'est pas lui, souffla-t-elle d'une voix blême.

Du coup, elles furent trois à fouiller du regard la dense obscurité jusqu'à ce qu'une silhouette se précise.

— C'est vous, monsieur Domergue ? Que se passe-t-il ? Il est arrivé quelque chose à mon mari ?

Pascaline tremblait de tout son être. René Domergue, l'ami, le voisin, chargé de la mauvaise nouvelle, n'était pas très faraud.

— Ne vous affolez pas, madame Loubaresse. Ce n'est pas bon dans votre état.

— Allez-vous enfin me dire ce qu'il se passe ?

— Une bousculade, une simple bousculade qui a envoyé trois d'entre nous à l'hôpital.

— Clément !

— Papa !

— Calmez-vous ! Calmez-vous, je vous en prie !

Le viticulteur, ivre de fatigue et marri de chagriner la famille de son ami, édulcora son récit et se voulut rassurant :

— C'est un gars qui a le moral, Loubaresse, ça hâte la guérison.

Sa face ronde d'homme jovial se fendit d'un sourire.

— Et le moral, vous allez le lui gonfler, madame Loubaresse, en lui donnant un fils. Foi de Domergue, je me trompe jamais !

L'attelage de René Domergue sortait à peine du chemin que Pascaline jetait un fichu sur ses épaules et partait telle une folle.

— Maman ! Maman, où vas-tu ?

— Au moulin, chercher votre oncle ! Mettez-vous toutes au lit, je vais revenir.

Il ne fut pas facile d'apaiser Pascaline, ni même de lui faire abandonner son idée fixe : partir à Nîmes sur-le-champ. Les époux Thérond y usaient leur patience, elle ne démordait pas quand Louis eut une idée, celle de téléphoner à l'hôpital général.

— Téléphoner ? Mais d'où ?

— De la gendarmerie, pardi ! Laisse-moi une heure, Linette, et je reviens avec des nouvelles de Clément. Promis !

L'heure la plus longue de sa vie, dira-t-elle plus tard. L'attente valait la peine. Clément avait été opéré pour réduire sa double fracture, on l'avait installé pour la nuit en chambre seule, sous la surveillance d'une garde de nuit. Si tout allait bien, demain, il serait en dortoir et on pourrait le visiter.

— Alors, te voilà rassurée, sœurette ?

— Plus encore si j'étais auprès de lui, insista-t-elle.

— Demain, c'est promis, je t'y accompagne. Maintenant, je te ramène à la Sarrasine.

Pascaline croyait traverser une cour des miracles et, ainsi confrontée à la misère humaine, elle se sentait au bord de l'étourdissement. Les odeurs qui agressaient ses narines accentuaient la nausée qui la taraudait depuis la veille ; elles émanaient de pansements sanieux, de membres gangrenés, de crachoirs infâmes et de seaux d'aisance qui voisinaient chacun des trente lits du dortoir où devait se trouver son mari. D'un bras passé sous le sien, Louis la soutenait. Elle lui échappa et soudain s'abattit sur la poitrine d'un homme mal rasé, au regard creux, et qui, pris d'une forte fièvre, claquait des dents sans retenue.

— Clément, mon chéri ! Mon Dieu, tu souffres !

La souffrance ? Le fort accès de température ? Clément délirait, se débattait puis replongeait dans un sommeil comateux. La résolution de Pascaline, prise dans l'instant, était irrévocable : elle ne quitterait pas son homme !

— N'insiste pas, Louis, je reste auprès de Clément et ferai tout pour le ramener au plus tôt à la maison. Lucile peut-elle prendre en charge les filles ?

— Ça, ce n'est pas un problème, mais te laisser ici, dans ton état ? Je ne pense pas que ce soit la meilleure solution.

— En tout cas, c'est ma décision !

— J'insiste, Linette, tu n'as aucune idée de la durée de son hospitalisation.

— Je vais m'arranger pour qu'elle soit la plus courte possible.

L'exil nîmois du couple Loubaresse ne dépassa pas dix jours, Pascaline avait eu le médecin à l'usure, serinant jour après jour qu'il n'y avait pas meilleur endroit que la Sarrasine pour le rétablissement de son mari, promettant d'être son infirmière dévouée et de veiller sur lui jour et nuit.

— Je ne vous en demande pas autant, madame. Des soins quotidiens sur sa plaie, une nourriture saine et du repos, capitula le docteur, pressé de se débarrasser de sa présence importune. Je veux revoir mon malade dans un mois, ici même. Dans deux jours, je retire les agrafes et dépêche deux brancardiers qui installeront votre mari dans un compartiment où il pourra voyager allongé.

Pascaline ne s'était pas trompée, l'air de sa

garrigue natale fut un baume réparateur que Clément huma dès l'entrée en gare de Mas-de-Gardie où Louis les attendait avec son attelage, transformé pour l'occasion en sommaire ambulance. Dès lors qu'elle eut ramené Clément en leur maison, Pascaline ne le voulut plus quitter. On eût dit qu'à peine le dos tourné l'amour de sa vie lui serait dérobé, que le temps leur était à ce point compté qu'il n'en fallait pas perdre une seule seconde.

Loin de s'en plaindre, le blessé usait et abusait de sa sollicitude et se réjouissait égoïstement de la maturité de ses filles aînées qui avaient pris en charge les plus jeunes sans jamais se rebiffer des corvées qui mangeaient leurs journées.

La fin de l'année scolaire allégeait considérablement les leçons et devoirs à faire à la maison ; en eût-il été autrement, leur mère n'aurait eu aucun scrupule à les faire passer après les exigences de Clément.

— Pascaline, as-tu envoyé Martha me chercher le journal ?

Le Tocsin ne lui suffisait plus, il lui fallait aussi *Le Petit Provençal* et même, certains jours, *Le Républicain*, ce qui ne manquait pas d'étonner Pascaline.

— Tu ne te fies plus au *Tocsin ?*

— Bien sûr que si ! Mais il est important de prendre la température du Midi en général et surtout celle de Paris où nos dirigeants prennent enfin conscience de l'ampleur de la crise depuis que Marcelin Albert a lancé son ultimatum. Il leur donne jusqu'au 19 juin pour réagir, après...

— Après quoi ?

— Il y aura du grabuge, pardi !

Pascaline n'insistait pas. Elle avait une fois essayé, alors qu'il pestait contre son immobilité forcée qui le privait de mener la lutte jusqu'au bout, de l'amener sur un autre sujet de conversation. Peine perdue ! Il en revenait toujours à la manifestation de Montpellier.

— Six cent mille personnes ! Tu te rends compte, Linette ? Et dire que j'aurais pu en être sans ce malheureux accident.

Malheureux accident ? Pascaline n'avait pas la même appréciation et se disait que c'était une chance d'avoir son Clément près d'elle jour et nuit ; elle se prenait aussi à rêver qu'il assisterait à la naissance de leur enfant, leur fils comme l'avait prédit René Domergue.

Un gros mois encore. Comme il lui tardait ! Cette grossesse l'épuisait, elle avait été émaillée de trop d'émotions et les soins que nécessitait Clément en étaient la cerise sur un gâteau un peu indigeste.

Comme alertée par d'invisibles antennes, une aide providentielle autant que compétente lui était venue du moulin du Prieuré en la personne de sa nièce Florence. Sept ans et demi, un raisonnement de petite bonne femme, une détermination qui éclatait sur son visage.

Elle arriva un matin, alors que Pascaline renouvelait le pansement d'un Clément qui pestait comme un gamin douillet, des fils de charpie restant prisonniers de la cicatrice.

— Me laisserais-tu faire, ma tante ?

Le visage las de Pascaline se dérida, elle sourit à la fillette qui, sans attendre la réponse, se lavait les mains et prenait un morceau de coton qu'elle imbibait d'eau oxygénée. L'oncle n'eut pas le temps de se récrier, la main de sa nièce était douce, précise, efficace.

— Qui t'a appris, fillette ? demanda-t-il, calmé.

— Personne, mon oncle. Quand je serai grande, j'aimerais soigner les malades.

— Si c'est ton désir, je te le souhaite. En tout cas, c'est toi que je veux comme infirmière désormais !

Il y avait là de quoi vexer la dévouée Pascaline. Elle ne prit pas ombrage de sa nièce et de ses gestes innés qui confirmaient une vocation. Elle railla gentiment son mari :

— Clément Loubaresse, vous êtes un sacré veinard. Deux infirmières à votre service, l'une pour soigner votre corps, l'autre pour vous dorloter.

On était au matin du 21 juin, le premier jour de l'été, et Clément attendait son journal, *Le Petit Provençal* en l'occurrence, *Le Tocsin* ne donnant plus signe de vie depuis quatre ou cinq jours.

Florence finissait le pansement de son oncle quand sa cousine Martha arriva, le visage défait.

— Les nouvelles ne sont pas bonnes, papa, dit-elle d'une voix morne en tendant le quotidien à son père.

En lettres grasses, l'horreur s'étalait : « Ils voulaient avoir du pain, ils ont eu du plomb… » Les mains de Clément tremblaient, son visage avait pris un teint crayeux et ses yeux avides dévoraient le journal en lançant des éclairs.

— Les salauds ! Ils ont osé envoyer la troupe !

On déplore sept morts à Narbonne et Marcelin Albert a disparu ! résuma-t-il d'une voix caverneuse.

Il savait Pascaline dans la pièce, aussi s'étonna-t-il qu'elle ne fît pas écho à son indignation, il insista :

— Tu entends, Linette ? Sept des nôtres sont morts ! C'est tout ce que ça te fait ?

Un gémissement le fit se retourner. Pascaline était pliée en deux et se tenait le ventre, des perles de sueur décoraient son front livide tandis qu'un souffle court la privait de voix.

— Qu'as-tu, Linette ? C'est l'enfant ?

Elle fit oui de la tête et s'agrippa au dossier d'une chaise pour ne pas s'écrouler, ses jambes la trahissaient.

— Maria, cours chercher Mme Martin ! ordonna Clément. Dis-lui que c'est urgent. Et toi, Martha, aide ta mère à se coucher, ensuite tu mettras une marmite d'eau sur le feu.

Oubliant toute prudence, il se mit debout, sautilla sur un pied jusqu'à Pascaline dont il caressa les cheveux tout en la rassurant.

— Fais-moi un beau garçon, ma Linette, et je serai le plus heureux des hommes.

Dans l'affolement, personne ne s'était inquiété du départ de Florence. La gamine s'était éclipsée en silence, avait couru jusqu'au moulin pour avertir sa mère.

— Va vite à la Sarrasine, maman ! Tante Linette n'est pas bien, elle souffre ; je crois qu'elle va avoir son bébé et…

— Rien qui doive t'effrayer à ce point, ma

chérie. Mettre un enfant au monde est une chose naturelle, et même si cela demande de longues heures un peu douloureuses, une si belle récompense est au bout.

Les paroles rassurantes de Lucile n'avaient pas de prise sur le bouleversement inhabituel de sa fille qui n'eut de cesse que sa mère aille dare-dare à la Sarrasine.

— Je ne sais pas pourquoi mais je suis sûre que tante Linette souhaite ta présence ; je l'ai lu dans ses yeux.

— Eh bien, j'y vais de ce pas et tout le monde sera content ! capitula Lucile en plantant là le baquet de lessive qu'elle allait rincer dans la Courmière.

On ne la revit pas au moulin de la journée. À la nuit tombée, Louis décida d'aller aux nouvelles.

Les ténèbres avaient gagné la grande salle de la Sarrasine sans que quiconque eût songé à donner un peu de lumière. Elle ne s'était pourtant pas vidée de ses habitants : Clément dans son fauteuil et les quatre filles autour de la table vibraient aux bruits et mouvements qui leur parvenaient du premier étage où, dans la chambre des époux Loubaresse éclairée, elle, *a giorno,* Pascaline s'épuisait d'heure en heure à donner la vie.

Elle n'avait pourtant pas manqué de courage, la jeune femme blonde, âme de la maison ! Torturée par de violentes contractions, elle avait mis toutes ses forces à expulser un enfant qui, au dire de la sage-femme, se présentait mal.

— Un gros bébé ? avait questionné Lucile,

inquiétée par les hochements de tête de Mme Martin qui fouaillait dans le corps de Linette.

— Oh, c'est pas ça qui me tracasse ! Si au moins il était bien tourné… Or il nous présente ses fesses !

— Un siège ! ne put retenir Lucile.

— Et avec le cordon autour du cou, l'un va rarement sans l'autre !

Mme Martin n'en était plus à retenir ses soupirs ni ses craintes ; Pascaline oscillait entre inconscience et lucidité, ses forces l'abandonnaient, à moins que ce ne fût elle qui s'abandonnât à une délivrance, quelle qu'elle soit, pourvu qu'elle fût. Ce dont Lucile eut l'intuition, ce qui fit courir un frisson glacé le long de son échine.

Ce fut alors sa lutte, et elle s'y donna tout entière, que de retenir à la vie celle qui n'en avait plus le courage.

— Linette, ce n'est plus qu'une question de minutes, tu as fait le plus long du chemin et ton enfant va pousser son premier cri, je t'en prie, petite sœur, ne lâche pas prise. Prends mes mains, prends ma force, Linette, je t'en prie.

— Je ne peux… exhalait la parturiente exténuée, couverte de sueur et malgré tout grelottante.

Lucile s'était placée derrière sa belle-sœur dont elle accompagnait les mouvements à chacun des spasmes qui la torturaient ; on aurait dit qu'elles ne faisaient plus qu'une dans l'effort et la souffrance et aussi dans la confiance qu'elles faisaient en la sage-femme. À elles deux le travail, à la matrone la science complexe d'une entrée dans le monde.

— Nous y sommes, madame Loubaresse.

Laissez-moi faire, ne poussez plus ! recommanda Mme Martin d'un timbre chargé d'anxiété.

Il y avait une telle concentration dans ses gestes qu'un silence religieux planait dans la chambre jusqu'à ce que le déchire un faible miaulement.

— Un petit gars ! proclama-t-elle d'une voix neutre et elle s'affaira autour de ce petit d'homme qui respirait trop faiblement à son goût.

Au rez-de-chaussée, l'inquiétude était palpable que renforçait le lourd silence de l'étage. Clément, qui se tortillait d'impuissance sur sa litière de convalescent, donna de la voix :

— Que se passe-t-il là-haut ? Faut-il que je m'y traîne pour avoir des nouvelles !

— Vous avez un fils, monsieur Loubaresse ! l'informa une voix qui prenait de l'assurance. Tenez, entendez-le chanter !

En effet, le nourrisson, débarrassé du mucus qui encombrait ses bronches, prouvait qu'il avait des poumons et qu'enfin ils fonctionnaient.

C'est à cet instant que Louis poussa la porte.

— J'ai un fils, beau-frère, un fils ! Enfin !

Son exclamation de joie s'étouffa dans l'appel de Lucile.

— Madame Martin ! Madame Martin ! Venez vite. Mon Dieu, on va la perdre !

Et l'appel affolé de Mme Martin :

— Eh vous, d'en bas, que quelqu'un monte pour nous aider !

En trois enjambées, Louis fut dans la chambre et ne douta pas, au visage éburnéen de sa sœur qui gisait les yeux clos sur le lit, que la vie s'en allait de la blonde Pascaline.

On avait oublié le bébé, posé à la va-vite dans son berceau, et concentré tous les efforts sur la mère, mais que pouvait-on faire pour endiguer ces caillots de sang qui sortaient au rythme, de plus en plus faible, des battements de son cœur ?

Louis inséra entre les lèvres exsangues de sa sœur un peu de carthagène pour lui redonner vie, Lucile lui bassinait les tempes d'eau fraîche et Mme Martin essayait en vain de contenir, à grand renfort de tampons de ouate, le flot sanguin ininterrompu, tout en marmonnant :

— L'hémorragie de la délivrance... il manquait plus que ça !

— C'est grave ? balbutia Lucile qui se doutait de la réponse.

Sans daigner lui répondre, Mme Martin continuait son soliloque :

— On tourne en rond, le placenta ne vient pas et pourtant ça régulerait tout.

Elle se hasarda, en ultime recours, à appuyer sur le ventre de Pascaline et interrompit son geste aussitôt, un gargouillis suivi d'une cataracte bouillonnante s'étalant dans le lit.

Il y eut enfin un répit dans ce précipice vers la mort et, la carthagène ayant amené une artificielle et fugace vigueur chez Pascaline, c'est avec une parfaite lucidité qu'elle tourna la tête vers sa belle-sœur, lui prit la main dans les siennes ; elle mettait toute sa détermination pour les serrer et faire passer, plus encore, son message :

— Mes enfants, je te les confie, Lucile. À toi aussi, mon frère. Jurez, jurez-moi que vous les...

— Chut, Linette, tu t'épuises ! Pense à toi, à

guérir ! murmura Louis en caressant le front moite où se plaquaient quelques cheveux fous.

Comme la peur de perdre sa petite sœur le rendait maladroit ! Ce n'est pas ce que Pascaline voulait entendre. Lucile le comprit, elle serra Pascaline contre sa poitrine et lui offrit le plus réconfortant des viatiques :

— Tes enfants seront les nôtres, Linette... sans que nous les enlevions à leur père. Ils ne manqueront de rien, surtout pas de l'amour que nous leur dispenserons en ton nom et au nôtre. Sois assurée, Linette, qu'ils seront doublement aimés.

La paix du cœur descendait, bienfaisante, en Pascaline. Restaient les adieux.

— Clément ! Je veux voir mon Clément ! Descends-moi, Louis, s'il te plaît.

Elle avait mis ses dernières forces pour appeler Clément, lequel s'était traîné jusqu'à la montée d'escalier où, affalé, il sanglotait en silence.

— Attends-moi, Linette ! cria-t-il, éperdu. Louis, viens me chercher !

C'était pathétique de voir ces deux hommes accablés, l'un portant l'autre, gravir une à une les marches d'un calvaire. Les vit-elle, à travers le voile nébuleux que la mort tendait devant ses yeux si bleus, atteindre enfin le seuil de la chambre ? Ou les devina-t-elle, à l'instinct, à l'amour ? Une main tendue vers l'homme de sa vie, l'autre vers le fils tant souhaité que lui présentait Lucile, elle proclama son acte de foi :

— Je t'ai enfin donné un fils, Clément. Je voudrais qu'on le prénomme Mathieu !

VIII

Les heures sombres

Fillette vive et gaie, adolescente primesautière, délicate et rieuse jeune demoiselle, sublime tanagra toute de dentelle ivoire parée le jour de ses noces avec Hadrien de Villeméjeanne, Mme Olga, comme l'appelait avec déférence son personnel zélé, ne répondait maintenant à aucune de ces flatteuses épithètes.

Certes, l'allure générale restait de bon aloi, petite et bien proportionnée, néanmoins la silhouette gracile et déliée de ses jeunes années prenait, la trentaine échue, des allures anguleuses que n'adoucissaient en rien son air pincé et le regard sans aménité qu'elle posait sur toute gent, sur toute chose. L'âcreté mordante dont elle enrobait ses propos renforçait le portrait aigri de la châtelaine du clos du Belvédère. « Sèche de langue, sèche de ventre, sèche de cœur ! » Sagace appréciation, malgré la verdeur de mots, que celle de tous ceux appelés à la côtoyer.

Pour être honnête, il faut dire que les meilleurs augures présidant à la naissance des demoiselles Jouve-Daunant étaient allés se délitant inexorablement, et ce dès leur enfance.

Félix Jouve, leur père, riche filateur ardéchois, avait épousé les moulinages Daunant, en l'occurrence Annabelle, l'unique héritière, et il apparaissait comme une évidence que le berceau d'Olga, après celui de Diane, sa sœur aînée, était cousu d'or… tout en manquant cruellement d'amour, d'attention et de sollicitude, éléments nullement négligeables pour un bon départ dans la vie.

L'argent facile et le train de vie trépidant de leurs parents entichés de la capitale n'allant pas de pair avec une éducation soignée, très tôt la question se posa :

— Félix, nous devons trouver une excellente pension pour nos filles. Les gouvernantes ont de plus en plus d'exigences ou bien nous lâchent à la dernière minute. Je vous le demande, dans quel monde vivons-nous ?

— La pension ? s'était récrié Félix.

Il n'aurait pas pris d'autre intonation pour s'écrier : la prison ? Presque aussitôt, les souvenirs d'enfance affluèrent ; il se revit jeune orphelin, accueilli avec sa sœur au clos du Belvédère par une tante charitable. Sa décision fut prise.

— Ce sera une joie, pour ma sœur, que de s'occuper de ses nièces. Elle qui rêvait d'une ribambelle d'enfants et qui n'en a eu qu'un ! Diane et Olga grandiront avec leur cousin Hadrien.

Chaleureuse famille de substitution que M. et Mme de Villeméjeanne, et galant cousin que cet Hadrien, rose comme un poupard, adulé par sa mère, mais douloureuse séparation quand les fillettes virent s'éloigner la calèche qui emportait leurs parents ! Et quelles frustrantes retrouvailles quand ils ne faisaient qu'une courte et inopinée apparition, omettant les Noëls et les anniversaires, rattrapant leur négligence par l'envoi de cadeaux somptueux et parfaitement inutiles !

Et malgré tout, ineffable souffrance des deux sœurs quand un destin cruel arrêta net la vie de leurs géniteurs, au détour d'une route, les rendant à leur tour orphelines !

Diane épousa Dieu dans un total dépouillement de biens terrestres que compensait une grande richesse spirituelle. Olga, désormais unique récipiendaire des ateliers Jouve-Daunant, magistralement administrés par M. de Villeméjeanne, devenait un parti convoité... qu'il convenait de ne pas laisser filer. Encouragé par son père, Hadrien fit sa demande et Olga tomba dans les bras opportunistes de son cousin. Un mariage sans amour ni répulsion. Clairvoyante quant à ses intérêts, la jeune fille se résigna à passer outre les nombreux défauts de son prétendant. Fat et outrancier, bambocheur et coureur de jupons impénitent, tel était Hadrien de Villeméjeanne et Olga ne l'ignorait pas.

La jeune fiancée songea-t-elle un instant pouvoir ramener son promis à plus de tempérance ? Ou bien, froidement calculatrice, cherchait-elle à prolonger dans cette union la sécurité qu'elle avait trouvée au Belvédère ? À moins qu'elle ne lui ouvrît les portes d'une insolente liberté, celle que confère le double état de femme riche et mariée ?

En tout cas, la cour plus pressante qu'empressée d'Hadrien, pour cavalièrement menée qu'elle fût, en avait l'avant-goût.

— Nous avons toujours agréablement cohabité

en tant que cousins, chère Olga. J'ose espérer qu'il en sera de même après nos épousailles.

— Si vous le dites, Hadrien, je veux bien croire que le mariage ait ses charmes, minauda-t-elle, les yeux rieurs.

— Et la maternité est son couronnement ! conclut le fiancé.

Ainsi, au contrat financier s'ajoutait un contrat moral... que depuis douze longues années elle tentait, en vain, d'honorer !

Douze ans de faux espoirs, de grossesses avortées, d'enfants morts avant que d'être nés. Douze années de larmes, de souffrance, de déceptions et d'affronts ravalés pour lesquels Olga n'avait d'autre appui que celui de sa sœur Diane, sœur Anne-Félice en religion, qui l'exhortait, de son couvent, à la patience, à la piété, à la prière.

— Multiplie, ma très chère Olga, les pèlerinages. La mère de Notre-Seigneur ne restera pas sourde à tes actes de foi.

Lourdes, Sainte-Anne-d'Auray, Notre-Dame des Grâces. Olga ne négligea aucune de ces démarches spirituelles qu'elle couplait, pour renforcer ses chances, avec des méthodes bassement terrestres que sont les cures thermales. Salies-de-Béarn, Bagnoles-de-l'Orne, Challes-les-Eaux : une perpétuelle fuite en avant. Une fuite éperdue pour, à chaque fois, un retour à la case départ, plus amère, plus découragée, plus vaincue.

Alors non ! Il ne restait plus rien de la joyeuse Olga, qui préparait le char de la paroisse pour le corso de Vézénobres, dans l'épouse aigrie d'Hadrien de Villeméjeanne, qui toisait tout un chacun avec condescendance. Son corps, aride et tout en revêches saillies, trouvait son opposé dans celui bedonnant, fessu, mafflu, rougeaud d'Hadrien qui se permettait, plus goujat que jamais, d'acerbes réflexions.

— Vous me décevez, madame. Aveuglé par l'amour, je n'ai pas misé sur la bonne pouliche !

Longtemps et en silence, elle souffrit ces affronts. Vint un jour, pourtant, où elle se rebiffa :

— Aveuglé par l'amour, dites-vous ? L'amour de l'argent, je suppose ?

Et de proposer, tout de go, une séparation libératrice :

— Il n'est point d'attelage, monsieur, qui un jour ne se brise. Dénouons ces liens qui vous désolent et qui me peinent.

Pris à son propre piège, Hadrien se radoucissait et faisait marche arrière :

— Ne prenez pas la mouche, ma chère Olga ! se récriait-il.

Puis il ajoutait en marmonnant dans sa moustache qu'il avait épaisse et parsemée de fils blancs :

— Avouez, tout de même, que le Belvédère mérite un héritier !

Avec quelle muflerie, en d'autres temps, aurait-il rompu cette union aussi stérile qu'encombrante ! Mais le siècle nouveau, prometteur de richesse, avait changé la donne et, si les petites propriétés viticoles souffraient mille morts de la mévente et de la concurrence, les grands domaines n'étaient pas épargnés, oh que non ! Certes plus solides en matière de finances, avaient-ils gardé la tête haute plus longtemps, espérant eux aussi des jours meilleurs, comme le faisait remarquer Hadrien en coterie.

— Les humbles travaillent pour nous…

— Cela n'est pas nouveau, mon cher ! Pour autant…

— Certes, certes, mon bon, cependant aujourd'hui ils parlent haut, ils parlent fort. Ils « manifestent ». Comme on le dit dans la perfide Albion : *Wait and see !* Alors attendons et observons, sans en avoir l'air, tout ce remue-ménage, ces petits viticulteurs qui veulent se regrouper pour mieux nous ressembler. À la fin, nous tirerons sans peine les marrons du feu.

— Il vous est aisé, à vous, Villeméjeanne, de tenir pareil discours. Les moulinages ardéchois de votre femme pallient avantageusement le sommeil inquiétant de nos chais.

Ainsi le talon d'Achille d'Hadrien de Villeméjeanne était la fortune de son épouse ! Et si, en des temps reculés, pour un roi viscéralement huguenot, Paris valut bien une messe, pour un sybarite de l'acabit d'Hadrien, ladite fortune valait bien qu'une union consacrée le restât.

— Un mariage devant Dieu est indissoluble, ma chère Olga, et je m'en réjouis ! plastronnait-il devant sa femme résignée.

Menteur éhonté ! Mais aussi menteur désespéré qui se raccrochait à cette graine semée par concupiscence et non par amour, à cet enfant non désiré qu'il avait voulu détruire avant qu'il naisse, à ce fils maintenant d'un autre qu'il désirait faire sien par le seul moyen dont il était capable : la sournoise duplicité !

De la mère, ardente amante qu'il avait bafouée, il avait fait son deuil. Le cœur de la belle, un temps troublé, battait pour un autre, un faquin dont il avait cru pouvoir se débarrasser[1]. Épouse amoureuse, fidèle, en un mot exemplaire et mère féconde... Ah, s'il avait su ! Bah, le fait était là : comme un juste châtiment à ses odieuses carences de géniteur frivole, l'état de père se refusait à Hadrien de Villeméjeanne.

En tout état de cause, les derniers événements alimentaient ses espoirs, le gamin avait en sa possession la montre de son grand-père et lui, Hadrien, avait acheté le daguerréotype du groupe de communiants dans lequel il s'était glissé. Il ne trônait pas sur le guéridon du salon, il est des susceptibilités à ménager, Hadrien avait enfoui, dans le tiroir de son bureau, ce qu'il considérait comme un sésame pour l'avenir.

Au moulin du Prieuré, par contre, la photographie d'un communiant dans son costume de marin, au visage un peu trop sérieux, était en bonne place dans la chambre de ses parents. Un portrait dans les tons sépia, signé Malaval, l'incontournable photographe alaisien. Une idée de Louis, cette fantaisie jugée dispendieuse par Lucile !

— Un portrait en studio ? Tu rêves, Louis, ce n'est pas pour notre monde.

— Un monde, comme tu dis, en pleine mutation, Lucile. La photographie n'est plus un art réservé aux seuls riches.

---

1. *Voir* Le Mas de la Sarrasine.

— Nous aurons celle de l'église, s'était-elle butée.

— Parlons-en de celle-là pour laquelle nous avons poireauté une heure ! Je n'y mettrai pas un sou, tu peux me croire.

Le ton était sans réplique, aussi Lucile n'insista pas ; elle ressortit le costume de marin, le brassard à frange et le missel à tranche dorée offert par ses parrain et marraine et conduisit Jeannot chez M. Malaval. Une corvée pour l'enfant, il ne comprenait pas la décision paternelle qui le privait d'une photo en compagnie de Katiouchka, son amoureuse secrète.

Louis, lui, se frottait les mains. Il avait évité, par cette astuce, que sa chère Lucile soit à nouveau chagrinée. Aussi, ravie du cliché de leur fils posant tel un rupin, elle ne parlait plus de cette fameuse photo de groupe.

Il faut dire que le malheur chamboulait le cours, qu'ils croyaient immuable, de leur vie simple.

Le moulin du Prieuré, que Louis avait voulu agrandi, soigneusement aménagé pour faire un écrin idéal au charme indéniable de sa femme et un lieu de vie confortable pour ses trois enfants, péchait à nouveau par trop d'exiguïté.

Pourtant, c'est sans l'ombre d'une hésitation que Lucile et Louis avaient ouvert leurs bras et leur demeure aux enfants de la pauvre Linette.

Pitoyable conseil de famille qui suivit les obsèques de la jeune maman ! Dans un premier temps, il avait fallu parer au plus pressé ; la vie a des exigences outrancières : manger, dormir et surtout veiller sur le souffle ténu de l'enfant que Pascaline avait mis au monde en le quittant à jamais.

Lucile et sa famille s'étaient installées, sans réticence, à la Sarrasine. Tout l'exigeait. Son frère, véritable loque humaine qui, déjà délabré physiquement, plongeait dans un désespoir sans fond ; ses nièces, les deux plus grandes effondrées par ce départ subit qu'elles savaient définitif, les deux plus jeunes, hébétées, pleurant une maman qu'on leur disait partie près du bon Dieu, et plus que tout, la promesse faite à une mourante.

— Elle va rester longtemps avec le bon Dieu, notre maman ? hoquetait Antonia.

Question qui restait sans réponse et qui lui tirait cette affligeante conclusion :

— C'est un méchant Dieu, alors, s'il garde notre maman !

Et la petite Clémentine de sangloter, entraînant ses cousines dans des larmes lourdes d'un terrible chagrin :

— Maman ! Ze veux maman !

Et puis il y avait Mathieu, l'enfant coupable aux yeux de Clément, que la perte de sa chère adorée rendait cruellement injuste et inapte à l'amour paternel. Mathieu, rebaptisé enfant courage par Lucile qui le voyait jour après jour s'accrocher à la vie, honorer les petites rations de lait qu'elle lui proposait à intervalles réguliers et se faire oublier le reste du temps, dormant à poings fermés ou voguant dans d'insondables limbes.

Les obsèques de Pascaline avaient eu lieu deux

jours pleins après son décès. Clément avait exigé – la douleur le rendrait atrabilaire – d'accompagner Linette à sa dernière demeure et son beau-frère avait remué ciel et terre pour lui procurer un fauteuil roulant. Il l'avait trouvé aux thermes d'Euzet, grandement pourvus de ces sortes de méridiennes d'osier sur châssis de bois, pour le repos des curistes.

Les deux hommes avaient donc mené le deuil, reçu malgré leur épuisement des condoléances qui n'en finissaient pas, n'avaient pas quitté du regard le cercueil qui contenait une partie de leur vie avant qu'il ne disparaisse sous les pelletées de terre. Ainsi leur était ravie à jamais une épouse aimante et aimée, une sœur tendrement chérie.

Une semaine plus tard, comme le voulait la coutume, le curé de Vézénobres avait célébré la messe de sortie de deuil, terme ô combien dérisoire, pour laquelle les femmes, absentes aux inhumations, occupaient la première place.

Néanmoins, Louis et Clément y assistèrent, l'un poussant à nouveau la bricole de l'autre. Ils escortaient Lucile, toute drapée de voiles noirs, et les enfants en habits de tous les jours, leur tante n'ayant pas jugé opportun d'ajouter à leur cœur enténébré.

Dans l'assistance, il n'était pas une âme qui restât insensible à l'affliction de toute la famille.

Pas une ? Sur sa chaise prie-Dieu de velours cramoisi, sobrement élégante dans une robe de shantung couleur feuille morte, large capeline à voilette de plumetis, Olga de Villeméjeanne posait un regard noir sur les enfants de Clément et ceux de Lucile, deux nichées dérangeantes à son cœur envieux.

Et pourtant ! Ne se prétendait-elle pas l'ami de Lucile, au temps léger de leur adolescence ? Frivole amitié que la tante d'Olga avait dénoncée, séparant tout net le bon grain de l'ivraie. N'avait-elle pas porté un regard bienveillant à la jeune Pascaline, la faisant embaucher au Belvédère ?

Dans la fleur de l'âge, les jeunes femmes étaient devenues de parfaites étrangères et, si la châtelaine du Belvédère faisait acte de présence en ce jour, son air condescendant cachait un sordide sentiment de justice divine : l'insolent bonheur de ces petites gens ne devait pas durer, ne pouvait pas durer. Eût-elle croisé le regard de Lucile qu'un dédaigneux mépris lui aurait répondu.

Jours sombres que ces deux éprouvantes célébrations qu'écrasait un impudique soleil et qu'accablait une chaleur torride !

Parce qu'en cette période ses oliviers et son moulin lui laissaient du temps, Louis s'était fait vigneron par solidarité familiale et prenait des initiatives qui indifféraient Clément.

— J'ai fait un traitement dans la vigne de carignan, j'espère que ça tiendra jusqu'aux vendanges.

Un haussement d'épaules pour toute réponse, Louis désespérait de relier Clément au monde des vivants. Il prenait sur lui pour ne pas exploser et s'épanchait auprès de Lucile.

— Décidément, ton frère n'est qu'un égoïste…

— Il faut lui laisser du temps.

— Du temps pour quoi faire ? Pour accepter,

se résigner ? Jamais je ne guérirai de la mort de Linette, ma petite sœur chérie ! Jamais je ne me pardonnerai ces derniers mois qui avaient vu nos liens se distendre par mon imbécile entêtement.

— Ne dis pas ça, Louis. Dans son for intérieur, ta sœur reconnaissait ton bon jugement et tes sages décisions. Un soupçon d'orgueil lui faisait différer un aveu qu'elle portait au bord des lèvres.

— En es-tu sûre seulement ? Le doute, hélas, persistera toujours. Ma pauvre Linette...

Secoué de sanglots, Louis s'abandonnait aux bras de Lucile, une Lucile plus forte que jamais, qui tenait pied à tout et ne comptait pas s'arrêter là.

— Mon frère, je me charge de le remettre sur les rails ! lui dit-elle quand il fut un peu calmé. Le chagrin n'excuse pas son attitude indifférente à tout ce qui l'entoure et ne le dédouane pas de ses responsabilités de père.

Elle ne choisit certainement pas le bon moment pour affronter Clément, mais existerait-il désormais des bons moments pour le veuf inconsolable ? Toujours est-il qu'elle lui fit toucher du doigt ses indéniables manquements.

— Tu ne peux pas te murer dans ton chagrin solitaire, Clément, et fermer les yeux sur celui des autres, de tes enfants en particulier. Et ce fils tant désiré auquel tu ne prêtes aucune attention ! Ses pleurs t'incommodent, ses premières risettes t'indiffèrent... Dans trois semaines débuteront les vendanges, dans un mois, c'est la rentrée des classes. Songes-tu à tout cela ?

Clément avait écouté, sans piper mot, la diatribe

de sa sœur qui appréciait cette qualité d'écoute si peu habituelle chez son bouillant aîné. Elle déchanta vite quand il explosa :

— Les enfants ! Les enfants ! C'est donc ton seul souci ? Prends-les si tu les veux et débarrasse-moi surtout de ce pleurnichard !

Il brandissait la canne, encore indispensable à ses bancals déplacements en direction du berceau où Mathieu, réveillé par ses éclats, donnait un concert. Nullement effrayée par ces mots virulents, Lucile se planta devant son frère et lui vida son sac :

— Louis a raison, tu n'es qu'un fieffé égoïste ! Toi, toi, toi et ton chagrin. Et les autres ? Crois-tu que la souffrance d'un frère compte pour rien ? As-tu seulement idée de ce qu'endure mon mari à pleurer sa sœur, à mener ton domaine et à n'essuyer de ta part qu'indifférence ? Ça ne peut plus durer, Clément ! Ressaisis-toi, pense aux autres. Tiens, pense à Pascaline qui ne voudrait pas te voir dans cet état !

La phrase de trop ! Elle touchait Clément au plus vif de sa plaie, fouaillait dans cette blessure trop fraîche.

— Je t'interdis, tu m'entends, je t'interdis de prononcer son nom ! Et puis partez, partez tous, je ne veux plus vous voir ! Je ne veux plus voir personne ! hurla-t-il.

Au paroxysme de sa fureur, il se laissa choir sur sa chaise, enfouit sa tête dans ses bras repliés sur la table pour signifier que la conversation était terminée.

Lucile restait les bras ballants, n'osant faire un geste. Il n'était pas en état de tolérer une main sur son bras, un baiser sur sa joue râpeuse d'homme négligé. Elle attendit sans bouger. Des sanglots secs l'ébranlaient tout entier qu'il maîtrisa enfin pour relever la tête et insister d'une voix rauque en fixant Lucile droit dans les yeux :

— Emmène les enfants au moulin... ou à l'orphelinat et laisse-moi en paix.

Lucile était pétrifiée, horrifiée et parfaitement consciente : ce n'étaient pas des paroles en l'air que prononçait son frère. Il était à bout, il fallait faire ce qu'il disait.

Clément ne parut pas au repas de midi, ce qui ne manqua pas d'inquiéter Martha.

— Votre papa a besoin de calme, expliqua succinctement Lucile, il faut le laisser tranquille quelque temps. Nous allons tous rentrer au moulin le temps de...

— Je ne laisserai jamais mon père !

Les yeux bleus de Martha lançaient des éclairs d'acier. Sa tante comprit qu'il ne serait pas aisé de la convaincre. Elle insista pourtant, alléguant que c'était le souhait de Clément et qu'il ne s'agissait que d'une absence passagère. La fillette ne désarmait pas.

— L'abandonner pour qu'il se laisse mourir ? Je serais une bien mauvaise fille, alors ! Pars, tante Lucile, et emmène les petits puisqu'il le veut ainsi, moi je reste !

— Et moi aussi !

Quelle mouche piquait Maria qui, jusqu'à ce jour, n'avait lancé que des regards farouches à son père ? Qui ne quittait pas le giron de sa tante, la plus apte pensait-elle à comprendre sa peine ?

— Ce n'est pas raisonnable, mes chéries. Vous êtes... vous êtes... trop jeunes... s'emberlificota Lucile.

Une évidence se révélait plus que jamais : les jumelles ressemblaient trop à leur mère et renverraient sans cesse l'image de l'épouse envolée.

Le soir même, le moulin du Prieuré s'ouvrait à une nouvelle vie... sans les jumelles. Elles avaient aidé leur tante à emballer les affaires des petites et du bébé. Tout était prêt à charger quand Louis arriva avec sa jardinière.

— Je fais un premier voyage avec les bagages, dit-il, et je reviens chercher mes passagers.

Un poids s'était levé du cœur de Louis ; les deux derniers mois passés à la Sarrasine avaient été trop épuisants, au moral comme au physique, et il se félicitait de l'intervention de Lucile.

— Un mal pour un bien ! avait-il estimé après sa narration. Il faut parfois toucher le fond pour refaire surface.

— Martha ne veut pas bouger d'ici, hésitait encore Lucile. Du coup, Maria se sent obligée de faire pareil.

— Nous ne sommes pas si loin, ma chérie, et nous ne les abandonnons pas à leur sort. Respectons la décision de ces demoiselles et restons des veilleurs discrets.

Bien qu'elle sache ses nièces capables de mettre la soupe à cuire, de laver le linge et nourrir la volaille, Lucile avait laissé la maison impeccable, le poulailler approvisionné et du ragoût pour voir venir.

— D'ici deux ou trois jours, je viendrai aux nouvelles, assura-t-elle à ses nièces.

— Garde-t'en bien, ma tante ! C'est nous qui t'en apporterons. Il faut respecter le désir de papa.

Ainsi, cela ne faisait aucun doute, Martha prenait les rênes de la Sarrasine, entraînant dans son sillage une Maria qui, bien que partagée, restait d'instinct enchaînée à son double.

Lucile se faisait violence pour ne pas remettre les pieds à la Sarrasine avant d'y être conviée. Pour autant, elle n'était pas dans l'ignorance de ceux qu'elle y avait laissés et à qui elle n'avait pas retiré son affection. Bien au contraire !

Pour ce qui était du vignoble, Louis l'avait rassurée : il n'y avait plus qu'à surveiller la maturation des raisins qu'une *colà*[1] d'habitués se chargerait de vendanger. Il avait même préparé, dans la remise, comportes et cornues, nettoyé le fouloir, engrené à vide le pressoir pour s'assurer de son bon fonctionnement, autant de préparations dont n'aurait pu s'acquitter un Clément encore claudiquant.

— Je regagne le moulin l'esprit serein, tout est prêt pour la vendange, avait-il confié à Lucile.

— Ce n'est tout de même pas pour demain ! Mon frère aurait pu s'en charger...

— Avec sa patte folle, j'en doute et puis l'aoûtement est bien avancé. Pour peu que la chaleur se maintienne, il pourra commencer autour du 10 septembre, j'en mettrais ma main à couper !

Pour avoir un pied au moulin et un œil à la

1. *Occitan : groupe de vendangeurs-euses.*

Sarrasine, Lucile avait chargé son fils d'un serviable espionnage. Pas question, toutefois, de faire jouer au gamin un rôle de délateur. Elle le lui présenta comme un jeu.

— Tes cousines veulent faire les dames et tenir leur maison. À moi qui en suis responsable, il me faut un factotum fantôme, ce sera toi, Jean-Louis.

Les yeux ronds de Jeannot disaient son incompréhension. Les grands ont de ces mots ! Son père, un jour, l'avait nommé son contremaître et cela l'avait flatté. Être le factotum, même fantôme, de sa mère ne pouvait être qu'une belle promotion. La fonction n'était pas pour lui déplaire.

— Tu te feras le plus invisible possible et me rapporteras ce que tu auras vu de la Sarrasine sans y mettre les pieds. S'il y a du linge qui sèche, si tu vois tes cousines aller à la basse-cour, si l'oncle Clément visite ses vignes… Est-ce que tu me comprends ?

— C'est comme si j'étais un gendarme.

— Pas du tout ! Les gendarmes surveillent les gens malhonnêtes ; là, il est seulement question de savoir si tout va bien. Tu es plus malin que moi pour t'en tirer sans te faire remarquer.

Chaque jour, le gamin faisait un rapport circonstancié où se mêlaient détails futiles et nouvelles rassurantes. La meilleure qu'elle reçut fut cependant rapportée par une Martha tout essoufflée qui arrivait en courant au moulin du Prieuré. Un vent de panique ébouriffa Lucile que la fillette rassura :

— Tout va bien, tante Lucile, et papa aussi. Je voulais que tu sois la première à le savoir, il a embauché un valet de ferme.

— Ça alors ! Un valet de ferme ?

— Et tu le connais ! C'est Henri, le frère de Julie Boissier, la magnanarelle. Tu sais bien, tu l'avais invité pour la communion de mon cousin. Au fait, tu lui diras, à Jeannot, qu'il n'y a pas de chien méchant à la Sarrasine. Plutôt que de tourner autour de la maison, il peut rentrer nous faire un poutou, on est des orphelines, pas des pestiférées !

C'en était trop pour la fillette. Heureuse d'annoncer le second souffle de son père, elle était vite happée par le chagrin omniprésent, elle se jeta dans les bras de Lucile et pleura à chaudes larmes.

Pour confirmer une lente et encore fragile renaissance, Clément et ses filles étaient venus passer tout un dimanche au moulin du Prieuré et, si l'on avait évité, volontairement, d'évoquer Pascaline, sa présence était tangible autour de la table familiale. Il n'avait pas été question, non plus, des âcres propos d'un Clément accablé de chagrin. À peine, aussi, avait-il été question d'avenir. Ce ne fut qu'au moment du départ que le veuf adressa une prière à sa sœur :

— Peux-tu garder encore Antonia et Clémentine… et aussi Mathieu ? Je… je ne peux pas… plus tard, peut-être…

— Sois sans inquiétude, Clément, ces trois-là ne manqueront de rien, surtout pas d'amour. Ce sont les jumelles qui me chagrinent…

— Elles ont changé et ne se disputent plus

comme avant. Il faut s'en réjouir, répondit-il avec une grimace fataliste.

Devant les bonnes dispositions de son beau-frère, Louis se hasarda à lui demander un service.

— D'une semaine à l'autre, j'ai retardé de monter aux Fournels, pourtant il est impératif que j'y aille la semaine prochaine. Pourras-tu me mener à la gare, Clément ?

— Tu fais bien de parler des Fournels, Louis. Voilà, j'ai décidé, je ne veux plus de l'argent que rapporte cette ferme, il revient à mes enfants. Peux-tu charger le notaire de Villefort de le placer ? Chacun aura sa part, un jour, en souvenir de leur… Pour la gare, c'est entendu, beau-frère !

Clément et ses filles avaient à peine passé la porte que Florence se précipitait vers son père.

— Papa ! Papa, tu me prends avec toi pour aller voir Guillemette ? Dis oui, papa, je t'en prie !

— Moi aussi je peux venir ? demanda Antonia.

— Et moi ?

— Et moi ?

Clémentine et Camille ne voulaient pas être en reste. Louis vit dans cette évasion une paire de jours plus reposants pour Lucile à condition qu'elle ne reste pas seule avec le bébé.

— Jeannot, mon grand, puis-je te confier ta mère et ton petit cousin ?

IX

Frissons d'hiver

Bien qu'il ait satisfait honorablement aux épreuves du certificat d'études, Jean-Louis Thérond n'avait pas manifesté le désir de poursuivre ses études. Et bien que totalement décidés à faire le sacrifice financier qu'elles impliqueraient, ses parents l'avaient laissé libre d'un choix qui déterminerait toute sa vie. Pour finir, ils s'étaient réjouis de sa décision.

— Tu t'en souviens, papa ? Tu me disais que j'avais fait mes premiers pas dans le moulin. J'ai nourri mon enfance de ton savoir, de tes compétences. Mes jours de vacances étaient des jours de joie à copier tes gestes et à me rendre utile. Alors, si tu veux bien de moi à tes côtés, je suis ton homme, papa.

Les yeux scintillants de tendresse et de fierté, Louis et Lucile n'avaient pu dissimuler un sourire amusé à entendre affirmer, par leur adolescent de quatorze ans, qu'il était un homme. Il restait encore du temps pour cela. Néanmoins, s'assurant du plein assentiment de Lucile, Louis tendit une main à « l'homme ».

— Le modeste moulinier que je suis est heureux

de s'adjoindre l'aide d'un vaillant collaborateur. Nous ferons, ensemble, du bon travail, fils !

Pas un seul instant, depuis ce fameux jour – ce devait être durant l'été 1909 –, Louis n'avait regretté ce travail en binôme qui le liait plus encore, si besoin était, à l'aîné de ses enfants.

Il n'était que de les voir et les entendre, s'affairer dans les oliveraies ou dans le moulin, faire des projets de mécanisation, tomber d'accord sur tout, ne s'affronter sur rien, et admettre une évidence : tous deux étaient heureux de travailler en osmose et de façon si naturelle qu'elle forçait souvent l'admiration.

— Il en fera un bon moulinier de son gamin, le Louis ! Le temps n'est pas loin où l'élève dépassera le maître.

— Comme on dit : bon sang ne saurait mentir !

Appréciations qui se changeaient en critiques acerbes quand s'éveillaient les jalousies.

— Aussi rapiat que son père, le Jeannot ! Il m'a imposé une pénalité sur ma dernière tournée qu'il disait moisie.

— Et moi donc ! Il m'a carotté sur le poids en me faisant des comptes d'apothicaire qui m'ont embrouillé.

Louis feignait de les ignorer, incitait son fils à faire de même, la finalité étant de ne pas perdre le client.

— Ne prête pas cas aux médisances, fils ! Notre moulin fait des envieux qui ne se doutent pas du travail à fournir. C'est ainsi, on ne voit souvent que les effets, jamais les causes.

Garçon pondéré dans sa jeunesse, Louis Thérond

n'était que plus sage dans la maturité, bien que de plus insidieuses calomnies circulant à son propos n'eussent point manqué de le faire enrager si elles étaient parvenues jusqu'à lui.

— Il faut croire que l'olive rapporte, il a doublé son moulin, le Louis ! Passent encore les châteaux pinardiers[1], mais des castelets oléagineux ! C'est un comble.

— À moins que ce ne soit rentable de s'approprier les enfants des autres !

C'était bien là où le bât blessait. Et l'ignorance générant la médisance, on ne se privait pas, dans les environs, de clabauder sur les trois petits Loubaresse recueillis au moulin du Prieuré.

À tout événement s'attachent un avant et un après. La mort de Pascaline était la référence de cet avant fait de joies quotidiennes, de tracas et de satisfactions et de cet après dont ses proches s'accommodaient tant bien que mal, tout en sachant que plus rien, plus jamais, ne serait pareil.

— Alors elle ne reviendra pas, maman, avait résumé la jeune Antonia dans un soupir résigné.

C'était au moment de Noël, le premier sans Pascaline, le premier d'une longue suite où sa place ne serait jamais comblée. Repas de famille, repas sans joie au cours duquel se scella le sort des enfants Loubaresse.

— C'est au-dessus de mes forces, Lucile, et de mes capacités. Je n'ai rien à leur donner de tout

---

1. *Ainsi nommait-on péjorativement les grands domaines viticoles.*

ce que leur mère avait souhaité pour eux. Tu peux me juger, mais tu dois me comprendre.

Que d'exigences chez cet homme brisé par le chagrin, broyé par la solitude ! Une solitude morale qui le laissait face à lui-même, à sa conscience qui le malmenait sans cesse. Il se surprenait parfois, au milieu de la nuit, à raconter sa désolation et son quotidien à Linette.

— Une bonne recrue que ce jeune Boissier, il « sent » la vigne et la respecte. La vendange a été bonne et nous avons moins distillé, l'ère du renouveau tant attendue est en marche. Tu vois, ma belle, notre combat n'était pas vain. Et maintenant nous avons Jaurès avec nous. Si tu savais combien tu me manques !

Quelle sorte d'absolution espérait-il ? La souhaitait-il seulement ? Sans aller jusqu'à entrer dans sa macabre intimité, sa sœur et son beau-frère avaient cru de leur devoir d'insister :

— Pourquoi ne pas embaucher une servante de ferme qui s'occuperait d'eux et de ta maison ?

— Les jumelles s'en sortent plutôt bien, avait bougonné Clément, tête basse.

Puis, comme il savait si bien le faire, il s'était emballé :

— Je croyais pouvoir compter sur vous et sur votre promesse ! Vous me ferez part de votre décision, moi j'en ai assez entendu.

Désolés, les enfants serrés contre eux, le couple Thérond le regarda partir, Maria et Martha sur ses talons.

Alors Lucile et Louis n'avaient pas failli à leur parole ; Antonia, Clémentine et Mathieu étaient devenus leurs enfants, au même titre que Jean-Louis, Florence et Camille, à la différence qu'ils tenaient à se faire appeler, par eux, tatie et tonton. Et, afin qu'ils n'oublient pas leur père ni leur mère, chaque semaine Lucile les emmenait sur la tombe de Pascaline et, au retour, à la Sarrasine où ils offraient leur front lisse au baiser paternel ; accueil tiède et indifférent qui avait le mérite de maintenir un lien, aussi ténu soit-il, d'une part entre Clément et sa progéniture, d'autre part entre la fratrie indûment scindée.

Les jumelles n'étaient pas oubliées, sur qui Lucile portait un regard discrètement bienveillant et, quand vint le moment de leur communion solennelle, c'est leur tante qui s'occupa de leur robe et de leur voile qu'elle voulut identiques et d'un repas familial sans qu'on éludât le passage incontournable dans le cimetière où les deux petites madones, se tenant par la main, étouffaient leurs sanglots.

— Votre maman vous voit, elle vous accompagne, leur murmura Lucile. De là-haut, elle est fière de vous !

Elles n'étaient pas loquaces, les nièces de Lucile, habituées à taire leur chagrin pour ne pas amplifier celui de leur père, mais le regard mouillé qu'elles posèrent, en belle osmose, sur leur tante, disait toute leur reconnaissance pour sa présence mesurée et son soutien moral, soutien qu'elle n'hésita pas à déployer, l'année suivante, à la demande expresse de Martha.

— Il faut que tu m'aides, tante Lucile.

— À quoi donc, fillette ?

— Tout simplement à faire entendre raison à mon père ; je perds mon temps à l'école alors qu'il y a tant à faire à la Sarrasine. Le certif, je ne l'aurai jamais et je m'en passerai, ça ne m'empêchera pas d'être une bonne paysanne.

Du moins en avait-elle toute l'allure, et sans connotation péjorative, la pourtant secrète Martha se livrait à nu en toute confiance. L'adolescence lui donnait des airs de petite bonne femme, infatigable tête pensante au mas paternel. Soigneuse dans sa tenue, comme elle avait toujours vu l'être sa mère, économe et inlassable cheville ouvrière sur tous les fronts : les raisins et le potager, la basse-cour et le troupeau de chèvres, sans oublier la magnanerie où elle peinait à entraîner sa sœur.

— Sotte ! Ne vois-tu pas que les magnans nous payent les vendangeurs ? Et toi, tu voudrais négliger cet apport en faisant ta dégoûtée ?

Ou bien :

— Tu ne vas pas rechigner à planter les patates ? Ce n'est pas le travail de notre père avec sa patte folle, ni celui d'Henri notre valet qui a suffisamment à faire dans les vignes.

Réduite à obtempérer, Maria haussait les épaules, il n'y avait pas à lutter, sa sœur était incontestablement la patronne de la Sarrasine. N'était ce besoin viscéral de vivre sous le même toit que sa jumelle, il est à parier qu'elle aurait, sans hésitation, rallié ses frère et sœurs au moulin du Prieuré.

Comment alors, dans l'état d'esprit où se trouvait Martha, retarder le destin qu'elle s'était choisi ? Un an ou deux ne changeraient rien à l'affaire. Ainsi, avec les arguments qu'avançait sa nièce, Lucile obtint l'accord désabusé de son frère.

— Peut-être sa mère rêvait-elle d'autre chose… laissa-t-il tomber, laconique.

— Ça, tu n'en sais rien, Clément. Et puis le rêve des parents n'est pas celui des enfants, pas toujours en tout cas !

Désormais entité sans son double, Maria s'épanouit à l'école, en classe où elle obtenait d'excellents résultats comme en récréation où elle s'établissait en dominante envers ses cousines et ses sœurs, encore qu'elle eût plus de mal avec l'intrépide Florence au caractère bien trempé.

— Antonia, tu n'as pas honte ? Cinq fautes à ta dictée !

Antonia baissait la tête sous l'algarade de son aînée. C'était compter sans Florence, son âme de bon Samaritain et ses remarques pertinentes.

— Tu oublies un peu vite ses opérations toutes justes et son dix sur dix en récitation ! L'orthographe, ce n'est pas son truc à Tonia, pour autant ce n'est pas une mauvaise élève.

La scolarité de Maria se termina, néanmoins, au mois de juillet 1910 quand elle lança sa bombe. À son père qui la félicitait distraitement de sa mention au certificat et constatait sans enthousiasme ni regret :

— Alors tu vas aller au collège en octobre ?

— Non, papa. Je veux apprendre la couture comme…

— On verra, on verra, se défaussa-t-il, partant vers sa remise en traînant la jambe.

Déjà femme du siècle nouveau, soucieuse

d'avoir un métier et aussi parce que la machine à coudre de Pascaline l'avait toujours fait rêver sans qu'elle l'eût jamais touchée, elle avait pris une décision irrévocable, celle de devenir couturière.

Or, n'ayant pu, de tout l'été, relancer cette conversation, elle s'adjoignit, comme sa sœur et sûrement par mimétisme, le soutien de sa tante.

— C'est ce que je veux faire, ma tante, il faut m'aider à convaincre papa.

Ce à quoi Lucile s'attela avec plus de difficulté qu'elle ne le prévoyait.

— Ma fille, une midinette ! Jamais !

— Dois-je te rappeler, mon frère, que Pascaline avait des doigts de fée et que tu t'émerveillais de ses travaux de couture ?

— Tu n'as pas le droit, Lucile ! Non, tu n'as pas le droit de...

— De te dire que ta fille veut en tous points ressembler à sa mère, qu'elle a sûrement des dons comme elle et surtout que c'est son choix ? Si, j'ai le droit ! Mieux, le devoir de t'ouvrir les yeux. Retire de ta bouche ce nom de midinette pour celui de cousette dans un premier temps, puis de façonneuse et tu seras fier de ta Maria. Ne vois-tu pas que c'est ce qu'elle cherche ? Une reconnaissance ! Ta reconnaissance !

Et Clément capitula. Maria apprit les rudiments chez une couturière à façon de Saint-Maurice avant de trouver un emploi de chemisière aux *Grands Magasins Dizier*, fleuron incontournable du commerce alaisien. Petit salaire qu'elle remettait intégralement dans les mains paternelles et grande satisfaction quand, dans un élan de générosité,

Clément lui offrit un vélo. Ainsi se gorgeait-elle de l'air frivole de la ville avant de retrouver, le soir, l'atmosphère lourde et silencieuse du mas perpétuellement en deuil.

Ainsi les années passaient, rythmées par les saisons qui apportaient leur lot de labeurs immuables qu'entrecoupaient, fort à propos, des périodes plus allégées.

Louis les mettait à profit pour monter aux Fournels où, avec une énergie que le temps n'émoussait pas, Guillemette Thomas tirait le meilleur parti de son petit troupeau de vaches laitières, du porc qu'elle élevait et de toutes les richesses des sous-bois, manne offerte à qui se donne la peine de la dénicher.

Selon un calendrier désormais bien établi, trois fois par an, Louis Thérond retrouvait la maison de son enfance où il avait fini par se forger des souvenirs heureux.

— C'est là-haut, disait-il à Lucile quand il en revenait, que je retrouve le mieux Pascaline. Je la vois courir à ma rencontre, cheveux au vent, ou bien les natter le soir, près de la cheminée.

Il ne s'attardait pas plus de trois ou quatre jours, le temps d'une réparation qui ne souffrait retard, de négocier la vente d'un veau ou le remplacement d'une vache et, en septembre, de pourvoir Guillemette en foin, en paille et en bois de chauffage. Chaque trimestre, le notaire de Villefort lui faisait un virement des ventes de Guillemette qu'il partageait à égalité ; pour cela, il avait ouvert cinq livrets à la Caisse d'épargne pour ses neveu et nièces et les approvisionnait scrupuleusement.

La fille de ferme n'entretenait que peu de relations avec son voisinage mais, à ceux qui la côtoyaient, elle ne cessait de louer son jeune maître.

— Comme un coq en pâte, je suis ! Un bon maître que M. Louis qui me fait une vieillesse heureuse. Et de si croquignolettes filles qui m'ont prise en affection !

C'était là un des grands bonheurs de cette oubliée de la vie, les quatre fillettes qui venaient passer tout un mois aux Fournels. Florence en était à l'origine.

— Vous nous garderiez, Guillemette, si papa était d'accord ?

— Vous garder ? Pour toujours ? s'était-elle ébaubie.

— Bien content s'il nous accorde un mois !

S'adressant à son père, le discours varia un peu :

— Guillemette serait bien aise que nous passions un peu de temps avec elle durant les grandes vacances, elle serait moins seule. Elle veut bien s'occuper de mes cousines et de moi... et aussi de Mathieu quand il sera plus grand.

Tout le monde trouva son compte dans cet arrangement : Guillemette qui s'arrogeait le titre de grand-mère, Lucile qui soufflait un peu, seulement à s'occuper de ses « hommes » au Prieuré, les fillettes qui passaient de merveilleuses vacances. Pour preuves, leurs joues rouges et rebondies, leur teint joliment doré, la belle santé dont elles jouissaient toute l'année.

— Quand je serai grande, Guillemette... confiait Florence avec gravité, oui, quand je serai grande...

— Il ne me tarde pas que tu le sois, fillette, tu m'oublieras bien vite.

— Si tu m'écoutais jusqu'au bout ! Quand je serai grande, je viendrai vivre ici, avec toi.

— En voilà une petite demoiselle qui se ferait vertement tancer à débiter de pareilles fadaises devant ses parents ! protestait Guillemette, tout en se disant que cette enfant avait le don de mettre du baume au cœur.

— Et pourquoi ? On en fait des découvertes avec toi ! Veux-tu qu'à mon tour je t'apprenne quelque chose ?

— Une vieille bête comme moi, que peut-elle bien apprendre ?

Après une enfilade d'hivers peu rigoureux, voilà que le mois de janvier 1912 ne reniait pas les vieilles prédictions.

— Les lustres ne se démentent pas, affirmaient les anciens du village que la pluie avait chassés des bancs de la place.

Automne précoce donc, et pluvieux, non de cette pluie en cascade qui gonfle à outrance les gardons cévenols, mais de celle, fine, insidieuse, qui pénètre dans les sols, les abreuvant sans jamais les saturer. On ne pouvait, hélas, en dire de même des chemins où se creusaient jour après jour des ornières profondes. Par trois fois, il avait fallu remblayer celui qui menait au moulin, les paysans qui apportaient leurs tournées d'olives ne se privant pas de crier au scandale.

— Eh Thérond ! J'ai failli verser dans ton chemin ! Faut l'aimer ton moulin pour venir avec ce bourbier. Té, pour la paye la patronne va peut-être me servir le café.

— Le café et la goutte, Martinent ! Ça va te réchauffer et te rendre plus aimable.

Après avoir déchargé le tombereau de Martinent, Jean-Louis et son père s'attelèrent, sous la pluie, à boucher les nids-de-poule à grandes pelletées de terre meuble des ruisseaux, puis à la tasser à l'aide d'un rouleau que Louis avait fabriqué, un cylindre de fer et de béton qui pesait un âne mort et qu'ils roulaient, aller-retour, à la force des bras.

Le rafistolage tenait... ce que durent les roses et quand se hasardait, après une nuit d'orage, une charrette plus chargée, tout était à recommencer.

Jean-Louis prit froid au cours d'une de ces journées de décembre où ni lui ni son père n'avaient le temps d'aller se réchauffer quelques minutes devant la cheminée. Les olives, pour la plupart, viraient au noir, les autres tombaient sous les coups de boutoir d'un vent du sud qui montait les nuages de la mer et c'était à qui mettrait à l'abri sa récolte. Le moulin ne désemplissait pas, la meule de trituration tournait en continu.

Une série d'éternuements firent trembler les murs du Prieuré, des frissons agitèrent sa carcasse d'adolescent bien bâti, Jean-Louis approcha une chaise du feu, s'assit lourdement et avoua :

— Je suis brisé ! Je crois même que j'ai de la fièvre.

Florence quitta la table où elle faisait ses devoirs

et supervisait ceux de Clémentine et de Camille, elle se saisit de la main de son frère et lui prit son pouls.

— Qu'est-ce que tu fais ?

— Chut, je compte !

— Tu comptes quoi ? Et pour quoi faire ?

— L'accélération des battements de ton cœur pour savoir si tu as de la température, pardi !

Jean-Louis se récria qu'elle s'y prenait de curieuse façon et qu'il suffisait de mettre la main sur le front comme le faisait leur mère.

— Eh bien moi, c'est ma méthode et elle est infaillible. Je parie que tu fais un bon 39 degrés. Allez, va te mettre au lit, je te monterai une tisane de sauge et un cachet d'Aspirine du Rhône.

Puis s'adressant à sa sœur et à sa cousine :

— Et vous les filles, rangez vos cahiers. Papa et maman vont avoir fini les comptes, il faut mettre le couvert et la soupe à chauffer. Moi, je vais installer le lit de Mathieu dans notre chambre, Jeannot pourrait bien lui refiler son rhume. Hein, Mathieu, que tu seras bien avec les filles ?

« Le don du commandement et une inflexible volonté », une épithète qui, en son temps, louangeait le cardinal de Richelieu et que l'on ne pouvait s'empêcher d'appliquer à Florence… si tant est qu'on ne fît pas d'effort pour la connaître mieux. Car il n'y avait pas plus attachant que cette jeune adolescente, ni plus serviable et qui ne se départait jamais d'un gracieux sourire.

— Organisatrice et persévérante, notre Flo ! Elle n'a pas fini de nous surprendre, souriaient béatement ses parents.

Louis tenait à partager la gestion du moulin avec Lucile, une manière de ne pas la laisser à l'écart, elle qui avait dû, en raison des lourdes charges familiales dont elle avait été investie, abandonner ses marchés alaisiens si fructueux. En attendant de reprendre cette activité qui lui plaisait, les estagnons d'huile du Prieuré et les pierres de savon du père Riboulet avaient trouvé, en la *Fromagerie Romeuf* de la place Saint-Jean, une autre vitrine et un autre mode de commercialisation.

Lucile et Louis rentrèrent en effet, et avec eux une bourrasque humide s'engouffra dans la pièce où, à la demande de Florence, les enfants avaient fait diligence.

— On n'attendait plus que nous ? demanda Louis en faisant sauter Mathieu à bout de bras.

— Flo ne va pas tarder, elle est en train de soigner Jeannot.

— Ça ne m'étonne pas d'elle ! fit remarquer Lucile sans s'inquiéter outre mesure. Au moindre front fiévreux, elle se transforme en infirmière. Jeannot se plaint de quoi ?

— Il a fait atchoum ! s'empressa de renseigner Mathieu en imitant son cousin, son idole.

— Il avait froid et tremblait, précisa Camille.

— Rien de surprenant, nous avons travaillé sous la pluie pour rendre praticable ce foutu chemin. Au printemps, je le ferai empierrer une bonne fois pour toutes.

— En attendant, je monte aux nouvelles.

Lucile grimpa prestement à l'étage alors que, passablement las, Louis s'asseyait, comme toujours, en bout de table.

Depuis l'été dernier, ils n'étaient plus que sept à table quotidiennement ; Antonia, lingère à la ferme de Saint-Maurice au domaine de M. et Mme d'Adhémar, ne rentrait au moulin qu'un dimanche sur deux.

Mère et fille descendaient de la chambre où elles avaient laissé Jeannot sous un monceau de couvertures, Louis leva vers elles un regard anxieux et interrogateur. Lucile s'empressa de le rassurer.

— Une bonne nuit de sommeil à suer sa fièvre et demain il n'y paraîtra plus. Dans un moment, je lui monterai un bol de lait chaud... ou même un peu de soupe.

— Je ne crois pas que ce soit une bonne idée, maman. Tout fiévreux comme il est, ça le ferait vomir. De la tisane, si tu veux et même de l'eau, beaucoup d'eau, il faut qu'il s'hydrate.

— Notre médecin de famille a parlé. À table !

Médecin ou non, Florence avait été de bon conseil et ses soins, efficaces : le lendemain, Jean-Louis était sur pied pour accueillir les tournées dont le moulin serait bientôt saturé.

Janvier vint à point nommé pour assécher toute l'humidité ambiante. Un vent glacé, la *cisampa,* ébouriffant en tourbillons impétueux les têtes en cheveux, faisant valser casquettes et chapeau, dégagea le ciel... le temps d'une quinzaine avant qu'il ne se grise à nouveau et que la neige, en une nuit, n'habille de fantômes la nature endormie.

Louis et son fils n'en voyaient pas la fin de broyer des tonnes d'olives dans le vieux moulin où s'insinuaient de traîtres vents coulis. La turbine, actionnée sans fin par la roue immergée dans le bief de la Courmière, entraînait la meule tournante, bagatelle d'une tonne qui écrasait, en deux heures de temps, quelque trois cents kilos d'olives.

— Au moins, cette année, on ne triture pas « à sang[1] » ! fit remarquer Louis.

— Notre pauvre Fouquet ! Son regard en disait long quand on l'attelait à son carcan. Au début, il y avait de l'incompréhension, à la fin j'y lisais de la haine…

Les derniers mots de Jean-Louis s'étaient perdus dans une quinte de toux, suivie d'une série d'éternuements.

— Je me suis croqué à nouveau… Bah, Flo y mettra bon ordre.

— Ferme ta chemise, fils, et noue un cache-nez, tu es tout dépoitraillé. Que diable, on n'attend pas la visite de Katiouchka !

Et Jean-Louis qui croyait son secret bien scellé !

— Qu'est… qu'est-ce que… que tu veux dire, papa ?

— Pas à moi, Jeannot ! Pas à moi ! Eh, qu'est-ce que tu crois, j'ai été jeune moi aussi, et amoureux.

— Tu l'es encore, papa !

— Jeune ou amoureux ?

— Les deux, il y a des signes qui ne trompent pas !

Tendre et malicieuse complicité d'un père et de son fils que l'urgence du travail interrompit.

---

1. *La trituration « à sang » se pratique en cas de faible courant fluvial et consiste à faire tourner un animal de trait pour entraîner la meule.*

— C'est bon, Jeannot ! Je vais ouvrir la vanne. Toi, tu récupères l'huile de *recence*[1] pour le père Riboulet. Après, nous procéderons à l'empilage des scourtins.

Il en fut ainsi tout le mois de janvier, à broyer, à presser, à décanter puis enfin à soutirer une huile encore trouble qui exhalait déjà ses arômes aux notes végétales marquées, dominées par une *ardence* complexe qu'elle perdrait en se posant et, çà et là, de subtiles pointes de truffe, de ciste et d'artichaut. Un poème !

Aucune de ces fragrances n'atteignait Jean-Louis au nez obturé par un rhume sans fin, à la poitrine creusée par des quintes de toux, aux cernes gris qui enfonçaient son regard noir dans ses orbites proéminentes. Et toute la science médicale de Florence n'y pouvait rien changer d'autant que le jeune homme s'entêtait à finir la saison, comme il l'expliquait à sa sœur entre deux quintes de toux :

— Je ne peux laisser tout le travail à papa, tu comprends, Flo ? Allez, donne-moi un de tes comprimés miracles et prépare des cataplasmes à la farine de lin.

Le dernier bac de décantation soutiré, la margine évacuée, l'esprit soulagé du devoir accompli, Jean-Louis s'alita, accablé par une fièvre tenace, harassé de fatigue, de courbatures, le souffle court et, par moments, terrassé par de fugaces vertiges.

La fièvre ne cédant en rien, bien au contraire,

1. *Du nom des lieux de stockage de ces résidus, appelés grignons gris, qui servaient à la fabrication du savon.*

Florence prononça un mot qui faisait frémir dans les campagnes : le médecin. En voilà un dont la visite était souvent suivie de celle du curé, c'est dire s'il était redouté !

Le Dr Bernard, que Louis se résigna à aller demander en son cabinet de Vézénobres, vint après ses visites et ausculta méticuleusement le malade en hochant la tête.

— C'est grave, docteur ? demanda anxieusement Lucile.

— Ce qui est grave, c'est de me faire appeler en dernier. Qui l'a vu avant moi ? La vieille Greillette, la guérisseuse ?

— Jamais de la vie ! s'indignèrent les deux parents.

— Depuis quand est-il malade ? Et la fièvre, est-ce récent ?

— Ça a commencé en décembre…

— Trois mois qu'il est dans cet état ? C'est de l'inconscience !

Titillée dans son rôle de mère, Lucile tenta de se rebiffer.

— Vous ne croyez pas, docteur, que nous l'ayons laissé sans soins, tout de même ? Des tisanes, des inhalations et même des cataplasmes, il en a eu sa dose et ça le requinquait pour quelque temps. Mais, après la pluie, il y a eu le vent, la neige ; l'huile d'olive ne se fabrique pas au coin du feu, vous savez !

Une révolte bien légitime que celle de cette mère qu'on accusait de négligence ! Le Dr Bernard se radoucit ; plus d'une fois, il avait pu sonder ces âmes paysannes, celles de gens de bon vouloir, durs à la tâche et qui n'avaient pas pour habitude de faire cas d'un rhume ni même d'une bronchite. Avec sa rudesse d'homme rompu aux misères humaines, il avait mis les parents du jeune malade en transe, il devait modérer son propos tout en restant circonspect.

— Je ne vous cacherai pas que votre fils a présumé de ses forces ; il y a une limite à la résistance du corps. Bon, nous allons tout faire pour soigner cette pneumonie...

— Une pneumonie ? Mon Dieu ! Mon Jeannot !

Lucile s'abattit sur la poitrine de Louis. Tous deux restèrent silencieux, s'imprégnant des paroles du médecin qui expliquait le traitement tout en rédigeant une ordonnance.

— Il lui faut de la chaleur pour exsuder l'eau qui encombre ses poumons. Couvrez-le d'une autre couverture et changez ses draps et son linge dès qu'ils seront mouillés. Il faut qu'il boive beaucoup d'eau. J'ai marqué une potion à base d'ipéca que vous préparera le pharmacien, là aussi pour le désencombrer et faire tomber la fièvre. Ne vous effrayez pas s'il vomit. Ensuite, des piqûres. Deux par jour, matin et soir. Vous ferez venir la sœur infirmière de Vézénobres. Moi, je reviendrai dans trois jours.

Puis, s'adressant expressément à Louis :

— Demain, vous viendrez m'apporter de ses nouvelles.

Lucile ne quittait plus la chambre de son fils et, si parfois la somnolence la prenait, son cœur restait en veille. Dix fois par jour, Louis venait aux nouvelles, négligeant la mise en tonnelets de l'or liquide qui avait eu raison de la santé de son fils.

Le rapport qu'il fit au Dr Bernard était sans surprise :

— État stationnaire, dit-il au médecin.

— Alors pourquoi cet air désolé ? demanda le docteur.

— Parce qu'il ne va pas mieux…

L'angoisse taraudait Louis, de lourds sanglots l'étouffaient.

— Je vous avoue, monsieur Thérond, qu'à l'auscultation de votre garçon je m'attendais à ce que son état s'aggrave. Alors oui, je me réjouis de ce statisme.

— Sauf votre respect, docteur, vous êtes bien le seul !

— Allez, asseyez-vous, monsieur Thérond, et laissez-moi vous donner un petit cours de médecine. Le corps a ses propres défenses qui, dans certains cas, ne suffisent pas. Les remèdes sont là pour les aider mais ils n'ont pas d'effet immédiat. Et, si l'état de votre fils n'a pas empiré depuis ma visite, ce n'est pas encore le fait des piqûres, seulement celui d'une lutte essentielle de sa solide constitution. Me suis-je bien fait comprendre ?

Une théorie pleine d'espoir. La réalité, elle, était moins rassurante. Jean-Louis semblait, durant deux jours, sortir de cette spirale infernale alternant sueurs et tremblements pour mieux y retomber pendant toute une semaine.

À certains moments, Lucile se prenait à redouter le pire ; dans sa tête tournait cette affreuse pensée : y avait-il dans le malheur des cycles semblables aux lustres météorologiques ? Son père était mort en 1902, Pascaline en 1907 et maintenant… cinq ans plus tard… Non ! Elle repoussait de toutes ses forces le spectre hideux, l'injuste dénouement… Et elle n'était pas la seule ! Louis avait perdu l'appétit en même temps que le sommeil et avait fermé la porte de son moulin aux producteurs d'olives qui venaient chercher leur huile.

— Plus tard. Revenez plus tard, je vous en prie. Les comptes ne sont pas encore terminés… Nous n'avons pas la tête à ça… Vous nous comprenez, j'espère…

Il avait suffi que deux ou trois d'entre eux se cassent le nez sur cette fin de non-recevoir pour que la nouvelle coure les campagnes : le fils Thérond était au plus mal. Il se murmurait même, et cela était gratuit :

— On parle de phtisie…

— Quoi ? La tuberculose ?

Plus rapidement que partout ailleurs, l'information avait atterri au Belvédère, le Dr Bernard suivant de près la santé de la châtelaine et Hadrien de Villeméjeanne pressait le médecin de questions au sujet du jeune Thérond, s'intéressait au traitement prescrit, aux résultats obtenus. Nullement dérangé par ce que d'aucuns auraient considéré comme une curiosité malsaine mais que lui mettait sur le compte d'une empathie de bon paroissien, le Dr Bernard délivrait un bulletin de santé en toute innocence, au mépris du secret médical.

Aussi, au Belvédère, fut-on en mesure de se réjouir en même temps, ou presque, qu'au moulin du Prieuré quand il fut avéré que Jean-Louis était sauvé. Émacié, affaibli, blafard et sans courage, mais guéri !

— Tu t'en sors d'une belle, mon gars ! s'exclama le Dr Bernard, lui aussi soulagé.

Puis, pointant du doigt sa poitrine creuse, il ajouta :

— Il va falloir donner de la place à tes poumons, les gorger d'air, du bon air des montagnes.

Et aux parents qui de la joie retrouvée retombaient dans les affres du doute, le docteur récitait une leçon qu'en d'autres lieux on lui avait habilement suggérée :

— L'auscultation est parfaite, on n'entend plus le moindre râle, la plus infime dissonance. On va faire une radioscopie pulmonaire et puis on l'enverra en convalescence dans les Alpes.

— Une radioscopie ? Ce n'est pas un examen dangereux, docteur ? s'inquiéta Louis.

— Dans les Alpes ! Où ça ? paniqua Lucile.

— Vous me faites confiance, j'espère ? Alors non, une radioscopie avec un appareil performant ne présente aucun risque. Quant aux Alpes, chère madame, c'est pour l'air des cimes, l'altitude. Pas trop haut, toutefois. Mille à mille deux cents mètres, pas plus. J'ai, dans le Valais, à Martigny exactement, un ami pneumologue qui s'occupe d'un établissement de soins...

— Jean-Louis, dans un sanatorium !

— Justement non ! Si vous me laissez finir... Dans les cas comme celui de votre fils, il existe des familles qui accueillent les convalescents. Le Dr Burgey se charge de les placer, il les voit toutes les semaines. Nous sommes en mars, je vous fiche mon billet que Jean-Louis vous revient aux vendanges, frais comme un gardon et plus gaillard que jamais.

— S'il faut en passer par là… soupira Louis en entourant les épaules de son épouse. N'est-ce pas que nous ferons le sacrifice ?

— Il ne vous en coûtera rien ! rassura le Dr Bernard qui se méprenait. Pas même le voyage.

— Il nous en coûtera la séparation et le souci de le savoir loin de nous, c'est déjà cher payer, fit remarquer Lucile.

Pas un seul instant, ni elle ni son mari ne s'étaient étonnés des largesses du Dr Burgey.

En son « castelet pinardier » de la commune de Lascours, le bedonnant Hadrien de Villeméjeanne se frottait les mains.

« On ne me verra pas souvent au Belvédère au cours des six prochains mois ! Il faudra bien ça pour nouer des liens dont j'étais si injustement spolié. »

X

Subtile Florence

Ils occupaient tout un compartiment de la voiture de seconde classe – on n'avait pas lésiné pour le confort de Jean-Louis – dans le mastodonte de fer qui, à l'assaut des montagnes, crachait, en panaches gris, ses puissants efforts.

L'appréhension altérait les traits fatigués du visage de Lucile, elle allait laisser son grand garçon, encore si fragile, aux soins de mains étrangères. Le convalescent, lui aussi, faisait grise mine, il ne comprenait pas cet exil imposé qui l'éloignerait pour un temps indéfini, non seulement de sa famille, du moulin, mais aussi de l'adorable Katherine qui, par le truchement de Florence, avait pris de ses nouvelles et communiqué ses vœux de prompt rétablissement.

« Si encore j'étais de retour pour la fête des fleurs ! soupirait-il. J'avais espéré lui demander une danse. »

Les autres, tous les autres, arboraient des faces réjouies. Louis parce qu'il ne doutait pas que son fils serait en de bonnes mains, Clémentine et Camille parce qu'un voyage, si court soit-il, rompait le quotidien, Mathieu dont c'était une grande première et Florence parce qu'elle n'était pas peu fière d'être l'instigatrice de ce voyage.

Son regard croisa celui de son père ; il y avait, dans les yeux noirs trop longtemps assombris par le souci, admiration et reconnaissance. Elle lui sourit, de ses yeux et de toutes ses dents.

D'un geste, Louis l'attira vers lui, elle vint s'asseoir à son côté.

— Tu es la meilleure, Flo ! lui murmura-t-il à l'oreille en lui pressant la main.

Florence baissa les yeux avec modestie... à moins que ce ne fût pour dissimuler sa jubilation.

Florence avait tout entendu, tout enregistré et même tout analysé de la proposition du Dr Bernard. L'idée de voir partir son frère en terre inconnue ne la réjouissait pas ; elle aurait certes passé outre si l'intéressé avait sauté de joie et si ses parents n'y voyaient pas d'objection.

Or ce n'était pas le cas. Loin de là ! Jean-Louis faisait pitié. On l'aurait cru redevenu petit garçon à qui on faisait manger un brouet insipide.

— Papa, maman, je vous en prie, écoutez-moi. Je me sens bien, le docteur le reconnaît, je suis guéri. Alors à quoi bon aller en Suisse, on va me prendre pour un tubard...

— Tais-toi, Jean-Louis ! s'était insurgée sa mère. Je ne veux pas entendre ce mot... J'ai eu tellement peur... Moi non plus, je ne voudrais pas que tu partes...

— Et toi, papa, tu ne dis rien ?

— Oh, moi j'ai beaucoup de choses sur le cœur,

fils. D'abord, je suis heureux que tu sois guéri, tellement heureux, et puis je suis triste à l'idée de te voir partir… Je sais, c'est égoïste de ma part puisque c'est pour ton bien. Le Dr Bernard préconise la montagne, il a sûrement raison.

— Pourquoi les montagnes de Suisse ? questionna Florence qui brûlait de s'inviter dans la conversation. Il y en a dans notre pays, et c'est moins loin. Et à mon avis, l'air y est aussi bon.

— C'est vrai ça ! s'exclama son frère avec une bouffée d'espoir. Tu as une idée, Florence ?

— Et une bonne, tu peux me croire ! Le docteur a dit entre mille et mille deux cents mètres d'altitude et les Fournels sont à mille cent, je le sais, Guillemette me l'a dit. En voilà une qui t'engraisserait comme un chapon. Si vous êtes d'accord, ajouta-t-elle en regardant alternativement ses parents, on lui écrit une lettre pour annoncer l'arrivée de Jeannot.

Lucile soupira, agacée. Florence avait soulevé un espoir qui retombait comme un soufflet.

— Une lettre qu'elle jetterait au feu. Elle ne sait pas lire.

— Elle ne savait pas lire, maintenant elle sait. Je lui ai appris un peu chaque année.

— C'est vrai, renchérirent Camille et Clémentine. Florence nous faisait l'école, à nous et à Guillemette.

Tous les regards incrédules étaient fixés sur Florence qui ne perdait pas le fil de son idée.

— Alors on l'écrit cette lettre ? Il faut faire simple avec Guillemette.

Pardi qu'on la fit et elle partit le jour même ! Et la réponse ne se fit pas attendre. Si Guillemette

Thomas s'était assurée des services de la postière pour rédiger correctement l'enveloppe, le mot laconique glissé à l'intérieur était de son cru : *Je vé bien le soigné, votre droulet, la patronne.*

Restait à informer le Dr Bernard. Rendez-vous avait été pris pour faire la fameuse radioscopie tant redoutée de Louis pour avoir prêté l'oreille aux effets désastreux de ces rayons X, aussi est-ce à reculons que les époux Thérond accompagnèrent leur fils à Vézénobres.

— Quand je vous disais qu'il n'y avait plus trace de cette pneumonie ! annonça le docteur en sortant du cabinet noir réservé à cet examen. Alors, on prépare la valise, jeune homme ?

— Elle est prête, docteur.

Louis n'osa pas aller plus loin. Il allait froisser ce docteur qui avait si bien soigné son Jeannot et il n'aimait pas ça.

— Eh bien, vous êtes pressé ! Laissez-moi le temps de m'occuper du billet de train…

— Ça, c'est notre affaire, docteur. N'y voyez pas d'ingratitude, mais Jean-Louis n'ira pas en Suisse.

— Alors là, vous me décevez, madame ! Je vous avais pourtant expliqué la nécessité d'un changement d'altitude, de climat… et un suivi médical… du moins dans un premier temps.

— Il aura tout cela, docteur ! s'empressa Louis qui avait retrouvé de l'assurance. Dans nos montagnes de Lozère, l'air est pur et la nourriture riche. Et notre Jeannot ne sera pas chez des étrangers, pas tout à fait. Quant au docteur, notre fils consultera celui du Bleymard dès son installation.

La poignée de main du Dr Bernard n'avait pas été chaleureuse, il était évident que ce changement de programme le tracassait.

« Voilà qui va contrarier M. de Villeméjeanne. Je me demande bien pourquoi il voulait, à tout prix, envoyer ce jeune homme en Suisse ! »

En descendant la rue des Aires, Jean-Louis pavoisait :

— Quand je vous disais que j'étais guéri ! Ce n'est pas la peine que j'aille moisir aux Fournels.

Complices, Lucile et Louis se taisaient en souriant. Quand ils arboraient cette mine de comploteurs, il était à parier qu'ils ne céderaient en rien. Il insista quand même :

— Je pourrai redescendre des Fournels pour la fête des fleurs ?

Mathieu ne perdait rien du paysage nouveau pour lui. Le nez collé à la vitre, il n'avait pas les yeux assez grands pour tout voir des forêts de pins qui semblaient courir à contresens du train, de la locomotive qui se distinguait parfaitement dans une courbe de la voie, des gares pimpantes qui jalonnaient le trajet, des majestueux ouvrages de pierre qui enjambaient allégrement les vallées.

On arriva enfin à Villefort où une voiture de louage – décidément, Jean-Louis était ménagé – les monta jusqu'aux Fournels où le printemps éclatait. Une Guillemette pimpante les attendait sur le seuil de la ferme. Des bas de coton dans des sabots vernis qui dépassaient d'une robe de lainage gris, un enveloppant tablier à bavette en dégravé et une coiffe de paysanne ornée d'une bisette nouée sous le menton : la souillon de jadis, grande gigue mal fagotée, avait fait place à une femme à qui l'âge et la bonne tenue avaient rendu la respectabilité.

— Alors, il est où ce droulet qui vous a causé bien du tracas ?

Un garçon efflanqué se planta devant la fille de ferme. La maladie, si elle lui avait fait perdre des kilos, lui avait fait gagner quelques centimètres ; il la dépassait presque d'une tête.

— C'est de moi que vous parlez, madame Thomas ? demanda-t-il en souriant d'un air moqueur.

— Vrai de vrai ? C'est vous monsieur Jean-Louis ? Ça alors, si je m'attendais... Vous aviez quoi ? Douze ans, la dernière fois que vous avez accompagné votre papa.

— Vous pouvez m'appeler Jeannot... et me dire tu.

— Et vous, m'appeler la Guille...

Florence la rappela à l'ordre :

— Guillemette ! C'est bien plus joli !

— Et ce *polidet*[1], je parie que c'est Mathieu, le fils de... Mon Dieu qu'il est mignon. Tu me fais la bise, mon tout beau ?

Les embrassades faites, il fallut songer à l'installation. Pour ne pas être prise au dépourvu, Guillemette avait préparé tous les lits, ciré les meubles ; tout était à son image : pimpant !

— Ce soir, on promènera l'*escaufaliè*[2] et tout ce beau monde passera une bonne nuit.

---

1. *Occitan : joliet, mignon.*
2. *Occitan : bassinoire.*

Pour le couchage de ses maîtres, tout comme au cours du repas qu'elle avait soigné plus qu'à son ordinaire, la vieille femme était aux petits soins ; elle lorgnait sur chaque assiette que, sitôt vidée, elle voulait remplir.

— Les enfants, vous devez manger pour devenir grands et forts, et vous aussi, la patronne, qui avez eu tant de tracas. Je vous oublie pas, mon maître, on peut lire sur votre visage toutes vos nuits blanches...

— Tout cela est du passé, maintenant. Nous comptons sur vous pour que notre Jeannot nous revienne en pleine forme.

— Dans un mois, les vaches sortiront de l'étable pour aller pâturer, j'en ferai un vacher de ce beau jeune homme.

Le lendemain matin, Lucile, Louis et Jeannot redescendirent au Bleymard, ils étaient porteurs d'une lettre destinée au médecin du village que leur avait délivrée, avec une mauvaise volonté évidente, le Dr Bernard.

Le cheveu hirsute et grisonnant, la barbe négligée, un veston et un pantalon de velours à côtes, d'un marron tête de nègre, l'air bonhomme et sans-façon, le Dr Panafieu ne ressemblait en rien à son homologue vézénobrais, imbu de lui-même, tout en sobre élégance et en distinction de manières.

— Il en a eu une bonne, ce jeune homme ! fit-il remarquer à la lecture du courrier. Mettez-vous torse nu, mon garçon, je veux m'assurer qu'il n'y a plus de musique là-dedans ; les tambours et les crincrins, si c'est bon pour danser, c'est mauvais pour les poumons.

Enchanté du résultat de son écoute attentive, il décida de revoir Jean-Louis dans quinze jours.

— Seulement ? s'indigna Lucile qui aurait voulu une surveillance plus assidue.

Plutôt que de s'offusquer, Panafieu eut, à son adresse, un bon sourire ; il lui posa une main familière sur l'épaule et la rassura :

— Je comprends l'anxiété d'une maman et je vous le dis tout net, chère madame, si l'état de santé de votre fils nécessitait que je le voie chaque semaine, je le ferais. Or ce n'est pas le cas, absolument pas. Et puis, en confidence, petite dame, plus vite il oubliera qu'il a été malade, plus vite il retrouvera forces et bonne mine.

Le poids qui, sournoisement, les oppressait avait pris des ailes quand tous trois sortirent du cabinet médical et c'est le cœur joyeux qu'ils remontèrent à la ferme.

Les mines se renfrognèrent, le lendemain, quand vint l'heure de la séparation. Comme il leur était difficile, aux parents comme aux enfants, de quitter les Fournels ! Cela ne se fit pas sans mille recommandations à Jeannot comme à Guillemette.

Jean-Louis avait attiré Florence à l'écart.

— Tu m'écriras, Flo ?

La gamine écarquilla innocemment les yeux.

— Je ne savais pas que tu aimais la lecture, railla-t-elle.

— Ne fais pas la bête, c'est pour que tu me donnes des nouvelles de Katherine… Dis-lui que je vais bien et que je descendrai pour la fête des fleurs.

— Pff ! Pour quoi y faire ? Il n'y a rien de plus barbant que ce genre de distraction !

— Ne t'occupe ! Tu es encore trop jeune pour apprécier.

L'élégant tilbury qui remontait la rue du Couderc hésita un instant à virer sur la gauche, y renonça et s'immobilisa enfin sur la place Basse ; il ne passa pas inaperçu dans le village du Bleymard. Un à un, les rideaux de la rue traversée s'étaient soulevés avant de retomber sur des chuchotis de supputation.

— Sûrement un rupin, à voir son attelage.

— Peut-être un baron ?

— En tous les cas, un type important !

L'homme qui en descendit hésita, scruta la façade des maisons qui entouraient la place, puis s'avança délibérément vers l'une d'elles où une plaque de cuivre rongée de vert-de-gris lui avait fait un clin d'œil. Il s'empara du heurtoir et frappa trois coups décidés.

— Je voudrais parler au Dr Panafieu ! dit-il abruptement à la servante venue ouvrir, silhouette sombre trottinant menu.

Sans attendre son invite, il franchit le seuil, en homme habitué à ce qu'on accède à ses désirs.

— C'est pour une consultation, Félicie ? entendit-on de la pièce voisine.

— En quelque sorte ! répliqua le visiteur, brûlant la politesse.

Et il entra dans la pièce où le Dr Panafieu préparait sa sacoche de cuir pour entreprendre sa tournée de visites.

— Je n'irai pas par quatre chemins, docteur. Vous avez, depuis un mois, un patient envoyé par notre médecin de famille et néanmoins ami, le Dr Bernard, de Vézénobres.

— Il se peut, répondit laconiquement Panafieu, dérangé par le ton arrogant de son interlocuteur.

— Ce n'est pas une réponse, monsieur. Moi, j'ai une vraie question : comment va-t-il ?

— À quel titre, monsieur, aurais-je à vous répondre ?

Visiblement, le Dr Panafieu était plus tatillon sur l'éthique de la profession – chez lui un sacerdoce – que son homologue de la plaine alaisienne !

— Un sien parent, un proche. Cela vous suffit-il ?

La méfiance du médecin s'accentuait. La morgue ne quittait pas Hadrien de Villeméjeanne.

— Considérez, monsieur, que je n'ai pas parcouru quatre-vingts bornes en vain.

— Que vous auriez pu vous éviter, au demeurant, si vous aviez simplement frappé à la porte de ses parents, rétorqua fort à propos le Dr Panafieu, de plus en plus sur ses gardes.

Villeméjeanne comprit que sa démarche était mal engagée quand le médecin ajouta :

— C'est à eux que j'ai des comptes à rendre, à eux seuls. Et maintenant, monsieur, je vous invite à prendre congé, mes malades m'attendent.

L'entrevue n'avait pas excédé les cinq minutes, pourtant Hadrien de Villeméjeanne se sentait épuisé quand il remonta lourdement dans son tilbury.

— Le paltoquet ! Il me le paiera ! grommela-t-il

en voyant s'éloigner, d'un pas vigoureux, le Dr Panafieu.

Il sortit de sa poche, dans un geste désormais machinal, une topette d'alcool qu'il emboucha goulûment. Ses yeux injectés de sang et de colère, avivés par l'absorption d'une bonne rasade de tord-boyaux, lançaient des éclairs.

Curieusement, en quelques minutes son esprit s'éclaircit. Il alla, à nouveau, toquer à la porte où la même silhouette noire s'encadra et débita sa phrase préparée :

— Je regrette, le docteur est parti en visite.

— Peu importe, vous allez sûrement réparer un oubli, j'ai omis de lui demander où logeait son patient, le jeune Thérond.

— Aux Fournels, pardi ! dit-elle en balayant d'un geste large la montagne qui jetait son ombre sur la partie ouest du village.

Depuis que les vaches étaient au pré, Jean-Louis passait la journée à flanc de montagne, Guillemette dans son sillage, sentinelle vigilante et de distrayante compagnie. Le jeune homme ne s'ennuyait pas une minute, tout autant intéressé par le caquetage simple mais nullement dénué de bon sens de la fille de ferme que par ses silences qui lui permettaient de s'adonner à de bucoliques rêveries.

Était-il las, aujourd'hui, des bavardages ancillaires ou voulait-il confirmer ses capacités ?

— Je monterai les vaches au pré, Guillemette. Vous avez pris du retard pour vos fromages à m'accompagner chaque jour.

— Vous êtes sûr, Jeannot, de venir à bout de ces vagabondes ?

Elle avait cédé, néanmoins, et avait accompagné le départ du troupeau et de son vacher d'un ultime conseil :

— Veillez bien à ce qu'elles ne s'empêtrent pas dans les clôtures de ce sournois de Lhermet !

Après avoir égoutté ses fromages, elle apportait les résidus au cochon quand le hennissement d'un cheval la stoppa net. Méfiante de nature, et plus encore à vivre seule dans une ferme isolée, Guillemette avait ses références : les bœufs tranquilles des paysans, les lourds percherons des débardeurs, ânes et mulets des petits métiers ambulants qui battaient la campagne. Rien qui puisse se comparer à ce cheval piaffant dans l'abrupte montée, à cet attelage rutilant, encore moins au monsieur endimanché qui l'apostrophait de loin, sans ménagement :

— Eh vous, là-bas ! Je cherche la ferme des... Tournel... Fourrel... Enfin quelque chose comme ça !

— Du diable si j'entends goutte à votre charabia.

Guillemette avait fait un pas en arrière, sur la défensive.

— Enfin quoi ! Une ferme où un jeune garçon est en convalescence, il ne doit pas y en avoir cent mille ! s'énerva le voyageur en tirant sur les rênes.

La vigilance innée de la fille de ferme était en éveil, son instinct lui faisait pressentir le malfaisant.

— En tous les cas, il est point ici, celui que vous cherchez. Passez votre chemin !

Plantant son seau de gaspe en même temps que l'intrus, elle rentra dans la maison où, tapie en biais derrière un carreau, elle surveillait son départ.

Il n'avait pas l'air pressé, prit le temps de reluquer les abords de la ferme avant de s'approcher de l'étable, intrigué par une paire de sabots visiblement pas à la pointure de la malaimable qui l'avait reçu. Il alla taper au carreau, portant à bout de bras l'objet de son interrogation.

— Eh vous, la femme ! cria-t-il. Sortez un peu pour me dire à qui appartiennent ces sabots.

La porte s'ouvrit, Guillemette tenait un fusil de chasse dans les mains, elle glissa une cartouche dans le canon, referma la culasse et, avec détermination, mit l'homme en joue.

— Si c'est pas moi qui le fais, c'est mon Joseph qui se chargera de vous plomber le croupion si vous touchez à ses sabots, il y tient, mon pauvre vieux. Vous voulez les acheter ? Non ? Alors passez votre chemin.

Les pulsations cardiaques du couard ne se calmèrent pas avant d'arriver au Bleymard, celles de son alezan battaient la chamade, dans les deux sens du terme. Une halte s'imposait aux abords de la fontaine où le cheval s'abreuva, tandis que Villeméjeanne ressortait sa topette qu'il téta jusqu'à la dernière goutte. Vert de rage, rouge de l'alcool bu, blanc de déconvenue, son visage passait par toutes les couleurs trahissant, en même temps que la colère, le glissement de tout son être vers une inexorable déchéance.

Lentement, l'attelage repartit, l'homme et le cheval étaient fourbus ; Hadrien décida de passer la nuit à Villefort.

« Je reviendrai, docteur Panafieu ! » se promit-il.

La surprise était de taille. Jean-Louis tenait les billets de train d'une main, la lettre de ses parents de l'autre qu'il brandissait, joyeux, sous le nez de Guillemette.

— Je retourne à la maison, Guillemette ! Tu entends ça ? Je retourne au moulin. Yahou !

— Relis un peu.

Le tutoiement était venu, réciproque et naturel.

— Tout ? Oh, tu exagères ! Je résume : la communion de Florence ne serait pas une vraie réunion de famille sans moi, tu te rends compte ? Et c'est elle qui a insisté pour que toi aussi tu sois de la fête. C'est royal !

— Parle pour toi, mon garçon. Moi, j'y ai rien perdu dans ton moulin et je vais pas quitter les Fournels pour bambocher. Et mes vaches ? Et mon cochon ? Mes volailles ?

— Toi, tu ne connais pas encore Flo, elle m'étriperait si j'arrivais seul. Alors, quitte à te mettre un licol comme la Pâquerette quand on l'a menée au taureau, tu viendras au moulin et, crois-moi, tu ne le regretteras pas.

— On verra... on verra... se défaussa Guillemette.

Et l'on vit ! On vit un jeune homme au teint frais, plein d'allant, tendre la main à une dame qui ne se décidait pas à descendre du train qu'elle avait pourtant maudit tout au long du trajet. Parce que Guillemette Thomas, la Guille, eh bien on l'aurait prise pour une dame, eh oui !

Du gris pour sa robe d'escot, du mauve pour le col en satinette qui l'ornait et du noir pour son chapeau de feutrine comme pour sa marmotte de laine, elle ne ferait pas honte à ses patrons. C'est Jeannot qui le lui avait affirmé.

Un Jeannot qui se jeta dans les bras de son père et l'étreignit avec force, ce que lui fit remarquer Louis :

— Dis donc, tu en as, de la poigne, fiston ! Je ne me mesurerais pas à la lutte avec toi.

Puis, se tournant vers Guillemette :

— Merci d'être venue, c'est notre Flo qui aurait été déçue.

Au moulin, le comité d'accueil ne fut pas moins chaleureux ; Lucile d'abord qui ne put retenir une larme à retrouver son fils éclatant de santé, les filles ensuite et Mathieu qui sautait de joie autour des arrivants.

Ce n'était pas dans les habitudes de la Lozérienne de rester inactive, aussi offrit-elle ses services à Lucile, proposition qui n'était pas sans arrière-pensée.

— Vous profiterez de votre journée demain, la patronne. Accompagnez votre fille à la messe et ne vous occupez de rien ; il vous suffira de me dire ce que je dois préparer.

— Ce ne serait pas très élégant de notre part de vous avoir invitée pour vous mettre à la peine, s'offusqua Lucile éperdue de reconnaissance envers cette femme qu'elle apprenait à connaître et à apprécier.

Guillemette faisait la lippe.

— Je vous ai vexée, Guillemette ?

— Vexée ? Non... c'est que... que je ne vais plus à l'église, avoua-t-elle dans un soupir. Je n'y ai plus ma place depuis la mort de Mme Mijoule. Si je n'avais pas trahi son secret...

— Un jour ou l'autre, son mari l'aurait su. Vous devez vous réconcilier avec Dieu et vous serez apaisée, insista Lucile.

Elle regretta aussitôt son insistance, la fille de ferme se murait dans un silence dérangeant. La finesse de Lucile lui rendit le sourire.

— À bien réfléchir, je crois que je vais suivre votre conseil, mademoiselle Thomas. Je vais m'en remettre à vous pour le repas de demain... si ça ne vous ennuie pas, bien sûr.

— M'ennuyer avec la belle cuisine que vous avez...

— Et toutes les bonnes choses que vous nous avez descendues des Fournels. Tenez, je vous laisse quartier libre... à part le dessert qui est déjà commandé.

Les largesses de la famille de Villeméjeanne, en matière d'ornements destinés aux communiants et communiantes de la paroisse, avaient fait long feu et chacun commentait sa virevolte.

— C'est donc vrai, mon père, que brassard et couronne sont à la charge des familles de communiants ? demanda une maman.

— Les ennuis de santé de Mme Olga ont pris le pas sur sa générosité, excusait M. le curé.

— Vous connaissez mon opinion, mon père, avait avancé Lucile. J'apprécie, pour ma part, la liberté qui est redonnée aux familles de faire à leur idée.

Et les idées de Lucile avaient été réalisées par sa nièce Maria qui trouvait sa consécration de petite-main dans la réalisation de la robe de communiante de sa cousine, une merveille de plissés horizontaux, soulignés de broderies en guirlandes que l'on retrouvait sur le long voile qui encadrait l'adorable visage irradiant de joie de Florence.

Sa couronne, de délicates fleurs d'oranger de satin blanc, effleurait son front lisse ; elles étaient à croquer, ses joues encore enfantines que creusaient à peine deux mignonnes fossettes ! Et, plus que ses beaux yeux d'un gris indéfinissable pétillant de félicité, les fines ailes de son nez à peine palpitantes trahissaient les émois de son âme candide.

La retraite de communion et les paroles du prêtre qui avaient encouragé ses jeunes ouailles à s'engager, en ce jour solennel, dans un projet de vie future, avaient eu un écho en son cœur pur et passionné. La voie qu'avait esquissée le curé, celle de la prière et du renoncement, elle l'avait perçue de tout autre manière. Certes, elle n'ignorait pas que son choix impliquait un total don de soi, du moins était-ce ainsi qu'elle envisageait la mission d'une infirmière, but qu'en ce jour d'engagement elle se jurait d'atteindre. Aujourd'hui, elle en faisait le serment, son dessein d'hôpital devenait un dessein de vie future auquel elle se vouerait corps et âme.

L'insouciance inhabituelle de Lucile lui faisait vivre cette journée dans un état de plénitude extrême ; légère comme le nuage de bonheur sur lequel elle planait, elle ne tourna pas les yeux vers la place des propriétaires du clos du Belvédère.

Tant mieux ! Elle y aurait vu Hadrien, seul, l'attention totalement retenue à contempler Jean-Louis. Malgré lui, ses lèvres balbutiaient :

« Qu'il est devenu beau et fort ! Et sa démarche, j'y retrouve des manières de mon père. Non, je ne peux me résoudre à ce qu'il végète dans un moulin, sa place est au Belvédère. Je le veux ! Il faut que je lui parle, qu'il m'écoute… »

Ce qu'il tenta de faire lorsqu'il fallut sacrifier à la sacro-sainte photographie de groupe pour laquelle Louis avait livré, tout net, son opinion.

— Florence posera avec ses camarades, on ne va pas se faire remarquer, quant à acheter la photo, je m'en garderai bien !

À quoi Lucile adhéra :

— Notre fille aura, elle aussi, son portrait. Je la conduirai chez Fernand Rey, le studio de la Chaussée.

La confusion qui régnait sur le parvis de l'église pour organiser un cadrage parfait servit Jean-Louis qui, tout au long de la cérémonie, avait eu les yeux fixés sur Katherine Bolska, à demi cachée derrière le pilier du bénitier. À un moment, leurs regards s'accrochèrent qui disaient mille choses que leurs lèvres ne pouvaient formuler.

Sitôt dehors, Katherine s'enfuit, légère, dans la rue Basse en regardant par-dessus son épaule. Jean-Louis allongeait le pas, il allait la rattraper.

Son cœur s'emballa quand, la rejoignant, il lui prit la main et l'entraîna dans une *endroume*[1].

Hadrien de Villeméjeanne les vit disparaître dans l'obscur passage ; une fois encore, Jean-Louis lui échappait. Il ne rentra pas au Belvédère. Un repas fin et bien arrosé avec ses amis de beuverie, une nuit d'hôtel à se vautrer dans une sorte de stupre expiatoire et désabusé, il lui fallait bien ça pour se laver de cette nouvelle déconvenue.

1. *Passage couvert entre deux maisons sur le modèle des traboules lyonnaises.*

XI

Des ferments de doute

Elle avait hanté ses nuits de fièvre, alimenté ses rêves nocturnes ou éveillés durant son séjour aux Fournels. La voir, ne serait-ce qu'un instant, depuis combien de jours tendait-il à l'inaccessible ? Et maintenant, de façon spontanée, il lui avait pris la main et tous deux couraient comme des enfants fous, oublieux de tout ce qui les entourait. Ils étaient là, dans ce tunnel de pierre, le cœur battant de leur course éperdue et plus encore de leur audace.

La première, Katherine parla :

— Il ne fallait pas...

Jean-Louis l'obligea à s'arrêter.

— Il ne fallait pas quoi ?

— Me suivre. Si l'on nous voyait...

— Nous ne faisons rien de mal, Katia...

La voix de Jeannot s'était faite douce comme une caresse. La jeune fille le regardait de ses yeux clairs et toute la gêne, un instant ressentie, s'envola. Du miel tombait de sa bouche ; du moins, Jeannot savoura-t-il comme telles les paroles qu'elle débitait, en flot pressé, sans lâcher son regard.

— Je venais tous les soirs prier la Vierge, quand tu étais malade. Il se disait tant de choses à ton sujet qui me faisaient frémir. Heureusement, ta sœur avait le don de me rassurer, elle croyait ferme à ta guérison. C'était un réconfort que d'accueillir ses certitudes.

Elle fit une courte pause pour reprendre sa respiration. Jean-Louis voulut à son tour lui dire que pas un seul instant elle n'avait quitté sa pensée.

— Si seulement j'avais pu venir te voir au moulin…

— Ton image m'a soutenu pendant tout ce temps…

Ils avaient parlé en même temps et s'esclaffèrent ainsi que le feraient des gamins s'amusant d'un rien.

— Il faut que je parte, dit Katia à regret.

— Moi aussi, mais je reviendrai. Je serai de retour pour la fête des fleurs, mon père me l'a assuré.

Ce fut tout pour ce jour-là, et ce fut merveilleux. Tacitement, rendez-vous était pris auquel ni l'un ni l'autre ne dérogeraient. Jean-Louis regarda se dissiper le merveilleux mirage qu'il savait réel, celui d'une jeune fille aux yeux clairs, aux cheveux d'un blond vénitien que le soleil de mai nimbait de paillettes dorées.

Leur délicieux aparté était passé inaperçu, du moins s'en persuadait-il car il ne se trouva personne pour lui faire remarquer sa courte absence. Et pourtant ! S'il avait croisé le regard de son père, l'ombre grise qui le chavirait n'aurait pas manqué de l'inquiéter. Louis avait vu son fils glisser furtivement dans la rue Basse, il avait vu aussi la lourde silhouette honnie d'Hadrien de Villeméjeanne lui emboîter le pas. L'avait-il rattrapé ? Lui avait-il adressé la parole ?

La main de Louis pesa lourdement sur l'épaule de son fils. Jean-Louis sursauta.

— Que te voulait-il ? demanda le père d'une voix rogue.

— De qui parles-tu, papa ?

— De l'homme qui te suivait. J'avais cru reconnaître... Non, j'ai dû me tromper. Bah, ça n'a aucune importance.

Mise à part Guillemette, tous au moulin subissaient les lendemains de lassitude, mélange subtil d'alanguissement et d'euphorie. Quand chacun émergea des bras de Morphée, il ne restait plus rien des reliefs de la veille, vaisselle, nappes, chaises, tout était rangé, balayé le carrelage et lessivé à grande eau.

— Je ne vous avais pas invitée dans ce but, mademoiselle Thomas. Vous êtes notre hôte et vous agissez en servante...

Lucile était sincèrement désolée. Guillemette répliqua, avec sa jugeote primaire :

— Les lieux ne changent pas la fonction, patronne.

La matinée s'étira trop lentement à son gré. Ses nombreux coups d'œil à la pendule témoignaient de son impatience.

— Vous ne vous plaisez pas chez nous, Guillemette ?

La question de Lucile était une affirmation, une évidence qui la chagrinait ; en aucun cas, elle n'avait voulu la gêne palpable de cette femme qui ne se sentait pas à sa place. Elle lui était tellement reconnaissante pour son fils !

Elle insista :

— Peut-être sommes-nous maladroits à l'exprimer, Guillemette, soyez-en assurée que vous faites partie de notre famille de cœur.

Les yeux de Guillemette s'embuèrent.

— Ça ne se dit pas, patronne, ça se sent... comme se perçoivent aussi les haines farouches, les demoiselles de Mme Pascaline ne s'en cachent pas.

C'était donc ça ! Lucile avait bien perçu les regards en biais, les lèvres boudeuses, deux ou trois phrases teintées de mépris, comportement similaire de Maria et Martha qui se voulaient le porte-étendard de leur maman disparue.

— Des comportements de gamines que la vie n'a pas manqué d'éprouver, les défendit Lucile. Néanmoins, je leur ferai toucher du doigt l'inélégance de leur attitude. La prochaine fois...

— Il n'y aura pas de prochaine fois, patronne !

La tendance s'était inversée. Le train, d'où étaient descendus un jeune homme tout guilleret et une vieille femme renfrognée, remontait au cœur des monts de Lozère, une Guillemette sûre d'elle et un Jean-Louis renfrogné.

— Té, regarde Jeannot, le débourrement des châtaigniers est bien avancé, on ne manquera pas de *bajanes*[1] cette année.

Peine perdue que cette tentative pour dérider

1. *Occitan : châtaignes.*

le jeune boudeur. Il se rencogna sur la banquette de bois et laissa échapper :

— Pff ! Rien à voir avec le réveil des oliviers ! Je les ai vues, moi, ces petites feuilles d'un vert tendre et intense, fragiles et précieuses comme les ailes d'un scarabée. L'or du Prieuré, c'est comme ça qu'on devrait l'appeler, notre huile !

Guillemette réprima un sourire, elle l'avait enfin sorti de son mutisme, il fallait insister :

— Ton huile, tu ne vas pas me dire qu'elle est aussi bonne que mon beurre, tout de même ?

— Non, je ne le dirai pas, mais tu sais ce que j'en pense.

Le voyage des deux comparses se termina dans l'organisation du prochain marché à Villefort.

— J'aimerais bien t'y accompagner, proposa Jean-Louis.

Un souhait de son jeune pensionnaire que Guillemette n'eut de cesse de satisfaire, tout en y mettant un bémol :

— Lundi prochain ?

Tu n'es pas attendu chez le Dr Panafieu ?

— Si j'y vais seulement mardi, il n'y aura pas mort d'homme.

— La politesse, c'est de l'en avertir et non de le faire poireauter en vain. Je donnerai la consigne au facteur, quand il passera aux Fournels.

La ville d'ordinaire calme et alanguie s'était habillée de gaieté. En même temps que régnait une cacophonie de sons et de couleurs, se percevait l'esprit affairiste qui animait tous les participants de cette foire. Que l'on y vînt pour vendre ou pour acheter, le même désir les animait : réaliser les meilleures affaires.

Jean-Louis n'en croyait pas ses yeux, le marché de Villefort tenait autant de la fête populaire que d'une vitrine dégoulinante de marchandises les plus variées.

— C'est toujours comme ça ? cria-t-il à Guillemette qui traçait son chemin à la hâte, se frayant un passage jusqu'à son coin de banc sur la place du Portalet.

— Eh non ! Mais c'est le dernier avant la montée à l'estive. Celui-là, faut jamais le manquer !

Il n'était pas besoin d'en démontrer à Guillemette, elle connaissait ses clients, leurs exigences comme leurs faiblesses, il ne fallut pas longtemps pour qu'elle donne quartier libre à Jeannot qui, sans oser le lui dire, s'ennuyait ferme.

— Va te balader, c'est de ton âge. Fais attention, Jeannot, pas de bistrot, pas de gueuse !

Il rougit jusqu'à la racine des cheveux et se laissa happer par la foule qui ondulait par vagues compactes d'un étal à l'autre.

Plus loin, sur la place du Bosquet et tout autour de l'*Hôtel du Nord* stationnaient un nombre impressionnant de charrettes, jardinières et charretons, de calèches et de tilburys parmi lesquels Jean-Louis crut reconnaître celui du Belvédère. Il sourit à cette remarque incongrue : que ferait donc ici M. de Villeméjeanne ?

Un bonimenteur, le timbre plus percutant que les autres, l'interpella à point nommé pour faire diversion.

— Un Laguiole pour le jeune homme ?

Il lui mit dans les mains le couteau familier : son père en avait un qui ne quittait pas sa poche. Il le rendit à regret au marchand en s'excusant :

— Une autre fois, peut-être. Je n'ai pas d'argent...

Il accompagna ces mots d'un geste vers ses poches vides et partit en courant vers la place du Portalet, Guillemette devait l'attendre pour remonter aux Fournels.

À travers les volutes de fumée de son Longchamp bagué de doré que lui enviaient les clients du bistrot, Hadrien de Villeméjeanne rêvassait. La chance enfin le servait.

Pourquoi était-il parti au petit jour du Belvédère ? Et pourquoi aujourd'hui ? Si ce n'était pas de l'intuition, ça ! L'énumération des circonstances qui le confortaient dans cet heureux hasard ne s'arrêtait pas là. Pourquoi lui, l'indifférent au malheur des autres, avait-il tendu la main à ce préposé de l'administration postale qui avait lourdement chu sur la place Basse du Bleymard où lui, Hadrien de Villeméjeanne, remettait les pieds pour la seconde fois ?

— *Boun Diou !* jura l'infatigable marcheur à la sacoche. Foutue bouse qui me colle aux godillots depuis les Fournels !

Il n'en fallait pas plus pour que Villeméjeanne fût alléché.

— Des Fournels, dites-vous, mon brave ?

— Oui, grommela encore le facteur. C'est pour rendre service à la Guille... enfin, au petit monsieur.

Ce fut un jeu d'enfant, pour le maître du

Belvédère, que de glisser un bras compatissant sous le coude du préposé et de le guider, sans brusquerie quoiqu'avec fermeté, jusqu'au *Café-Hôtel-Restaurant des Voyageurs,* appellation pompeuse de ce qui n'était qu'un bistrot doublé d'une modeste pension de famille.

— Une petite goutte vous remettra de vos émotions, appuya-t-il sa démarche. Et moi aussi, car vous m'avez fait peur à vous affaler de tout votre long.

Une petite goutte ? Ça ne se refusait pas... du moins le *portaïre,* comme on le surnommait, ne refusait jamais la rincette, ce qui rendait, comme en ce jour, sa démarche hésitante.

Les voilà tous deux installés, l'un sur la banquette de moleskine, l'autre en vis-à-vis sur une chaise en bois, devant une liqueur de verveine du Velay.

Hadrien prenait son temps, il voulait endormir le poisson et parla au facteur de sa tournée qui ne devait pas être une sinécure dans ces montagnes. Au troisième verre, il en vint au but.

— Vous allez souvent aux Fournels ?

— Quand y a du courrier, pardi ! s'esclaffa le facteur hilare.

— J'entends bien. Il y en avait donc ce matin ?

Le préposé ne riait plus.

— Si je vous disais, monsieur, que je m'en souviens plus ! répondit-il en soulevant son képi et se grattant le sommet du crâne.

— Un petit dernier et tout vous reviendra ! insista Hadrien en hélant le patron.

L'étincelle se fit dans le ciboulot passablement embrumé.

— Bon sang, j'y suis ! Faut que j'aille chez le toubib lui dire que le gamin il viendra que demain. Faites excuse, mon bon monsieur, j'ai à faire. Eh bien merci pour le remontant !

Hadrien de Villeméjeanne avait rejoint aussitôt Villefort où il espérait trouver une chambre pour la nuit. La ville affichait complet et les restaurateurs, en se frottant les mains, donnaient comme excuse : « Dernier marché avant l'estive ! »

Force lui fut de remonter au Bleymard, de demander une chambre – « une turne », dit-il, en se laissant tomber sur le sommier grinçant – au *Café-Hôtel-Restaurant des Voyageurs*, et de prendre son mal en patience.

Il en était là, le lendemain, à siroter une absinthe, une autre et puis une autre, et à scruter la porte du Dr Panafieu. De son poste d'observation, il ne pouvait manquer Jean-Louis.

Il y passa sa journée, mangeant sans appétit, buvant sans retenue, tapi dans l'ombre du bistrot.

Jean-Louis avait ramené les vaches du pré et, pendant que Guillemette s'attelait à la traite, il était descendu tranquillement au Bleymard. Il fut saisi quand il déboula sur la place Basse : l'attelage qui, la veille, avait attiré son attention à Villefort, était remisé devant l'hôtel. Dans l'instant, la porte du bistrot s'ouvrit et un homme s'avança vers lui. Sa vêture lui donnait un air aristocratique, sa démarche l'allure grotesque d'un clown s'adonnant à la pantomime. La main sur le heurtoir qu'il allait actionner, Jean-Louis arrêta son geste.

— Vous, ici, monsieur de Villeméjeanne ? Par quel hasard ?...

— Il est des hasards qu'il faut provoquer, articula péniblement l'homme, par trop imbibé d'alcool. Depuis le temps... il faut que tu saches... On ne peut plus jouer, toi et moi, au chat et à la souris.

Du diable si Jean-Louis comprenait quelque chose à ces élucubrations !

— Que devrais-je savoir ?

— La vérité ! Toute la vérité !

— Sur qui ? Sur quoi ?

Hadrien de Villeméjeanne tituba, il s'accrocha de tout son poids au bras de Jeannot qu'il faillit déséquilibrer.

— Lâchez-moi, voyons ! Vous... vous êtes ivre, monsieur !

— Te lâcher, maintenant que je te tiens ? Jamais ! Tu vas m'entendre jusqu'au bout ! éructa l'ivrogne qui ne se contenait plus. Dire que tu aurais pu aller en Suisse et que tu croupis dans ce bled ! Ça suffit, tu vas rentrer avec moi au Belvédère, c'est là qu'est ta place, non dans ce moulin d'opérette, avec ce fantoche qui te sert de père et cette... cette fille... la fille de l'alambic... tu ne vas pas t'en enticher, dis ?... Elle n'est pas pour toi !

— Je ne vous permets pas ! cria Jean-Louis en brandissant un poing qu'il avait scrupule à abattre sur un homme plus âgé que lui et, de surcroît, peu solide sur ses jambes.

La porte du Dr Panafieu s'ouvrit.

— D'où vient ce chahut ? s'enquit-il.

Puis reconnaissant non seulement son patient, mais surtout son mystérieux visiteur, il jugea de son devoir d'intervenir.

— Rentre, mon garçon, je t'attendais. Et vous, monsieur, passez votre chemin. S'il faut, pour que vous cessiez votre harcèlement, faire appel à la maréchaussée, soyez sûr que je m'y résoudrai.

Jean-Louis était blême, quelques gouttes de sueur perlaient au-dessus de sa lèvre agitée d'un tressautement nerveux. Il ne savait quelle attitude prendre ni que dire pour briser le silence qui s'était installé dans le cabinet du médecin. Il balbutia :

— Je ne comprends pas. Il… Ce n'est pas la première fois qu'il m'aborde, mais jamais en ces termes… ce qu'il disait… c'était horrible…

— Paroles d'ivrogne qui ne tirent pas à conséquence. Demain, il ne se souviendra plus d'un traître mot.

Le Dr Panafieu se voulait rassurant, son jeune patient était visiblement troublé et ce n'était certainement pas sans fondement. Or il ne lui appartenait pas, à lui médecin des corps, de démêler des fils qui devaient être passablement embrouillés.

— Jeune homme, j'ai le plaisir de t'annoncer que je ne veux plus te revoir… si ce n'est bonjour-bonsoir, comme gens de bonne compagnie. Je suis heureux que notre bon air des montagnes ait contribué à ta guérison. Viens, tu vas sortir par la cour au cas où cet énergumène réitérerait ses provocations.

Le reste du séjour lozérien de Jean-Louis Thérond fut mitigé, partagé entre la joie d'un imminent retour au pays et une suite d'interrogations et de résurgences de petits faits dérangeants. La conclusion lui vint, évidente : pas une de ses rencontres avec Hadrien de Villeméjeanne n'avait été fortuite, hormis peut-être celle qui lui avait fait croiser son chemin, un jour de marché à Alais. Les autres, toutes les autres, étaient délibérées.

Quant aux insanités proférées par cet homme, même pris de boisson, elles étaient intolérables, le moulin, son père, Katia, il avait tout sali d'un mot, mais Jean-Louis avait dix-sept ans, un âge où l'exaltation joyeuse efface en un tournemain les affres les plus troublantes. L'imminent retour au bercail et la fête des fleurs arrivaient à point nommé pour souffler le vent de l'oubli.

Un chassé-croisé s'opéra, qui vit Louis arriver un matin aux Fournels avec ses filles, sa nièce et son neveu, et en repartir le lendemain avec son fils.

— Prends soin de toi, Jeannot ! recommanda Guillemette.

— Autant pour toi, Guillemette, lui répondit-il. N'oublie pas, n'en déplaise à ta modestie, que les Fournels comptent sur toi.

En quelque saison que ce soit, Jean-Louis n'aimait rien mieux que le moulin familial. Qu'il fourmille de producteurs pressés d'apporter leur récolte, qu'il bruisse, grince, feule de tous ces soupirs qui rythment la transformation des drupes noires en liquide doré ou qu'il se repose enfin de son intense activité, tout lui était bonheur.

Son père avait briqué à neuf les deux locaux attenants qui le composaient ; débarrassé de tout ce qui l'encombrait durant les mois d'hiver, nettoyé de cet état huileux qui rendait son sol glissant et ses étagères poisseuses, le moulin du Prieuré et en particulier l'avancée nouvellement construite avaient retrouvé la fonction que Lucile leur destinait, le temps d'une saison, celle d'une vitrine un peu particulière de leurs produits finis.

À Louis qui, avec justesse, alléguait que peu de gens de Ceyrargues ou de Saint-Maurice y perdraient leur temps, Lucile avait déballé ses batteries :

— La clientèle qui m'intéresse est celle des oisifs, et surtout des oisives, qui viennent prendre les eaux à Euzet. Mon frère n'a pas été le dernier pour proposer son vin à l'établissement[1]. Je ne vais pas être en reste pour leur vanter les bienfaits de l'huile d'olive sous toutes ses formes.

« Au moins, chez les Loubaresse, on sait humer le vent des bonnes affaires ! » s'était dit Louis, un sourire en coin.

Les eaux d'Euzet-les-Bains soignaient l'asthme, l'arthrite et la gravelle, plus sûrement l'ennui et s'y pressaient des dames au teint diaphane, d'autres à la taille enrobée, d'autres encore qu'une langueur récurrente rendait dolentes et qui trouvaient remède auprès du Dr Perrier.

— Euzet n'est pas loin de notre moulin, il faut que les curistes y trouvent un attrait à la fois « nature » et chic.

Ainsi, Lucile avait-elle fait provision d'élégantes fioles de trente centilitres au bouchon à vis en forme de papillon qu'elle emplissait d'huile d'olive, y glissait une brindille de romarin pour les unes, de lavande pour d'autres, une étiquette

1. *Sous entendu, thermal.*

manuscrite et le tour était joué. Les élégantes, en mal de distraction, prisaient cette lotion de corps adoucissante autant qu'astringente et ne lésinaient pas sur le prix de leurs produits de beauté. Dans ce cas, soit dit en passant, le contenant coûtait plus cher que le contenu !

— Une fameuse idée que tu as eue, maman, concéda Jeannot.

Une moue dubitative démentait son propos. Comme son père, il aimait l'huile d'olive pour sa saveur en bouche, non pour ses bienfaits dermatologiques.

— Et ce n'est pas tout ! s'enflamma Lucile. Regarde un peu les savons du père Riboulet. N'ont-ils pas belle allure, revisités dans leur forme et bien emballés dans un papier de soie ?

— Si, bien qu'ils ne doivent pas résister à plus de deux lessives, me semble-t-il.

— Grand bêta ! Tu parles de lessive quand moi je dis savon de toilette aux vertus apaisantes, ces dames se les arrachent.

— Tiens... en parlant d'elles...

Tous trois tournèrent la tête vers un coupé décapoté qui empruntait le chemin du moulin, suivi à peu de distance d'une calèche d'où dépassait un bouquet d'ombrelles en dentelle. Louis en profita pour entraîner son fils dans l'âme du moulin, sa partie la plus ancienne.

Des voûtes en croisée d'ogives, de la pierre grossièrement maçonnée, un linteau d'entrée qui affichait sa date de naissance ciselée au burin : 1583, et là aussi l'ordre parfait et la propreté, de même qu'une température constante entretenue par l'épaisseur des murs et l'absence d'ouvertures.

Comme deux belles au bois dormant, les meules superposées, assoupies pour quelques mois, se reposaient de l'activité hivernale qui avait mis à mal leur efficacité abrasive.

— J'ai fait polir la « dormante », dit Louis en passant le plat de sa main sur le gré ravivé.

Jeannot approuva de la tête ; il reconnaissait bien là son père, si scrupuleux dans son travail, si respectueux de ses outils.

— Et la roue ? Elle a souffert ? Je t'avoue que j'ai fini la saison en toute ignorance de ces détails pourtant essentiels. La fièvre embrumait mon esprit, me privait des perceptions élémentaires dans notre métier.

— Si tu savais combien je m'en veux, Jeannot, de t'avoir laissé poursuivre dans l'état où tu étais ! Un père digne de ce nom ne se comporte pas avec autant d'inconscience.

Comme il était dérangeant d'entendre cette réflexion ! Cela le ramenait aux éructations malsaines d'Hadrien de Villeméjeanne.

— Au fait, papa, je voulais te dire. Je ne sais quel curieux hasard m'a fait croiser le chemin de...

— Louis ! Jeannot ! L'un de vous peut-il m'apporter une petite échelle ? appelait Lucile.

Louis fut le plus prompt à se précipiter.

— Elles me dévalisent ! lui souffla Lucile en désignant du menton une grappe de capelines enrubannées de mousseline.

Quand son père revint vers lui après avoir réapprovisionné les étagères de son épouse, Jean-Louis ne songeait plus au troublant hasard qu'il était sur le point d'évoquer. Alors qu'ensemble ils faisaient le tour du moulin et descendaient jusqu'au bief asséché où la roue de bois avait cessé ses tours sans fin, Jean-Louis se laissait envahir par cette joie simple : son moulin n'avait pas changé, il était comme dans son souvenir.

À nouveau, une voix grasseyante bourdonna à ses oreilles : « Un moulin d'opérette… la fille de l'alambic… »

Il ne voulut plus penser qu'à la fête de Vézénobres.

— Ce soir, j'irai saluer mon oncle à la Sarrasine et donner le baiser à mes cousines. Crois-tu qu'elles m'accompagneront, dimanche, à la fête ?

— Tu peux tenter ta chance, lui répondit son père, dubitatif. Encore que j'en doute. Martha se refuse toute réjouissance et Maria, sous influence, agit de même.

Louis était dans le vrai, il n'était pas rare que l'une des jumelles commençât une phrase que l'autre finissait.

Ce soir-là, il les trouva plus moroses encore que d'ordinaire… et elles ne firent pas mentir leur oncle.

— Tu sais bien, Jeannot, que la Sarrasine… commença Martha.

— … est désormais vêtue de deuil, poursuivit Maria.

Le gros bourg somnolent, lové autour de son église, sortait lentement de sa torpeur et s'éveillait au jour le plus animé de l'année, le 14 juillet.

Toute la journée, il allait gambiller, rire et chanter avant de s'embraser, le soir, dans un feu d'artifice tricolore.

Une fois arrivé sur l'esplanade, Jean-Louis se mit à la recherche de Katherine. Peut-être l'attendait-elle à l'ombre d'un micocoulier ou bien assise sur un banc près de la buvette ; à moins qu'elle n'ait préféré...

« Bien sûr ! Que je suis bête ! »

Elle était, en effet, dans le passage qui avait offert un havre tranquille à leur dernière rencontre. À petits coups de tête vifs qui faisaient s'envoler ses blonds cheveux, elle interrogeait l'entrée du passage, puis sa sortie, le cœur impatient.

D'un même élan, ils coururent l'un vers l'autre, elle s'abattit contre sa poitrine, il referma ses bras autour d'elle et baisa dévotement ses cheveux.

— Il me tardait de te revoir, Katiouchka, murmura-t-il.

— Cela n'a pas été facile de venir, se plaignit-elle. D'ailleurs, depuis quelque temps, rien n'est facile.

— Ton père ? interrogea Jeannot.

Stéphan Bolsky ne passait pas pour un homme accommodant ; les ans n'avaient pas raboté son caractère intransigeant.

— Ne parlons pas de lui, pas pour l'instant du moins, et profitons du temps qui nous est accordé.

Main dans la main, ils montèrent tout en haut du village jusqu'aux ruines du château. Ils ne parlaient pas, leur bonheur était de respirer le même air, d'aller main dans la main, d'accorder leur pas, de regarder dans la même direction.

Le soleil et l'intense émotion leur mettaient le rose aux joues, aussi apprécièrent-ils, tout en haut, la brise légère qui caressait leur visage. Katherine prit une profonde inspiration puis, montrant du doigt l'horizon devant elle, se lança.

— Jamais encore je ne suis allée à Nîmes.

— Moi non plus, lui répondit Jean-Louis en écho. Qu'irions-nous y faire ? On est si bien ici.

— Je vais y aller, Jean-Louis, dit-elle sans le regarder.

Puis elle raconta, et à mesure qu'elle parlait, l'enthousiasme la soulevait.

Elle avait réussi le concours d'entrée à l'école normale d'institutrices et allait y accomplir trois ans, trois longues et enrichissantes années d'études.

— Je serai, ensuite, nommée à un poste de maîtresse d'école.

— Tu étais la meilleure à l'école, Katiouchka, fit simplement remarquer Jeannot, admiratif et cependant désolé.

Il lui suffisait de fermer les yeux un instant pour revoir une jolie blondinette intégrer la classe du certificat à l'école de Ceyrargues et s'y distinguer dès le premier trimestre.

La voix suppliante de Katia le tira de son songe.

— Tu m'attendras, dis, Jean-Louis ?

— Je ne vivrai que pour ton retour.

Elle s'enflamma soudain. Ses yeux jetaient des éclairs et sa voix se brisa en trémolos :

— Il s'en est fallu de peu que mon père ne lève la main sur moi pour me faire renoncer aux études dont je rêvais. Il aurait pu me battre comme plâtre, je n'aurais pas cédé.

— Brave petit soldat, ma Katia.

À quoi bon lui confier sa peine ? Il n'avait pas le droit de lui demander de renoncer à son rêve. Pourrait-il vivre, lui, loin du Prieuré ?

Katherine poursuivait d'un ton qu'elle voulait léger :

— On aura d'autres occasions de se voir pendant tout l'été. Je vais faire les vendanges chez ton oncle. Il faut bien, mon père a dit qu'il ne donnerait pas un sou pour cette maudite école, comme il l'appelle. Heureusement, j'ai une bourse d'études, mais il me faut, pour la rentrée, acheter le trousseau demandé aux normaliennes.

Abasourdi, Jean-Louis acquiesçait à tout ; oui, ils se verraient à la Sarrasine, et le dimanche à la messe, et peut-être aussi au bord de la Courmière où il fait si bon se rafraîchir en plein été.

Les flonflons qui perdaient de leur vigueur leur arrivaient du bas du village, la fête allait se poser le temps du souper pour reprendre à la nuit tombée. Les deux amoureux, sages comme des images, rentrèrent dans leurs foyers. Leurs aveux, leurs promesses suffisaient pour alimenter leurs rêves.

Une voix courroucée sourdait des murs du vieux moulin ; poussée par la colère, elle prenait du coffre et se brisait aussi en sanglots difficilement contenus.

Jean-Louis reconnut celle de son oncle Clément.

« Il y a longtemps, se dit-il en esquissant une grimace, qu'on ne l'avait pas entendu pester. La vendange prochaine lui donnerait-elle quelques aigreurs ? »

Après tout, c'était bon signe. Les colères de Clément Loubaresse faisaient partie de la légende, celle du bon temps où la Sarrasine n'était pas un tombeau.

— Me faire ça, à moi ? Sous mon toit ? tonnait Clément au moment où il allait pousser la porte. Comme si les malheurs, on n'en avait pas eu notre part !

Louis qui l'avait écouté sans mot dire, tenta de le modérer.

— Un enfant n'a jamais été un malheur. La colère t'égare, Clément. Le coup est rude, je te l'accorde, et Martha bien jeune pour fonder un foyer.

Lucile, quant à elle, gardait la tête basse. Une flopée de souvenirs l'assaillaient : la colère froide de son père qui, à l'inverse de Clément, avait été silencieuse, les larmes de sa mère et l'amour protecteur de Louis qui avait aplani toute chose.

Elle se hasarda :

— Ton valet de ferme, cet Henri dont tu disais tant de bien, il ne va pas se défiler, tout de même ?

— Celui-là, il a passé la porte plus vite qu'il l'aurait cru, il faut dire que mon pied l'y a beaucoup aidé ! se vanta Clément.

En quelques phrases, Jean-Louis apprécia la situation, il resta sur le seuil, n'osant s'immiscer dans une conversation d'adultes. Il aurait eu, pourtant, plein de choses à dire à son oncle et en premier qu'il se réjouissait du bonheur futur de sa cousine. Hélas, bien vite il comprit que Clément Loubaresse n'entendait pas muer une faute irrémissible en liesse familiale.

Son visage s'éclaira quand la voix de son père combla le long silence qui s'était instauré. Mesurée, compatissante et totalement résolue, elle déchira la pesante atmosphère de la pièce. Louis ne mâchait pas ses mots :

— Tu n'as pas à être fier de ton emportement, beau-frère. Reviens à plus de raison si tu en es capable. Je vais te dire une chose que je ne répéterai pas deux fois : la fille de ma sœur et son enfant trouveraient un foyer au moulin s'il leur était refusé ailleurs. Tu n'as jamais pensé qu'à toi, Clément, il serait temps de t'ouvrir aux autres si tu ne veux pas finir ta vie seul comme un chien abandonné.

On aurait entendu une mouche voler jusqu'à ce que les sanglots de Clément crèvent le lourd silence. Il y eut encore des murmures et des soupirs et enfin la porte s'ouvrit. Jean-Louis se tapit derrière un figuier.

Il était tout joyeux en poussant, à son tour, la porte du moulin, il avait entendu sa mère proposer :

— Pour le repas de noce, Clément, tu peux compter sur moi. Martha aura une belle fête.

Après souper, alors qu'ils prenaient le frais sur la terrasse, Louis entraîna son fils à l'écart.

— Il faut que je te parle, fils. Je sais que tu fais les yeux doux à la jolie Katherine. Il faut la respecter, Jean-Louis, c'est ça l'amour, le vrai. Tu me comprends, fiston ?

XII

Le grand chambardement

La France, jusque-là, avait dansé sur un volcan sans qu'elle s'en doutât. Pourquoi, d'ailleurs, en aurait-elle éprouvé quelque scrupule ? Tout allait bien dans un pays se complaisant dans la plus longue période de paix de son histoire, trêve qui favorisait le commerce, l'industrie, le secteur tertiaire, bref tout ce qui faisait aller de l'avant.

La guerre ? Dans chaque village, ils se comptaient sur les doigts d'une main, ceux qui pouvaient encore en parler ! Pour les autres, ils rendaient grâce à leurs pères qui avaient réglé définitivement leurs comptes avec la Prusse et se réjouissaient sans complexe de l'ère nouvelle où la barbarie n'était plus de mise, où seuls l'humanisme et le progrès avaient droit de cité.

Une ère de paix donc, à ce point épidémique qu'elle avait contaminé sans distinction la Sarrasine, le Prieuré et même le Belvédère !

Le ménage Villeméjeanne, c'était le secret de polichinelle, était pour le moins bancal et avait vu, durant de longues années, une fuite perpétuelle de Mme Olga ; or elle était revenue, et même dare-dare, quand il s'agit de soigner un époux qu'une maladie informulée terrassait.

— Le foie, se murmurait-il avec des mines graves.

Sous-entendu une cirrhose.

— Calculs vésiculaires, affirmaient les plus optimistes.

En tout état de cause, Hadrien de Villeméjeanne était un malade qui devait se ménager et Olga, une épouse vertueuse, révélée en maîtresse femme dans la gestion de leurs biens, du clos du Belvédère aux moulinages et tissages ardéchois.

Le mas de la Sarrasine retentissait, lui, non plus du courroux de Clément Loubaresse, mais des cris joyeux de ses petits-fils, les enfants de Martha et d'Henri. Il avait fallu qu'il croie toucher le fond du malheur pour que le vigneron se ressaisisse et accorde sa chance à son valet de ferme. Bien lui en avait pris, le jeune couple, bâti à chaux et à sable, voyait leur amour couronné de Jules, un bambin de vingt mois, et de Victor, son petit frère, né au printemps de cette prometteuse année 1914.

La remontée du prix du vin, depuis quatre récoltes, apportait une sérénité propre à rendre la douceur de vivre à la Sarrasine.

— Tu vois, Henri, c'est toi qui étais dans le vrai en voulant planter une vigne de grenache alicante. Pour sa première vendange, il ne va pas faire honte dans les *ferrats*[1] !

— Je vous le disais, père, pour l'avoir vu à l'œuvre dans le domaine de M. d'Adhémar. Un

1. *Occitan : seaux.*

cépage qui n'avait jamais déçu par sa constance et sa productivité.

La maternité, en plus d'épanouir Martha, l'avait débarrassée de ses mauvais démons nourris d'une enfance tronquée, d'une trop lourde responsabilité, de pesants silences et non-dits. Tout juste âgée de dix-huit ans, elle menait de front les trois états de fille, femme et mère avec une maîtrise de femme rodée à ce difficile exercice et rayonnait enfin de bonheur.

— Mes quatre hommes et la Sarrasine, c'est toute ma vie, répondait-elle à sa tante qui se désolait qu'elle se privât de la plus petite distraction.

— Viens passer un moment au moulin avec tes petits, insistait Lucile. Les hommes ont bien trop à faire pour s'apercevoir de ton absence. C'est que la Sarrasine ne cesse d'agrandir son vignoble. Je savais mon frère boulimique en la matière, je ne voyais pas ton mari sous ce même jour.

— Tu peux le dire, ma tante. Ils s'entendent comme larrons en foire. Nos deux fils n'y sont pas pour rien dans les ambitions de mon père et de mon mari, ils songent à leur avenir.

C'était faire peu de cas de son frère et de ses sœurs que de s'approprier tacitement la Sarrasine. Lucile s'en fit la triste remarque ; elle ne dit rien. Viendrait un jour où Clément aurait des comptes à rendre à ses enfants, tous ses enfants, et elle se promettait d'être là pour veiller à ce que chacun soit servi équitablement.

Ce n'était pas un sujet récurrent au moulin, quoique plusieurs fois évoqué entre Louis et Lucile qui en venaient tous deux à la même conclusion :

ils ne regrettaient pas d'avoir exaucé le vœu de Pascaline et pris ses petits sous leurs ailes.

— Les enfants de ma sœur ont trouvé en toi une mère, tu es admirable, Lucile.

— Je t'avoue, Louis, me demander parfois si nous avons bien agi, puis je frémis aussitôt à la seule idée qu'un jour Clément puisse nous enlever Mathieu et Clémentine.

— N'aie pas de crainte à ce sujet, dit amèrement Louis. Ça arrange bien tout le monde qu'il en soit ainsi…

Eh oui, c'était un fait établi, la fratrie s'était scindée en deux à la mort de Pascaline, puis maintenant en trois et la vie des deux familles allait ainsi, que regroupaient les jours de fête ou d'événements familiaux.

En trois donc, quand Maria avait loué une chambre meublée à Alais, dans la rue de l'Hôtel-de-Ville, où elle logeait avec Antonia. Une place de vendeuse-retoucheuse se révélant plus attractive financièrement, elle n'avait pas hésité à s'y présenter et, dans la foulée, à mettre son père devant le fait accompli.

— J'ai pris un appartement tout près de mon travail, papa. Martha et Henri pourront disposer de la chambre et de l'alcôve pour leur bébé.

— Tu ne reviendras plus ? demanda Clément.

— Bien sûr que si ! Le dimanche et les jours de fête ; le soir, je rentrerai chez moi, c'est mieux comme ça, insista-t-elle.

L'année suivante, elle faisait venir sa sœur Antonia qui, selon elle, était exploitée par ses patrons à la ferme.

— Le *Riche Hôtel*, à la gare, cherche une lingère. Tu vas t'y présenter, je t'accompagnerai et, si tu es embauchée, nous logerons ensemble.

Comme toujours, Clément se désintéressa de l'affaire alors que Lucile et Louis hésitaient à s'en mêler. Réflexion faite, Louis opta pour une mise en retrait.

— Ce ne peut être, après tout, que bénéfique pour l'une comme pour l'autre, fit-il remarquer à Lucile. Moi, ça me réjouit que les deux sœurs se rapprochent. Ce qui n'exclut pas que nous gardions un œil sur ces demoiselles éprises de liberté.

Lucile fut soulagée des dernières paroles de Louis, surtout quand il ajouta :

— Le propriétaire du *Riche Hôtel* est un client du moulin, je lui ferai une petite visite de courtoisie tout en m'enquérant du travail d'Antonia et de la satisfaction qu'elle donne à son employeur.

Ainsi donc allait la vie, au mas comme au moulin, où les hommes ne perdaient pas une occasion de commenter les incidents diplomatiques qui émaillaient le cours de la politique européenne.

— Assassiner le neveu de l'empereur d'Autriche et, dans la foulée, sa malheureuse épouse, quelle ignominie ! s'était écrié Louis à la lecture de l'attentat de Sarajevo.

Il y voyait comme un mauvais pressentiment alors que Clément traitait cet « incident » pardessus la jambe.

— La Bosnie-Herzégovine, sais-tu seulement où il se trouve, ce foutu pays ? Les Balkans ! Les Balkans ! On n'entend plus que ça ! Dieu merci, c'est pas la porte à côté.

Ils en avaient parlé le temps d'un repas partagé et le lendemain la vie avait repris ses droits. Jean-Louis ne vivait que pour le retour de Katherine et Florence travaillait dur pour obtenir son certificat d'études et réussir conjointement le concours d'entrée à l'école d'infirmières de Nîmes.

L'avenir des deux aînés avait donné lieu à de grandes discussions, au Prieuré. Jeannot, le premier, avait dévoilé ses projets à court et moyen terme :

— Dès que Katherine sera fixée sur son poste d'enseignante, j'aimerais que nous officialisions notre amour, avec votre accord, papa et maman.

— Comment ça, officialiser ? paniqua Lucile qui sentait son enfant s'envoler.

— Par des fiançailles, maman. Nous attendrons, pour nous marier, que je revienne du service militaire.

— Je l'espère bien !

Louis souriait aux réactions de ces êtres si chers à son cœur. Tout en la regrettant, il comprenait l'impatience de son fils et prenait part à la souffrance de Lucile. Leur petit garçon, leur fils parlait déjà mariage. Ils n'avaient pas vu le temps passer !

Il avait rassuré Jean-Louis :

— Si tu veux bien, fils, nous ferons la demande dans les règles de l'art. C'est moi qui irai trouver Bolsky en ton nom. Je le connais, c'est un retors, il faut savoir le prendre.

De plus longues négociations avaient eu lieu avec Florence qui n'en démordait pas, elle voulait être infirmière.

— Un métier éprouvant pour une toute jeune

fille, avaient avancé ses parents. De longues années d'études aussi. Te sens-tu le courage de les mener à leur terme ?

Florence l'avait bien compris, ses parents étaient prêts à faire le sacrifice financier qui allait de pair, encore voulaient-ils s'assurer que leur fille ne se découragerait pas à mi-parcours.

— Vous pouvez en être sûrs, j'y mettrai toute ma volonté, je ne tends qu'à ce but.

Prise cependant de scrupules, elle proposa d'y parvenir par une autre voie.

— Je pourrais aussi bien apprendre par la pratique, il suffirait que j'aie un emploi à l'hôpital Saint-Antoine. Même s'il s'agit dans un premier temps de fille de salle, je m'en contenterai ; ensuite, je pourrai, en faisant des stages, passer aide-soignante et un jour infirmière.

— Le chemin que nous sommes disposés à te tracer implique aussi que tu sois pensionnaire à Nîmes.

— Ça ne me fait pas peur, papa !

— Alors au travail, ma fille ! À toi de pousser la porte de cette école en réussissant le concours d'entrée.

Le soleil d'été qui accompagnait les projets de Jean-Louis et de Florence cachait les nuages qui s'agglutinaient dans le ciel de la vieille Europe et les roulements de tonnerre, incongrus dans ce ciel d'azur, n'étaient pas ceux de l'orage mais des canons tirés par des chevaux et massés aux frontières.

La diplomatie avait des limites et les États belliqueux des exigences. La paix ne tenait plus qu'à un fil ; or le mot qui faisait frémir autrefois se prononçait encore à la légère :

— La guerre ? Si c'était le cas, elle serait de courte durée, nous sommes armés jusqu'aux dents !

— Bien dit ! On lui ferait manger son casque à pointe, à ce méchant Guillaume.

Et puis il y eut les derniers jours de juillet. Clément arriva en trombe au Prieuré.

— Ils l'ont tué ! Sacré nom de Dieu, ils l'ont tué !

Louis et son fils émergèrent de l'olivette où ils faisaient un traitement contre la cochenille noire qui avait fait une brusque apparition ; en même temps, Lucile surgit du moulin. Tous se demandaient quelle catastrophe Clément venait leur assener.

Le nom fusa de la bouche amère du vigneron :

— Jaurès a été assassiné ! On a osé tirer sur ce brave homme, sur ce pacifiste !

Louis était bien en peine d'infirmer ou d'opiner à ces qualificatifs, néanmoins on avait tué un homme pour ses idées et c'était intolérable, qu'il soit brave ou non.

— Un crime qui ne restera pas impuni. Le sang appelle le sang, prophétisa-t-il.

Eh oui, défenseur acharné d'une paix à tout prix, Jean Jaurès, enjeu d'un contrat meurtrier, avait été abattu à la terrasse du *Café du Croissant* dans un Paris en ébullition et sa mort allait en entraîner beaucoup d'autres.

Tout se précipita alors. Coalitions, ententes, ultimatums, en quelques jours, tout bascula et la folie des hommes plongea le monde dans un de ces abîmes dont l'Histoire ne manque pas.

Le samedi 1er août 1914, une envolée de cloches au son lugubre ébranla le ciel de France : le tocsin ! L'Allemagne déclarait la guerre. Dès 4 heures et demie de l'après-midi, toutes les mairies affichaient l'ordre de mobilisation générale et, en tous lieux reculés, les gardes champêtres et leur appariteur donnaient de la voix et du clairon.

Louis Thérond et Clément Loubaresse faisaient partie du lot bien que, ayant passé la quarantaine, on les affectât dans un régiment de réserve. Henri Boissier, lui, partait directement sur le front de l'Est.

Lucile était abasourdie. La Sarrasine sans « ses » hommes, le Prieuré sans son moulinier. Non, elle ne se résolvait pas à considérer comme imminent cet état de fait. Pourtant, il fallait faire bonne figure devant les enfants, c'est ainsi que Louis voulait qu'elle se comporte.

— Sois courageuse, ma toute belle. Il ne faut pas transmettre notre angoisse à nos petits.

— Je ne veux pas que tu partes ! lui souffla-t-elle, des sanglots plein la gorge.

— Chut ! Reprends-toi, ma chérie. Il faut... il faut que je parle à Jeannot, et aussi à Florence. Je vais les décevoir et je déteste ça.

Plus encore que son départ pour une guerre qu'il repoussait de toutes ses forces, l'idée de peiner ses enfants faisait enrager Louis. Or comment faire autrement ?

— Tu comprends, Jeannot, qu'il faille remettre à un peu plus tard ton projet de fiançailles ? Mon absence ne sera pas bien longue. Tout le monde le dit, avant Noël tout sera réglé.

Un brouillard de dépit assombrit le regard de Jeannot. Devant l'air sincèrement désolé de son père, il essaya de plaisanter :

— La victoire au bout du fusil, papa ! On y croit. Et ne te tracasse de rien, on commencerait à triturer sans toi… si tu tardais un peu.

— Je t'investis maître de banc, fils, et je te confie le moulin. Je n'ai pas de souci, il est entre de bonnes mains.

Puis il alla vers Florence qui se tenait un peu en retrait, tête basse, déjà condamnée.

— Tu m'as donné tant de bonnes raisons d'être fier de toi, ma Flo, et moi, d'un mot, je vais te couper les ailes. Si tu savais comme il me déplaît faire du mal à ceux que j'aime ! Qu'une si brillante candidate au certificat et une non moins méritoire lauréate au concours d'entrée à l'école d'infirmières soit contrainte à cause d'une guerre, si courte soit-elle, de surseoir à une aussi belle vocation, je te l'accorde, c'est déplorable.

Le préambule ne laissait planer aucun doute, Florence comprit que ses aspirations étaient balayées par la guerre, alors elle retint crânement des larmes de rage.

— Tu conçois bien, ma fille, qu'à l'heure actuelle il n'est plus question de pension ni d'école. Toutes les forces vives de la maisonnée, le moulin les réclame et je sais que tu te feras un devoir d'aider ta mère et ton frère à pallier mon absence. Rien n'est perdu, Florence, tu es si jeune. L'année prochaine…

— Inutile de te tracasser, papa, je sais où est mon devoir.

Le reste de la soirée se passa en longs conciliabules entre Louis et son fils, tournant autour de la bonne marche du moulin, mais pas seulement.

— Jeannot, ce n'est pas à toi que je vais dire combien la solidarité s'est toujours exercée dans notre famille. Moi parti, elle doit continuer. Ta cousine sera seule à la Sarrasine, les vendanges approchent, je voudrais que… enfin… ne la laisse pas livrée à son sort. Pour la paille et le foin aux Fournels, j'ai fait le nécessaire ; il n'empêche, j'aimerais que tu t'assures que Guillemette ne restera pas dépourvue.

— Je te le promets, papa.

Puis il esquissa une grimace et ajouta :

— Il me restera peu de temps pour voir Katia alors qu'elle va certainement enseigner à l'école de Saint-Maurice. Pourrais-je l'inviter, le dimanche, au Prieuré, même si officiellement…

— Tu as ma bénédiction, Jeannot. Et n'oublie pas de te conduire en galant homme.

La musette de Louis était prête. Posée sur une chaise dans la chambre du couple, elle semblait les narguer et les empêchait de trouver le sommeil. Le cherchaient-ils seulement ? Ou bien voulaient-ils vivre, bien éveillés, les quelques heures qui les séparaient du départ de Louis ? Lucile se donnait à son mari avec une fougue désespérée ; lui l'étreignait avec passion.

Jusqu'au petit jour, elle le cajola en silence, dessinant d'un doigt le contour de son visage, caressant du plat de la main ses épaules puissantes, son torse musculeux alors qu'il couvrait son corps de baisers.

Bien qu'elle le fît dans un murmure, sa décision creva le silence de leur chambre :

— Je veux t'accompagner à la gare !

— Tu le regretteras.

— Perdre quelques minutes de ta présence me laisserait des regrets plus amers.

— Alors je serai heureux que tu viennes.

Elle n'avait pas été la seule à vouloir accompagner le train de l'espoir. Une foule compacte s'amassait sur les quais, envahissait les voies et scandait :

— À Berlin ! À Berlin !

Quand un coup de sifflet annonça l'ouverture des portes, les cris s'arrêtèrent, l'heure de la séparation venait de sonner.

Louis serra longuement Lucile dans ses bras, sans un mot. Ils s'étaient tout dit la nuit précédente et, malgré la tristesse du moment, ils avaient le cœur rempli d'amour.

Des jets de vapeur s'échappèrent de la machine, les formidables bielles accélérèrent leur mouvement, le lourd convoi s'ébranla. Lucile l'accompagna du regard jusqu'à ce qu'il ne soit qu'un point au bout des rails qui semblaient se rejoindre. Raide comme un automate, elle sortit de la gare et monta dans sa jardinière. Alors seulement, elle éclata en irrépressibles sanglots.

Sa future affectation avait été une source de tourments pour Katherine Bolska. La jeune fille, qui avait effectué ses trois années de formation des maîtres en totale sérénité d'esprit, se révélait fébrile à la veille d'être fixée.

C'était d'ailleurs le sujet de conversation de ces demoiselles normaliennes que de savoir en quel lieu elles allaient atterrir.

Les mieux informées l'affirmaient mordicus :

— C'est couru, on retourne d'où l'on vient !

Celles de la ville entretenaient cet espoir, elles ne seraient pas nommées au fin fond des campagnes. Et à celles des bourgades, des villages et de hameaux qui n'avaient connu la ville qu'au cours des promenades hebdomadaires étroitement surveillées, un retour au pays ne posait pas problème ; elles en étaient parties élèves méritantes et y reviendraient couronnées de laurier, un statut convoité en poche. Quoi de plus réjouissant ?

La belle Katherine n'était pas dans cette euphorie. Si elle en croyait la rumeur, elle retournerait à Saint-Maurice, le village où vivaient ses parents, et c'est là où le bât blessait. Le bon côté, c'est qu'elle serait à deux pas du moulin de Jean-Louis et qu'il ferait si bon respirer le même air que lui avant qu'une union officielle lui fasse partager sa vie.

Une seule fois, elle avait tenté d'évoquer ce sujet avec son amoureux et la joie de Jeannot n'était pas équivoque.

— Saint-Maurice ? C'est parfait, ça, Katia ! Je pourrai même venir te faire coucou à la récréation. Et quand nous serons mariés, ton lieu de travail ne sera pas à perpette !

Il l'avait bien compris, Jeannot. Le mariage n'était pas une fin en soi pour sa belle Katiouchka, encore moins l'abandon d'un métier pour lequel elle s'était battue et continuerait à le faire s'il le fallait.

Soufflant le chaud puis le froid, elle mit un bémol à cette prometteuse éventualité :

— Rien n'est moins sûr, en fait. Je pourrais aussi bien être nommée à Nîmes.

Elle voulait, en faisant planer ce doute, ménager son Jeannot et se garder une porte de sortie.

Et là, à la veille d'une nouvelle vie, elle atermoyait. Laisser agir le destin ? Ou, au contraire, le forcer ? Elle avait eu un sursaut : ce n'était pas dans son caractère de subir… enfin, ça ne l'était plus. Elle demanda à être reçue par la directrice de l'établissement.

Fidèle à la promesse faite à son père, Jean-Louis se présenta à la Sarrasine, le premier jour des vendanges.

— Tout va pour le mieux, Martha ? demanda-t-il à sa cousine en se forçant à une gaieté factice.

— On va faire avec ! répondit-elle, résolue. La Sarrasine ne mérite pas de faiblesse.

Puis elle esquissa un sourire et lui glissa :

— Tu es venu pour m'aider ou pour voir Katherine ?

Bien en peine de répondre à une aussi absurde question, Jeannot se contenta de hausser les épaules. Martha insista :

— Elle fait partie de ma colà de vendangeuses.

— Tu dates, cousine ! Elle en faisait partie, certes ! Maintenant elle pense plutôt à nettoyer sa classe, cirer les bureaux et préparer ses livres.

— Tes parents auraient dû te prénommer Thomas, celui qui ne croit que ce qu'il voit. Tiens, la voilà, ta promise !

Une jupe légère qui dévoilait un mollet blanc à chacun de ses pas, un corsage lacé, la taille prise dans un tablier enveloppant, un grand chapeau de paille tressautant dans son dos, il n'y avait pas plus charmant bouquet de fraîcheur que Katherine Bolska avançant alertement vers la vigne où Martha avait fixé le rassemblement.

— Katia ! s'écria Jeannot en s'avançant, les deux mains en avant dans lesquelles il emprisonna celles de la jeune fille. Tu ne m'avais pas dit… Tu es arrivée depuis quand ? Et les vendanges…

— Que de questions, Jean-Louis ! Je dois répondre à toutes ?

Elle souriait, heureuse, pleinement et en même temps distante. Jean-Louis le perçut et en ressentit une sorte de gêne.

— C'est vrai que ce n'est pas le moment idéal. Ce soir, je te raccompagnerai. C'est d'accord ?

Ils s'évitèrent toute la journée bien qu'à de nombreuses occasions leur regard se cherchât, se fouillât, s'embrasât pour leur plus grand soulagement : l'amour était toujours là !

Pour autant, Katherine savait qu'elle devait une explication à Jean-Louis et, sans cesse, tournait des formules dans sa tête. Comprendrait-il ses raisons sans se blesser ? En fuyant Saint-Maurice, c'est le regard dur de son père, l'ascendant qu'il était encore capable d'exercer sur elle, la régence de sa vie qu'il ne manquerait pas de s'arroger, qu'elle désirait fuir.

N'avait-il pas, lors de son dernier séjour sous le toit paternel, dévoilé ses projets ?

— Combien seras-tu payée, Katherine ? Et quand ?

— Je ne sais, père...

— Eh bien, renseigne-toi. Il me faut changer un cheval. Trop âgée, la vieille carne.

Et derechef, il avait enchaîné :

— En novembre, je compte sur toi pour brûler !

Elle lui avait poliment mais fermement rétorqué qu'elle ne serait pas en vacances. À quoi il avait répliqué :

— Qui s'en plaindra si tu ne fais pas l'école ? Pas tes élèves, en tout cas, ils seront trop contents de faire l'école buissonnière !

Ainsi, non content de s'approprier sa paye, il lui imposait tout simplement d'abandonner son poste pour la saison de l'alambic ! Elle s'était crue dans un mauvais rêve. L'aplomb de Stéphan Bolsky, en plus de l'autorité qu'il comptait exercer sur sa fille, avait hâté sa décision.

La jardinière cahotait, Katherine se serrait contre Jean-Louis qui l'entourait d'un bras. L'un et l'autre ne pensaient qu'aux baisers qu'ils rêvaient d'échanger, il fallait cependant laisser le temps à la parole. Le jeune homme n'y tint plus et, parmi les questions qui se bousculaient, posa la plus stupide :

— Quel besoin avais-tu, Katia, de faire les vendanges ?

Merveilleuse perche que saisit la jeune fille !

— Tout simplement les premiers sous pour

aménager mon logement de fonction. J'ai cru comprendre que le logement de fonction, deux pièces mises à ma disposition par la commune de Laval, était assez spartiate.

Et désappointement de Jean-Louis.

— Co... comment dis-tu ? Laval ? Du diable si j'ai seulement entendu prononcer ce nom une fois dans ma vie.

— Je ne connais pas, moi non plus, ce village situé à une quinzaine de kilomètres au nord d'Alais et c'est pourtant là où je vais enseigner, Jeannot, énonça Katherine avec patience.

— Ne devais-tu pas avoir un poste à Saint-Maurice ?

— Pour être franche, c'est moi qui ai prié la directrice de me trouver une autre affectation. Tu n'es pas en cause, je t'en prie, ne crois pas ça.

Il lui fallut une longue explication pour que Jean-Louis se décrispe et accepte la décision de Katia. Encore qu'il n'en saisissait pas pleinement le bien-fondé.

— Mais pourquoi ? Pourquoi si loin ? Des kilomètres et des kilomètres ! Comment nous verrons-nous ?

Katia baissait la tête. Elle n'avait jamais voulu lui imposer cette souffrance qu'il ne dissimulait pas ; elle-même savait qu'elle allait affronter de longs moments de solitude, mais ne voulait pas faire montre de faiblesse. Elle tenta néanmoins de donner un sens à ses raisons.

— La liberté, je dirais même l'affranchissement que je revendique implique ce sacrifice, Jean-Louis. Ne crois pas que je fasse la fière et renie mes parents, ce serait me juger bien mauvaise fille. Je les aime, les respecte, mais aspire à vivre la vie que je me suis choisie.

— Et nous, dans tout cela ? demanda un Jean-Louis boudeur. J'ai tant espéré ton retour !

— Je ne signe pas pour la vie à Laval ! Une année ou deux, ce n'est pas la mer à boire. Notre amour en sortira plus fort.

Elle était tellement déterminée que Jeannot se retint d'insister. Ils arrivaient à l'entrée du village et il arrêta son attelage. Elle descendit sans un mot et sans qu'il la retienne.

Le retour au moulin fut maussade. Lucile mit sa mauvaise humeur sur le compte de la fatigue et se proposa de venir, le lendemain, prêter main-forte à la vendange.

— Ne te donne pas cette peine, maman, on y tiendra. Martha est une finaude, elle a embauché une équipe majoritairement féminine et nettement plus étoffée. « J'ai compensé la force physique par la supériorité numéraire », m'a-t-elle donné comme explication.

Il n'aurait pas été question, ce soir-là, de Katherine si Lucile n'avait insisté après que les enfants furent au lit.

— Il y a quelque chose qui te chiffonne, Jeannot. Tu ne veux pas m'en parler ?

Subtile maman à qui les chagrins de ses enfants ne pouvaient échapper ! Ce fut un soulagement pour Jean-Louis de parler à cœur ouvert.

— Crois-tu, maman, qu'elle ne m'aime plus ? Ou moins ?

— Quel amoureux aveugle tu fais, mon

Jean-Louis ! Bien sûr que Katherine t'aime, sa décision de s'éloigner n'est pas contre toi, plutôt contre ce père qu'elle craint encore comme la fillette qu'elle était naguère le faisait et dont elle veut se libérer, sans le vexer, sans se fâcher. Une fille forte et tendre à la fois. Tu as fait le bon choix, Jeannot, ne la déçois pas par trop d'exigence.

— Merci, maman, merci pour ta compréhension. Quel baume tu me mets au cœur ! Je... j'ai dû peiner Katia en la laissant partir sans un mot.

— Je vais te confier une recette de bonheur conjugal que nous avons toujours mise en pratique, ton père et moi, depuis les premiers temps de notre mariage. Comme tu peux le constater, elle ne marche pas trop mal.

— Dis vite, maman, cette recette miracle !

— Ne jamais s'endormir avant d'avoir fait la paix si un orage a traversé notre ciel.

— Merci, maman, fit simplement Jeannot en baisant le front de sa mère.

Les jours qui suivirent se déroulèrent, pour les deux amoureux, dans la bienfaisante quiétude qui succède au ciel d'orage. Chaque soir les retrouvait à cahoter sur le chemin de Saint-Maurice où Jeannot ramenait sa belle, chaque soir les retrouvait à échafauder leur avenir.

— La guerre ne va pas s'éterniser, mon père en était convaincu qui nous a promis d'être de retour pour Noël. Il ira alors trouver le tien et demander ta main. Du diable si au printemps nous ne fêtons pas nos accordailles !

— Quand nous serons mariés, rien ne s'opposera à ce que je brigue un poste dans la plaine de Vézénobres. Pourquoi pas à Ceyrargues ? Ce serait cocasse d'enseigner dans l'école que nous avons fréquentée tous deux.

— Sais-tu que j'étais déjà amoureux de toi ?

— Tu cachais bien ton jeu, toujours à me tirer les cheveux…

— Te tirer les cheveux ? Je les caressais au contraire !

— Curieuse notion des caresses, monsieur Thérond. Il vous faudra réviser la « carte de Tendre » à vos heures perdues ! Je promets d'être une patiente Clélie.

— Et moi d'être le plus cajoleur des fiancés !

Heures exquises que ces badineries !

Ils n'en redevenaient pas moins sérieusement pragmatiques.

— J'ai parlé à ma mère de ton prochain départ à Laval, elle ne voit pas d'inconvénient à ce que je m'absente toute une journée pour monter tes bagages avec la jardinière et t'aider à ton installation.

— C'est vrai ? s'émerveilla la jeune fille. Oh, quelle chance tu as d'avoir une mère aussi compréhensive ! Si tu veux bien, avant de partir, je passerai au moulin pour la remercier.

Katia rayonnait de bonheur et Jean-Louis s'en réjouissait. Ses grands yeux clairs se pailletaient de mille éclats, sa bouche rose et charnue attirait irrésistiblement la sienne. Jean-Louis ne résista pas, il posa délicatement ses lèvres à la commissure des siennes pour un chaste et délicat baiser.

Les vendanges touchaient à leur fin quand Clément fut rendu à ses foyers. Malgré sa volonté farouche de porter les armes au nom de la France, ses anciennes blessures l'avaient trahi, il ne tenait pas pied à la troupe, l'armée française n'avait que faire d'un traînard, comme on qualifia son avilissante démobilisation.

— Un traînard aujourd'hui, demain un embusqué, une belle réputation que me fait la grande muette ! ronchonnait-il en ravalant sa honte.

Attitude qui s'estompa rapidement devant le travail auquel il devait faire face.

Pour Lucile aussi, ce fut un soulagement ; au moins ni elle ni Jean-Louis n'auraient en plus le souci de la Sarrasine. Ce qui ne l'empêchait pas d'éprouver une pointe de jalousie, elle n'aurait pas rougi qu'on renvoyât Louis dans ses foyers ! Ah, ça non ! Il lui manquait tant, son homme !

Il allait lui manquer encore longtemps ! Le bel enthousiasme des combattants qui pensaient ne faire qu'une bouchée des Teutons commençait, après trois mois de piétinement dans la boue des tranchées, à se flétrir sérieusement. Bien qu'édulcorées, les lettres de Louis accusaient une certaine lassitude.

Ma tendre Lucile, écrivait-il dans son dernier courrier, *le temps me manque pour te narrer dans le détail les manœuvres que nous effectuons, les marches forcées et les engagements qui souvent nous prennent au dépourvu ; tout cela nous occupe jour et nuit. Sache, ma douce, que ta pensée ne me quitte pas. Je t'embrasse mille fois et je te charge d'embrasser nos enfants qui tant me manquent. Ton mari qui t'aime tendrement. Louis.*

P.S. Embauchez un homme ou deux pour vous aider aux olives.

Après avoir lu et relu sa missive, l'avoir mouillée de ses larmes et exhalé de gros soupirs, Lucile s'était recomposé un visage apaisé pour sortir de sa chambre et rassurer ses enfants.

— Notre cher Louis va bien, un papa et un tonton qui, dit-il, vous embrasse tendrement.

Puis s'adressant à Jean-Louis, elle se força à l'ironie :

— Ton père en a de bonnes ! Il nous recommande d'embaucher un homme ou deux pour la saison. Encore faudrait-il qu'il en reste un de valide ! Maudite guerre !

XIII

Delphine du Roure

Le moulin du Prieuré soufflait enfin, et avec lui toute la famille Thérond qui n'avait pas eu une minute depuis novembre.

— Papa sera content de nous !

Jeannot ne cachait pas sa propre satisfaction, il offrait à la lumière du jour un récipient de verre blanc qui ne trahissait pas la couleur de l'huile ; elle présentait de chatoyants reflets dorés veinant le vert sombre, pas totalement limpide. Le jeune homme admira la texture charnue et huma l'acre odeur qui prédominait avant de tendre le flacon à sa mère.

— N'est-ce pas, maman, que nous l'avons réussie, notre huile ? Et sans l'aide de quiconque ! insista le jeune homme.

Elle acquiesça de la tête. La fatigue et plus encore le découragement avaient eu raison de sa vitalité. Maudite guerre qui retenait son cher Louis si loin de son foyer ! Elle n'avait pas assez de ses nuits pour pleurer son absence, voilà que les larmes perlaient à tout propos, qu'une boule lui nouait la gorge, lui faisait le timbre rauque, quand elle ne la laissait pas sans voix.

Florence n'était pas dupe des silences de sa mère. Elle fit un signe à Jeannot, lui intimant de ne pas insister et passa un bras sous celui de Lucile.

— Peux-tu me donner un coup de main, maman, pour plier les draps ? Je les ai touchés, ils sont secs.

Passive, Lucile se laissa entraîner jusqu'à l'étendoir où une brise légère balançait la lessive du matin.

— Depuis combien de nuits ton père n'a pas dormi dans un vrai lit, garni de draps, de couvertures ? Mon Dieu, depuis combien de temps ? murmura-t-elle, chagrinée.

— Il n'appréciera que mieux de retrouver le Prieuré ! s'empressa de lui répondre Florence.

À son grand désespoir, elle voyait sa mère s'enfoncer dans un état de mélancolie si peu conforme à son tempérament. Tout était sujet à évoquer Louis et il ne fallait pas être grand clerc pour en déduire qu'une part d'elle-même serait en sommeil tant qu'on ne le lui aurait pas rendu.

— Quand donc reviendra-t-il ? balbutia-t-elle en regardant le ciel comme pour l'invoquer.

— Bientôt, maman, j'en suis certaine ! Oncle Clément affirmait, il y a peu, que des mouvements de troupes visaient à masser toutes nos forces en un même front pour la bataille finale.

— Qu'est-ce qu'il en sait ?

Bien qu'amèrement proférée, la question de Lucile était remplie d'espoir. Florence appuya dans ce sens :

— Ce n'étaient pas des paroles en l'air ; mon oncle ne passerait pas un jour sans lire le journal.

— Eh bien, Dieu t'entende, ma fille ! J'ai tellement hâte de voir ton père arriver sur ce chemin.

Un vœu pieux qui prit des allures de miracle quand la petite Camille interrompit son jeu de marelle pour appeler sa mère.

— Maman ! Maman ! Il y a quelqu'un qui vient. On dirait... enfin... je croyais que c'était...

Vive comme l'éclair, Lucile tourna la tête vers le chemin qu'elle scruta pendant une seconde avant de s'élancer en pressant les mains sur sa bouche pour réprimer ses cris.

— Louis ! C'est Louis ! Merci, mon Dieu ! C'est Louis !

Elle courait à perdre haleine ; lui ne forçait pas son allure que l'on devinait harassée. Arrivée à deux pas de Louis, elle allait se jeter dans ses bras et s'étonna qu'ils ne s'ouvrent pas pour la recevoir. Au contraire, il tendit la main pour l'en empêcher et lui dit d'une voix lasse :

— Ne t'approche pas, Lucile. Je suis sale et pouilleux...

— Qu'importe !

— Non ! Tu mérites mieux qu'un homme couvert de vermine, qui empeste le rat, la poudre, la mort...

Toute déprime avait quitté la jeune femme, son homme était de retour, qui avait besoin d'elle, de sa force, de son amour.

— Tu es là et c'est ce qui compte, Louis. Les poux, la crasse, on va leur faire la fête ! Vite, les filles, mettez l'eau à chauffer !

Se laver, manger, boire, loin de ces horreurs là-bas, que c'était bon ! Et serrer enfin ses enfants sur son cœur ! Et oublier le temps dans les bras de Lucile ! Dix jours de folie à moins que la folie ne soit cette autre vie, ailleurs, dans les tranchées...

Dix jours pour reprendre pied dans le quotidien du Prieuré, ce fut la gageure de toute la famille soudée autour du moulinier qui se refaisait, lentement mais sûrement, une santé morale. L'huile était soutirée, les meules nettoyées, la roue mise au repos comme si de rien n'était. Avait-il fait un si long cauchemar ?

— Mes chéris, je savais que je pouvais compter sur vous ! Le moulin ne pouvait être en de meilleures mains.

— Tu ne nous feras pas défaut un autre hiver, dis, Louis ?

Perdu dans le vague, le regard de Louis fixait sans les voir les oliviers en fleur. Il sursauta à la question pernicieuse de Lucile dont l'angoisse était palpable et le désespoir à ce point physique qu'il vit trembler ses mains. À son tour de redonner l'espoir, même si pour cela il lui fallait mentir.

— Il ne se trouvera bientôt plus un seul Boche pour nous tirer dessus, ils tombent comme des mouches avec nos canons de 75. Des mortiers de cette efficacité ne peuvent que nous garantir la victoire à court terme.

Comme ils manquaient de conviction, les arguments de Louis ! Lucile n'en fut pas dupe et ne posa plus de question.

Leur fils n'oubliait pas ses projets toujours remis à plus tard.

— Le printemps de nos fiançailles ! Je ferais bien d'avertir Katherine que ce sera plutôt une fête d'été. Au fait, papa, est-ce que ça t'ennuierait que j'aille passer un moment à Laval ? Disons jeudi, pour être sûr que mon institutrice préférée ne sera pas occupée avec ses élèves.

— Et moi qui avais pensé mettre ma petite famille au vert en allant passer deux jours aux Fournels ! Va voir ta belle, fils, nous irons sans toi. Et n'oublie pas mes recommandations !

— C'est pas Dieu possible, mon maître ! Vous allez retourner là-bas ?

« Là-bas », dans la bouche de Guillemette Thomas, semblait le bout du monde et ce n'était pas peu dire qu'elle se lamentait sur une guerre qui n'avait pas sa raison d'être.

— Vous y avez rien perdu, là-bas, monsieur Louis ! Si j'étais vous, maintenant que vous leur avez fait voir vos talons, j'y retournerais point, ah ça non ! J'ai pas raison, patronne ?

Un soupir lui répondit, Lucile ne pouvait imaginer le prochain départ de son mari sans une révolte de tout son être. Louis, lui, survola le sujet :

— Ce ne serait pas très charitable pour les copains qui attendent, à leur tour, une permission.

Pendant ce temps, Jean-Louis s'acheminait vers Laval où il avait décidé de faire une sacrée surprise à Katia. Allait-il la trouver dans son minuscule deux pièces, ou bien dans sa salle de classe à préparer les leçons du lendemain ? Un groupe en plein conciliabule, dans la cour de l'école, attira son regard, il ne fut en peine pour reconnaître la blonde institutrice au milieu d'une grappe de mamans d'élèves.

— Une fête d'école en toute simplicité. On se débrouillera avec les moyens du bord : une chemise de nuit pour les filles, une liquette pour les garçons, excepté Janek. Votre fils, madame Pijorska, tiendra le rôle du meunier et sera affublé d'un bonnet de nuit, tout simple.

Elle n'était pas peu fière que son fiston fût à l'honneur, la femme du modeste mineur de fond Pijorsky ! C'était là une petite revanche sans acrimonie que la fille de l'alambic prenait sur son enfance terne de fille d'émigré, dévalorisée aux yeux de ses camarades de classe.

Dans ce village né pour et par la mine, elle avait trouvé une forte population polonaise qu'elle ne manquait jamais de mettre en valeur, sans pour autant se détourner de la population autochtone comme en témoignait, à l'instant, la maman de la petite Julie Bastide, la fille du menuisier.

— Mademoiselle Katherine, vous pourrez passer à l'atelier de mon mari avant la nuit ? Il a terminé une aile du moulin et voudrait savoir si cela vous convient pour votre décor.

— Je n'y manquerai pas, madame Bastide. J'ai bien de la chance d'avoir des parents d'élèves aussi serviables !

Jeannot attendait que la cour se vide des jupes sombres et des foulards noirs dissimulant les cheveux, à la façon des placières[1] qu'elles avaient toutes été dans leur jeunesse. Et quand il ne resta plus que la stricte robe de droguet bleu nuit égayée d'un tablier blanc à bretelles, il se manifesta :

---

1. *Employées au triage du charbon sur un lieu dit « la place ».*

— Ouh ouh, Katherine !

Une envolée de longs cheveux blonds balaya l'air quand elle tourna vivement la tête. Un sourire éclaira, si besoin était, son visage rose de plaisir.

— Jean-Louis ! Par quel heureux hasard...

— Heureux, tu peux le dire ! Mon père est de retour, permissionnaire seulement, et il m'a donné sa bénédiction pour que je vienne te voir.

— Tu ne pouvais me faire plus plaisir. Viens, entrons.

Elle désignait la salle de classe et il y pénétra à sa suite, heureux comme un prince de découvrir l'univers où évoluait sa princesse. De son royaume, il ne connaissait que les deux pièces au-dessus où il lui avait apporté tout un chargement de malles et de ballots ; il l'avait trouvé tristounet, sombre et sans confort sinon un fourneau en fonte noire et son tuyau qui zigzaguait jusqu'au plafond.

— Au moins, je n'aurai pas froid cet hiver ! s'était exclamée Katherine que, décidément, rien n'assombrissait.

— Ce serait bien un comble qu'au pays du charbon l'institutrice meure de froid ! lui avait-il répliqué, amer.

Jean-Louis ne savait quelle allure elle avait avant mais, il en était sûr, la salle de classe ressemblait à Katherine. Des dessins colorés aux murs voisinaient avec des poésies illustrées, une étagère-bibliothèque où s'alignaient des livres recouverts de papier bleu, un tableau où, déjà, était écrite la date du lendemain : *vendredi 19 mars 1915*, ainsi que la morale du jour : *Bien mal acquis ne profite jamais*, et, sur le bureau de la maîtresse, un charmant bouquet de fleurs des champs.

— J'aimerais être ton élève, Katia, murmura Jean-Louis qui frémissait d'amour.

Non moins émue par sa présence, Katherine tenta, par le biais de l'ironie, de résister à l'élan qui la poussait dans ses bras.

— Eh bien, je peux te dire que tu déchanterais rapidement ! Je suis très, très, très sévère. Et je mets au piquet, ou bien au cagibi, insista-t-elle en désignant le placard à balais.

— Avec toi, je veux bien y passer toute une nuit !

En deux enjambées, Jean-Louis fut près d'elle ; il prit délicatement le visage d'un bel ovale dans ses deux mains en corolle, se noya dans les yeux bleus et se pencha sur les deux fruits rouges qu'étaient les lèvres de Katia, offertes à son baiser.

Le temps n'existait plus... enfin... n'aurait plus existé si l'on n'avait impérieusement toqué au carreau. Katherine se précipita à la fenêtre où s'excitait Mme Pijorska.

— *Panienka*[1] *! Panienka !*

— Que vous arrive-t-il, madame Pijorska ? s'informa gentiment la jeune institutrice.

— Je montrer bonnet Janek. Il aller très bien ?

— Janek fera un beau meunier avec ce bonnet. Je vous remercie, madame Pijorska.

Aussi furtivement qu'elle était arrivée, l'importune maman disparut, happée par l'alignement des maisons et jardinets, tous identiques, qui

1. *Polonais : mademoiselle.*

formaient le village de Laval. Le charme, cependant, était rompu et les deux amoureux, pris de timidité, restaient à distance. Katia, la première, rompit le silence embarrassé qui s'était installé dans la salle de classe en proposant à Jeannot une balade dans le bourg. À tout prendre, pensait-elle, se promener en compagnie d'un jeune homme au vu et au su de chacun était moins répréhensible que de le recevoir en catimini.

Ils marchaient côte à côte et Katia, volubile et primesautière, racontait le village :

— Là-bas, disait-elle, ce grand chevalement, c'est celui du puits Notre-Dame et, plus haut, celui du puits Saint-Henri. Si tu as le temps, on peut aller jusqu'au sanctuaire de Notre-Dame de Laval ; tu sais qu'il date du XIIe siècle ?

Merveilleuse Katia qui était douée pour donner de la joie ! Jeannot ne se lassait pas d'entendre sa voix cristalline parler de tout et de rien ; chemin faisant, il lui prit la main qu'elle ne retira pas. Plus loin, ce fut son bras qu'il cala sous le sien et qu'elle se garda bien de reprendre. Il enserrait sa taille quand ils arrivèrent à la chapelle, déserte à cette heure du jour.

Une idée lumineuse traversa l'esprit de Jeannot.

— Nous entrons un moment, Katia ?

Elle acquiesça d'un signe de tête et se couvrit les cheveux du fichu qu'elle avait sur ses épaules. Et là, sous la voûte séculaire qui donnait à toute chose une dimension spirituelle, la voix de Jeannot s'éleva :

— Je le jure dans cette chapelle, Katherine Bolska, un jour tu seras ma femme. La guerre, qui retarde nos projets et qui un jour peut m'éloigner de toi, ne les remet nullement en question.

— Si tu devais partir à ton tour, Jean-Louis Thérond, je t'attendrais avec confiance, répondit-elle en écho.

Émus et troublés de leur échange de promesses, ils regagnèrent le village de Laval en silence. C'est seulement en enfourchant son bidet qu'il lui cria :

— Aux vacances de Pâques, Katia ! Tu verras notre huile comme elle est belle et nos oliviers si prometteurs.

Lucile ne pouvait se résoudre à lâcher le bras de Louis ; les portes du train, pourtant, se fermaient une à une, la séparation était imminente.

— Garde en mémoire, ma Lucile, les jours, les heures que nous venons de vivre. Songe au train du retour, celui des fleurs et des flonflons qui accompagnent toute victoire.

— Prends soin de toi, Louis, n'oublie pas que tu es l'homme de ma vie. Sans toi, je ne suis rien. Je t'en supplie, reviens-moi !

Lentement, le train démarra sans que leurs mains ne se séparent par-dessus la vitre baissée. La jeune femme trottina un instant sur le quai, courut même et enfin lâcha prise.

La première fois qu'elle parut, enveloppée tout entière de grands voiles noirs, personne ne fit attention à la gracile silhouette qui accompagnait à la messe Olga de Villeméjeanne ; elles commençaient à être si nombreuses, ces mères, ces sœurs, ces veuves éplorées ! Le glas n'avait jamais retenti avec autant de sinistre constance.

Depuis qu'avait débuté cette guerre qu'on promettait expéditive, personne n'était en mesure d'en soupçonner la fin ni même d'en prédire l'issue et la vie s'était installée entre espoir fou et sombre désespérance.

Pour l'énigmatique dame endeuillée, une routine aussi s'était établie, qui la menait régulièrement aux offices dominicaux, chaperonnée par la dame du Belvédère dont l'air hautain et détaché entretenait le mystère de cette compagnie.

Au fil des mois, telle une chrysalide se libérant, un à un, de ses téguments, la pensionnaire du Belvédère avait abandonné le voile de grand deuil, puis le crêpe qui frôlait ses épaules et enfin la voilette accrochée à son chapeau qui lui faisait comme une moustiquaire. Pour les fêtes de Pâques, au printemps 1915, on la découvrit un peu plus, silhouette éthérée dans une seyante robe de shantung gris et blanc. Sur ses cheveux d'une indéfinissable pâleur, elle portait un petit tambourin d'organza, ses mains gantées de guipure trituraient une pochette de même matière que le chapeau. C'est ainsi qu'apparut, céleste vision, aux yeux éblouis de Jean-Louis Thérond, celle dont le nom courait maintenant sur toutes les bouches, Delphine du Roure.

Il était venu, comme bon nombre de paroissiens solides dans leur foi mais tièdes en leur pratique, faire ses Pâques. La messe n'avait pour lui que peu d'attraits depuis qu'il savait ne pas y rencontrer Katherine et, ce jour-là plus que d'autres, il avait traîné les pieds : Katia n'y serait pas.

Un petit mot tout simple l'en avait avisé. Charmant comme sa belle, tendre et gai à la fois, et si cruellement décevant : *Ne sois pas triste, Jean-Louis, à la lecture de ce courrier. Je ne viendrai pas aux vacances de Pâques, ta Katia fait peau neuve, enfin son appartement ! Le maire a prévu d'en raviver les peintures, et ça c'est une bonne nouvelle. Tu penses bien que, dans ce cas, ma présence s'impose. Les grandes vacances ne sont pas si loin qui me ramèneront, pour trois longs mois, à Saint-Maurice. Ta Katherine qui pense à toi.*

Jamais le Prieuré n'avait connu si morose ambiance, Lucile à rêver éveillée du retour hypothétique de Louis, Jeannot s'irritant d'un rien à la seule pensée que Katia le délaisse pour un pot de peinture.

Jean-Louis ne parvenait pas à détacher son regard de la jeune personne assise aux côtés d'Olga de Villeméjeanne. Son profil délicat avait la perfection d'un biscuit de Sèvres surgi des mains de Falconet, paré d'une précieuse dormeuse d'améthyste qui frémissait au lobe éburnéen de son oreille.

Tout en elle dégageait une puérile beauté en même temps qu'un charme de femme fatale, si bien que Jeannot en perdait toute notion de temps, toute notion de lieu ; il était fasciné au point que son voisin de banc dut le toucher du coude par deux fois, l'une pour qu'il s'assoie, l'autre pour qu'il se lève.

« Divine beauté », se disait-il alors qu'à son oreille la voix de la sagesse lui soufflait : « Tentation du diable. »

La grand-messe se terminait, le prêtre allait entonner le chant d'envoi lorsque Mme de Villeméjeanne lui fit un petit signe. Il s'approcha et elle murmura à son oreille.

— Généreuse initiative ! concéda-t-il en hochant la tête.

Puis s'adressant à ses ouailles :

— Mes bons amis, ne partez pas avant d'avoir entendu l'appel de notre chère châtelaine...

— Celui de ma filleule, l'interrompit Olga en minaudant.

— Écoutez tous ! Mlle du Roure, émue comme nous tous par le sort de nos soldats, se propose de préparer du matériel de soins, en particulier de la charpie, car nos hôpitaux militaires manquent cruellement de coton.

À l'invite du curé, Delphine du Roure avait quitté son fauteuil de velours pour se planter devant l'autel, face à la nef. Elle toussota avant de susurrer d'une voix mélodieuse :

— Toutes les bonnes volontés seront les bienvenues au Belvédère où M. et Mme de Villeméjeanne mettent généreusement à notre disposition une grande salle à usage d'ouvroir. Apportez des draps, des vieilles toiles, nous en ferons des bandes et de la charpie que nous réclame l'hôpital Saint-Antoine qui fera suivre en tous lieux où cela fait défaut.

Avait-elle gazouillé ? Jean-Louis n'était pas loin de le croire alors que chantait encore à ses oreilles le timbre musical de cette ensorcelante personne qui tenait plus de la Lorelei que de la Walkyrie. Déjà il se demandait comment l'aborder, il fallait qu'il lui parle pour s'assurer que ce n'était pas un rêve éveillé.

Fort à propos, Florence s'approcha de lui, tout excitée.

— Surveille les petits, Jeannot, il faut que je parle à Mlle du Roure. Tu te rends compte, on va aider les infirmières. Maman sera d'accord, dis ?

— Je viens avec toi, décida Jeannot sans l'ombre d'une hésitation. Ça fera plus sérieux si je t'accompagne.

Tout entier sous le charme de la belle Delphine, il ne vit pas l'œil torve qu'Olga de Villeméjeanne posa sur lui ni le pli amer de sa bouche quand elle lui demanda, méprisante :

— Le fils Thérond. Qu'est-ce qu'il nous veut, le moulinier ?

Un peu désarçonné par le ton hautain, Jeannot bredouilla :

— C'est ma sœur qui voudrait participer à votre bonne...

Florence trépignait de river son clou à cette femme anguleuse et sèche qui n'inspirait vraiment pas la sympathie ; elle se contint... un peu, puis se tourna vers la jeune personne beaucoup plus avenante qui sollicitait les bonnes volontés.

— Je serai des vôtres si vous le voulez bien, mademoiselle, énonça-t-elle avec conviction.

La démarche de Florence fit aussitôt des émules et la belle Delphine disparut à l'admiration de Jean-Louis, noyée dans un flot de visages dont les lèvres esquissaient des « Moi aussi ! »

Sur le chemin du retour, ne cessant de bâtir des châteaux en Espagne, Florence soliloquait :

— Une chance, on peut le dire !

Agacé par le monologue de sa sœur qui troublait le cours de ses frivoles pensées, Jeannot tenta de lui rogner les ailes :

— Tu t'emballes un peu vite, Flo. As-tu seulement demandé la permission à maman ?

L'entêtée ne s'en laissait pas compter.

— Du moment que le moulin n'en pâtira pas, elle ne pourra que cautionner une activité qui me tient tellement à cœur. Effort de guerre, mon cher ! Il ne sera pas dit que les filles seront en reste alors que nos soldats souffrent sur le front.

Piqué au vif, Jeannot ricana :

— Effort de guerre ! Comme tu y vas ! Curieux effort qui consiste à te pavaner avec les dames du Belvédère.

— C'est une porte qui s'entrouvre pour mon avenir et je serais bien sotte de ne pas la pousser. Disons que c'est l'antichambre du milieu médical.

— Tu peux toujours rêver après tout...

— Parce que toi, tu ne rêves jamais ? Tu crois que je ne t'ai pas vu lorgner Mlle Delphine ? Attention, frérot, ce n'est pas du millet pour ton humble jabot !

— Tu m'échauffes les oreilles à *pantaiser*[1] ainsi ! se fâcha Jean-Louis. Ne t'avise pas de répéter de telles idioties.

— Les répéter à qui ? À Mlle l'institutrice qui se fait très rare, à ce qu'il me semble ?

Plus par vivacité de repartie que par méchanceté avérée, Florence avait touché là où ça faisait

1. *Occitan : avoir une imagination débordante.*

mal, Jeannot pâlit et ne pipa plus mot. Désolée de la tournure qu'avait prise leur passe d'armes verbale, elle effleura la joue de son frère d'un baiser d'excuse.

— Je plaisantais, Jeannot ! dit-elle en souriant.

La femme de tête, dynamique et prompte à la décision que Lucile avait toujours été, avait fait place, depuis le départ de son mari, de son soutien, de son double disait-elle aussi, à un être pusillanime que personne, au moulin, ne reconnaissait.

La demande pressante de Florence à participer aux ateliers de Delphine du Roure était une de ces situations qui l'amenaient à soupirer après l'absence de Louis. Le travail, le lieu, tout lui portait souci. Elle remit sa réponse au lendemain.

« Que ferais-tu, mon très cher Louis, si tu étais à ma place ? »

Combien de fois se glissait-elle dans le lit désert en implorant une communion de pensées à défaut de celle des corps ? Et combien de fois lui semblait-il que Louis éclairait son jugement ?

— Explique-moi plus clairement en quoi consisteraient ces ateliers, ma fille ? s'entendit-elle demander, le lendemain.

— Comme je te le disais, maman, il s'agit surtout de faire de la charpie avec de la toile usée, cela remplace la ouate dans la désinfection des plaies et la confection des pansements ; et la ouate, autrement dit le coton médical, commence à se raréfier.

— Pauvres hommes exposés à la mitraille ! gémit Lucile. Enfin, si on peut quelque chose pour eux…

— Alors c'est oui, maman ? s'enthousiasma Florence.

— À condition que tu saches rester à ta place, mon enfant. Ceux du Belvédère ne sont pas du monde à fricoter avec les petites gens, mais à les exploiter.

Lucile pouvait poser toutes les conditions, pas une ne sapait l'exaltation de sa fille, laquelle eut plus que jamais le cœur à l'ouvrage pour retourner un carré de jardin où il était prévu de planter des pommes de terre.

À 2 heures sonnantes au clocher du village, Florence courait sur le chemin de Cruviers, légère et le cœur en joie, bardée d'un gros baluchon bourré de bouts de draps usés, de toiles de lin et de coton.

Une à une, les réticences de Lucile s'envolèrent alors, au sérieux dont sa fille faisait preuve, tant dans son œuvre pie que dans son implication aux travaux du moulin. Aucune des tâches qu'on exigeait d'elle ne lui portait peine pourvu que chaque après-midi elle filât à son rendez-vous de travail. Il lui arrivait de couper court à travers une des vignes où son oncle épamprait, elle le saluait d'un joyeux bonjour et lui agitait sa casquette.

— Tu vas à ton *prètzfait*[1], fillette ?

— Ça ne me porte pas peine, mon oncle, bien au contraire !

Et quelle plus belle récompense quand un soir, au terme d'un après-midi besogneux, Delphine du Roure la retint au castelet.

---

1. *Occitan : tâche de longue haleine.*

— Cela vous ennuierait-il, Florence, de m'accompagner demain à Alais pour apporter le fruit de notre travail ? Ma marraine est souffrante et...

— Pas le moins du monde, mademoiselle Delphine ! s'écria Flo qui se voyait déjà foulant le sol de l'hôpital Saint-Antoine.

Tout lui sembla familier de cet univers pourtant inconnu d'elle, pas moins l'alignement des lits de fer dans les grandes salles communes que l'agressive odeur d'éther qui chatouillait les odorats non initiés. Rien ne la rebuta des geignements plaintifs ni des visages torturés de souffrance. Il lui arriva même de s'arrêter un instant pour remonter un drap, tapoter un coussin, mouiller d'une compresse des lèvres desséchées alors que Delphine, un mouchoir de batiste sur le nez, passait son chemin, indifférente ou dégoûtée.

De tempérament méthodique, tout en franchise et en lucidité de jugement, Florence n'avait pas été longue à cerner le caractère ambigu de la protégée des châtelains du Belvédère. D'une phrase sans détour, elle en avait brossé le portrait à sa mère qui n'avait pu réprimer un sourire.

— Tout est mièvre chez cette jeune fille, sinon son ambition démesurée d'être admirée en tout.

— Un jugement sévère que tu émets là, ma chérie, fit-elle cependant remarquer.

— Que tu partagerais, j'en suis sûre, si tu la connaissais. Il n'est que de voir ses manières et ses chichis quand il s'agit de trier les tissus qui arrivent en masse au Belvédère. C'est tout juste si elle ne met pas des gants de crainte qu'ils soient souillés. Le pire, c'est à l'hôpital, les malades ne la concernent nullement. Ils ne lui inspirent ni pitié ni sollicitude, seulement du dégoût. S'en trouverait-il un qui choie devant ses pas, elle l'enjamberait sans lui venir en aide. Ah, c'est une tout autre personne quand il s'agit de caqueter avec le médecin chef. Ah ça oui ! Minauderies, affectation, rien ne manque à la parade. Et mon frère qui la bade, cet inconstant !

— Que dis-tu, Florence ? s'offusqua sa mère.

— Je dis, maman, que Jeannot ne manquerait pas une messe et que ce n'est pas pour les prônes du curé. Néanmoins, je lui reconnais des circonstances atténuantes, Katherine sa promise n'est pas très empressée de venir le retrouver.

— Tu dis vrai, ma Flo. Il était pourtant si guilleret à son retour de Laval ! Je n'imaginais pas cette petite Bolska aussi versatile.

Effectivement, Jean-Louis n'avait pu cacher sa déconvenue au reçu d'une lettre de Katia, lui annonçant sa défection pour les grandes vacances. *M. le curé de Laval m'a fait une proposition que je n'ai pu refuser, il s'agit de m'occuper de la colonie des enfants du patronage à la Tour de Viala. J'y travaillerai deux mois, logée et nourrie, avec un bon salaire. Réjouis-toi pour moi, Jean-Louis, de cette chance, je pourrai enfin songer à mon trousseau de mariée. Tu n'épouseras pas une fille de rien,* disait en substance le courrier dévastateur. Il n'en fallut pas moins pour qu'après sa déception et sa sourde colère Jeannot se sentît le cœur en jachère et l'âme vagabonde.

Dès lors, comme le faisait si judicieusement remarquer Florence à sa mère, Jean-Louis était devenu un paroissien assidu que motivait la divine apparition dont il entretenait Flo.

— Une jeune fille, dis-tu ? Quel âge peut-elle avoir ?

— Vingt ans et toutes ses dents ! Tiens, vous êtes du même âge. Tu fais plus jeune, Jeannot, plaisanta volontiers Florence.

Cela avait suffi pour que, le dimanche suivant, Jeannot arbore une fine moustache noire et demande à sa mère :

— Je peux prendre la cravate de papa ?

Tous, au moulin, avaient souri. Jeannot ne s'était pas arrêté là et continua à questionner Florence :

— On ne lui connaît pas d'amoureux à ta demoiselle Delphine ? Elle est pourtant bien belle.

— Un peu pimbêche à mon goût !

— Jalouse !

— Jalouse, moi ? Et jalouse de quoi ? De son air inspiré, de ses manières de grandes dames, de sa voix de fauvette ? Tout est faux, apprêté, calculé chez cette fille.

— Tu plaisantes ! Il ne passe pas jour sans que tu coures la retrouver.

— Mon avenir est en jeu, Jeannot, et s'il faut pour cela fermer lâchement les yeux sur les attitudes déplaisantes de mademoiselle nunuche, peut me chaut, pourvu qu'elle continue à m'avoir à la bonne et me traîner dans son sillage. Elle a portes ouvertes à l'hôpital d'Alais.

— Opportuniste, ma petite sœur ?

Florence haussa les épaules. À quoi bon dévoiler à ce butor qui ne voulait rien entendre les jalons qu'elle posait semaine après semaine et qui ne pouvaient que déboucher sur une consécration ?

L'adolescente n'avait pas manqué de faire impression tant aux médecins qu'elle avait pu côtoyer qu'aux religieuses infirmières auxquelles elle avait eu l'occasion d'apporter une aide efficace, alors que Mlle du Roure perdait son temps en palabres dans des lieux aseptisés. Après plusieurs approches encourageantes était venue la proposition de sœur Marie-Béate, affectée au service postopératoire.

— Du cran, de la méthode, deux qualités primordiales pour faire une bonne infirmière. Tu n'y as jamais songé, jeune fille ?

— Ma vie ne tend qu'à ce but, ma sœur !

Et de raconter *illico* ses projets ajournés à cause de la guerre, puis de conclure dans un soupir :

— Pourvu que ma réussite au concours d'entrée à l'école d'infirmières reste valable !

— L'école ? Pff ! Rien ne vaut un bon apprentissage sur le tas, ma chère enfant. Et j'en parle en connaissance de cause.

La sœur marqua un temps d'arrêt, puis reprit, plus véhémente :

— Quant à la guerre, ce n'est certainement pas demain qu'on en voit le bout, et le personnel, les compétences, c'est aujourd'hui, maintenant, qu'il nous les faut. Si tu voulais...

Après avoir écouté attentivement ce qu'elle considérait comme une proposition, Florence resta coite, elle était prise au dépourvu et ne sut que balbutier :

— Il faut que j'en parle à ma mère...

— Et moi que j'en touche deux mots au Dr Berthier, le responsable du service. Encore qu'il me laisse carte blanche pour embaucher du personnel.

Suivit alors, à quelque temps de là, une convocation émanant du Dr Berthier, qui transita par Mlle du Roure et atterrit sur la table du moulin du Prieuré ; elle concernait Florence Thérond qui devait se présenter accompagnée de ses père, mère ou autre représentant de droit.

— Je vous propose un contrat d'un an, jeune fille, et renouvelable jusqu'à votre majorité où il se transformera en emploi définitif.

— En quoi consisterait la fonction que vous proposez à ma fille ? demanda Lucile en forçant les sourcils.

Elle imaginait déjà sa volontaire Florence vidant les seaux d'aisance, s'échinant à laver des draps souillés d'innommables matières, frotter des sols ou récurer des gamelles.

— Elle serait affectée, dans mon service, à assister les aides-soignantes dans leur fonction quotidienne et je suis d'accord avec vous, chère madame, que ce n'est certes pas une sinécure. Il faut pourtant en passer par là pour se familiariser avec le milieu hospitalier dont aucune des tâches n'est insignifiante, encore moins dégradante.

Puis, s'adressant à Florence :

— Huit heures par jour, mon enfant, mais je vous sais pugnace et vous demanderai, de plus, d'assister aux cours du soir deux fois par semaine… pour accélérer votre formation.

Florence bouillait d'impatience que sa mère

paraphât le contrat que le Dr Berthier avait avancé devant elle. Hélas, elle le repoussa en réservant sa décision.

— Je dois en parler à mon époux, balbutia-t-elle.

— Que n'est-il venu céans, nous aurions gagné du temps.

Le ton agacé du Dr Berthier fit l'effet d'une gifle à Lucile qui répliqua du tac au tac :

— Que n'est-il dans ses foyers plutôt qu'à risquer sa vie en pays d'Argonne !

Florence baissait la tête. Son sort ne serait pas scellé de sitôt.

Ce n'était pas la première fois que, dépêché par sa mère qui s'inquiétait du retour tardif de Florence en ce mois de novembre où la nuit tombait tôt, Jean-Louis allait la chercher au clos du Belvédère.

Ce n'était pas non plus sans le secret espoir d'apercevoir Mlle Delphine qui occupait ses pensées plus sûrement que les pérégrinations de Katherine Bolska. Tout juste avait-il appris d'elle que, son remplacement terminé, elle était nommée au village de Portes et s'en trouvait ravie.

— À croire qu'elle est heureuse de s'éloigner de moi, avait-il soupiré en lisant son courrier enjoué.

Une fois de plus, en espérant que ce ne serait pas peine perdue, il avait lissé sa moustache et tenté de discipliner sa tignasse brune avant de pénétrer dans l'enceinte du castelet. Et voilà que ce soir, la chance lui souriait. Loin d'attendre patiemment la retardataire, il trompait son ennui en faisant les cent pas quand une servante vint à lui, le priant de la suivre.

— Mlle du Roure s'excuse de retenir Mlle Florence, un travail urgent à terminer. Elle vous prie de venir prendre un rafraîchissement pour se faire pardonner.

Elle s'excusait ! Elle l'invitait ! Et sa sœur osait la traiter de pimbêche ?

Ses pieds effleuraient à peine les marches de l'escalier à double révolution qui menait à l'étage, volant comme à un rendez-vous galant. Arrivé sur le palier, il s'arrêta tout net, oubliant dans sa stupéfaction de suivre la servante.

Accroché au mur qui lui faisait face, le portrait en pied d'un homme jeune, la trentaine tout au plus, figé dans une élégance vestimentaire d'une autre époque, lui faisait l'effet d'un miroir. Tout y était, la mâchoire carrée, une fossette à peine esquissée au menton, les sourcils en accents circonflexes, jusqu'aux lobes des oreilles que lui-même avait longs et charnus et qu'il retrouvait dans l'homme du portrait. Son regard glissa sur le bas du cadre et il lut « Charles-Auguste de Villeméjeanne ».

« Le père de M. Hadrien, ça alors ! » se dit-il en portant sa main à son visage et repassant sur les points indéniables de similitude, les palpant scrupuleusement.

— Troublant, n'est-ce pas, jeune homme ? L'occasion est enfin venue de te dire…

La voix grasseyante, saccadée, un rien essoufflée, il la reconnut sans se retourner. Une autre, haut perchée, étouffa les derniers mots d'Hadrien de Villeméjeanne.

— Vous, debout, mon ami ? C'est folie que d'enfreindre les ordres du médecin. Venez, retournons à votre chambre.

Les pas du couple de châtelains décroissaient dans le dos de Jean-Louis. Il s'ébroua pour sortir de ce rêve éveillé. Il n'avait rien à faire ici, il lui fallait rentrer au moulin, il devait savoir enfin ce que cachaient les manigances de M. Hadrien, et ce portrait, ah, ce portrait, quel mystère !

Adieu Delphine, adieu rafraîchissement !

— Florence, presse-toi ! ordonna-t-il à travers la porte.

Le retour fut silencieux. Le moulin ! Enfin, il allait savoir ! Or le destin en avait décidé autrement.

Assise, l'œil maintenant sec mais le visage encore tout bouleversé, les mains agitées de tremblements nerveux, Lucile regardait sans la voir la lettre mouillée de ses larmes.

Jean-Louis et Florence furent aussitôt à ses pieds, la pressant de questions. Les sanglots reprirent et la jeune femme hoqueta :

— Blessé au champ d'honneur. Votre père est blessé et moi je suis loin de lui.

— Ne pleure pas, maman ! s'écria Jeannot en caressant les cheveux de sa mère. Papa va nous revenir et nous allons nous occuper de lui.

— Jeannot a raison, maman, nous allons le soigner. Ah ça oui, nous allons le ramener ici pour le soigner ! promit Florence en berçant sa mère dans ses bras.

XIV

Convalescence

Dès l'automne de cette année 1915, une vaste offensive allemande pilonna sans répit les troupes françaises. Les attaques ennemies, préparées avec la précision et la minutie d'un système d'horlogerie, visaient à prendre de court les unités qu'un état-major débordé avait fait venir à marche forcée en vue d'épauler les malheureux « lignards » de la côte 321.

Mitraillés de jour comme de nuit d'une pluie incessante de *minenfever* qu'ils avaient rebaptisées marmites, les soldats français tombaient par dizaines, qui mortellement touché, qui blessé, épuisé, vidé de toute force. Il fallait, pour tenir tête à ce déferlement et ne pas céder sur les avancées chèrement acquises, faire appel aux troupes de réserve.

— J'étais de ceux-là, racontait Louis, qui, sous les ordres du lieutenant Ramade, avançaient vers la mort sous des paquets chargés de dizaines de kilos de cheddite, un puissant explosif. Ramper, se terrer, puis, l'accalmie se faisant, marcher encore et toujours jusqu'à atteindre un de ces boyaux puants qu'on appelait tranchées où l'on croyait se mettre à l'abri et prendre un peu de repos avant le grand assaut.

Louis s'y était laissé glisser, résigné, sûr qu'il serait sa tombe. Et s'y était endormi, las, si las de ces terres dévastées, de ces morts et de ces blessés, las du bourbier où l'on s'enlisait à mi-jambe, las de cette guerre qui n'aurait pas de fin, sinon celle de tous les hommes. Il avait dormi, oubliant tout ce qui n'était pas Lucile, les enfants, le moulin, mais son sommeil avait pris fin aux premières lueurs de l'aube, alors qu'à quelques mètres, dans les lignes ennemies, une farouche volonté de vaincre survoltait les hommes aux casques à pointe.

— Des bouteilles circulaient de main en main que je déclinai résolument, reprit-il. L'élixir d'oubli, ce n'était pas pour moi ! Moi, je ne voulais rien oublier de tout ce qui avait été ma vie avant ce cauchemar.

Un compagnon de misère le fixait, partagé dans ses sentiments. Se croyait-il plus fort que les autres, ce grand gaillard à l'accent du Midi qui refusait le casse-pattes, cette gnôle infâme certes, mais tellement anesthésiante ? À moins qu'il ne soit un de ces gars, si nombreux, pressés d'en finir avec la vie, avec la guerre ?

Il n'eut pas de réponse. Une balle siffla au-dessus des casques Adrian qui émergeaient timidement de la tranchée, puis alla se ficher entre les deux yeux du quidam. Tué à l'ennemi, selon la formule consacrée.

— Tu… tu l'as vu avec son front transpercé ? frissonna Lucile, suspendue au récit de son mari.

— Non. J'avais pris la position de combat,

comme l'aboyait le sergent. Je l'entends encore « Prêt au feu ? On y va, tas de péteux ! » Affalé contre les sacs de sable, faisant corps avec le sol, je tirais sans répit avec mon Lebel que prolongeait une baïonnette. La tranchée, pilonnée sans relâche, n'était plus un abri, tout simplement une tombe dont il fallait à tout prix s'extirper ; ce que je fis dans un effort téméraire... ou un acte désespéré.

— Tu ne voulais pas mourir, dis, Louis ?

— Je t'avoue que je ne sais pas, Lucile. Non, je ne sais pas.

— C'est alors que tu as été blessé ?

— Certainement. Je me souviens d'avoir crié un juron tout en me disant qu'ils m'avaient eu.

Une marmite, en effet, avait fait comme une gerbe dans la tranchée, tuant et blessant par ses nombreux éclats de ferraille. L'un d'eux avait cisaillé le mollet de Louis au moment où il en émergeait. Sous la douleur, il perdit connaissance et s'affaissa, face contre terre, ce qui lui valut de n'inhaler que faiblement cette odeur infecte d'œuf pourri que dégageait la nouvelle arme des belligérants : les gaz suffocants au bromure de benzyle.

Le temps, dès cet instant, échappa à sa perception, tout comme son transport à l'hôpital de campagne où il fut opéré à vif et recousu de même. Des vomissements incoercibles le ramenèrent à la réalité et ce fut pour entendre le médecin-major l'inciter dans cette voie.

— Vide-toi, mon gars, et le plus que tu peux ! Allez, encore ! Cette saloperie, il ne faut pas la garder en toi. Dégueule, bon Dieu ! Tenez, infirmière, aidez-le.

Ce disant, il tendait un abaisse-langue à son assistante qui, sans plus de façon, en chatouilla l'arrière-gorge de Louis jusqu'à parvenir à ses fins.

— Mon pauvre Louis ! soupira Lucile en lui pressant les mains. Comme tu as dû souffrir !

— J'avais l'impression de rendre mes tripes, mon estomac et mes poumons. De nourriture, point ! Je n'avais pas mangé depuis au moins quarante-huit heures et, malgré cela, toute une saleté me sortait du corps, à n'en plus finir…

Une quinte de toux l'interrompit dans sa narration et, comme pour corroborer ses dires, il cracha dans son mouchoir une sécrétion noirâtre qui fit pâlir son épouse.

— Du sang noir ? Ce… ce n'est pas normal, Louis.

— Les résidus de leur foutu gaz qu'il ne fait pas bon respirer trop longtemps. Moi, je m'en tire à bon compte ; dans un mois, il n'y paraîtra plus.

— Et ils te renverront au front ?

— Il faudrait que je puisse marcher et, de ce côté-là, c'est pas gagné. J'ai bien peur qu'il y ait un autre *jambart*[1] dans la famille. Tu le diras à ton frère.

— Tu le lui diras toi-même, j'ai bien l'intention de te ramener avec moi.

Louis chercha le regard de Lucile. Quelle détermination il y lisait ! Et quelle déception allait-il y lire ! Il lui caressa la joue.

— On ne va pas me lâcher de sitôt, ma chérie. C'est déjà une chance qu'on t'ait laissée venir

1. *Boiteux.*

jusqu'à cet hôpital militaire. Je me demande comment tu as fait.

— Nous avons remué ciel et terre, ça tu peux me croire. D'abord pour savoir où tu avais été transféré, puis pour obtenir un laissez-passer. Pour cela, je dois une fière chandelle à un certain Dr Berthier de l'hôpital d'Alais, celui-là même qui m'a fait une proposition d'emploi pour notre Florence ; c'est qu'elle n'en démord pas, l'entêtée, elle veut être infirmière. Mais c'est une autre histoire...

— Raconte, Lucile, oui, dis-moi. Il a déjà toute ma reconnaissance, ce Dr Berthier.

Ce fut donc au tour de Lucile de dérouler l'écheveau d'une quête qui lui avait paru interminable.

Le courrier émanant de l'état-major des armées françaises passa des mains de Lucile à celles de Jean-Louis, puis entre celles de Florence, chacun y allant de son commentaire.

— « Le soldat Thérond Louis, blessé lors d'un assaut, a reçu les premiers soins dans un hôpital de campagne. Nous vous ferons savoir son transfert en unité militaire dans les prochains jours. » Je ne vois de quoi redouter le pire, maman, s'efforça de rassurer Jeannot. Et puis nous allons nous renseigner pour savoir où est papa. Il faut aviser oncle Clément, il nous donnera la marche à suivre.

— Va donc le chercher, il ne faut pas perdre de temps ! décida Florence en poussant son frère dehors. Quelles que soient les blessures de papa, elles ne sauraient le retenir loin du Prieuré et de sa famille grâce auxquels il trouvera le chemin de la guérison.

Délaissant la soupe chaude que sa fille venait de tremper, Clément était arrivé en trombe au Prieuré et, comme à son habitude, montait haut le ton pour fustiger les incapables qui dirigeaient la France.

— Une honte ! C'est une honte que cette tuerie orchestrée par ces chefs de guerre incompétents. Tous des incapables ! Cela fait plus de trois semaines que nous sommes sans nouvelles d'Henri. Pas un mot, le silence…

— Baisse le ton, s'il te plaît, les petits dorment et ils ont assez pleuré. Tiens, lis ! coupa Lucile en lui tendant la lettre.

Le calme revint dans le moulin alors que Clément prenait connaissance du courrier avec des hochements de tête fatalistes. Au bout d'un long moment de réflexion, il déçut son auditoire attentif.

— Il faut attendre. Tu seras informée par la suite et…

— Si c'est pour me répéter les mots de la lettre, merci, j'avais compris ! Non, il faut agir, écrire au ministère des Armées, je ne sais, enfin ne pas rester les bras ballants ! Louis a besoin de moi, de nous tous !

La Lucile entreprenante, décidée, dans l'action, renaissait, recouvrait toute sa fougue pour l'homme de sa vie qu'elle devait rejoindre et, si possible ramener. Jusque-là silencieuse, Florence émergea de ses pensées et reprit la lettre des mains de Clément.

— Tu permets, mon oncle ? Je veux vérifier quelque chose.

En un instant, son visage s'éclaira.

— La date !

— Quoi, la date ?

Trois paires d'yeux désabusés la fixaient.

— Ce courrier est daté du 3 novembre et nous sommes le dix-huit ! Si ça se trouve, papa a déjà été transféré dans un hôpital militaire…

— Crois-tu que cela change quelque chose ? À qui s'adresser, bon sang, pour en savoir plus ?

— À qui ? Au Dr Berthier, pardi ! Nous irons dès demain, maman.

Les décisions lumineuses de Florence n'avaient pas fini d'étonner !

— Pour ma deuxième rencontre avec ce Dr Berthier, j'avais mis un bémol à mon attitude belliqueuse de la première fois, tu peux me croire, mon chéri ! Plus question de jouer la hautaine. Tout sucre et tout miel, elle était ta Lucile et même un peu dépassée par les événements, si bien que c'est notre Florence qui a expliqué la situation.

— Elle a du cran, notre fille ! sourit Louis avec des paillettes d'or dans les yeux.

— Bientôt seize ans, un cœur d'or et l'esprit vif, de la détermination et de la jugeote à revendre ! Elle a si bien exposé notre problème que ce docteur… oh, je ne sais ce qui m'a retenue de lui embrasser les mains !… Ce docteur, te dis-je, nous a promis son concours, assurant que pour lui c'était un jeu d'enfant que d'entrer en contact avec les hôpitaux militaires et que c'était l'affaire de quelques jours pour que nous soyons fixés, tant sur ton état de santé que sur ta situation géographique.

C'était bien, en effet, ce que leur avait dit le Dr Berthier, avec certes plus de circonspection que ne le racontait Lucile après coup. Le mot « blessé » cachait de telles horreurs, comme il avait pu le constater depuis que les victimes arrivaient dans tous les coins de France ! Comme il le faisait avec tous et en toute humanité, il se promettait de moduler son propos auprès de cette famille qui attirait indéniablement la sympathie.

Son large sourire n'était nullement feint quand il reçut, quelques jours plus tard, l'épouse, le fils et la fille cadette du soldat Louis Thérond, blessé à la jambe par un éclat d'obus et transféré à l'hôpital militaire de Chambéry. Néanmoins, il ne s'avança pas pour un retour imminent dans ses foyers, prétextant une rééducation fonctionnelle parfois plus longue que prévu et qui ne devait surtout pas être négligée.

— Tu me connais, Louis ? Je me levai alors de ma chaise, comme mue par un ressort, et affirmai ma volonté d'aller vers toi dans les plus brefs délais.

— Oh oui, je te connais, ma Lucile, et c'est comme ça que je t'aime : vaillante et prête à tout.

— À tout, tu peux le dire ! Le Dr Berthier eut beau me raisonner, m'exhorter à la patience, avancer qu'un hôpital militaire n'était pas un hall de gare ouvert à tous, il ne parvint pas à briser ma résolution, d'autant que nos enfants appuyaient ma requête, répétaient à l'envi que le moral de leur père, et donc sa guérison, requéraient ma présence. À nouveau, le brave homme nous assura qu'il allait faire son possible pour m'obtenir un passe-droit. Et me voilà !

— Je savais, au fond de moi, que tu viendrais. Une petite voix me soufflait qu'à femme exceptionnelle il n'est rien d'impossible et je m'accrochais à cette folle espérance.

— La folie aurait été de ne pas venir à toi, Louis.

Lucile n'avait pas traîné, adresse et sauf-conduit en poche, à faire son bagage et prendre son ticket de train, destination Chambéry, autrement dit le bout du monde pour la jeune femme attachée de fait et de cœur à son terroir.

Refusant les propositions spontanées d'accompagnement de Florence et de Jean-Louis, soucieux de la voir partir seule, elle leur confia les enfants et le moulin.

— Les petits ne doivent pas pâtir de mon absence, Florence. Veille sur leurs devoirs ; et toi, Jeannot, essaie de trouver un gamin assez costaud pour t'aider à réceptionner les olives et commencer à triturer. Je serai de retour dans une semaine au plus, le temps de faire les formalités pour ramener ton père.

Son cœur battait à tout rompre quand, quittant la place Monge, elle gravit les premiers contreforts de la colline Bellevue menant à l'ancien couvent Sainte-Claire, transformé en hôpital militaire. Seulement à cet instant, elle eut des doutes quant à l'état de Louis. Elle avait suivi une infirmière à travers un dédale de couloirs et de salles vétustes, de jardins enfermés où s'étiolaient des plantes qui mangeaient les murets et enfin elle l'avait vu, pâle, ses yeux noirs enfoncés dans leur orbite, la barbe drue et déjà grisonnante. Elle l'avait serré longuement, sans parler, enfouissant son visage dans son cou et respirant son odeur jusqu'à s'en enivrer.

Puis était venu le temps des mots. Chacun y allant de son récit, Lucile racontant ses péripéties pour arriver jusqu'à lui, Louis à narrer les circonstances de sa blessure, non sans être interrompu par des quintes de toux et d'expectoration.

Plusieurs fois, Lucile revint à la charge :

— Je veux te ramener à la maison, tu auras meilleur air qu'ici pour soigner tes bronches.

— Il faut être raisonnable, Lucile. Retourne au Prieuré et attends-moi l'esprit serein, je serai bientôt de retour.

Il ne pouvait pas, il ne voulait pas l'alarmer car, c'était certain, elle se serait fait une montagne de ce qui n'était, comme le lui avait assuré le Dr Dornier, qu'une étude bactériologique sur les gaz inhalés par les soldats.

Sous la houlette du médecin chef Dornier et, en collaboration avec son aréopage de médecins-chercheurs, les Drs Beauverie, Thévenon, Gaté, pour ne citer qu'eux, André-Charles Hollande, docteur en pharmacie, s'était détourné un temps de ses travaux sur le vibrion cholérique pour se pencher sur les effets chimiques de cette arme de guerre dans les urines et dans le sang.

— Je vous le répète, Thérond, vous n'avez que peu inhalé de leur saloperie et, une fois vos poumons assainis, il n'y paraîtra plus. Il n'empêche que votre cas m'intéresse, pour une fois que j'ai un gazé vivant à ma disposition.

— Votre étude, elle durera longtemps, docteur ?

— N'êtes-vous pas mieux ici qu'au front ?

— Certes, mais bien moins que chez moi !

— Dans cinq semaines, je vous lâche... si vos sécrétions que j'ai mises en culture veulent bien parler dans mon microscope et éclairer ma lanterne. Disons pour la nouvelle année.

— Topez là, docteur, et ma fille sera contente que je sois de retour pour son anniversaire.

Restait à convaincre Lucile de partir sans lui. Un pieux mensonge, quoiqu'il lui en coûtât, sortit tout naturellement de sa bouche et fut persuasif, tant il était livré, murmuré avec des airs de mystère.

— Je dois t'avouer une chose, ma chérie. Des bruits courent que des soldats blessés et rapidement remis sur pied sont expédiés au front...

— Même avec une patte folle ?

— Renvoyer les pattes folles, comme tu dis, dans leur foyer, c'était au moment de la mobilisation, dans l'euphorie de la victoire. Aujourd'hui, on n'en est plus à s'apitoyer sur des pieds plats ou sur des yeux bigleux. Tout est bon pour faire de la chair à canon. Alors, le mot d'ordre, c'est patience.

Lucile frémit. Louis la sentit ébranlée, il lui prit la main et la pressa en quémandant muettement son pardon.

— Tu vois, ma belle, qu'il faut être prudent. Quelques jours de plus ou de moins, au point où nous en sommes, ce n'est pas la mer à boire. Tiens, parions qu'on me libérera pour la nouvelle année. En vérité, je suis un sacré malin, j'entends vous laisser tout le travail et ne rentrer qu'une fois la messe dite.

Qu'il lui était bon d'entendre plaisanter son Louis ! De voir son regard briller d'une flamme qu'elle avait crue éteinte.

— Si je restais un jour ou deux à Chambéry ? capitula-t-elle. Je vais chercher une chambre à louer et passerai mes journées avec toi. Tiens, j'achèterai un rasoir et te ferai la peau lisse !

— Tu n'aimes pas mes baisers qui piquent ? plaisanta Louis, soulagé.

— Disons que... que j'aime tout de toi, même les baisers qui piquent si on ne peut les éviter...

Sur le chemin du retour, Lucile regrettait de s'être laissé entortiller trop aisément ; à chaque tour de bielle qui l'éloignait de Louis, elle sentait des angoisses l'étreindre, le doute la submerger ; elle redoutait aussi la déception de ses enfants.

« Mon Dieu, on ne va pas renvoyer Louis au front ? Et s'il me cachait l'importance de sa blessure ? Que vont penser mes petits, moi qui leur avais promis de ramener leur père ? » Autant de questions qui gâchaient son voyage et la rendaient morose.

Le travail, au moulin, la prit à bras-le-corps. La récolte des olives battait son plein et, chaque jour, des femmes tirant leur charreton – il y avait belle lurette que chevaux et mulets avaient été réquisitionnés – s'acheminaient au moulin du Prieuré, d'autres attendaient leur tour pour décharger et passer à la pesée tout en commentant les nouvelles du principal sujet de conversation : la guerre qui s'éternisait.

— Alors, madame Thérond, il paraît que M. Louis est porté blessé ? Pas trop gravement, j'espère ? Pauvres hommes que les nôtres si mal lotis !

— Et ce n'est pas peu dire ! Mal lotis à la guerre, guère mieux dans l'hôpital délabré où j'ai laissé mon homme. Ah, il me tarde de le requinquer avec mes bonnes soupes et mes fromages de chèvre. Té, je lui en réserve quelques-uns qui macèrent dans un bocal, recouverts d'huile d'olive. Je le vois déjà fermer les yeux pour mieux apprécier cette gourmandise.

Le soir, une fois le calme revenu au moulin, elle se composait une mine de conspiratrice pour que son retour, seule, n'inquiète pas les enfants.

— Votre père est bien pris en charge à Chambéry malgré ce que je peux en dire à ces curieuses ; il est au bon air et soigné avec compétence, il mange bien même si ça ne vaut pas la maison, croyez-moi, il ne faut rien hâter… pour le bien de tous.

Un doigt sur la bouche, elle donnait le signal d'aller au lit et personne ne s'y refusait, brisé de fatigue. Car, mis à part Mathieu qui, par son jeune âge, en était exclu, Clémentine et Camille avaient été réquisitionnées pour aider au déchargement des olives, faute d'avoir trouvé de la main-d'œuvre masculine. Jeannot s'en était expliqué à sa mère :

— Ils vont tous s'embaucher à la mine qui tourne à plein rendement et qui paye bien, paraît-il. Et c'est vrai qu'ils ont des avantages, on dit même que c'est une solution pour passer à la trappe et ne pas être envoyé à la guerre.

— Le pays se mourrait, privé de toutes ses forces vives, fit remarquer Lucile, esquissant un geste d'épaule fataliste.

— Eh bien moi, j'aimerais mieux défendre mon pays au péril de ma vie plutôt que de la risquer à trois cents mètres sous terre.

— Ne parle pas de malheur ! l'avait-elle rabroué.

Une qui ne s'était pas laissé abuser par les explications oiseuses et sibyllines de sa mère, c'était bien Florence. Elle dormit mal et au matin son plan était arrêté : il fallait qu'elle rencontre le Dr Berthier au plus tôt ; lui en saurait certainement plus sur le réel état de santé de son père. Oui, mais comment faire pour s'échapper en cette période ? D'autant que dès le lendemain sa mère renvoya les filles à l'école en assurant qu'ils s'en sortiraient bien sans elles.

Dans la journée, une tournée du Belvédère opportune donna à Florence l'occasion voulue. Elle griffonna un mot à l'attention de Mlle Delphine, l'assurant qu'elle se libérerait pour l'accompagner lors de sa prochaine livraison à l'hôpital, il suffisait pour cela de l'en aviser la vieille. La réponse lui parvint dans la soirée par le même truchement.

Je vous attends demain après-midi à 3 heures précises. Ne me faites pas défaut, nous avons beaucoup de marchandises et je compte sur votre aide. D.R:

Brandissant le pli comme un trophée, elle attaqua subtilement de front et, s'adressant à son frère, puis à sa mère, débita d'un trait :

— Elle en prend à son aise, ta demoiselle

Delphine ! « Je vous attends. Ne me faites pas défaut. Je compte sur votre aide… » On voit bien que son plus grand souci est de se tourner les pouces… D'un autre côté, ce serait bien ingrat de faire la sourde oreille, surtout vis-à-vis du Dr Berthier, n'est-ce pas maman ?

Elle pensait avoir l'approbation de son frère comme de Lucile.

— Pas question que tu laisses tomber une demoiselle aussi dévouée à la cause de nos soldats. On fera sans toi et, le soir, je viendrai te chercher au Belvédère. D'ailleurs, à ce sujet, maman, je voudrais te parler d'une chose bizarre…

— Ce qui est bizarre pour le moment, c'est le silence du vieux moulin. Vous n'avez pas remarqué ?

Ils se ruèrent tous trois dans l'antre voûté et regardèrent, dépités, l'engorgement de la meule dormante, résultat d'un entraînement par à-coups de la tournante.

— Le débit de la Courmière est trop faible ! Un automne trop sec et voilà le résultat, il va falloir triturer « à sang » !

— Pauvre Fouquet ! Si c'est pas malheureux, à son âge ! s'apitoya Florence.

— Bien content qu'il ait esquivé la réquisition et finisse ses jours à triturer des olives et non à tirer des canons ! Viens m'aider ! répliqua Lucile avec rudesse et, joignant le geste à la parole, elle se mit à débarrasser la dormante de la pâte graisseuse qui en débordait.

— Voilà qui ne va pas nous avancer, ronchonna-t-elle.

— Je pourrai tout de même aider Mlle Delphine ? s'enquit Florence avec un peu d'inquiétude.

— On verra ! lui fut-il répondu.

Déjà, Jean-Louis harnachait son mulet tout en lui parlant doucement pour l'apaiser avant d'accompagner ses premiers tours. Le tirant sans brusquerie par la longe, il en fit trois avec lui pour lui donner la cadence avant de venir s'assurer que la tournante avait repris son mouvement rotatif.

Florence en profita pour relancer, d'un autre biais, ce qui lui tenait à cœur.

— Tu n'as pas besoin de venir me chercher au Belvédère. Fouquet en aura déjà plein les pattes de tourner en rond.

— Justement, un petit trot sur les chemins lui fera oublier sa pénible journée.

Le frère et la sœur complice, Lucile ne put que s'incliner, qui s'octroya cependant le dernier mot :

— Demain, on met les bouchées doubles ! Le matin broyage et l'après-midi malaxage, afin qu'on puisse étaler, le soir, sur les scourtins et soutirer, le lendemain, l'écoulement naturel. Toi, Jeannot, tu finiras la pression à vis pendant que Flo et moi réceptionnerons les tournées.

À l'énumérer, la masse de travail qui les attendait ne souffrait pas que l'un ou l'autre flanche ; pourtant, le teint cireux de Lucile n'était pas sans chiffonner sa fille qui se réjouissait, malgré tout, de la retrouver énergique et battante comme elle en avait donné l'image avant cette maudite guerre.

Mlle du Roure était assez fine mouche pour se rendre compte que la charpie, les bandes et les attelles qu'elles avaient appris à fabriquer en cousant quadruple épaisseur de toile entre lesquelles on glissait des planchettes découpées aux bonnes dimensions, n'étaient pas le souci de sa jeune comparse. Du moins, pas aujourd'hui.

Elle lui en fit la remarque.

— Vous êtes dans les nuages, Florence ? Hâtez-vous, nous n'allons pas traîner dans ces corridors sans chauffage.

Autant jouer franc jeu.

— Excusez-moi, mademoiselle Delphine, il faut que je voie le Dr Berthier.

— Et pourquoi donc, ma chère ?

— C'est personnel… je…

— Mademoiselle du Roure, mes hommages. Chacune de vos visites est un enchantement, et je pèse mes mots ! s'écria le Dr Berthier qui sortait d'un bureau à la porte capitonnée.

— Oh, c'est ma future infirmière ! s'écria-t-il tout joyeux en voyant Florence. J'ai plaisir à voir que vous n'oubliez pas notre cher hôpital.

— Moins que jamais, monsieur ! Je ne voudrais pas abuser de votre précieux temps, je suis tout simplement chargée de vous transmettre les remerciements de ma mère, de retour de Chambéry… sans notre père, hélas !

Son regard clair et direct se planta dans celui du médecin qui y lut ses troubles et questionnements.

— Je vous enlève un instant cette jeune personne, mademoiselle du Roure. Suivez-moi, jeune fille.

Le cœur de Florence s'emballa. À l'évidence, le Dr Berthier voulait lui parler, elle ne pouvait s'empêcher de redouter cet aparté qu'elle avait cependant provoqué. À sa grande surprise, c'est lui qui questionna :

— Alors, mon enfant, qu'est-ce qui vous tourmente ?

Perspicace Dr Berthier ! Florence se livra en totale confiance :

— J'ai l'impression que ma mère ne nous révèle pas tout... ou ne sait pas tout en ce qui concerne notre père. Parlez-moi franchement, docteur. Tout plutôt que ces doutes qui me rongent.

— Une tête bien faite, mais aussi bien pleine, à ce qu'il me semble. Que de tourments derrière ce front faussement serein !

Le docteur joua la franchise, il l'avait compris, la demoiselle n'était pas facile à leurrer. Il sortit même de son armoire le dossier médical de Louis et commenta le bilan en termes appropriés. Un éclat d'obus dans le mollet qui avait sectionné un tendon et laisserait certainement une partielle rigidité de la jambe, une dilatation des bronches avec sécrétions aqueuses, tout cela dans un corps dénutri et affaibli.

Il conclut, en posant familièrement une main sur son épaule :

— Jeune fille, on sait peu de chose sur ces gaz toxiques, une arme pourtant condamnée par la convention de La Haye. Ce qui est sûr, c'est que votre père, trop superficiellement exposé pour en garder des séquelles, reste un sujet idéal pour la recherche, en particulier celle entreprise par le Dr Hollande et son équipe. Attention, je n'ai pas dit cobaye ! Haut les cœurs, petite. L'air pur des

Alpes requinquera votre papa et alors peut-être pourrez-vous intégrer mon équipe ?

— Je l'espère bien, docteur Berthier, je saurai être patiente. Après l'air des Alpes, j'en sais un excellent qui fera miracle sur mon père... si j'arrive à le convaincre !

Fidèle à sa promesse, le médecin chef Dornier signa la feuille de sortie de Louis Thérond et lui fixa le rendez-vous d'une contre-visite qu'il pourrait effectuer dans n'importe quel hôpital militaire ou rattaché.

— Ne faites pas l'impasse, Thérond, il y va de votre démobilisation définitive comme d'un jugement en cour martiale si vous étiez reconnu apte et donc déserteur, ce qui me surprendrait.

Il arriva sur le chemin du Prieuré en clopinant sur une béquille passée sous l'aisselle et qui déformait son épaule. Sa longue capote bleue lui battait un mollet, il avait pris soin de relever l'autre pan à l'aide d'une épingle pour ménager sa blessure encore fraîche.

Les rives du chemin se craquelaient de givre, la terre dure crissait sous ses pas, la bise piquait son visage, mais il ne sentait rien qu'un immense bonheur de revoir son moulin, d'imaginer les êtres qu'il aimait serrés autour de la table.

— De l'enfer au paradis ! exulta-t-il en marquant un temps d'arrêt pour embrasser du regard et du cœur tout ce vers quoi, tous ceux vers qui tendaient, depuis des mois, ses pensées.

Qui le vit en premier ? Ce ne fut qu'un seul

cri, qu'une seule envolée, qu'un seul bonheur total, qu'une seule ruée !

— Louis ! Papa ! Tonton !

Et un flot de questions, de reproches déguisés pour masquer la trop vive émotion qui, tous, les étreignait.

— Pourquoi ne nous as-tu pas avertis ? Nous serions venus te chercher à la gare.

— Une bonne âme m'a fait un bout de conduite. Le vieux Dumas, du mas d'Anglas.

— Papa, tu as raté mon anniversaire ! J'ai seize ans ! s'écria Florence en virevoltant sur un pied pour détourner son regard humide.

— Raté, peut-être, mais pas oublié. Tiens, fouille dans ma musette, il y a quelque chose pour toi.

Sans hâte, Florence débarrassa son père du sac de toile qu'il lui tendait, souleva le rabat, glissa une main dans la première poche et en retira un papier de soie qu'elle déplia avec précaution.

— Une broche ! Oh, qu'elle est jolie ! Merci, merci, papa.

— Un edelweiss, mademoiselle ! Une fleur rare, délicate et pourtant si volontaire qu'elle arrive à éclore dans la neige. Une fleur qui te ressemble, ma Florence.

— Une *testarde*[1] alors ? plaisanta Jean-Louis en décochant une œillade complice à sa sœur.

Le ton était donné. Adieu repas chagrins et nuits d'angoisse. Avec le retour de son moulinier, le moulin du Prieuré avait retrouvé son équilibre.

---

1. *Occitan : entêtée, butée.*

Pour combien de temps ?

— Jeannot, il faut que je te parle.

Florence aidait son frère à entraver la lourde roue de bois baignant dans la Courmière ; elle serait au repos pendant de longs mois ; auparavant, elle devait subir une scrupuleuse inspection.

— Je t'écoute. Il faut que je vienne te chercher au Belvédère ?

— Le Belvédère. Décidément, tu ne penses qu'à ça !

— Je t'avoue que quelque chose me travaille et je ne sais comment…

— Je te parle sérieusement, moi. Papa est toujours derrière toi pour te donner un coup de main alors que sa jambe n'est pas guérie, je l'entends qui tousse, la nuit. Et maman, elle, elle est au bord de l'épuisement.

— Tu as une solution, mademoiselle je-sais-tout ?

Il n'y avait pas qu'une taquinerie mêlée d'humour dans la réflexion de Jeannot, saupoudrée d'un soupçon de jalousie à l'égard de sa cadette, pétrie de bon sens et d'intuitions.

— Les Fournels !

— Quoi les Fournels ?

— Dis, tu le fais exprès ou tu as la mémoire courte ? L'air vivifiant de Lozère, la vie saine et le dévouement de Guillemette. Un changement radical, loin des soucis, ne peut être que bénéfique à l'un comme à l'autre. Le plus dur, c'est de les convaincre.

— Bon sang, tu en as des idées, Flo ! Envoie une lettre à Guillemette, et moi je m'occupe de leurs billets de train. Devant le fait accompli, ils ne pourront reculer. Au moulin, le plus dur est passé, on se débrouillera pour la suite.

— On fait comme ça, Jeannot. Il faut mettre les petits dans la confidence, tu ne vois pas qu'ils chougnent de voir papa et maman partir sans eux ?

— Une lune de miel ! Nous ne pouvions pas refuser, Lucile. Nos enfants auraient été bigrement déçus.

— De bons enfants, Louis, de si bons enfants ! La bienveillance divine ne nous est pas comptée de nous avoir dotés d'une si belle nichée.

Devant la ferme de granit, rendue encore plus austère par le dépouillement de l'hiver, une silhouette agitait les bras.

— Mon maître ! Mon maître ! Et vous aussi, la patronne ! Je vais bien m'occuper de vous, je l'ai promis à Florence.

Louis hocha la tête, contrarié ; il ne s'habituerait jamais à cette humilité d'un autre temps.

Se blottissant contre son épaule, Lucile le taquina :

— Mon seigneur et maître, ça aurait plus de classe, tu ne crois pas ?

XV

Le voile déchiré

Depuis la mi-février jusqu'à ces derniers jours d'avril qui sonnaient la fin de leur séjour lozérien, Louis et Lucile avaient tout connu de cette vie quasi autarcique qu'un climat rigoureux imposait à une population dispersée.

Des longues semaines confinés dans la ferme cernée de neige où la jeune femme s'était exercée au patient travail de barattage du beurre et à la confection des tommes fraîches jusqu'à l'explosion soudaine du printemps qui avait vu les vaches gagner, joyeusement désemparées, les prés tapissés d'herbe tendre, en passant par les fébriles veilles de marché où il fallait minutieusement préparer la marchandise, tout leur avait été bonheur, nouveauté, quiétude.

Les souvenirs n'avaient pas fait défaut à Louis qui se remémorait sa jeunesse et les travaux auxquels l'astreignait son odieux beau-père. Il les accomplissait maintenant avec entrain et jovialité, non sans se faire la pertinente remarque :

— On rechigne moins à travailler pour soi.

Et de soupirer après ce qui aurait pu être et n'avait pas été :

— Si seulement le dialogue s'était instauré dans la confiance !

Des trois, cependant, Guillemette Thomas en fut la plus heureuse et ne s'en cachait pas.

— Vous mettez du soleil dans mes vieux jours, patronne. Et vous, mon maître, j'en voudrais pas d'autre que vous, à toujours être satisfait et même à m'enlever le travail des mains. Vous la croyez point vaillante la Guille ?

— Loin de moi cette pensée, Guillemette ! Vous me donnez chaque jour la preuve que nous avons pris une bonne décision au sujet des Fournels.

Puis, souriant malicieusement, il ajouta :

— En fait, je crois que j'ai toujours été chanceux avec les femmes. J'ai épousé la plus tendre et la plus aimante, je suis le père des deux plus mignonnes filles de Ceyrargues et j'ai donné ma confiance à la plus honnête des femmes de Lozère.

— C'est pas très gentil pour les autres, mais je m'en bats l'œil ! conclut Guillemette en se rengorgeant.

Seulement voilà, les plus belles choses ayant une fin, la lune de miel des époux Thérond s'achevait, et si cela causait un vif déplaisir à leur fille de ferme, le jeune couple, au contraire, trépignait d'impatience de revoir ses enfants et reprendre le cours sécurisant de sa vie. Afin, cependant, de ne pas blesser la dévouée Guillemette, Louis se réfugiait derrière l'impérieuse nécessité de la visite médicale dont il disait redouter le verdict.

— Vous m'avez si bien nourri, Guillemette, qu'ils risquent de me trouver à nouveau bon pour le service !

— Un peu engraissé, je vous l'accorde, mais toujours à traîner la patte et à grimacer dans les escaliers, vous pouvez pas dire le contraire. Ils vont vous laisser tranquille, ma foi.

— Dieu vous entende, Guillemette ! soupira Lucile, reprise par la sourde crainte que son Louis reparte au front.

Ils étaient si pimpants en descendant du train et tellement certains d'être accueillis avec des cris de joie ! Or la réserve de Jeannot et la mine soucieuse de Flo qui, pourtant, se forçait à la conversation ne manquèrent pas de les alerter.

— Tout va bien au moulin ? Les filles, Mathieu ?

— Ils se sont fait tirer l'oreille pour aller à l'école, tous trois voulant être les premiers à vous sauter au cou. Papa, maman, vous êtes resplendissants. La ferme des Fournels a ça de magique qu'elle répare les blessures de l'âme au même titre que celles du corps. Vous étiez, tous deux, moralement et physiquement épuisés et vous nous revenez pleins d'entrain !

Florence avait ouvert la brèche, Jeannot s'y engouffra :

— Prêt à reprendre en main le moulin, papa ? demanda-t-il d'un ton qu'il voulut réjoui.

— Il y a longtemps que j'en rêve, fils. Pour autant, je serais bien ingrat de revendiquer une place où tu n'as pas failli.

— Il le faudra cependant. J'ai reçu ma billette…

— Tu as reçu quoi ? s'écria Lucile dont tout le sang s'était retiré du visage.

— Ma feuille de route, maman. Elle est arrivée

il y a deux jours. Je dois être à Montpellier le 5 mai au plus tard.

Voilà, c'était dit ! D'un ton morne et résigné et cependant avec des bribes de fierté que Florence avait subtilement captées et que Louis surprit en croisant le regard de son fils.

— J'ai tant prié pour que cela te soit épargné, mon fils ! dit-il d'une voix blanche.

— Et moi pour que tu reviennes, papa. C'est mon tour, tu m'as montré la voie. Je le jure, je reviendrai sur mes deux jambes !

Fou ! Il fallait être fou, naïf ou innocent ! Il fallait avoir vingt ans ! Il fallait aimer son pays ! Et Jean-Louis, réunissant tous ces critères, laissait parler sa fougue.

La Grande Guerre n'avait pas dit son dernier mot. Après les innombrables pertes en Champagne comme en Argonne, la dévoreuse d'hommes, loin d'être rassasiée, n'avait pas encore semé son comptant de malheurs.

Aussi, le commandant en chef des armées, le général Joffre, débordé sur tous les fronts, décida-t-il de mobiliser massivement. La classe 15, une jeunesse fougueuse mais inexpérimentée, augmentée de tous les sursitaires, était un bon vivier à ne pas négliger. On les appela les « Marie-Louise ».

Créé cent ans plus tôt, à la veille de la désastreuse campagne de Russie et baptisé du nom de la seconde épouse de Napoléon Ier, le régiment des « Marie-Louise » de 1812 fleurait bon la violette de Parme où elle fut duchesse. Celui de 1916, ni plus ni moins glorieux que son prédécesseur, portait les espoirs de tout un pays, comme le leur laissera à entendre le général Nivelle, chargé de leur succincte instruction militaire, enrichie d'un édifiant bourrage de crâne.

« De l'audace ! De la volonté ! Des prouesses ! » martèlera-t-il dans sa harangue aux nouvelles recrues.

En tout état de cause, les dés étaient jetés. Les mères pouvaient pleurer, les pères baisser la tête, les épouses sangloter et les fiancées jurer fidélité à leur engagement, un sang neuf s'apprêtait à abreuver le sol dévasté de Verdun et de sa région.

Lucile et Louis ne purent trouver le sommeil, plongés à nouveau dans la plus profonde détresse. Leur enfant, leur fils, sous la mitraille et le canon ! Ils refusaient, de toute la force de leur tendresse, cette terrible vision.

— Si on le cachait ? Oui ! On le cacherait aux Fournels le temps qu'il faut, le concours de Guillemette nous est assuré, de même que son silence.

Louis devint cramoisi à la proposition de Lucile. Il était rouge de honte pour elle et pour lui qui avait eu, un instant, la même égoïste pensée. Il la prit dans ses bras, la berça tout en murmurant à son oreille :

— Tu l'aimes ton grand garçon et tu ne supporterais, pas plus que lui, la honte sur son front. Tu ne pourrais plus regarder ta nièce dans les yeux, ni ton visage dans une glace, ni même te souvenir de ton père, lui le chanceux au tirage qui se fit remplaçant[1] pour venir à bout de la misère.

Assommée, vaincue, Lucile sanglotait sans bruit.

---

1. *Voir* Le Mas de la Sarrasine.

Pas plus que ses parents et dans un tout autre état d'esprit, Jeannot ne pouvait dormir. Une excitation nouvelle lui faisait accepter, même s'il la redoutait, la mission dont il se sentait naïvement investi. N'allait-il pas, Jeanne d'Arc en croquenots et bandes molletières, bouter l'ennemi hors de France ?

Restaient des situations qu'il devait absolument éclaircir avant de s'en aller. Elles étaient au nombre de trois et, à les tourner inlassablement dans sa tête, il avait réussi à les classer par priorité. Il informerait Katherine de son départ et lui rendrait sa liberté, encore qu'il ne l'ait pas beaucoup aliénée, ils s'étaient vus deux fois en un an ! Peut-être aussi, cette situation éclaircie, oserait-il tâter le terrain du côté de Delphine du Roure ? Qui ne risque rien n'a rien ! Et surtout, surtout, il devait savoir, il voulait savoir !

« Petit ou grand secret, il n'y a rien que je ne puisse entendre, à mon âge ! » s'encourageait-il dans le silence de sa chambre seulement troublé par la calme respiration de son cousin Mathieu, dormant à poings fermés.

Pour cela, il fallait un moment propice qu'il trouva dès le lendemain, dans l'après-midi, alors que les petits étaient à l'école et que Florence avait couru au Belvédère, plus motivée que jamais.

— Papa, maman, j'ai besoin, avant de partir, d'éclaircir certaines situations qui me chiffonnent...

— C'est Katherine, n'est-ce pas ? Ta maman m'a dit avec quelle opiniâtreté elle poussait toujours plus loin son éloignement. Tu as raison, rien ne vaut une situation limpide.

— Elle fait, en effet, partie de mes préoccupations, encore qu'une autre prenne le pas. Laissez-moi aller jusqu'au bout de mes explications, c'est... difficile... délicat même. Voilà : je faisais le pied de grue dans la cour du Belvédère à me désespérer après Flo qui tardait quand une servante vint me prier d'entrer. Je la suivis jusqu'à l'étage où je tombai, sidéré, devant un portrait qui aurait pu être le mien, tant j'avais conscience que nous nous ressemblions.

La panique qui étreignit Lucile, plus violente que la nouvelle de la mobilisation de son fils, lui fit perdre le souffle. Près d'elle dans l'instant, Louis lui prit la main qu'il serra à la briser pendant que Jeannot racontait son trouble face au portrait de Charles de Villeméjeanne.

— Je ne parvenais pas à me détourner de cette observation et j'avoue n'avoir été que peu surpris d'entendre, dans mon dos, la voix de M. Hadrien qui me disait textuellement : « Troublant, n'est-ce pas ? » Sans attendre une réponse de ma part, il ajouta, sans que je me retourne, que l'heure de la vérité était venue... ou quelque chose comme ça.

— Et... et alors ? balbutia Louis, d'une pâleur cadavérique.

— Mme Olga est arrivée, qui l'a pris par le bras et l'a ramené dans sa chambre. Il se dit qu'il est très malade.

— De la tête, assurément ! s'écria Lucile qui crut trouver une porte de sortie salvatrice.

— Je ne crois pas, maman. En fait, ce n'est pas la première fois qu'il m'aborde avec des propos troublants et toujours interrompus de façon fortuite.

Une même sueur glacée coula dans le dos de Lucile et de Louis, une même boule d'angoisse leur serra le cœur alors que leur fils, poursuivant son inquiétante quête de vérité, racontait l'apparition d'Hadrien de Villeméjeanne au Bleymard durant sa convalescence.

— Ce n'était pas la démarche d'un homme insensé, encore qu'il fût, ce jour-là, passablement éméché comme me l'affirma le Dr Panafieu qui me retint de le rosser.

— Te battre, toi ? Mais enfin Jean-Louis… bredouilla Louis qui sentait leur petit univers, patiemment construit, s'effondrer autour de lui.

— Il avait eu des paroles méprisantes à ton égard, papa. Je ne pouvais le laisser proférer sans raison de telles méchancetés, laisser planer un doute aussi déplaisant.

— Peut-être avait-il ses raisons… laissa tomber Louis d'un ton si las qu'on l'eût dit troublé au plus haut point.

Lucile eut un cri d'animal blessé.

— Louis ! Non ! Non, Louis !

— Le moment est venu, ma chérie.

Louis la regardait, désolé, pathétique et cependant décidé. Rattrapés par le passé, ils devaient en finir avec cette peur panique qui les avait taraudés plus souvent qu'à leur tour ; Jean-Louis allait partir à la guerre, ce n'était plus un enfant que l'on protège de toutes sortes de maléfices, il réclamait une vérité et se tenait devant ses parents en homme désireux de savoir et prêt à tout entendre.

Lucile se défendait encore de capituler, reculant le moment où son fils allait la juger, lui faire des reproches ou se détourner d'elle. Plus que tout cela, elle redoutait sa déception, imaginait déjà son regard incrédule dévisageant Louis et ne plus reconnaître ce père si tendrement chéri, ce modèle d'homme qu'il avait hissé sur un piédestal et qui, d'une phrase, allait en déchoir, telle une statue brisée.

Suspendu aux lèvres de ses parents, Jeannot avait l'impatience fébrile. Il fallait se décider.

— Il n'a jamais été question de nous dérober à la vérité, Jeannot, commença posément Louis. Nous attendions seulement le moment, le bon et il vient brusquement, plus tôt que prévu, il nous prend au dépourvu. Il faut que tu saches, mon garçon…

Lucile s'était ressaisie, elle posa un doigt sur la bouche de son mari, c'était une caresse, et se tourna vers son fils. Elle le savait, plus rien n'arrêterait sa confession.

— Je n'avais pas tout à fait vingt ans et, plus flattée que vraiment éprise par ses avances répétées, je cédai à la cour pressante que me faisait, en cachette de ses parents et des miens, Hadrien de Villeméjeanne. Je n'en tirai pas gloire et aurais certainement mis fin à cette avilissante aventure si elle n'avait porté ses fruits, son fruit et quel fruit !

— Moi ? demanda Jeannot tout en connaissant la réponse.

— Toi, mon fils, que ton géniteur repoussa de tout son mépris, s'emporta Lucile.

— Mais alors ? Papa ?

Dans un élan désespéré, Jeannot tendit les mains vers Louis qui les prit dans les siennes pendant que sa mère poursuivait :

— Louis nous a sauvés, moi du déshonneur, toi de l'affreux statut de petit bâtard. Par son élan de générosité, par son pieux mensonge, car aux yeux de la famille il endossa la faute, par l'amour, le vrai, qu'il me vouait et auquel il me révéla, pour ce qu'il a toujours été et restera à jamais, il mérite plus que tout autre le mot qui sort si spontanément de ta bouche : papa !

Jeannot résistait encore à l'élan qui le poussait dans les bras de Louis. Il voulait aller jusqu'au bout de l'inimaginable.

— L'autre, mon géniteur comme tu dis, il ne s'est pas opposé à ton mariage avec papa ?

— Trop content, sans doute, d'éviter un scandale si l'affaire s'était ébruitée. Et plus satisfait encore qu'on le mariât à sa cousine Olga et à ses usines de moulinage.

Tout était dit, du moins l'essentiel, et, bizarrement, chacun en éprouva une sorte de soulagement. Néanmoins, l'étourdissant silence qui les écrasait témoignait de leurs insondables pensées.

Jeannot, le premier, le brisa après un long moment :

— Ce type, ce scélérat, tu l'as aimé, maman ?

Lucile était torturée. Quelle que soit sa réponse, elle ne plaiderait pas en sa faveur. Avouer cette passion fugace ou la renier et se poser en fille légère qui se donnait sans émoi ?

Sa réponse vint, du bout des lèvres et avec

un tel accent de vérité, une telle candeur, un tel repentir !

— Un éveil du cœur, le premier, oui j'ai pris cela pour de l'amour. Sotte que j'étais !

Elle fit une pause, submergée d'émotions, puis se reprit et planta son regard dans celui de son fils.

— Il y a cependant une chose pour laquelle je n'ai eu aucun regret et n'en aurai jamais, c'est de t'avoir conçu, Jean-Louis. De t'avoir mis au monde et de t'avoir chéri pour ce que tu étais et non par qui tu m'étais donné.

Tout naturellement, elle ouvrit ses bras et, sans l'ombre d'une hésitation, Jeannot s'y lova tel un petit enfant, puis tourna la tête vers Louis qui restait en retrait.

— Papa, tu as toujours été à mon côté pour me guider, pour m'enseigner la vie. Crois-tu que ton rôle soit terminé ?

Ils étaient trois à se serrer, à s'embrasser, à fusionner et ne faire plus qu'un quand la porte s'ouvrit sur un vif tourbillon.

— Tu fais parler de toi, Jeannot ! s'exclama Florence. Au Belvédère, on veut te voir. M. Hadrien en personne !

Un ricanement acide lui répondit.

— Il peut m'attendre, celui-là ! Encore que... c'est peut-être le moment de lui dire son fait. Ses quatre vérités avant de partir, et mon poing sur la gueule en prime, ça me botte.

Louis lui mit une main sur l'épaule.

— Ne pars pas avec la haine au cœur, Jeannot. C'est une bien mauvaise compagne.

Une qui n'y comprenait rien, c'était bien

Florence et ce n'était pas dans son caractère de rester dans le vague.

— On peut savoir ce qu'il se passe ? Mon frère veut jouer du poing, papa parle de haine et toi, maman, tu ne dis rien ?

Ils l'avaient bien compris, le secret si bien gardé et pendant si longtemps ne leur appartenait plus. Florence aussi était en âge de savoir et de comprendre. Pour les petits, on verrait plus tard. Or tous trois étaient tacitement d'accord : la confession ne sortirait pas du moulin. C'était leur histoire à eux, pas un conte de veillées des chaumières. Sur ces entrefaites, Camille, Clémentine et Mathieu arrivaient de l'étude où Florence les avait inscrits.

— Ce soir, si tu veux bien, Flo, nous aurons à parler, lui murmura son père.

— Ta curiosité tiendra jusque-là ? persifla Jeannot, mi-figue mi-raisin.

Cela fut beaucoup plus aisé. Les vannes maintenant ouvertes, un flot s'écoulait, toujours avec beaucoup de souffrance, exempt cependant de l'affreuse angoisse qui avait présidé au premier aveu. Comme jamais ils ne l'avaient fait, Louis et Lucile racontèrent jusque tard dans la nuit la part la plus secrète de leur vie.

Le bon sens de Florence clôtura la veillée sur une note gaie.

— Un sacré service qu'il t'a rendu, l'orgueilleux châtelain, en fuyant comme un lâche ! Tu n'aurais pas été heureuse, maman, comme tu l'es avec papa. Et moi, eh bien moi, je ne serais pas là et ça vous manquerait !

— Veux-tu que je t'accompagne, Jean-Louis ?

— Et t'obliger à croiser le regard de ce triste individu ? Non, papa, le regarder c'est se salir et toi, moins qu'un autre, tu ne mérites cette souillure.

— Alors je te le redis, mon fils, n'aie pas de haine ni de violence au cœur.

— J'essaierai de me contenir. Pour autant, ne crains pas qu'il prenne, un seul instant, ta place dans mon cœur ni même dans ma vie.

Hadrien de Villeméjeanne était installé dans un fauteuil, un plaid sur les genoux. Il n'avait pas cinquante ans et l'on aurait dit un vieillard podagre. Son teint jaune, presque ocré et l'agitation permanente de ses mains n'étaient pas seulement le fait d'une profonde émotion, la maladie qui lentement faisait son œuvre en était la plus grande cause. Pour autant, il n'inspira aucune pitié à Jean-Louis.

— Vous désiriez me voir, monsieur ? Pourrais-je en connaître la raison ?

— Tant de rendez-vous manqués, mon petit…

— Je ne suis pas votre petit ! Pour vous, je suis à jamais une erreur de jeunesse et c'est être poli que de formuler ainsi votre odieuse conduite.

— Alors tu sais ! Tant mieux, nous n'avons plus beaucoup de temps… enfin moi. Et toi, tu as reçu, paraît-il, ton ordre de mobilisation. Il ne faut pas partir, Jean-Louis, c'est une boucherie, un massacre. J'ai un plan.

Hadrien de Villeméjeanne avait le phrasé précipité, comme si le temps lui était compté. Il s'essoufflait, toussait et reprenait son discours, obligeant le jeune homme à écouter jusqu'au bout ce qui, à les entendre, n'était qu'élucubrations d'insensé.

— Tu iras te cacher en montagne, dans cette ferme des Fournels où je t'ai poursuivi en vain. Une coriace, la fermière. Tu y resteras le temps que je frappe aux bonnes portes et qu'elles s'ouvrent en ta faveur. Je peux obtenir ta réforme…

— À ce que je vois, la lâcheté est une valeur innée chez les Villeméjeanne. Pas chez les Thérond, monsieur !

— La vie est la plus grande des valeurs ! Je ne veux pas que s'éteigne la lignée des Villeméjeanne. Je ferai en sorte que tu sois mon héritier…

Jean-Louis partit d'un rire grinçant.

— Pensez-vous que je m'abaisserais à ramasser ne serait-ce qu'une miette de vos biens ? Il fallait y penser avant ! Je ne vous salue pas, monsieur !

Il fit une sortie involontairement théâtrale, tellement il était fier de lui. Étaient-ce les conseils de son père ? Il n'avait éprouvé aucune envie de frapper cet homme, ne ressentait à son égard aucune haine ; et s'il avait précipité sa sortie, c'était pour ne pas s'apitoyer sur son délabrement physique et sur sa souffrance morale.

« Tout se paye, se dit-il, non par la vengeance humaine, mais par la sanction divine ! »

Arrivé au moulin, c'est à Louis qu'il alla, tout d'abord, narrer son entrevue.

— En plus de son héritier, il voulait faire de moi

un déserteur, un traître à sa patrie ! s'insurgeait-il à grand renfort de gesticulations.

Louis le fit asseoir, attendit qu'il se calme et lui dit :

— Une preuve d'amour paternel, Jean-Louis. Nous avons eu, ta mère et moi, cette pensée secrète, ce désir de te mettre à l'abri et avons aussi songé aux Fournels. Une réaction de père, Jean-Louis, ne l'oublie jamais.

— Papa, tu me connais...

— C'cst cc qui fait la différence, aussi avons-nous tu ce souhait égoïste que tu aurais refusé avec force. Tu feras ton devoir, fils, et tu prendras soin de nous revenir entier.

Jeannot se leva, Louis le retint un instant.

— Notre Fouquet est frais et dispos à s'être ébattu tout le jour dans le pré. Il ne demande qu'à trotter jusqu'à Portes où une demoiselle doit être informée de ton prochain départ.

— J'avais projeté d'y monter dimanche pour qu'elle soit libre de son temps.

— Bien raisonné, fils.

Que pouvait-elle trouver de plaisant à cette région qui hésitait entre plaine et montagne ? À ce morne alignement de maisons, toutes semblables, aux balcons desquelles pendouillait le même linge, les *despoilles* qui étaient aux mineurs ce que la vareuse est aux marins ? Nourrissait-elle, le soir, des rêves de châtelaine à contempler, de sa fenêtre, le château délabré, vaisseau de pierre en Cévennes, si peu révélateur de sa splendeur passée ?

Toutes ces questions tournaient en boucle dans la tête de Jean-Louis et c'est dire en quelles dispositions d'esprit il s'apprêtait à retrouver une promise si tiède à son égard qu'il n'aurait aucune peine à rompre ce qui n'avait pas été officialisé.

Arrivé à l'entrée du bourg, nul besoin de calmer le mulet, la longue et dure côte qui montait jusqu'à Portes lui faisait tirer une langue assoiffée, des frémissements, par vagues, ondulaient sur ses flancs ; il fallait, sans retard, trouver une fontaine. Le clocher de l'église servit de repère à Jean-Louis. Il n'était pas parvis ou place de village qui n'ait son vieux griffon.

— Encore une grimpette, Fouquet, et tu pourras souffler !

La place était de belle taille, l'église imposante et le lieu, dominant, offrait une vue de carte postale à laquelle Jean-Louis fut insensible. Tandis que Fouquet buvait, soufflait, prenait son temps, il contemplait le bourg étalé à ses pieds. Il suivait du regard sa configuration : le raidillon sinueux qui arrivait d'Alais, le coteau pelé supportant le château, la route qui s'invitait entre les bâtiments… Son regard s'arrêta sur une cour carrée et ses quatre platanes, seule touche émeraude dans cet univers gris. Ouvrant ses portes et fenêtres sur ce havre végétal, un bâtiment tout en longueur, surmonté d'un étage, lui fit écarquiller les yeux et s'écrier :

— C'est là ! Nous avons dû passer devant l'école…

Son monologue attira un adolescent malingre qui, sans timidité, l'aborda.

— C'est l'école que vous cherchez ? J'y suis, vous êtes le nouveau maître ! Pardi, M. Robert, il a été tué aux Dardanelles... ou ailleurs, je sais pas bien. Il était temps qu'on envoie un remplaçant, la pauvre demoiselle, eh bé, elle avait du pain sur la planche.

— Tu es dans sa classe, peut-être ?

Le gamin tenta de bomber son torse creux, étira d'une moue sa lèvre inférieure avant de laisser tomber :

— À mon âge ? Hé, y a deux ans que je suis mineur, mineur de fond, oui monsieur !

— Comment y va-t-on à cette école ?

— À pied ou avec le bidet ?

Jean-Louis haussa les épaules en signe d'indifférence et le galibot se fit un plaisir de lui indiquer son chemin.

Il eut un coup au cœur en apercevant l'harmonieuse silhouette d'une jeune fille occupée à accrocher sa lessive sur un étendoir aménagé contre le préau. Il ne se souvenait pas qu'elle était si belle, si délicieusement naturelle dans sa démarche, dans son port de tête et même dans ses gestes nullement affectés. Elle se baissait, courbant avec grâce sa taille déliée, piochait d'une main dans son baquet en zinc, de l'autre dans la poche de son tablier où elle avait glissé des épingles de bois et s'appliquait à fixer soigneusement son linge.

Du muret qui le séparait de la cour d'école et depuis lequel il observait, sans être vu, la jeune institutrice, Jean-Louis rougit jusqu'aux oreilles. Un jupon de Katia, un léger caraco fait pour épouser étroitement son attirante poitrine, de fins bas de coton qui avaient gainé ses jambes fuselées, tout cela lui tournait la tête, accélérait son pouls, rendait sa respiration haletante.

— Je l'aime ! gémit-il. Pourquoi s'est-elle détournée de moi ? À quoi rime ce simulacre de relation dans ses trop rares lettres ?

Il lui avait suffi de la voir pour que son amour attiédi s'enflamme à nouveau comme un feu qui repart en soufflant sur les braises et illumine la pièce. C'est donc le cœur ensoleillé d'amour que Jean-Louis contourna le muret. Il traversait la cour à grandes enjambées, encore dérobé à la vue de sa belle, quand, du préau, surgit une silhouette dégingandée.

L'homme portait une veste de méchant velours noir, avachie aux poches et aux épaules. Son pantalon gris, étroit et au bord effiloché, plissait autour de ses jambes qu'il avait maigres. Son chapeau de feutre mou, informe, peinait à dissimuler une chevelure abondante, pas soignée, bouclée, d'un blond roux.

Il avançait vers Katherine, ses larges mains tendues en forme de sébile, et parlait avec un fort accent polonais.

— Panienka Bolska, papa à vous, lui très heureux que je marie vous.

— Vous savez, monsieur Waclaw, que les femmes ont leur mot à dire dans ce pays qui est le mien ?

— Je savoir ! Et si papa à vous me dire « Waclaw, tu épouseras ma fille », c'est bien que vous être d'accord avec papa. Lui dire aussi que noces on fera août. J'ai déjà travail à la mine de Cessous et même logement pour couple.

— Cela paraît facile à vous entendre, monsieur Waclaw.

Katherine ne s'irritait pas, elle prêtait même une oreille complaisante à ce grand escogriffe et lui répondait sans brusquerie. Le sang de Jean-Louis ne fit qu'un tour.

« C'était donc ça ! se dit-il. Un mariage orchestré qui arrange bien tout le monde, à commencer par Katia qui pourra continuer à enseigner dans le coin qu'elle s'est choisi. »

Tête basse et sans un mot, il tourna les talons, pressé soudain de rentrer au moulin. Curieux constat qu'il s'obligeait à faire : il était venu à Portes pour rompre un contrat qui n'avait plus lieu d'être, tout était consommé sans heurt ni anicroche et pourtant il souffrait. Dieu, qu'il souffrait !

Que n'avait-il aussi, bouillant étourdi, patienté cinq minutes pour assister à l'explosion de colère de la belle Katia, suivie de la fuite échevelée du rejeté Waclaw !

— Votre papa a dit ! Papa à vous donne autorisation ! Papa décide le mariage au mois d'août ! Arrêtez, Waclaw, arrêtez ce discours qui vous a été soufflé ! Et ne me parlez plus de mon père à cause de qui je m'impose cet exil loin de mon village, loin de l'homme que j'aime et que je néglige par sa faute !

— Vous pas aimez Waclaw ?

— Puisque je vous le dis ! Cherchez-vous une autre femme pour vous mettre à l'abri d'un retour *manu militari* dans votre Silésie natale.

— Katherine Bolska ! s'offusqua l'éconduit.

— Je ne suis pas tombée de la dernière pluie. Je vois clair dans votre jeu et celui de mon père. J'aime ailleurs et suis aimée. Adieu, monsieur !

Ce jour-là, deux hommes désespérés quittèrent le bourg minier de Portes à quelques minutes d'intervalle, déboutés par la même femme qui s'apprêtait à passer une nuit blanche à se demander quand Jean-Louis lui passerait enfin la bague au doigt.

« Si tu savais combien il me tarde de te voir, mon Jeannot ! »

Le lendemain, alors que Lucile préparait le bagage de son fils, celui-ci faisait un dernier tour du moulin en compagnie de son père. Il voulait lui parler, c'était évident, et n'y parvenait pas ; pourtant, Louis ne hâtait pas la confession.

— Ne rien brusquer, avait-il répondu à son épouse quand elle lui fit remarquer la mine chagrine de leur fils.

Et, tout d'un coup, Jean-Louis s'épancha :

— Il y aura noce à Saint-Maurice, au mois d'août. Le bouilleur de cru marie sa fille.

Louis pressa le bras de son fils. Ce dernier continua :

— Un mariage entre gens de bonne compagnie, le futur mari de Katherine est polonais.

Pauvre Jeannot ! Depuis quelques jours, la vie ne lui faisait pas de cadeaux.

— Une lettre pour toi, mon frère !

Florence revenait de sa livraison hebdomadaire à l'hôpital d'Alais et tirait de sa poche une enveloppe rose thé.

— De la part de Mlle Delphine, ajouta-t-elle en minaudant.

C'est tout juste si Jeannot ne la porta pas à son nez pour en respirer la fragrance. Avec mille précautions, il ôta l'enveloppe, déplia le feuillet où une écriture échevelée avait tracé ces quelques lignes :

Me permettez-vous, monsieur Thérond, d'être votre marraine de guerre ? Dans l'affirmative, je prierai Mlle Florence de me communiquer votre adresse ou boîte postale.

Jean-Louis était rose de plaisir et son père sourit, le fiston partirait à la guerre avec un espoir au cœur, il n'allait pas se laisser tirer comme un pigeon.

XVI

L'heure de Florence

La lente tombée de la nuit qui étirait sans fin les journées d'été, la relative fraîcheur qu'elle introduisait lentement pour le délassement des corps fatigués s'autorisant un peu de repos, non plus autour de l'âtre mais sous le tilleul ou bien près des figuiers, tout cela incitait à de silencieuses méditations auxquelles Louis s'adonnait sans modération.

Les sujets, il est vrai, ne manquaient pas et que les pensées fussent soucieuses, interrogatives ou tout simplement terre à terre, elles ne prenaient leur réelle dimension qu'en ce moment alangui d'un jour qui se meurt.

Un jour qui se meurt ! Louis avait, un soir, longuement philosophé avec Florence sur cette expression, lui préférant celle d'une nuit qui commence.

— Mourir, c'est la fin d'un tout. Or la nuit n'est-elle pas le prolongement du jour avec quelques subtiles différences ?

— S'il en était ainsi, pourquoi recommencerait-on le calcul horaire plutôt que de le poursuivre ? avait-elle argumenté.

— Dans ce cas, on ne ferait que reculer l'échéance. Et puis tu es trop cartésienne, ma fille. Compter, chiffrer, dater, un jour, une heure, une vie… Je te parle d'un jour qui ne peut mourir puisque tout vit pareillement. Tu respires en dormant et autour de toi, sans en avoir conscience, un monde nouveau s'anime…

Leur discussion les avait menés jusqu'à un infini qui tutoyait l'éternité, une notion tellement abstraite qu'elle échappait à l'entendement de Florence, bien que sa foi fût sincère.

— Ça se discute, avait-elle capitulé.

Méthodique dans son travail, Louis l'était dans sa réflexion, il s'efforçait d'organiser ses pensées qui affluaient toujours en grand désordre. Il en était une qu'il avait reléguée au rang des affaires classées et, bien qu'il n'en tirât pas gloire, il se satisfaisait de savoir que, pour lui, la guerre était bel et bien terminée. Sa dernière visite à l'hôpital militaire de Nîmes, au début de ce mois d'août 1916, avait confirmé ce que la précédente, en mai, avait laissé entendre.

— Nous n'obtiendrons pas une meilleure souplesse dans votre mollet, soldat. Vous souffrez ?

— Du mollet, pas vraiment. C'est plutôt vers la hanche…

— Et ça vous surprend ? Claudication, déséquilibre du bassin, travail pénible du fémur… On va tenter le port d'une chaussure orthopédique, avec un talon qui va compenser du mieux qu'il peut le décalage.

— Un estropié, avait laissé tomber Louis avec résignation.

— Un peu de reconnaissance, soldat, pour ceux qui ont sauvé votre jambe, tout le monde n'a pas votre chance !

La confusion de Louis avait été réelle, il n'avait su que bredouiller :

— Faites excuses. Je... je me suis mal exprimé... je regrette...

— On n'en parle plus ! Allez, voyons voir vos poumons. Je vais vous examiner et ferai un rapport pour le Dr Dornier et son équipe de chercheurs. Puis je vous renvoie dans vos foyers. Définitivement ! On va faire la paperasserie pour que vous touchiez votre pension.

C'est tout juste si Louis ne s'était pas récrié qu'il n'en voulait pas, qu'il aurait honte. Là encore, troublé, penaud, il cherchait ses mots et bafouilla enfin :

— Je ne suis pas impotent, il vaudrait mieux augmenter l'ordinaire des soldats, et aussi penser aux veuves de guerre, aux orphelins...

Le médecin-major dut le prendre pour un sot ou bien un farfelu, il hocha la tête et montra la sortie au soldat Thérond, redevenu simple civil.

— Allez, allez, l'homme, on s'occupe de tout.

En cette soirée où avait débuté, trois cent quarante-quatre années plus tôt, le massacre de la Saint-Barthélemy, le moulinier, décidément versé dans la vision du monde et de ses faiblesses, songeait à ces huguenots privés de lieux de culte et obligés pour cela de se marginaliser. De temple en église, puis à glisser vers le mariage de Katherine Bolska, il n'y eut qu'un pas.

« C'est curieux, se dit-il, je ne me souviens

pas d'avoir entendu les cloches de Saint-Maurice carillonner joyeusement. C'est plus souvent le glas qu'elles égrènent en ce triste temps. Bah, une page est tournée, pour elle comme pour Jeannot. Dommage, ils me semblaient faits l'un pour l'autre. »

De là, il se mit à voguer mentalement vers ce fils tant chéri ; il tremblait pour lui et repassait inlassablement ses lettres qu'il voulait rassurantes :

On avance, lentement mais sûrement et l'espoir ne nous quitte pas d'en découdre avec succès.

Je n'avais pas conscience que la soupe de maman était si bonne, ni que les pélardons me manqueraient autant !

Vos lettres me sont une bouffée de Cévennes et, même si elles me parviennent dans un anarchique désordre, elles donnent du cœur au ventre à votre soldat. Je dois dire aussi, au passage, qu'une marraine de guerre, ma foi, ça a son utilité.

Dans le silence de son cœur et en connaissance de cause, Louis fouillait derrière les mots pour en tirer la quintessence habilement déguisée.

« Obéir à des commandements contradictoires, se jeter en avant et plonger dans l'enfer quand parvenait simultanément un ordre de repli. Ne plus savoir ce qu'espoir signifie, sinon vivre encore une heure, un jour. Avoir la faim pour unique compagne. Guetter le vaguemestre pour respirer un peu l'air du pays. Se contenter de mots dictés par le devoir, celui d'une marraine fidèle à sa mission alors que les épanchements amoureux d'une fiancée auraient porté aux nues. »

Et enfin revenir sur terre.

Entraînés par Florence qui leur avait concédé une plus longue veille, les enfants avaient regagné leur lit. Lucile s'accordait, après le rangement, un moment de repos.

— Ne penses-tu pas, ma chérie, que la patience de notre fille va s'émousser à la faire ainsi lanterner ?

— Tu plaisantes ? Florence, renoncer ? Elle attend son heure et sait qu'elle viendra.

— Je crois qu'elle est venue.

— N'est-ce pas un peu prématuré ? L'avenir n'est pas assuré et le pensionnat coûte cher...

— Ne lui avait-on pas proposé une formation ici, à Alais ? Je t'avoue que, financièrement, cette solution me paraîtrait plus sage. Veux-tu que nous allions, dès demain, rencontrer ce Dr Berthier ? Nous lui en ferions la surprise.

— Il t'est peut-être facile d'envisager cela en cette période transitoire. Qu'en sera-t-il dès le mois de novembre où le travail va s'accélérer ?

Louis rapprocha sa chaise de Lucile et, passant un bras autour de ses épaules, il la taquina gentiment :

— Douteriez-vous des capacités de votre cher époux, madame Thérond ? Je croyais avoir fait mes preuves. Je suis peut-être un éclopé...

— Ne plaisante pas avec ça, Louis ! Je sais ce dont tu es capable et même de te surpasser au mépris de ta blessure, quitte à payer plus tard ton excès de zèle. Promets-moi alors d'embaucher au moment des tournées et pour la trituration.

— Je le ferai, ma belle, si c'est vraiment nécessaire. Il ne faut pas se leurrer, les femmes peuvent donner le change et se substituer aux hommes, elles n'ont pas quatre bras. La production va aller en diminuant…

— C'est mal nous connaître, Louis ! se vexa Lucile. Ne dit-on pas : ce que femme veut… Bon, je vois que ta décision est arrêtée, capitula-t-elle avec un sourire. Nous allons faire une heureuse, à n'en pas douter.

Le passage dans le bureau-cabinet du Dr Berthier se termina par une franche poignée de main et un échange de salutations engageant.

— C'est entre mes mains que passe en dernier le livret d'apprentissage de votre fille. Je gage n'avoir qu'à le remplir de louanges qui entérineront ceux de mon bras droit chez qui je vous conduis dès maintenant.

Il leur fit un brin d'accompagnement jusqu'à la salle de garde où sœur Marie-Béate les introduisit et où ils signèrent, après un long conciliabule, le contrat de travail de garde-malade de la demoiselle Florence Thérond, ainsi qu'un engagement à suivre une formation complémentaire, en l'occurrence des cours du soir dispensés au rythme de trois fois par semaine.

— Les sessions sont trimestrielles, votre fille pourra-t-elle commencer au 1er octobre ? J'aurai plaisir à initier cette jeune Florence. Ah, si je vous disais qu'elle me fait penser à une illustre et noble dame de la profession, décédée en 1910 !

Lucile s'accorda un sourire complice.

— Vous faites allusion à Florence Nightingale, ma sœur ? C'est en raison d'une promesse faite à mon père, qui l'avait côtoyée, que nous avons doté notre fille de ce prénom.

— Votre père a connu la « dame à la lampe » ?

— Durant la guerre de Crimée. Il lui suffisait de l'évoquer pour que son regard s'embuât d'admiration et de reconnaissance.

Sœur Marie-Béate aurait poursuivi sans doute cette conversation si le son aigrelet d'une clochette n'avait retenti.

— Madame, monsieur, je dois hélas vous quitter, le devoir m'appelle. Prenez votre contrat, le règlement interne de notre hôpital et la liste de fournitures avec lesquelles votre fille devra se présenter le 1er du mois d'octobre.

La place Saint-Sébastien, première étape alaisienne dans le souvenir de Louis[1], les accabla d'un soleil de plomb qui les fit cligner des yeux après leur passage dans les couloirs et pièces blafardes de l'hôpital Saint-Antoine. Lucile avait décidé de s'occuper en priorité de l'uniforme de sa fille.

— Pour peu qu'il mérite quelques retouches, avança-t-elle en guise d'explication. Elle est si menue, notre Florence.

Deux blouses blanches à manches longues et deux tabliers à bretelles bleus, dotés d'une poche kangourou, des bas de coton blanc, des bottines à talon plat et, pour encadrer le visage et qu'il soit exempt de cheveux fous, deux coiffes blanches au revers bleu. Ce premier investissement dépassait largement leur prévision. Et pourtant, M. Brousse, le spécialiste des trousseaux et tenues de travail,

1. *Voir* Le Mas de la Sarrasine.

leur assura d'être le moins cher sur la place d'Alais.

— Huit francs pour les deux blouses et trois francs quatre-vingts pour les tabliers ; avec les coiffes et les bas en coton mercerisé, on arrive à quinze francs et quatre-vingts centimes.

— Quinze francs ! marchanda Lucile. Et changez-moi ces bas de bourgeoise pour du coton non décati, je me charge de les blanchir à la soude et à la salicorne.

M. Brousse accepta la substitution, ils allèrent ensuite chez Fabre, chaussures en tout genre, et ne s'en tirèrent pas à moins de sept francs pour des bottines dont Louis apprécia la finesse, comparée à celle de sa chaussure orthopédique à laquelle il avait beaucoup de peine à s'habituer.

— Et maintenant ? dit-il avec un soupir.

— La librairie et on rentre, on aura fait mal au porte-monnaie. Il lui faut un manuel d'anatomie, un cahier ordinaire et un autre de dessin. On n'a rien oublié, j'espère ? Tiens, vérifie s'il te plaît.

Louis se saisit de la liste, relut lentement et s'écria :

— Une montre ! Il lui faut une montre avec une trotteuse centrale.

— Une montre ! Eh bé, à son âge ! Moi, je n'en ai jamais eu et ça ne m'empêche pas de vivre.

— Si elle est notée, ça doit avoir son importance. Allons voir chez un bijoutier.

Ils en ressortirent tête basse, les prix étaient exorbitants. Pourtant, Louis ne se décidait pas à en priver sa fille.

— Je me déferais bien de la mienne...

Une montre d'homme ? L'idée fit rapidement son chemin chez Lucile.

— Celle de Charles de Villeméjeanne donnée à Jeannot pour sa communion ! Elle dort chez le notaire, aussi inutile qu'embarrassante. Viens, on va la chercher.

— Crois-tu que notre fils approuverait ce détournement, même provisoire ?

— Il n'a pas jugé utile, ou peut-être prudent, de la mettre dans ses bagages, pas plus que de venir prendre connaissance de la lettre ! fit remarquer Lucile.

C'était vrai. « Plus tard ! avait dit Jeannot. Oui, plus tard j'en prendrai connaissance, pas maintenant ! »

— Je sais qu'il ne la refuserait pas à sa sœur, poursuivit Lucile, et qu'elle en prendra soin.

— Je serais soulagé qu'elle dépense ses premiers sous pour s'en acheter une ; nous remettrions en place celle de Jeannot…

— Ses trois premiers salaires, tu veux dire ! Elle va gagner grassement soixante-quinze francs par mois… une misère !

— Allons, ma Lucile, ne sois pas défaitiste. Antonia s'en sort et avec moins que ça.

— Grâce à sa sœur ! Maria fait de la couture à façon, en plus de son emploi de vendeuse. Elle est admirable, cette petite.

— Laisse à notre Florence le temps de te montrer ce qu'elle vaut. Tu seras surprise, crois-moi.

La plus surprise, ce soir-là, ce fut Florence. L'annonce de la signature de son contrat, matérialisée par les emplettes de ses parents, dépassait les limites de la joie. Son émotion, à son paroxysme, la laissait hébétée, au point que ceux qui ne l'auraient pas connue, auraient juré de sa déception.

Elle s'assit, d'abord pâle de saisissement, puis se colora vivement alors que ses yeux d'un gris lumineux se pailletaient de millions d'étincelles. Une seule phrase sortit enfin de sa bouche avant qu'elle ne s'enfuie dans sa chambre y calmer les battements désordonnés de son cœur :

— Papa, maman, je ne vous décevrai pas. Un jour, vous serez fiers de moi.

Elle refusa de souper, jurant que, sa gorge à ce point nouée, rien ne pourrait passer et le sommeil l'emporta dans des rêves dont les contours se dessinaient maintenant avec netteté. Le lendemain, prosaïque et décidée, elle exposa son programme :

— Vous avez dû me juger bien ingrate, hier, à m'isoler comme une sauvage alors que vous veniez de me faire le plus beau des cadeaux. Tout ça vous a coûté très cher, je suppose ?

Ce n'était pas une question et Lucile eut un geste qui approuvait avant de s'expliquer pour la montre.

— Nous avons pris celle de ton frère en attendant que tu puisses t'en acheter une. Il n'y verrait pas d'inconvénient mais ton père sera plus rassuré quand elle retrouvera sa place dans le coffre du notaire.

— Et moi aussi ! Alors, si tu permets, maman, je vais aller proposer mes services de vendangeuse à oncle Clément, au même titre que les membres de sa colà. Si je pouvais me faire cinquante francs dans le mois, ce serait un bon début.

— Choisis bien ton moment pour trouver mon frère dans un bon jour. Comme ours mal léché, on ne fait pas mieux.

— Il se compose un personnage qu'il veut rugueux comme le crin mais au fond c'est un tendre.

Bien que le Prieuré et la Sarrasine ne soient guère éloignés et que les deux familles aient toujours entretenu d'étroits liens d'affection et d'entraide, les occupations inhérentes aux deux domaines ne permettaient pas une fréquentation assidue.

Néanmoins, tout comme Clément et sa famille avaient soupiré au départ de Jean-Louis, Lucile et ses enfants s'étaient réjouis de la permission du soldat Henri Boissier, bienvenue après quatorze longs mois passés sous la mitraille. Une permission qui avait porté ses fruits : il avait soutiré le premier raisiné des belles vendanges 1915 et semé un ferment de vie qui avait vu le jour le 15 juillet.

Toutes les têtes qui s'étaient penchées sur la petite fille crurent y retrouver le portrait de Pascaline. C'était faire peu cas de Martha, elle aussi portrait vivant de sa mère, or cela avait été aussi l'occasion d'évoquer la jeune femme, trop tôt enlevée aux siens, avec plus de sérénité.

— Quel prénom as-tu donné à cette petite merveille ? demanda Louis en se raclant la gorge de trop d'émotion.

— Henriette ! Son père sera si heureux, il désirait tant une fille après nos deux garnements.

Martha était radieuse et pas peu fière avec son précieux paquet dans les bras. Croisant le regard de son oncle, elle crut bon d'ajouter :

— Henriette, c'est pour lui faire plaisir. Moi, je la surnomme déjà Linette et je crois bien que ça lui plaît.

En cette année 1916, la Sarrasine comptait deux nouveaux membres. Tout d'abord, cette petite droulette, ensuite Julie Boissier, tante de la petite et belle-sœur de Martha. L'annonce de la future naissance de l'une ayant motivé la présence de l'autre, venue comme chaque année pour la saison des magnans.

— J'ai une proposition à vous faire, Julie, avait avancé Martha. Que diriez-vous de vous installer à la Sarrasine pour quelques mois ? Je ne serai pas très gaillarde aux vendanges. Par la suite, nous verrons. Cette maudite guerre finira bien un jour.

Julie Boissier n'était pas tombée de la dernière pluie ; à se dépatouiller seule depuis des lustres, elle voulait ménager ses arrières et, bien qu'elle tutoyât sa jeune belle-sœur, elle n'en restait pas moins son employée. Elle lui demanda les conditions :

— Logée, nourrie et... payée ? C'est que je dois m'acquitter du loyer, même si pour un temps je n'occupe pas mon garni. Tu me comprends, Martha ?

Martha n'était pas en position de louvoyer. En fermière avisée, elle fit un rapide calcul.

— Logée, nourrie et dix francs à la quinzaine, ça vous irait, Julie ? proposa-t-elle, affichant un air de maîtresse femme que lui conférait amplement son ventre rebondi.

— Fort bien. J'informerai cependant mon propriétaire de ces dispositions. Il ne faudrait pas que, me croyant partie à la cloche de bois, il installe un autre locataire.

Ainsi donc, après les vers à soie, Julie Boissier était restée dans la place, aidant indifféremment sa belle-sœur au mas et Clément dans les vignes. Le viticulteur, par nature réfractaire à toute ingérence étrangère, se prit à apprécier sa présence silencieuse et son infatigable énergie ; aussi ne la traitait-il nullement en servante, plutôt comme une parente éloignée que les circonstances amenaient à la Sarrasine.

Florence, qu'avaient suivie Camille et Clémentine, trouva tout ce petit monde à table et s'en étonna.

— Déjà ? Il n'est que 11 heures ! Je dérange, mon oncle ?

— Pendant que tu dormais, petite, nous étions à la vigne pour éviter la forte chaleur.

Était-ce une réponse d'homme bien disposé ? La jeune fille n'oubliait pas la recommandation de sa mère. Elle tenta une nouvelle approche :

— Le raisin mûrit bien, paraît-il. Ça fera du degré.

— Depuis quand une gamine s'intéresse-t-elle au vin ? bougonna-t-il. Et que nous vaut l'honneur de cette visite ?

Florence l'avait compris, avec l'oncle Clément, il ne fallait pas finasser.

— Je voudrais faire les vendanges, mon oncle.

À son air embarrassé, Clément comprit. Pour autant, il fit l'âne pour avoir du foin.

— Plus on est de fous, plus on rit. Bienvenue, fillette.

— Et nous aussi ! ajoutèrent à l'unisson les deux cousines, Clémentine et Camille.

— Bienvenue alors à toutes les trois ! persista Clément en dissimulant un sourire entendu.

— C'est que, mon oncle, je voudrais être payée...

— Et nous aussi ! reprit le chœur.

Et Florence d'expliquer ce besoin d'argent avec des accents mélodramatiques qui auraient fait rire en d'autres occasions, mais trouvaient un écho pathétique dans ce temps de guerre.

— Je vais être formée pour les soins aux malades. Encore que la priorité, en ce moment, ce sont les blessés de toutes sortes auxquels nous devons nous dévouer, nous les infirmières...

Déjà, elle était dans l'action. Clément, lui, ne se départait pas de son sourire qui, pour paraître narquois, virait à l'admiratif.

— Ma sœur est au courant de cette démarche... familiale ?

— Oui, mon oncle ! Enfin... non... pas exactement. C'est une idée des filles de m'accompagner, leur démarche est généreuse et je les en remercie, même si ce n'est pas possible...

— De si bonnes dispositions ne peuvent rester sans effets. Pour toi, c'est d'accord, Florence, tu fais partie de la colà. Les filles... quel âge avez-vous déjà ?

Lucile en aurait frémi : Clément ne savait plus l'âge de sa propre fille !

— Onze ans, oncle Clément ! dit précipitamment Florence avec un accent de reproche.

— Demi-tarif, les filles ! Mais attention, vous tenez votre rangée, quitte à vous entraider, je ne veux pas de lambines !

Durant toute la conversation, Martha n'avait pipé mot. Sa bouche pincée et les deux rides verticales entre ses sourcils clairs affichaient une muette réprobation qu'elle aurait à évoquer avec son père, tandis que Julie Boissier posait un regard bienveillant sur les demoiselles du Prieuré, comme on les appelait, toutes, sans distinction.

« Comment peut-on avoir le cœur aussi sec ? se demandait-elle. Pas un baiser, pas un mot, ni à sa sœur ni à ses cousines. »

Or il semblait que personne n'en prenait ombrage, aussi en fille sobre de paroles et d'épanchements, Julie chassa cet embarras, d'autant plus vivement qu'un autre souci occupait en ces lieux la première place, celui du long silence d'Henri. Ils étaient sans nouvelles de lui, et ce depuis plus de un mois.

Dans la perspective de sa nouvelle vie, Florence n'en avait pas terminé avec les dispositions à prendre. Dans le courant de l'après-midi, c'est au Belvédère qu'elle se rendit, non seulement pour apporter sa contribution au bénévolat instauré par Mlle Delphine mais surtout pour l'informer qu'à l'avenir elle ne pourrait plus s'acquitter de cette tâche.

— Et vous allez aimer ça ? laissa tomber Delphine avec une moue de dégoût. Des plaies, des plaintes, cette épouvantable odeur d'éther qui en masque d'autres bien pires...

— Je ne sais si le verbe aimer est celui qui convient, répliqua Florence en prenant une certaine hauteur.

Puis, revenant à plus d'humilité, elle essaya d'expliquer :

— Je suis faite pour cela, je le sais, je le sens. Et tout ce qui vous semble rebutant fait partie de ce tout qu'on appelle les soins, sans omettre l'empathie et surtout la confiance nécessaire qui doit s'installer entre le malade et le soignant. Voilà, je voudrais être une semeuse d'espoir.

— Ce que vous pouvez être lyrique, ma chère, sur un sujet aussi... trivial ! Quoi qu'il en soit, je vous félicite et suis heureuse d'être un peu à l'origine de votre vocation.

— De ma vocation ? Non, il ne faut rien exagérer, mais vous m'avez introduite dans la place, mademoiselle Delphine, et je vous suis reconnaissante et redevable.

— Rendez-moi alors un service !

Un ordre cinglant n'aurait pas été formulé autrement. Florence restait sur ses gardes.

Pour la défense de Mlle du Roure, il faut reconnaître qu'Hadrien de Villeméjeanne, son parrain, exerçait sur elle, depuis quelque temps, une pression qui s'apparentait de très près à du harcèlement. La santé de cet homme, prématurément usé, incitait Olga, son épouse, à une tolérance inhabituelle de ses lubies, se promettant d'y mettre bon ordre, le moment venu.

Rejeté, méprisé par ce fils qu'il poursuivait depuis tant d'années à la recherche d'une reconnaissance tardive mais nécessaire, Hadrien n'avait pas baissé les bras pour autant. Des sentiments, il l'avait compris, ne sauraient naître de ce jeune rebelle qui portait à tort le nom de Thérond. Restait que le clos du Belvédère avait besoin d'un maître, que ce maître existait dans les faits, même s'il avait encore un bandeau sur les yeux.

« Biaisons donc », s'était dit Hadrien.

Et il échafauda tout un stratagème qu'il jurait infaillible et qui n'était que ruse grossièrement cousue de fil blanc.

— Ce jeune et beau jeune homme n'éveille-t-il pas quelque émoi chez toi, ma chère enfant ? avait-il demandé abruptement à Delphine qui n'avait pas daigné lever la tête de sa broderie.

— De qui parlez-vous, parrain ?

— Le frère de ta protégée... Ne fais pas l'innocente.

Là, elle s'étrangla de suffocation.

— Ce... ce paysan ? Vous plaisantez, j'espère !

— Fais un effort d'imagination, Delphine. Une fois endossé un costume bien coupé, le col cravaté de soie et le cheveu sagement calamistré, cet adonis ne déparerait pas à être ton chevalier servant.

Elle eut beau dire, d'un ton dédaigneux, que l'habit ne faisait pas le moine et même ajouter que ce serait déchoir que de prêter attention à ce jeune blanc-bec, elle ne parvint qu'à irriter le maître des lieux.

— Penses-tu avoir les moyens, jeune arrogante, de faire la fine bouche ? Permets-moi de te rappeler les malheureux investissements de ton pauvre père dans les actions Panama. Quant à ses emprunts russes, je ne leur donne pas un an pour qu'ils creusent, à leur tour, le néant de tes espérances.

Et tout cela assené d'un ton plus que lugubre, ce qui n'était pas pour auréoler de rose les visions d'avenir de la demoiselle du Roure, mais materait plus sûrement son susceptible orgueil.

Après le bâton vint la carotte qu'en coquin consommé Hadrien de Villeméjeanne agita sous le nez de Delphine.

— Deux infortunes peuvent s'associer pour faire un grand bonheur. Le destin a frappé, toi dans l'impécuniosité et nous dans un mariage stérile. Tu seras notre héritière, Delphine, à condition que ton prétendant soit celui de mes vœux pour le bien du domaine.

Au moins, les intentions d'Hadrien de Villeméjeanne avaient le mérite d'être claires ! Delphine s'épancha auprès de sa marraine.

— C'est un malade, mon enfant, un gros malade qu'il ne faut pas contrarier. S'il lui plaît de croire que tu pourrais un jour convoler avec ce péquenot, laissons-le à ses illusions et entrons dans son jeu. Il faut gagner du temps.

Ainsi Mlle du Roure était-elle devenue marraine de guerre de Jean-Louis Thérond pour complaire à son parrain, lequel se frottait les mains de cette première victoire. Faire de sa filleule son héritière, la marier à Jean-Louis, n'était-ce pas réparer une terrible erreur d'appréciation, le grand regret de sa vie ?

Et voilà que ce naïf de Jeannot se prenait au jeu ! Déçu par Katherine, flatté par l'intérêt soudain de Delphine, il glissait doucement vers une romance qu'il croyait partagée, comme le laissaient entendre ses lettres explicites.

Vous ne pouvez savoir avec quelle impatience j'attends vos lettres, chère mademoiselle ! Je ne survis, dans cet enfer, que pour le bonheur de vous lire. Vous êtes mon soleil dans la nuit des tranchées, le souvenir de votre parfum l'emporte sur les remugles dans lesquels nous vivons. Votre main, si belle, si fine et que j'imagine tendue vers moi, me relie à la vie en laquelle je crois encore, me retient de me laisser engloutir dans cet abîme d'horreur qui me cerne.

L'espérance, qu'involontairement elle faisait naître, titillait toutefois la conscience de Delphine du Roure. N'allait-elle pas trop loin dans ce qui ne pouvait être, dans ce qui ne serait pas ? C'est ainsi qu'elle en vint à demander l'aide de Florence.

— Rendez-moi un service !

— Moi ? En quoi pourrais-je…

— C'est un peu gênant, je l'avoue. Votre frère…

— Quoi donc, mon frère ? répliqua Florence sur la défensive.

— Il… il se méprend sur la fonction d'une marraine de guerre. Vous me connaissez, mon honnêteté foncière m'oblige à la vérité que pourtant je ne puis lui assener… le moral des troupes… enfin… vous voyez ce que je veux dire ?

— Fort bien, mademoiselle, fort bien. En un mot, il vous fait la cour, en vain. Voyez-vous, un conseil en vaut un autre, mon père dit toujours que lorsqu'on agite un chiffon rouge il ne faut pas s'étonner de voir surgir un taureau. À méditer, mademoiselle Delphine, à méditer.

En retournant au Prieuré, Florence pestait comme un charretier :

— Et bien sûr, c'est à moi qu'on s'adresse pour éclaircir la situation ! L'amour ? Merci bien ! Je m'en tiendrai à bonne distance.

Le fringant cheval de Clément n'avait pu finir la vendange. Réquisitionné ! Et puis novembre était venu et avec lui le temps de l'alambic.

— Je peux compter sur ton vieux mulet, beau-frère, pour me rapporter les bonbonnes d'alcool ?

Louis avait consenti et, en ce matin où les nuages étiraient des écharpes de brume et que criaillaient des nuées d'émouchets, il allait son chemin jusqu'à la place de la mairie de Ceyrargues où était installé l'alambic.

La première remarque qu'il se fit concernait la mauvaise humeur de l'Estéphane. Décidément, ce vieux bougon n'avait pas changé ! Il n'avait pas rajeuni non plus. Des cheveux de neige s'échappaient de son chapeau de feutre, son visage buriné de ravines profondes semblait sculpté dans le marbre. Et son œil, quoique toujours acéré, avait perdu de sa pétulance.

— La santé est bonne, Bolsky ? demanda Louis comme entrée en matière.

Un haussement d'épaules lui répondit. Louis insista, chatouillé par une curiosité soudaine :

— Votre fille, Katherine, toujours à Portes ?

— J'ai plus de fille ! lui fut-il répondu dans un grognement.

Louis frémit. Plus de fille ! Katherine serait-elle morte ?

— Comment ça, plus de fille ? demanda-t-il dans un murmure, conscient de jouer les inquisiteurs.

Le tonnerre lui répondit. L'Estéphane gonflait sa voix, la nourrissait de colère, postillonnait, s'en étouffait.

— Une fille qui n'obéit pas à son père ne mérite plus ce nom. Je n'ai plus de fille. Je ne m'en cache pas !

Il avait haussé le ton sur la dernière phrase comme pour le crier au monde entier.

— C'est donc si grave, monsieur Bolsky ? demanda encore Louis, touché par la blessure poignante de cet homme rude.

— Grave ? J'avais trouvé un bon mari à Katherine, un Polonais, un travailleur. Mais elle a refusé tout net. Et moi je lui ai fermé ma porte, aussi sec.

Tout comme Florence qui balançait, qui se demandait si elle était en droit de déciller les yeux de son frère sur les véritables intentions de Delphine du Roure, Louis Thérond hésitait. Était-ce à lui de rétablir une vérité qui ne manquerait pas d'influer sur le destin de son fils ?

« Elle me plaisait bien, cette petite Katherine. Pauvrette, comme elle doit se sentir seule et abandonnée ! » ressassait-il en rentrant au moulin.

XVII

La chanson de Craonne

La vie continuait pourtant, parce qu'il le fallait bien, parce que les mois s'enchaînaient, tricotant une année. Et quelle année ! Sans même un printemps pour redonner l'espoir, sans le soleil d'été, sans les ors de l'automne, toute une année d'hiver, de grisaille et de malheurs.

Les premiers jours de janvier avaient confirmé le silence d'Henri Boissier ; il était porté disparu et la Sarrasine s'habilla à nouveau de deuil jusqu'à ce jour de mars où le destin chavira : un fantassin du 121e régiment d'infanterie, grièvement blessé aux membres inférieurs et prostré dans une amnésie que l'on supputait irréversible, avait été formellement identifié, il s'agissait du soldat Boissier.

Dès lors, Martha vécut dans la fébrile attente de son retour et, animée d'une farouche volonté, elle ne cessait de proclamer que rentrer dans ses foyers remettrait les idées en place à ce pauvre Henri, plus sûrement que l'enfermement dont il faisait l'objet, prétendument pour sa propre sécurité.

Elle s'assurait, pour afficher cette certitude,

l'adhésion de sa cousine de laquelle elle s'était, dans l'épreuve, insensiblement rapprochée.

— Bien vrai, Florence, que des visages, des lieux familiers sont les meilleurs des remèdes ? Il me tarde de retrouver Henri.

En quelques mois d'un travail qu'elle avait appelé de tous ses vœux et d'une formation qu'elle menait tambour battant, Flo était devenue une référence aux yeux de sa famille et il n'était bobo qu'on ne lui montrât, conseil qu'on ne prît auprès d'elle et ce d'autant plus que l'on avait scrupule à pousser la porte d'un médecin, alors que s'enchaînaient les tracas de saison.

En cela, l'hiver 1917 n'avait pas été chiche qui, par sa froidure, sa neige, son verglas, avait semé catarrhes, maux de gorge et même quelques foyers d'influenza, ce fléau qui n'avait pas encore pris le nom de grippe espagnole.

Sollicitée, Florence conforta sa cousine, tout en se gardant de trop d'enthousiasme.

— Ne précipite rien, Martha. On s'occupe actuellement de soigner le corps d'Henri ; quand il sera temps de penser aux bleus de l'âme, tu seras partie prenante, à coup sûr.

La vie de la jeune fille avait bien changé, mais elle ne s'en plaignait pas. Levée avant tout le monde pour être à l'heure à son poste, elle pédalait avec énergie sur la douzaine de kilomètres qui séparaient le Prieuré de l'hôpital d'Alais. La bicyclette de Maria, que sa cousine lui prêtait volontiers, avait été la bienvenue et il avait suffi d'un dimanche d'apprentissage, ponctué de chutes dont ces demoiselles avaient ri, pour que Florence se sente solide sur cet engin.

— Que fais-tu ? lui avait demandé sa mère, la trouvant le soir même en travaux de couture.

— Je raccourcis mes jupes, maman.

— Pas trop, tout de même, s'offusqua Lucile.

— Juste ce qu'il faut pour que je pédale sans souci. Promis, ça n'aura rien d'indécent.

Il s'avéra vite fatigant et dangereux, la nuit tombant plus tôt, qu'elle rentre au moulin le soir après ses cours. Aussi, trois fois par semaine, couchait-elle dans le petit appartement de ses cousines, sous les toits, dans la rue de l'Hôtel-de-Ville. Elles partageaient le même lit où, l'enfance n'étant pas très loin, elles faisaient de savoureuses parties de rigolade.

— Arrêtez ! criait Florence logée entre ses deux cousines, quand Maria tirait la courtepointe à hue et Antonia à dia. Vous n'êtes donc pas fatiguées ?

Fatiguées, elles l'étaient toutes trois par le travail qu'elles accomplissaient sans jamais se plaindre. Après sa journée derrière son comptoir de vente, il n'était pas rare que Maria soit sollicitée pour des livraisons, de la mise en place ou de la réception de marchandises dans la réserve.

— Encore un de nos commis qui a fait sa valise ! Il n'était pourtant pas pressé, Félix, de rejoindre la troupe. Bah, c'est ainsi. En attendant, il faut deux personnes qui restent après la fermeture. Mademoiselle Maria, je compte sur vous ? Et vous aussi, madame Chapuis ?

Maria ne pouvait que consentir tout en se

désolant : sa couture, ce soir, n'avancerait pas. Elle serait bonne pour y passer tout son dimanche.

À quelque chose près, sa sœur Antonia était logée à la même enseigne, le *Riche Hôtel* ne désemplissait pas, une clientèle de chevaliers d'industrie qui venaient humer l'air lucratif du charbon et de ses corollaires.

— Cette semaine, c'est toute une délégation de messieurs endimanchés qui s'intéressent, paraît-il, aux Fonderies et Forges de Tamaris. C'est sûr, j'aurai pas mon dimanche.

— Qu'en sais-tu ?

— Je sais que l'hôtel est réservé, lundi, par la direction de la chaudronnerie-métallurgie Richard-Ducros pour des gens qui viennent acheter des ponts. Et moi, du coup, j'ai toutes les chambres à faire.

Quant à Florence, elle n'aurait pas été la dernière à se glisser dans le lit étroit pour y délasser ses membres fourbus, son dos douloureux. Il y avait tant à apprendre, à retenir qu'elle repassait inlassablement ses cours, le soir et ne manquait pas de faire profiter ses cousines de son nouveau savoir.

— Saviez-vous, les filles, que le pied est composé de vingt-six os et qu'ils ont tous un nom ?

— Et tu dois les savoir tous ?

— Non seulement ceux du pied, Tonia, mais aussi ceux du corps humain qui sont au nombre de ? de ?

— Comment veux-tu qu'on sache ?

— Deux cent six, pas un de moins, pas un de plus !

— Eh bé, bon courage ! Je préfère affronter mes clientes, même les plus exigeantes.

— Et moi repasser des draps et des serviettes toute ma vie !

Cette parenthèse citadine ne déplaisait pas à Florence qui, sans renier sa vie au Prieuré, appréciait la légèreté d'une existence au jour le jour, période transitoire, privilège de la jeunesse. Elle avait retrouvé, à son grand étonnement, Albert le jeune arpète de la maçonnerie Escoffier, non moins surprise de sa transformation. Il regardait de biais la jeune fille, à qui son observation insistante parut déplacée.

— La petite Florence du moulin ? Ça alors ! Je ne savais pas que l'huile d'olive rendait si jolie !

Maria avait alors glissé un bras possessif sous celui d'Albert et planté son regard bleu dans celui de sa cousine.

— Albert est mon amoureux, mais chut ! c'est encore un secret. Seule Tonia le sait, et toi maintenant.

Il fallait bien dire quelque chose et Florence ne savait par quoi commencer.

— Vous ne travaillez plus chez Escoffier, monsieur Albert ?

— Je travaille maintenant aux Ponts et Chaussées. Le père Escoffier a pris sa retraite et son fils, Gustave, est parti au front.

La question fusa aussitôt de la bouche de Florence :

— Et vous ?

Maria se raidit. Albert, lui, habitué à ce genre d'attitude car rien dans sa corpulence massive n'accusait quelque déficience, fit face en même temps à la question et à Florence. La jeune fille resta muette, pour le coup.

— Gustave Escoffier ne m'avait pas manqué, pas vrai ? Un accident, un simple accident, je ne lui en veux pas.

L'explication vint. Un échafaudage mal arrimé, une chute qui aurait pu être banale si Gustave n'était resté hypnotisé, les deux mains sur sa pelle dont le manche rencontra l'œil d'Albert et le sortit carrément de son orbite.

— Énucléé, qu'ils m'ont dit à l'hôpital. Et réformé qu'ils ont conclu. Bah, un peu de honte, c'est vite passé.

— Tu n'as pas à rougir, Albert ! s'insurgea Maria.

— Je suis d'accord avec ma cousine ; vous avez eu votre part de malheur, Albert.

Le trio devint alors un quatuor fleurant bon le confiant optimisme d'une jeunesse en route pour des jours meilleurs.

Et optimiste il fallait l'être pour travailler à l'hôpital Saint-Antoine ! Outre le fait qu'elle marchait enfin sur le chemin de ses ambitions et qu'aucune tâche ne la rebutait, Florence n'avait pas manqué de prendre en compte les faiblesses de cet établissement, obsolète dans sa conception des soins comme de l'approche du malade, du moins à la façon dont elle entrevoyait la médecine moderne. Et mal fréquenté, de surcroît !

— Avez-vous vu, sœur Marie-Béate, les rats qui détalent à notre approche au petit matin ?

— Ce n'est pas nouveau ! se défendit la sœur sans convaincre sa jeune protégée.

Ce n'était cependant pas une raison pour ne rien faire, c'est ce que se disait Florence en ramenant, un matin, du Prieuré où il ne ferait pas défaut, un matou apte à leur tenir tête.

— Si vous le permettez, ma sœur, Méphisto pourrait nous être utile pour peu que vous lui pardonniez son nom qui sent le soufre. Dans la journée à vagabonder dans le jardin et le soir, dans les couloirs de l'hôpital.

Les indésirables ne furent pas éradiqués, cinq bons gros chats n'y auraient pas suffi, néanmoins on n'en vit plus un seul rôder dans le service du Dr Berthier !

Ceci n'était qu'un détail, non négligeable certes, dans les défaillances de l'hôpital d'Alais dont la fonction initiale, il est vrai, s'était bornée à un accompagnement des indigents en fin de vie et à un accueil miséricordieux des enfants abandonnés. Fort heureusement, ces derniers avaient déserté ces lieux grâce à la générosité de M. Varin d'Ainvelle qui fonda à leur intention une colonie agricole dans son domaine de Servas.

Dès lors et par la volonté de quelques médecins dont le zèle tenait du sacerdoce, des services s'étaient créés qui s'efforçaient de donner ses lettres de noblesse à l'hôpital public, la capacité et la détermination des docteurs palliant le manque de moyens.

Florence, qui avait passé les premiers temps de son nouvel emploi à des tâches subalternes, avait vu, mois après mois, évoluer son travail vers ce à quoi elle aspirait le plus : le contact avec le malade, le soulagement tant physique que moral qu'elle pouvait lui apporter. D'un dévouement inépuisable, la main sûre et l'empathie au bord des lèvres, elle glissait sans bruit sur le damier noir et blanc dont les salles étaient carrelées pour répondre à ceux qui la réclamaient.

— Servante, hé, servante ! Donnez-moi un peu de tisane, je vous prie, j'ai la bouche si sèche.

D'autres qu'elle rechignaient à répondre à cet appel d'un temps révolu qui, disaient-elles, les rabaissait à une fonction de domestique, alors que Florence admettait encore la confusion.

— Que vous importe comment on vous nomme ? Garde-malade, infirmière, servante, ne sommes-nous pas au service des gens qui souffrent ?

La récompense, d'ailleurs, ne se faisait pas attendre quand, sans qu'on le lui demande, elle remontait une couverture ou tapotait un oreiller.

— Oh, merci, mademoiselle, vous êtes un ange !

La même bienveillance l'animait et le même sourire illuminait son visage quand la souffrance, l'exigence ou le mauvais caractère inné altérait les traits d'un malade et le rendait détestable.

— Qui s'occupe de moi ici ? Personne ? On me laisse mourir comme un chien !

— Le râleur qui remet ça ! Tu peux y aller, Florence ? Moi, il me glace ce type avec son regard noir derrière ses sourcils broussailleux.

— Un pauvre homme qui se languit de son mas et de ses châtaigniers, l'excusait la jeune fille.

Et d'expliquer à sa collègue de service :

— Il m'a longuement parlé, avant-hier, et ça lui

a fait du bien d'évoquer son hameau, sa femme qu'il a dû quitter pour la première fois de sa vie, et son chien qui doit l'attendre sur le chemin. Toutes ces images le font souffrir à défiler devant ses yeux, il en perd le sommeil.

— Et nous, il nous fait perdre notre temps.

— Lui accorder quelques minutes n'est pas du temps perdu, oh non, il ne faut croire ça !

— Toi alors, tu ne voudrais pas devenir nonnette, par hasard ? Du voile d'infirmière à celui de bonne sœur, il n'y a pas loin.

— Jamais de la vie ! répliquait Florence en éclatant de rire.

Une ambiance studieuse régnait aux cours du soir que dispensaient, à parts égales, sœur Marie-Béate et le Pr Berthier. Deux heures d'écoute attentive aux explications de ce dernier, d'expériences qu'il démontrait, de notes qu'il fallait prendre, d'organes et de viscères qu'il fallait reproduire d'après des planches de dessins anatomiques. Deux autres heures avec la religieuse à refaire ses gestes pour la pose ou le retrait d'un pansement, d'une attelle, d'un séton de crin, le nettoyage d'une plaie, l'assainissement des squames d'un ulcère.

— Il faut que votre acte soit précis, sans l'ombre d'une hésitation. Et en aucun cas se laisser surprendre par la réaction du patient à qui, ne l'oubliez pas, votre geste peut faire peur ou faire mal.

Sœur Marie-Béate en venait aussi à la sacrosainte économie.

— Pas de gaspillage non plus. La gaze et le coton mis à notre disposition ne sont pas inépuisables, utilisez les produits avec parcimonie, à quoi sert d'inonder d'alcool une plaie ? Quelques gouttes consciencieusement étalées ont plus d'effet qu'une rasade qui se perd dans les draps.

À mi-chemin de cette première année de formation théorique et de pratique sous haute surveillance, Florence excellait à planter une aiguille indifféremment dans la veine ou dans le muscle, aseptiser une plaie, poser un plâtre pour immobiliser une articulation foulée ou cassée.

— La semaine prochaine, annonça un soir le Dr Berthier, nous allons nous intéresser à la suture des lèvres d'une plaie. Et au retrait des fils, un travail qui vous incombera, infirmières !

Le Dr Berthier ne se savait pas prophète, et pourtant ! À l'avenir, Florence aurait l'occasion d'en découper des fils de suture, et même d'en poser quand le temps presserait et que le chirurgien lui abandonnerait ses outils...

La neige, installée depuis des mois sur les lignes de combat, du nord à l'est de la France, avait débuté, sous les turbulences d'un printemps impatient, sa lente et désolante fonte. Lente parce que les nuits, encore mordantes de froidure, ralentissaient le processus, désolante car le sol, qui se dévoilait partiellement comme tombent les croûtes d'une plaie, n'était que hideux cratères quand n'apparaissait pas, oublié tout l'hiver, le corps de ce soldat inconnu que l'on comptait maintenant par centaines de mille et qui gisait là, dans ce bourbier caressé par le vent.

Au-dessus de cette terre ravagée par la folie des hommes, le ciel plombé de gris faisait obstacle aux rayons d'un soleil têtu qui réchauffaient à peine, sans qu'on les voie, les journées toutes pareilles entre elles.

Et entre ce ciel sans joie et cette terre morte, les obus, les mortiers, les balles et la mitraille ne cessaient de tomber.

Gravissant une fois de plus le tertre boueux qui menait au plateau de Californie, les jambes pesantes d'épuisement et de terre crottées, qui collait à ses godillots, Jean-Louis avait entendu, comme dans un brouillard, l'ordre intimé à sa compagnie, de prendre du repos.

« Où ? Quand ? Comment ? » Il ne savait, n'attendait même pas une réponse. Il en avait tant entendu des ordres d'avancer, alors qu'à l'arrière on battait le repli !

Il gravissait la pente, sans chercher à comprendre, et se laissa choir, l'humidité du sol le pénétrant tout entier, engourdissant ses membres fourbus et plus encore son cerveau, las de cette folie qui n'avait pas de fin.

Un mois plus tôt, il raisonnait encore, et même avec lucidité, augurant qu'à vivre ainsi comme des rats manipulés ils ne seraient bientôt plus des hommes à penser, mais des bêtes à agir.

Aujourd'hui, il n'y parvenait plus, et n'était pas le seul. À trop souffrir du froid, à trop manquer de pain, à ramper, à courir, à espérer en vain huit jours de permission pour retrouver la vie et à toujours essuyer des refus, les poilus sentaient leur échapper le bien qu'il restait : leur dignité d'homme.

« Ils nous auront, se disait-il. D'âme ou de corps, ils nous auront ! »

Et pourtant, ils y avaient cru en ce général Nivelle qui promettait la fin de la guerre pour peu qu'on en ait la volonté ! Il en avait soulevé des espoirs de victoire qui, au crépuscule du 16 avril 1917, s'étaient effondrés comme château de cartes !

Dopés de grands discours, tous étaient partis à l'offensive avec la rage de vaincre ; dans l'action, ils avaient en tête le mot d'ordre du général :

« Il faut progresser coûte que coûte ! »

Au lendemain du massacre, car c'en fut un, les survivants n'étaient que colère, déception, critique... et rébellion ! Nivelle et son état-major affichaient un tel mépris des pertes humaines qu'un vent de protestation souffla, enfla dont, au début, on ne prit garde. La preuve ! On en était là, en ce début de mai, où l'on repartait dans les mêmes erreurs, les mêmes vains sacrifices de vies humaines.

— Une offensive de grande envergure, annonça le général.

Un bourdonnement partit d'une tranchée. Nivelle continuait :

— Pas question de reculer ! Derrière nous, l'artillerie lourde viendra à la rescousse.

Le grondement grossit, s'articula de mots, se rythma d'un tempo musical. Nivelle courroucé fit battre le tambour pour couvrir la chanson.

Jean-Louis ne dormait pas, ne percevait rien de ce qui l'entourait. Il attendait. Quoi ? Il ne savait. Peut-être la mort. Délivrance ! Il ne parvenait plus à penser au Prieuré ni à Delphine qui devait soupirer après ses lettres, si rares désormais. Il n'avait plus la force. Combien de temps resta-t-il là, à prendre du repos ? La vie ici ne se comptait plus en heures.

Soudain, l'ordre fut donné :

— À l'attaque !

Et puis l'apocalypse. Le ciel déversait sa colère de fer et de feu dans un bruit de tonnerre.

Alors, bête et discipliné, il allait obéir et prenait appui sur un genou pour se relever, il fut cloué au sol comme par un épieu, le souffle coupé, le regard révulsé. Son casque avait roulé à quelques mètres, il mit son bras devant ses yeux pour se protéger et un prénom lui échappa, qu'il murmura à l'infini :

— Katia... Katia... Katia...

Petit à petit, le souffle revenait, mais il lui était impossible de se mouvoir malgré les essais de reptation qu'il esquissa. Il ne sut combien de temps dura cette immobilisation forcée ni d'où lui venait cette sensation de chaleur qui coulait sur son corps. Autour de lui, des ombres se mouvaient qu'il croyait voir évoluer dans un bizarre ralenti et puis le bruit infernal cessa tandis qu'un chant parvenait à ses oreilles.

« Adieu la vie. Adieu l'amour... De cette guerre infâme... Nous sommes les sacrifiés... »

Des croquenots passaient tout près de son visage qui, tous, tournaient le dos à l'ennemi et regagnaient la base.

« Des mutins ! songea Jeannot. Comme je les envie d'avoir eu ce courage ! Demain ils en auront fini, demain on les fusille. »

Il avait dû bouger. Un mutin s'arrêta pour lui porter secours. Un autre l'en empêcha :

— Laisse ! dit-il. Les ambulanciers ne sont pas loin. Avec eux, il a peut-être ses chances, tandis qu'avec nous…

En pleurant, Jean-Louis fredonna *La Chanson de Craonne.*

Dans le silence revenu, deux brancardiers sillonnant la colline se penchèrent sur lui, doutant d'avoir entendu geindre.

— Tu vis, l'homme ?

Il répondit oui dans un souffle.

— Et tu souffres ? Parce que le soldat qui est sur toi, lui, a fini de souffrir.

— Quand bien même il aurait mal qu'il ne pourrait nous le dire. Sa tête est là-bas, indiqua son collègue en pointant son doigt vers la pente.

Ainsi était-ce le cadavre d'un poilu qui clouait à terre le soldat Jean-Louis Thérond, l'ayant, dans sa chute mortelle, fait heurter un rocher saillant. L'estafilade à la base de la nuque qui en résultait n'avait rien d'alarmant. Le choc rétrospectif était d'autre importance.

Alors qu'on le dégageait du cadavre sans tête, il fut pris de tremblements, un ultime filet de sang dégoulinant de l'horrible plaie du mort sur ses mains agitées lui donna la nausée. Rendu fou par cette boucherie, il se mit à hurler :

— Craonne ! Craonne ! À moi, Craonne !

— Ta gueule ! Tu veux passer en cour martiale ! lui intima un brancardier alors qu'en même temps il lui plaquait ses deux mains sur la bouche.

Le reste échappa à la perception de Jeannot. Transporté dans une unité médicale avancée, il fut pris en charge, examiné, suturé, pansé et surtout calmé d'un puissant sédatif pour juguler l'agitation nerveuse qui ébranlait tout son corps.

— Une sacrée femmelette, celui-là ! Il braille avant qu'on le touche, commenta le médecin avec une moue de dédain.

Les brancardiers n'avaient pas eu le temps d'expliquer la posture dans laquelle ils l'avaient trouvé... À moins qu'ils n'aient pas jugé utile d'épiloguer sur un soldat qui resterait, pour eux, une énigme : avait-il été blessé pendant l'assaut ou bien fuyait-il avec les mutins ?

La mutinerie du plateau de Californie fut sévèrement réprimée pour l'exemple. Dégradations, travaux forcés et condamnations à mort, dont quatre-vingt-dix pour cent obtiendraient la grâce présidentielle de Raymond Poincaré.

Le général Nivelle, surnommé le boucher du chemin des Dames, entra lui aussi en disgrâce... jusqu'à ce qu'il obtienne le commandement en chef des troupes françaises en Afrique du Nord. Un dénommé Pétain lui succéda, qui accorda repos et permissions, de même qu'il faisait améliorer l'ordinaire du soldat dans ce qui participait du souci le plus élémentaire : celui de le bien nourrir.

Après un an d'absence, Jean-Louis Thérond s'apprêtait à regagner, et pour tout un mois, ce coin de paradis dans ses chères Cévennes qu'il avait cru ne jamais revoir.

— Parlez plus fort, je ne vous entends pas !

Couché en chien de fusil, une position dans

laquelle il s'obstinait afin de s'enrouler sur sa douleur, le visage émacié, les yeux jaunes, Hadrien de Villeméjeanne tendait l'oreille aux conciliabules de son épouse et de sa filleule sans en saisir la quintessence. Tout juste avait-il capté le mot « permission », ce qui l'avait mis en éveil.

— Nous parlions de la guerre, mon ami. C'est hélas un sujet récurrent.

— Des nouvelles de ton filleul de guerre, Delphine ? insista-t-il en esquissant un mouvement pour se redresser.

— Ne bougez pas, Hadrien ! lui intima Olga.

Puis elle se tourna vers Delphine et la pria de s'approcher du malade et l'informer.

Ce que fit Delphine avec détachement.

— Je suis heureuse pour ce jeune homme, ses lettres devenaient rares, il perdait le moral…

— Il arrive quand, dis-tu ? demanda Hadrien dans un souffle.

— Ce n'est pas précisé, parrain, il assure simplement que c'est officiel et d'ici une semaine ou même moins…

— Juste le temps d'organiser vos accordailles ! De préparer l'avenir. Je veux tout régler avant… avant que… Olga, vous ferez mander le notaire pour demain. Et toi, Delphine, je t'ouvre un crédit pour une jolie toilette. Une grande joie au Belvédère avant que…

— Vous vous agitez, Hadrien, et dites des bêtises. Notre filleule n'est pas pressée.

— Moi si ! Allez-vous obtempérer, enfin ?

La colère, à moins que ce ne soit la souffrance, déformait le visage du châtelain, alors Olga céda et le lendemain un notaire fut introduit dans la chambre du malade qui s'étonna :

— À qui ai-je l'honneur ?

— À maître d'Orves, mon ami. Notre notaire est absent et vous m'aviez l'air si pressé...

— C'est bon, c'est bon, concéda le malade.

Le tabellion enregistra les dernières volontés d'Hadrien de Villeméjeanne par lesquelles il faisait de sa filleule son héritière au jour même où elle convolerait en justes noces. Son mari, en reconnaissance, ajouterait à son patronyme celui de Villeméjeanne et se saisirait des rênes du domaine.

— Vous voyez, Olga, la lignée est assurée. Pour fêter cela, vous allez me servir un verre de porto.

— Je m'en garderai bien ! Vous n'êtes pas sans savoir que le médecin vous interdit...

— Et moi je veux !

— Non !

— Par pitié, madame !

— Non, vous dis-je ! Reposez-vous, Hadrien, je vous ferai porter un bouillon de poule et une pomme cuite.

— Au diable votre bouillon ! cria Hadrien.

De la main, il chercha un objet sur sa table de nuit. Le premier qu'il trouva fut la clochette de bronze dont il usait pour appeler. Il la jeta à travers la pièce d'un geste désespéré.

— Vous n'êtes qu'un méchant qui aura maille à partir avec son Créateur, lâcha-t-elle en lissant sa jupe noire que la clochette avait effleurée.

Quand la servante monta le repas de monsieur, elle trouva ce dernier affalé dans la chambre au milieu des éclats de verre d'une bouteille de porto.

Hadrien de Villeméjeanne était, selon les dires d'Olga, devant son juge suprême.

Ce n'avait pas été tout à fait le retour au pays que Jean-Louis s'était imaginé. Pas plus tôt desserrées les longues étreintes de ses parents, de sa famille, à peine embrassait-il d'un regard amoureux son moulin retrouvé que la nouvelle courut de bouche en bouche jusqu'au Prieuré : le maître du clos du Belvédère était mort.

Et chacun d'ajouter :

— L'église de Vézénobres ne sera pas assez grande.

Lucile ne put se retenir.

— Ce sera sans moi ! trancha-t-elle de façon incisive.

— Et sans moi ! ajouta Jeannot.

— Crois-tu que cette décision se prend à la légère, Jeannot ? lui objecta son père. Que tu n'en auras, par la suite, aucun regret ? Ne serait-ce que par sympathie pour cette demoiselle du Roure qui est ta marraine de guerre. Réfléchis à tout cela, mon fils, et décide, ensuite, en ton âme et conscience.

Jeannot reconnaissait bien là son père et l'admirait pour le recul qu'il prenait pour appréhender toute situation. D'une sagesse inépuisable, d'une clarté de vue sans défaut, le tout mâtiné de cette tolérance qui est le privilège des hommes bons, Louis Thérond demeurerait à jamais sa référence.

— Pour Delphine alors, consentit Jean-Louis. Je suis seul responsable dans l'échec de notre échange épistolaire. Je n'avais plus le temps ni le goût de rompre le silence.

— Si cette jeune fille est une personne de bon sens, elle te comprendra. À toi, par la suite, d'avoir plus de constance.

Florence avait écouté cette conversation l'air soucieux. Elle qui n'avait jamais eu le courage, dans l'enfer où était son frère, d'être l'obscure messagère de la marraine et de briser les rêves du filleul, savait à quoi s'en tenir sur Mlle Delphine.

« Je suis bien aise, après tout, qu'il apprenne de sa bouche la considération dans laquelle elle le tient ! » songeait-elle.

Jean-Louis était étendu dans le pré, au bord de la Courmière. Il suivait le vol des hirondelles qui tournaient dans l'azur avant de fondre en piqué sur la rivière, de se gorger d'onde pure et de reprendre leur ascension vers les génoises du pigeonnier, habillées de leurs nids maçonnés.

Il souffrait et voulait mettre un mot sur sa souffrance. Blessure d'amour ? Rien, en tout cas, qui ressemblait à ce qu'il avait ressenti à Portes, dans la cour de l'école, à écouter la conversation de Katherine et de son prétendant.

— Alors, jeune homme, de retour au bercail ? Et avec bras et jambes ? Une chance ! avait ironisé Olga de Villeméjeanne quand il s'était avancé pour lui présenter ses condoléances.

Sans répondre, il s'était tourné vers Delphine qu'il vit se raidir à son approche. Elle lui en voulait, tant pis pour lui !

Avant qu'il ne fournisse une explication, elle prit les devants :

— Jean-Louis Thérond ! Si je m'attendais…

— Une permission toujours refusée et qui enfin m'est accordée ; qu'il me soit permis de vous présenter mes excuses, je n'ai pas répondu à votre dernière lettre. Je sais, ce n'est pas le moment de vous fournir l'explication que vous méritez.

— Mais si, mais si, parlons-en justement. Je ne souhaite pas poursuivre ce parrainage un peu trop… enfin, voyez-vous, je crains que mon futur époux ne prenne ombrage de notre correspondance.

— Votre futur… de qui parlez-vous ? s'étrangla Jean-Louis.

— De Me d'Orves qui a fait montre de beaucoup de patience à mon égard. Pouvions-nous décemment songer au mariage alors que mon cher parrain se mourait lentement ?

Une coccinelle courait sur la main de Jeannot, il la regarda atteindre l'extrémité d'un doigt et prendre son envol. Libre, elle était libre.

« Libre. Je suis libre ! » réalisa-t-il soudain comme une évidence.

Et aussitôt de s'esclaffer dans un grand rire :

— Pour une gifle, c'était une belle gifle. Tudieu ! Sur le coup, ça m'a fait mal !

— Eh bien, fiston, on parle seul ?

Jean-Louis se souleva sur un coude.

— P'pa, tu veux que je te raconte l'histoire de la grenouille qui voulait se faire aussi grosse que le bœuf ?

— Dis voir si c'est la version que je connais.

Jean-Louis raconta avec un détachement sincère et conclut :

— Crois-moi, ça remet les idées en place.

Louis resta un moment silencieux, il accompagnait son fils qui faisait le deuil d'un amour qui n'avait été qu'illusion.

— Et toi, connais-tu le joli conte de la belle au bois dormant ? demanda-t-il au bout d'un moment, le sourire énigmatique.

Jeannot leva un sourcil. Son père continua :

— Pas un conte de fées, une histoire vraie, celle d'une princesse dormant dans un village des Cévennes à cause d'un prince étourdi qui l'avait quittée sans explications...

— Le village, papa, c'est celui de Portes ? demanda Jeannot, tout frémissant.

— Comment as-tu deviné, fiston ? s'égaya Louis devant la transformation de son fils.

Son regard, naguère sombre et désabusé, scintillait d'étoiles.

— Merci, p'pa ! dit-il en le serrant contre son torse amaigri.

XVIII

Une lumière dans la nuit

Trois longues années s'étaient écoulées depuis qu'avait eu lieu le départ, la fleur au fusil et la victoire aux lèvres, des forces vives du pays. Quarante mois que la guerre vidait les villes et les campagnes de ses bras, semant la mort et la misère, et que l'on n'en voyait pas la fin. Joffre, Foch, les états-majors successifs réclamaient toujours plus de chair à canon.

Et alors que s'annonçait un hiver implacable, voilà que les hommes ne suffisaient plus, on demandait des femmes pour dispenser les premiers soins, non plus dans les hôpitaux mais dans les postes de secours, les trains sanitaires, les ambulances chirurgicales. De plus en plus de femmes. Si bien que partout étaient placardés des slogans incitatifs, la plupart émanant de la Croix-Rouge. *Votre pays a besoin de vous,* disait l'un d'eux, représentant une jeune fille dans un uniforme flatteur qui dégageait la jambe à mi-mollet alors qu'un voile bleu encadrait étroitement un visage à l'ovale parfait.

Qu'ils soient affichés dans les établissements publics ou qu'ils haranguent le passant dans les rues, ces libelles avaient pour but de sensibiliser le plus de gens possible. Et ils y parvenaient !

L'un d'eux, présentement punaisé dans le couloir central de l'hôpital Saint-Antoine, n'avait pas manqué d'attirer l'attention de Florence. Il se voulait allégorique dans son texte succinct et contrasté dans sa représentation.

Les oiseaux bleus chez les poilus, annonçait-il dans un graphisme délié alors qu'un curieux croquis faisait apparaître un soldat allongé sur lequel se penchait une cape bleue, ressemblant à des ailes amplement déployées.

Cette image ne la quittait plus et ses silences inhabituels en disaient long sur le dilemme dans lequel elle se débattait. Elle se sentait appelée vers ce nouvel effort de guerre qui était demandé. Pour elle, il s'apparentait à un appel vocationnel comme en éprouvent ceux qui embrassent la vie monacale. Semblable à celui destiné aux appelés de Dieu, en était exclue la notion de sacrifice. Comment faire comprendre cela à son entourage ?

Avec ses cousines, il n'y fallait pas compter. Ces trop longues années de guerre avaient fini par émousser leur optimisme d'adolescentes. Les tickets de rationnement, apparus dans le courant de l'été, n'étaient pas faits pour éclaircir le ciel.

— Quatre cents grammes de pain ! Comment va-t-on tenir ? Sans parler de tout ce qui fait carrément défaut, le sucre, le café, la farine. On manquerait même de lait si tante Lucile ne nous réservait pas celui de ses chèvres.

— Et la viande ! Seulement deux fois par semaine peut-on en consommer. Le cuisinier du

Riche Hôtel s'arrache les cheveux, tous les matins, pour établir ses menus avec si peu de moyens.

— Tu ne vas pas trouver à redire, Tonia, que les bêtes de boucherie soient destinées à nos soldats ? Il était temps qu'ils mangent à leur faim. La maigreur de Jeannot m'a effrayée quand il est venu en permission, au moins de juin. Maman a déployé toutes ses batteries afin qu'il reprenne des forces, et a même dévasté son poulailler.

— C'est vrai qu'il s'est bien requinqué en un mois. Et la cuisine de tante Lucile n'était pas seule en cause. Des braises sur lesquelles il suffisait de souffler pour ranimer la flamme, me suis-je laissé dire ?

— L'amour ! L'amour ! Il n'y a pas que ça. Maman l'a gavé de blanquette au riz pour avoir pu troquer un boutarel d'huile contre un kilo de veau.

Florence pouvait avancer cet argument, la guerre ne faisait plus recette auprès de ses cousines. À la Sarrasine non plus où l'on avait attendu fébrilement le retour d'Henri et, bien que Martha se fût préparée à retrouver un mari diminué, la réalité l'avait anéantie. La guerre lui rendait un fantôme, amoindri certes, puisqu'il lui manquait une jambe amputée sous le genou et surtout dérangé dans sa tête. Henri le travailleur infatigable, le doux Henri au regard amoureux et aux gestes tendres avec ses enfants, avait endossé une carapace d'oursin.

Dans un premier temps, Martha s'était émerveillée :

— Quand je le disais que l'air du pays lui

rendrait la vie ! S'il confond parfois Jules et Victor, c'est bien excusable, ils ont si peu de différence, par contre il se souvient de tous les cépages qui composent notre domaine et se plaît à les énumérer. Té, on ne lui ferait pas prendre de la syrah pour du grenache.

Cela faisait maintenant quatre mois qu'il était de retour et si elle n'avait eu un fier caractère à nier l'évidence, elle aurait confessé son quotidien ravagé par les excès de boisson d'un homme détruit par la guerre. Bien qu'il ne levât jamais la main sur elle, ses crises de colère, ses vociférations étaient autant de blessures qu'il infligeait à son entourage.

Avec justesse, l'épouse et la sœur, toujours à la Sarrasine, mettaient l'intempérance et l'abus de langage d'Henri sur le compte de la guerre et s'en tenaient là.

— Ah, ils nous l'ont changé, notre Henri ! Oui, ils nous l'ont bien changé !

Aussi Florence avait-elle compris que le soutien ne viendrait pas non plus de ceux de la Sarrasine. Son oncle Clément, peut-être, bien qu'il soit devenu tellement bougon, toujours à se plaindre, non de la mévente du vin, mais parce qu'on incitait les viticulteurs à produire toujours plus, sans souci de qualité.

— Du rouge ! Du gros rouge qui tache ! On nous ferait croire que les poilus n'ont pas de palais, qu'ils se satisfont de bibine.

Un jour d'exceptionnelle lucidité, son gendre lui avait répliqué que le vin donné aux poilus n'était pas destiné au palais, ni même à l'estomac.

— Pourvu qu'il monte à la tête, qu'il explose dans le cerveau et qu'on parte à l'assaut sans rechigner, voilà à quoi il sert, le vin de votre Sarrasine !

Autour de lui, tous s'étaient tus.

Non, ce n'était décidément pas de la Sarrasine que viendrait le petit coup de pouce allant dans son sens. Florence s'était fait une raison, il lui fallait prendre son courage à deux mains puisqu'elle ne pouvait s'engager sans l'accord parental et passer outre la peine et l'angoisse dans lesquelles plongeraient, par sa faute, son père et sa mère.

Elle entendait déjà Lucile dont la voix chevroterait à évoquer son fils et dont les mains se serreraient sur son cœur pour en comprimer les battements.

« Ça ne te suffit pas qu'on se morfonde jour et nuit pour ton frère ? Tu veux en rajouter en allant, toi aussi, t'exposer à tous les dangers. C'est vrai ça, une toute jeune fille au milieu de ces hommes... » ne manquerait pas de se lamenter Lucile.

Pour se conforter dans le bien-fondé de son projet, elle avait tâté le terrain du côté de sœur Marie-Béate qui pouvait se révéler une solide alliée, et la perspicace religieuse l'avait quelque peu désarçonnée.

— Je me disais que vous tardiez bien à vous dévoiler, petite.

— Comment savez-vous, ma sœur ?

— On lit en vous comme dans un livre ouvert, jeune fille. L'enthousiasme, l'impatience, l'hésitation charitable, tout est inscrit en vous, sur vous et ce n'est certes pas moi qui mettrais obstacle à votre désir.

— Alors, ma sœur, vous m'y encouragez ?

— Ai-je dit cela ? Je m'en garderai bien, c'est une décision qui vous appartient. Je ne vais pas vous faire un discours ni même un dessin de la somme de travail et de responsabilités qui vous attendent, des dangers qui vous guetteront à chaque instant, des petites joies qui vous seront données et des grandes misères qui vous feront récriminer d'impuissance, du découragement qui vous accablera…

— J'ai conscience de tout cela, ma sœur, et n'en suis que plus déterminée. Vous le savez, je ne cherche pas la gloire…

— Vous vous fourvoieriez, alors, lourdement !

— En fait, je ne sais pas ce que je cherche ni même si je cherche quelque chose, je sais simplement que je dois y aller.

— Mes prières vous accompagneront chaque jour de ma vie, ma chère petite.

Aussi, en ce samedi matin, abîmée une nouvelle fois dans la lecture du pressant appel de la Croix-Rouge, se promit-elle, dès demain, d'affronter ses parents. Le tout serait de trouver le moment propice, les tournées d'olives commençant à déverser les drupes noires parsemées de quelques péridots.

Elle n'avait pas prévu ce qu'elle jugea être un contretemps, à savoir l'arrivée le soir même de Katherine Bolska ; la jeune institutrice venait désormais au Prieuré une fois par mois, après avoir fait, elle aussi, ses débuts à bicyclette et s'en être procuré une d'occasion. Comme elle l'avait promis à Jean-Louis, apporter son aide pour la saison des olives lui serait une joie.

Le cœur enflammé, Jean-Louis n'avait pas traîné, après la révélation de son père, pour monter à Portes avec un charroi de vin qu'allait livrer son oncle.

— Je pars avant le jour, Jeannot. 5 heures, dernier carat ! l'avertit ce dernier.

— Ça m'arrange, l'oncle, je pourrai voir Katherine avant la classe !

— Tu rêves un peu, mon gars. On nous a pris tous nos chevaux, à nous viticulteurs. Et avec ça, il nous faut produire du vin en grande quantité. Pauvre France ! Il n'y a qu'à Deleuze qu'on a laissé sa vieille carne et, bon prince, il me la prête à condition de la ménager. Alors quatre heures pour monter à Portes, et ça monte, c'est bien le moins qu'on puisse faire.

Effectivement, un silence studieux régnait autour de l'école quand Clément déposa son neveu.

— À ce soir, Casanova ! lui cria-t-il avec un clin d'œil affidé.

Déjà, Jean-Louis ne le regardait plus, la cloche venait de sonner la récréation ; en rang, les enfants sortirent sagement, puis, sitôt le pied dans la cour de l'école, un joyeux désordre de cris, de courses et de bousculades rendit vie au village.

Jean-Louis n'avait d'yeux que pour la jeune fille, toute droite dans sa blouse grise, ses longs cheveux blonds sagement tirés en arrière, qui parlotait avec son homologue, une femme d'âge mûr, le chignon strict strié de fils d'argent, vêtue de noir de la tête aux pieds. Chacune à leur tour et sans interrompre leur conversation, elles jetaient un regard consciencieux sur les enfants dont elles avaient la charge.

Ce fut à cet instant que Katherine aperçut la silhouette de l'élu de son cœur qui l'avait bien déçue. Elle y songeait souvent, se demandant comment il avait pu partir sans un mot. Au début, la rancune l'avait emporté sur tout autre sentiment, puis étaient venus les remords. N'était-elle pas fautive de s'isoler loin de son amoureux ? Coupable de n'avoir confié à Jeannot les intentions humiliantes de son père ? Vint le temps du ressentiment quand le père Bolsky, blessé par son refus qu'il prenait pour un insolent mépris, lui assena tout de go :

— Tout ça pour un petit gommeux qui fricote avec la haute ! Penses-tu, écervelée, que Katherine Bolska soutienne la comparaison avec une marraine de guerre, surtout si elle s'appelle Delphine du Roure !

Rancune, regrets, colère avaient fait long feu, chassés, balayés par l'amour qu'elle lui avait juré et dont elle alimentait ses jours et ses nuits de triste isolement.

Convenablement logée et sans souci de chauffage, la vie à Portes aurait pu être agréable… en temps de paix, mais la guerre, pour lointains qu'elle tînt les combats, semait partout ses restrictions alimentaires, le manque de bras pour travailler, les deuils qui ne se comptaient plus. Katherine et Mme Robert, qui avait pris le poste de son mari, se partageaient les cent vingt enfants que comptait la commune, agrandie de hameaux satellites. Une toute jeune fille et une veuve démunie pour faire face à une horde en pleine vitalité. Que de nuits sans sommeil après de harassantes journées !

Katia eut le sentiment que son cœur s'arrêtait, puis qu'il repartait de plus belle, s'emballait, allait bondir hors de sa poitrine. Le souffle coupé, elle restait la bouche arrondie si bien que Mme Robert s'inquiéta :

— Quelque chose ne va pas, mademoiselle Katherine ?

— Je... Non, ça va... Pouvez-vous m'excuser un instant, madame Robert, et prendre mon tour de surveillance ?

Sans attendre la réponse, elle descendit les trois degrés du perron et foula d'un pas mesuré le sol de la cour. Ne pas courir. Une petite voix, celle de la prudence, peut-être aussi de la rancune ressurgie, le lui susurrait.

Jean-Louis s'avançait, à grandes foulées pressées. Son visage portait le masque de la gravité, de la culpabilité tandis que ses yeux noirs pétillaient d'une joie sans mélange.

Face à face, enfin ! Et les yeux dans les yeux. Et les mains dans les mains. Ils ne se dirent mot. Il y en avait tant qui se bousculaient, dans le cœur, dans la bouche des deux amoureux.

Le son aigrelet de la clochette les ramena à la dure réalité. Mme Robert faisait rentrer les enfants des deux classes, la récréation était terminée. Déjà, Katherine lui échappait.

— Viendras-tu partager mon repas ? proposa-t-elle dans un murmure.

Le visage de Jean-Louis s'éclaira d'un sourire. Elle retrouva son air mutin pour lui préciser :

— Je suis de surveillance de cantine. Rejoins-nous sous le préau, et à la fortune du pot !

Ils n'avaient rien pu avaler, ce midi, des tartines de saindoux, du fromage ni de ces petites poires de la Saint-Jean qui faisaient l'ordinaire de la jeune fille, ils étaient ensemble et cela suffisait. L'après-midi leur parut interminable.

À 5 heures et demie, quand Katherine libéra les enfants qui restaient à l'étude, leur long *mea-culpa* commença.

— J'étais déçu par ta volonté de t'éloigner de moi, déçu des vacances promises et toujours annulées…

— Je connaissais les intentions de mon père et ne songeais qu'à mettre de la distance afin que ses projets tombent à l'eau…

— Je suis venu avant de partir à la guerre et j'ai entendu la demande en mariage de ce type que j'aurais voulu étrangler de mes mains. Pauvre idiot, je me suis enfui en lui laissant la place.

— Jamais je n'aurais épousé un autre que toi… Tandis que toi, mon père m'a dit…

— Ah, nos pères ! Parlons-en. L'un parle à tort, le tien, le mien m'a ouvert les yeux. Je l'avoue, oui, il a été facile à cette jeune femme de me flatter dans mon orgueil. L'imbécile que j'étais !

Clément Loubaresse attendit en vain son neveu pour redescendre à Vézénobres. De neveu, point au lieudit.

— Sacré bougre de Jeannot ! Il m'a posé un lapin.

La soirée ne leur suffit pas. Il leur fallut la nuit

qu'ils passèrent, convenances obligent, non dans l'appartement de fonction, mais dans les ruines du château de Portes, à l'abri des commérages.

— Je reviendrai, Katiouchka ! Je reviendrai pour t'épouser. Cette guerre, je vais la gagner, pour toi !

Au Prieuré, on l'avait vu arriver, le lendemain, à midi, tout guilleret de sa marche matinale... et de sa nuit à la belle étoile.

Avec un air de deux airs, sa mère lui avait fait remarquer :

— Ma foi, les kilomètres à pied, ça ne te fait pas peur.

— Je sers dans l'infanterie, maman, la piétaille !

Bien que désormais habituée à la présence de Katherine Bolska au Prieuré et ravie de sa chaleureuse affection, Florence se prit à regretter cette intrusion, fût-elle discrète, dans son cocon familial.

Et si Katherine, elle aussi en révolte contre cette guerre interminable, n'abondait pas dans son sens ? Pire ! Lui mettait des bâtons dans les roues ?

Sa détermination, sapée un instant, s'imposa à nouveau, et avec force. Sa future belle-sœur était là ? Qu'à cela ne tienne ! Florence était décidée, elle n'atermoierait plus. Et qui sait, peut-être serait-il bon de s'assurer que Mlle l'institutrice était de son côté ? Ce qu'elle fit avant de lancer sa bombe incendiaire.

— Dis-moi, Katherine, as-tu vu dans ton village de Portes des appels pour des infirmières de guerre ? Tu sais, des affiches de la Croix-Rouge.

— Pardi ! Nous en avons une à l'école, une à la

mairie, à l'église je crois, sur le carreau à la mine. Hélas, par là-haut, il n'y a guère de recrutement à envisager. Dommage !

— Tu n'es pas contre, alors ?

— Contre ? Bien sûr que non ! Sais-tu que j'avais pensé, moi-même... Non, c'était idiot, il faut des personnes capables, comme toi. Moi, sortie de mes livres...

— Alors tu m'appuierais auprès de papa et maman ?

— Parce que tu veux... ?

Forte de cette aide fortuite, le soir venu, car elle attendit que les plus jeunes soient couchés, Florence expliqua sans détour le nouveau cours qu'elle voulait donner à sa vie en précisant :

— Ce ne sera, bien sûr, que pour un temps limité, du moins je l'espère. La guerre ne durera pas éternellement.

Dans un réflexe conditionné par ses légitimes angoisses de mère, Lucile explosa :

— Tu n'auras donc de cesse de nous contrarier ? Infirmière, ce n'était pas ce dont je rêvais pour toi. Aller t'exposer à tous les dangers, tu dépasses les bornes.

Florence eut beau se récrier que ce n'était certes pas son intention, qu'elle répondait à un appel pressant des médecins du front, appel qui trouvait en elle un écho, celui de se mettre au service des soldats dans les soins, l'assistance, la compassion. Lucile ne baissait pas les bras.

— C'est le Dr Berthier qui t'a mis ça dans la tête ? Ou cette religieuse ? J'irai lui dire deux mots ! s'écria-t-elle.

— Personne, maman, tu peux me croire. C'est ma décision mais, pour être franche, sœur Marie-Béate me donne son aval.

— C'est facile pour qui n'a jamais été mère !

Dans l'instant, Florence se blottit dans les bras de Lucile qui venait de fondre en larmes. Elle y mêla les siennes sans pour autant céder d'un pouce dans sa décision. Avec la même force de conviction qu'avait eue Jeannot en retournant au front, elle assura à sa famille :

— Je reviendrai, je vous reviendrai !

Louis ne s'était pas encore exprimé, lui aussi accablé par ce nouveau coup du sort. Comme à son habitude, il prenait du recul à chaque décision, chaque situation. Lucide cependant, il savait qu'ils devraient capituler, aussi douloureux que cela puisse leur paraître. Il cherchait les mots qui exprimeraient à la fois sa fierté devant le courage de sa fille et la crainte qui ne le quitterait plus.

Katherine aussi gardait le silence. Par politesse et même un peu gênée de s'immiscer involontairement dans la vie privée de cette famille qui n'était pas officiellement la sienne. Cependant, en vertu du soutien dont Florence l'avait investie et qu'elle ne voulait pas décevoir, elle se permit d'intervenir avec tact :

— Florence est admirable dans sa détermination et vous, ses parents, vous êtes prodigieux dans l'amour que vous dispensez à vos enfants, dans la confiance que vous leur accordez, dans la liberté de leur choix de vie que vous leur reconnaissez.

Louis posa sur Katherine un regard humide et reconnaissant. La voix rauque d'émotion et de gentille raillerie qu'il tenta d'y glisser, il eut le mot de la fin :

— J'avoue qu'avec les mots d'une institutrice les phrases sont mieux tournées. Eh oui, ma Flo, tu laisseras au Prieuré des cœurs en peine, nullement des cœurs meurtris car tu nous reviendras, nous y comptons bien.

Puis, se tournant vers Lucile et l'enveloppant de tout son amour, il voulut plaisanter :

— Quelle idée tu as eue, ma chérie, de vouloir appeler notre intrépide fille, Florence ? Que n'ai-je insisté pour la prénommer Claire et qu'à l'instar de sa sainte patronne elle restât à broder au coin du feu !

— Désolée de te décevoir, papa ! exulta Florence, assurée de la capitulation de ses parents. Pas plus Claire que Pénélope ne m'auraient retenue au logis.

Le long convoi dans lequel Florence avait pris place l'emmenait vers son destin. Elle quittait Lyon, première étape de son voyage, où elle avait passé quinze jours dans le seul hôpital militaire dirigé par une femme, Mme Tissot-Monod. Là, on lui avait délivré, comme aux soldats, son paquetage qui comportait vêtements, chaussures, trousse de soins et objets de première nécessité, à savoir gourde, couverts, quart et gamelle.

La feuille de route qui donnait à chacune sa destination fit l'objet d'une visualisation sur une carte d'état-major assortie d'un commentaire sur la situation présente afférente à chaque lieu, de même que leur furent confirmées les conditions du recrutement : nourries, logées, un salaire d'appoint.

— Ne vous attendez pas, mesdames, mesdemoiselles, à recevoir le pactole, vous seriez déçues.

L'infirmière en chef, préposée à l'information, leva la main pour faire cesser les protestations que quelques-unes se permettaient.

— Ce n'est pas pour l'argent que nous nous sommes engagées ! C'est pour être à côté des hommes qui combattent et qui souffrent.

— Alors réjouissez-vous ! leur fut-il répondu. Comme eux, l'octroi de quinze jours de permission vous sera attribué pour six mois pleins accomplis.

Ensuite, avec toute une escouade de volontaires venues du Sud-Est, de Nice à Montpellier et de Marseille à Lyon, elle avait sacrifié à un méticuleux bilan de santé, pesée, mesurée, auscultée sous toutes ses coutures avant d'être confrontée aux différents services de l'hôpital qui seraient, en première ligne, son pain quotidien.

Sur la centaine de jeunes filles en apparence déterminées, trois furent recalées par manque de compétences, deux à cause d'une santé qui laissait à désirer, quatre d'entre elles déclarèrent forfait, les blessés de l'hôpital militaire de Lyon dépassaient en horreur ce qu'elles pouvaient supporter.

En gare des Broteaux[1] où un train spécial les attendait, deux voitures leur étaient réservées,

---

1. *Orthographe de l'époque. Actuellement Brotteaux.*

elles s'y entassèrent, direction la Champagne, direction le froid, direction la plus longue année de leur vie, direction l'enfer.

Florence ne se douta pas un instant que, dans l'un des nombreux convois qu'elle croisait, se trouvait Jean-Louis qui rentrait tout joyeux pour une permission de quinze jours et qui jubilait, il allait revoir Katia et arriver à temps pour la saison du pressurage.

« C'est Papa qui va être content que je lui donne un bon coup de main pour entasser les scourtins », se réjouissait-il en fixant, sans le voir, le paysage qui défilait et lui devenait, d'heure en heure, de plus en plus familier.

Le phénomène inverse se produisait pour Florence. Plus la locomotive écumante avançait vers son but, plus l'hostilité des lieux et du climat se devinait dans les images fugaces qui lui explosaient au visage l'espace d'une seconde. Des maisons en ruine, des champs dévastés, le ciel bas et gris et la neige partout.

Le train s'arrêta enfin, non dans une gare où quelque chose qui y ressemblât, mais dans un désert, un lieu de nulle part où des camions bâchés les attendaient pour les déposer à différents postes. Celui dans lequel Florence embarqua la mena à Navarin, un poste de secours divisionnaire à quelques encablures de ce tertre qu'on appelait Mont-Blanc, une position de tir allemand, et les tranchées de la Main de Massiges où se tapissaient les soldats français. Et tout cela dans un assourdissant tonnerre de bombardements qui crevaient le ciel.

La rumeur se propagea dans l'H.O.E[1]., un ensemble de plusieurs unités de soins formées sur le même plan, soit trois baraquements disposés en U autour d'un autre, plus petit, où se faisaient les amputations d'urgence, diplomatiquement traitées d'actes chirurgicaux lourds.

— La relève !

— La relève ? Je commençais à désespérer.

Les infirmières si longtemps sous pression allaient enfin souffler, les médecins n'étaient pas les moins soulagés.

— Du sang neuf ! Il était temps.

— Pour sûr ! C'est tout juste si elles n'étaient pas au bord de l'épuisement. Un peu comme nous, en fait.

— Oui, mais nous, ce n'est pas demain qu'on nous relaye. Bah, si je pouvais dormir une paire d'heures cette nuit, ce ne serait pas du luxe.

À peine leur montra-t-on leur chambrée de cent trente-cinq lits sous laquelle s'insinuait une bise glaciale, tout juste leur laissa-t-on poser leur sac sur une chaise, se munir de leur trousse personnelle qu'elles devaient accrocher à leur taille, et fouette cocher ! En route pour l'enfer, à moins que ce ne soit un rude purgatoire.

Florence fut frappée par l'immensité du quartier où elle fut affectée. Il ne contenait pas moins de trois cent cinquante lits et, curieusement, il y régnait un silence de cathédrale. Pourtant, sur tous les visages se lisait la douleur, dans les yeux épargnés s'imprimaient des visions d'horreur. Et

1. *Hôpital d'orientation des étapes ou poste de secours divisionnaire.*

le silence planait comme si la souffrance, à un point dominant, se voulait muette.

Un infirmier chef le rompit, donnant ses directives. Bizarrement, dans ce chaos d'obus qui explosaient, de mines qui éclataient, de canons qui crachaient, dans ce carrousel d'ambulances qui ne cessaient d'alimenter le poste de Navarin, dans la noria de civières qui donnait le tournis, l'organisation rigoureuse et méritoire des soins, l'échelle de classification des blessures, les priorités relevaient d'esprits clairvoyants et méthodiques.

— Vous êtes ici dans l'unité de soins catégorie C, les blessures ont été examinées, les premiers soins donnés, tous sont en attente d'évacuation sans urgence. Votre travail consiste à renouveler les pansements, à veiller aux risques d'infection ou de gangrène comme à ceux d'hémorragies postopératoires, à administrer remèdes et calmants. Doucement sur les sédatifs, on n'en a pas pléthore. J'oubliais, contrôler pieds et mains pour des gelures qui ne se dévoileraient qu'*a posteriori*.

Ce fut tout, il n'avait pas le temps de répondre aux nombreuses questions qui couraient sur les lèvres des nouvelles recrues, alors chacune s'engagea dans une travée dont on ne voyait pas le bout.

Le premier blessé vers lequel se pencha Florence grelottait sur sa couche ; en prêtant l'oreille, on entendait ses dents claquer. Le froid ? La fièvre ? Les deux certainement. Elle porta un quart à sa bouche, la tisane – un peu d'eau chaude dans laquelle macérait une herbe indéfinie –, tout en lui brûlant le gosier, apaisa le soldat.

— Merci, ma sœur, murmura-t-il du bout des lèvres.

Sur le même ton, elle s'approcha de son oreille et lui dit :

— Je ne veux plus entendre ce mot : merci. Et je ne suis pas une religieuse. Maintenant, je vais voir si je peux vous trouver une autre couverture.

Elle revint les mains vides et décida de doubler celle du blessé qui pendait de part et d'autre du lit. Son geste découvrit les jambes et, sous elles, une mare de sang. De sa blessure ouverte au niveau du tibia, nettoyée et pansée en attendant une suture, le soldat perdait son sang en abondance.

Sans rien montrer de la panique qui pourtant lui fit prendre une profonde inspiration, elle se voulut rassurante :

— Je vais poser un point de compression au-dessus de votre genou, soldat. Vos frissons vont diminuer et votre cœur reprendre un rythme normal.

Ce qu'elle fit, le geste sûr et délicat. Elle rabattit la couverture, prit une feuille de papier dans sa trousse personnelle sur laquelle elle écrivit l'heure de la pose du garrot et l'épingla sur la couverture, bien en évidence.

— Je reviens dans vingt minutes.

— Je suis mieux ! exhala le blessé.

— Quand je vous disais…

Déjà elle anticipait le prochain soin sur le lit voisin où gisait un homme qui présentait deux énormes bandages aux mains croisées sur sa poitrine. Son visage grimaçait de souffrance.

— Des élancements dans les doigts, soldat ? C'est bon signe, le sang circule normalement, c'est fort compréhensible que vous souffriez, les extrémités sont tellement sensibles !

— Extrémités, dites-vous ? Oui, mes orteils me mettent à la torture tout en ayant l'impression qu'ils ne font plus partie de mes pieds. Je ne sais pas si vous pouvez comprendre ce phénomène.

— Je comprends très bien et cela s'explique, dit-elle en découvrant des pieds violacés au bout desquels des orteils noirâtres ressemblaient à d'abominables fruits blets sur le point de se détacher de leur branche. Les gelures étaient à ce point avancées qu'il s'en dégageait déjà une odeur putride.

— Nous allons essayer d'arranger ça, je m'occupe de vous.

Elle nettoya consciencieusement les orteils avec de l'huile camphrée puis ayant repéré, dans le chariot qu'elle partageait avec l'infirmière préposée à l'autre rangée et qu'elles faisaient rouler au fur et à mesure de leur avancée, un pot de grès contenant une mixture à base de suif diluée dans la glycérine elle enduisit copieusement les objets du délit.

— Je vous ai graissé comme un porcelet qu'on va mettre à la broche, fit-elle pour plaisanter.

Elle fut payée d'un sourire plein de gratitude et poursuivit son inspection, se penchant avec empathie au chevet de chaque blessé, repérant d'un œil exercé le soin à apporter et la formule à délivrer pour que l'âme, après le corps, trouve un apaisement.

En cours de journée, la terre fut secouée de spasmes innombrables et personne n'aurait été surpris de voir s'ouvrir le sol, il n'en fut rien... enfin presque. Dans les heures qui suivirent, on battit le rappel des soignants qui prenaient un peu de repos, on glissa les alités à deux dans un lit, on installa les plus valides sur des chaises, tout ça pour libérer de la place : les ambulances déversaient leur comptant de malheureux.

Bien vite, Florence et ses comparses réalisèrent qu'il n'y avait pas de jour ni de nuit, que les soins de la veille revenaient le lendemain, que la place manquait, et les médicaments, et les objets de soins, les draps, les couvertures.

« En avons-nous fait, pourtant, de la charpie pour la gloire de Mlle Delphine ! » songeait-elle avec une pointe d'irritation.

La façon cavalière, pour ne pas dire grossière, avec laquelle l'héritière du Belvédère avait mis fin à ce qui n'avait jamais existé entre elle et Jean-Louis, lui restait en travers du gosier.

« Et elle se voulait marraine de guerre ! Beau parrainage, en vérité, qui consiste à alimenter de faux espoirs », ressassait-elle dès que ses pensées la ramenaient en Cévennes.

Non qu'elle eût la nostalgie des lieux de sa naissance ! Elle avait choisi cette vie en connaissance de cause… ou presque. Chaque jour qui passait, elle se disait qu'il n'y avait pas de limites à l'horreur, à la sauvagerie, à l'ignominie de la guerre. Alors elle avançait sur ce chemin voulu, courageuse ô combien, merveilleusement efficace, inlassable de dévouement.

Il n'était charge dont elle ne s'acquittât quotidiennement sans rechigner, nullement rebutée alors que pour bon nombre d'infirmières, comme elle volontaires, elle devenait corvée dans le vrai sens du terme, à savoir pénible et ennuyeuse.

La grande peur, dont elle ne se départait pas, même après plusieurs mois de pratique, était de se pencher sur un mort. Elle se rassurait en le faisant parler.

— Vous dormiez ? dit-elle à un soldat aux yeux clos, s'excusant de troubler son repos.

— Non, je priais. Vous trouvez ça stupide ? En tout cas, bien proche de la mort.

— Au contraire, c'est la preuve que la vie est en vous. À l'hôpital Saint-Antoine où j'ai débuté, sœur Marie-Béate avait coutume de nous citer cette pensée de Nicolas Berdiaef[1] : « Un homme qui ne prie pas n'a plus rien en dedans. »

— J'aimerais tant vous croire !

S'il y avait une de ses fonctions dont elle se serait esquivée volontiers, c'était celle de l'orientation des blessés. Des trois directions dont disposaient les postes de secours avancés, il fallait cibler la bonne, et cela dans l'urgence. Train sanitaire, ambulance chirurgicale, hôpital ambulant, l'état du patient était décisif quand ne s'immisçaient pas des passe-droits selon le grade, le coup de pouce ou le coup de gueule… ou l'imposture.

Ce n'était pas la première fois qu'elle avait pu remarquer, *a posteriori*, que la destination d'un blessé par étiquetage de son brancard avait été subtilisée et échangée par un soldat aux blessures moins graves ou surtout moins urgentes. Que faire quand le coupable n'est pas pris sur le fait ? Rien.

---

1. *Philosophe russe (1874-1948).*

Le hasard lui faisant assister à une substitution, passible au demeurant de sévères sanctions, elle aborda sans timidité le tricheur, se refusant toutefois à le dénoncer.

— « Chacun pour soi et Dieu pour tous », telle semble être votre devise, soldat ? lui souffla-t-elle en dardant sur lui son regard gris, dépourvu pour le coup d'aménité.

— Dieu, je m'en fous, ma sœur ! répliqua-t-il avec arrogance.

— Et de votre compagnon de combat aussi, je suppose ?

— Est-ce que je le connais, moi, ce pékin ?

— Moi je le connais et j'ai jugé que son état relevait du train sanitaire. Et je le maintiens.

Elle soutenait son air goguenard de son regard qui se faisait glacé et n'eut de cesse qu'il baissât les yeux et remît les destinations dans le bon ordre. Il s'éloigna, non sans cracher au sol en éructant :

— Saloperie !

— C'est à vous, infirmière, que ce soldat s'adressait ? demanda un médecin qui avait assisté à la fin de la scène.

— Nullement, docteur ! répondit-elle, redevenue sereine. Un mot révélateur qui visait à la fois la guerre, la souffrance, la peur, l'épuisement. Plus encore, peut-être.

Au début du mois de mars, le dégel amorcé ramena un peu d'humanité à Navarin, d'autant qu'une accalmie, qui cachait la tempête, régnait sur la ligne de front.

Ce n'était pas le calme plat et de nombreuses

escarmouches maintenaient l'activité du camp tout en concédant de plus longues plages de repos au personnel soignant. Il était temps, médecins et infirmiers étaient au bord de l'épuisement.

Ses moments de repos, Florence les passait auprès de ses malades. Elle approchait une chaise de leur couche, parlait avec ceux qui le désiraient, se taisait avec les autres, tenant simplement une main dans les siennes, écrivait une lettre à ceux qui désiraient rassurer leur famille.

C'est à quoi elle était occupée, ce jour-là, au chevet d'un jeune soldat au visage partiellement bandé. Une explosion lui avait arraché un œil, l'autre dont la paupière était gravement brûlée lui causait une indicible souffrance à chaque renouvellement de pansement.

— Mademoiselle Florence ! Je veux que ce soit mademoiselle Florence ! hurlait-il à l'approche d'une main qu'il ne reconnaissait pas.

Ce n'était certes pas dans l'air du temps de céder aux caprices des blessés ni à leurs exigences, mais pour celui-ci, en raison de son apparente fragilité, de sa jeunesse et de sa révolte que seule la présence de Florence apaisait et parce qu'aussi la relative accalmie en accordait le loisir, on laissait la jeune fille officier auprès du malheureux.

— Pourquoi vous mettre dans des états pareils, soldat Dubois ? Vous allez vexer mes camarades à refuser leurs soins, le gourmandait-elle avec une douce fermeté.

— Parce que vous, mademoiselle Florence, vous êtes… vous êtes comme une petite lumière dans ma nuit !

XIX

Quand le destin s'en mêle

L'absence de sa sœur ne surprit Jean-Louis qu'à moitié. L'inquiétude doublée de ses parents non plus. En une année, ils semblaient en avoir pris dix, sans exagérer, et cela le navra.

Pour autant, il n'avait rien à dire qui puisse les rassurer. Lui-même passait par des phases de découragement fort compréhensibles après huit mois d'avancées méthodiques et de reculades désordonnées.

Sans doute n'était-il pas le seul à éprouver une morne lassitude au moins autant mortifère qu'un assaut forcené, aussi son unité se vit-elle, après un retrait du front, scindée en deux ; une moitié partant en permission, l'autre en opération.

— D'Aberlenc à Lustrand, en exercices pour un mois. De Mablion à Ygony en permission. Par la suite, on inverse ! aboya un juteux en placardant la liste des permissionnaires et celle des corvéables sur la guérite d'entrée du camp.

« Une escapade qui tombe à pic ! » se réjouit le soldat, déjà en partance, par l'esprit, vers le moulin de ses délices.

Tout un dimanche passé avec Katia, à la

regarder évoluer dans son minuscule logement de fonction, une pièce sans âme à la base et qu'en deux ans la jeune fille avait dotée de la sienne, à la fois sérieuse et gaie, harmonieusement colorée de mille petits riens qui naissaient de ses mains de magicienne : il n'en fallait pas plus pour doper Jean-Louis. Ces trente jours de permission débutaient sous de bons auspices.

Dès le lendemain, retrouvant avec une joie non dissimulée la coordination innée de leurs gestes immuables, père et fils entreprirent de boucler en ce mois bienvenu la saison du moulin. Force cependant était de constater à quel point la production diminuait, carence que Louis expliquait aisément.

— Plus d'hommes, mon garçon ! Des femmes harassées, qui veulent tenir tête à tout, se privent pour envoyer des colis…

— Qui nous parviennent rarement ! ajouta Jeannot. C'est vrai, il faut que j'en parle à maman, inutile de priver les petits de chocolat et de confiture qui, pour nous, sont perdus.

— Comment ça ? Le courrier pourtant fonctionne à peu près normalement.

— Les colis aussi, papa, du moins ceux qui ne sont pas interceptés par les Boches. J'ai assisté à ce qu'on peut qualifier d'émeute, j'ai vu des soldats voler des paquets, s'empoigner avec une violence extrême, ce qui a amené le commandant à ordonner la destruction de tout un arrivage. Brûlés, partis en cendres, en fumée, les sacrifices de mères, d'épouses, de sœurs.

Dans ces rares moments où son fils s'épanchait, Louis prenait à son compte sa souffrance.

Tous deux alors frémissants, ils s'enveloppaient de silence pour que s'écoule au même ruisseau leur colère identique, celle de deux hommes qui ne pourraient jamais répondre à cette obsédante question : pourquoi la guerre ?

Tout le temps que dura cette bienfaisante parenthèse, chaque fin de semaine ramenait Katherine au moulin. Elle y avait trouvé sa place, matériellement puisqu'elle occupait le lit de Florence, et de façon plus subtilement affective.

Tout en finesse, elle ne souhaitait pas se comporter en fille de la maison à part entière, c'était un peu prématuré. Lucile appréciait ce tact et s'en était fait une amie, presque une confidente, en tout cas une complice.

— Mon entêté de fils ne veut rien entendre. Je lui avais réservé de beaux saucissons pour emporter et il refuse tout net au prétexte qu'il ferait des envieux. Je t'en prie, Katherine, insiste. Toi, il t'écoutera !

— Ce n'est pas si sûr, madame Thérond ! Jeannot n'en fera qu'à sa tête et je vous avoue que je comprends ses scrupules. À votre place, je n'insisterais pas. Son plaisir sera décuplé de manger votre charcuterie en famille, plutôt que de se cacher.

— Tu as peut-être raison. Mais pour ses chaussettes, j'y tiens. J'ai tricoté tous les soirs pour lui et tu sais combien il est difficile de se procurer de la laine !

— Là, je vous appuie à cent pour cent, madame Thérond. Je le menacerai de refuser ma main à un homme qui aurait les pieds gelés.

Avec Louis, autre attitude. Une profonde admiration, d'abord, bien réelle. Et, ma foi, réciproque !

Pour le moulinier, son parti était pris : Katherine Bolska deviendrait sa bru et il ne connaissait pas femme plus apte à épauler son fils dans l'exercice de son métier, tout en lui reconnaissant néanmoins le droit d'exercer le sien qui tant lui tenait à cœur.

— J'ai plaisir à voir que les chiffres ne te rebutent pas, Katherine. C'est une partie de notre gagne-pain qu'il ne faut pas négliger et le moulinier, occupé sur tous les feux en pleine saison, est toujours perdant si une scrupuleuse comptabilité quotidienne n'est pas tenue. Ma femme et moi nous y astreignons tous les soirs et je m'en réjouis.

— J'espère que j'aurai la même sagesse que Mme Thérond, mais je vous en prie, monsieur Louis, vous n'êtes pas, que je sache, sur le point de prendre votre retraite.

— Elle vient parfois plus tôt que prévu, soupira Louis.

Puis il se reprit et continua avec conviction :

— Comme je le dis à Jeannot, tout est dans la mesure, il faut investir, un peu, pas trop, flairer la tendance, évoluer dans son sens et pour cela ne pas se montrer ladre sans pour autant omettre de thésauriser avec circonspection. C'est à cette aune que nous faisons face aux années difficiles.

— Je vous admire, monsieur Louis. Avec vous, tout paraît si simple !

Forte des conseils de sa future belle-fille, Lucile ne lésinait pas, le dimanche, sur une table abondante, dans la mesure de ses possibilités, et chacun y prenait un plaisir non dissimulé. Ayant troqué du savon contre de la farine, elle avait fait sauter les crêpes pour la Chandeleur. C'est Mathieu qui, le visage barbouillé de marmelade, avait eu le mot du bonheur :

— Tu ne partiras plus, dis, Jeannot ? On mange drôlement bon quand tu es là !

— Tu vas nous faire croire que le reste du temps, on te laisse mourir de faim ! lui fit remarquer son oncle en pinçant délicatement ses joues qu'il avait rondes et roses.

Et toute la table de s'esclaffer !

Loin d'être découragé, le gamin insista :

— Tu es là encore dimanche prochain, Jeannot ?

— Ça t'ennuiera vraiment si je monte à Portes chez Katia ? Tu sais, c'est mon dernier dimanche de permission et c'est aussi le 14 février.

— Et alors ? s'étonna Mathieu.

— La fête des amoureux. Ah ! Ah ! Tu es trop jeune pour savoir ça.

Camille et Clémentine ne voulurent pas être en reste.

— Nous, on sait. Et même qu'il y a des cartes postales au *Café-Tabac de la Mairie*, informa Camille.

— Des dames qui font rêver dans leur robe de soie et des messieurs en cravate, c'est beau ! soupira sa cousine.

— Et ça n'a pas treize ans ! s'écria comiquement Louis en se prenant la tête d'un geste désespéré.

Jean-Louis pédala énergiquement jusqu'à Portes sur le vélo de Maria, accompagné des recommandations de Lucile :

— Remonte ton col, Jeannot, et noue ton cache-nez.

Celles de son père relevaient d'un autre souci.

— J'ai confiance en toi, fils !

Le froid vif et mordant incitait peu à une promenade digestive après le repas de fête concocté par Katia.

— Un *bajana* ! J'en rêvais, s'extasia Jeannot en dégustant la soupe de châtaignes.

— Ici, nous n'en manquons pas. L'arbre à pain n'a pas usurpé son nom, lui qui a fait face à tant de disettes.

Un tour de boudin noir, qui avait grevé son budget, servi avec des pommes de terre, tira à son amoureux des soupirs de béatitude tandis que des tranches de pain perdu, clôturant le repas, le laissaient en extase.

— Katiouchka, je ne sais pas ce que j'aime le plus en toi : l'institutrice, la cuisinière ou la beauté slave personnifiée.

Ce jour-là, il l'aima dans sa globalité, faisant la sourde oreille aux exhortations de son père pourtant présentes à son esprit.

Il aurait bien besoin de cet exaltant viatique pour affronter la bataille de l'Avre qui serait au menu du printemps 1918.

Florence avait combattu le froid, le manque de repos, les poux qu'elle traquait sur le corps des soldats à grand renfort d'un soluté de soude et d'alcool, la gangrène qui empuantissait les chambrées, la souffrance et la mort.

Après un relatif répit, elle allait se colleter avec une autre facette de son métier qui ne lui était pas particulièrement familière.

— Infirmière Thérond, vous êtes priée de vous mettre à la disposition du service des ambulances chirurgicales. Y voyez-vous un inconvénient ?

— Je ne sais si j'aurai la compétence requise, avança-t-elle modestement.

— Ce n'est pas à vous de l'apprécier. Les chirurgiens ne s'embarrassent pas de scrupules. Si vous ne faites pas l'affaire, ils vous le diront sans ménagement. Sincèrement, cela m'étonnerait.

— Merci de votre confiance.

Elles étaient une poignée, dans la cohorte des auxiliaires volontaires, invitées à se joindre aux assistantes confirmées et à s'y intégrer le plus rapidement possible afin de faire face à ce qui les attendait. Le front d'Argonne, celui de Sommepy-Tahure, au nord de Sainte-Menehould, faisait en ce mois de mai 1918 feu de tout bois. Pilonnages incessants, canonnades, assaut au corps à corps, sans parler de cette aviation balbutiante – Spad, Morane-Saulnier, Nieuport – qui semait, en même temps que ses bombes, la mort et la désolation. Au mieux restaient des blessés qui présentaient des dégâts d'une telle envergure qu'il y avait urgence à traiter sur-le-champ.

En quelques jours de cette immersion dans un monde rouge sang, Florence ne pensait plus, ne se posait plus de questions ; elle était devenue une machine à obéir, une machine à agir, et à agir vite, avec compétence, une machine à anticiper les gestes des chirurgiens.

Impossible pourtant d'étouffer ce qui était l'essence même de la jeune fille, ange de consolation, dispensatrice d'apaisement, modèle de douceur au milieu d'une agitation permanente. On ne pouvait pas ne pas avoir remarqué cette attitude qui n'avait rien de mièvre, d'innocemment gentillet, qui, bien au contraire, affirmait sa présence tout en restant discrète. Elle se rendait indispensable avec humilité et répondait à toutes les sollicitations, semblant avoir le don d'ubiquité.

Fallait-il qu'il soit irrité, qu'il soit sot ou tout simplement épuisé ce chirurgien qui la rabroua vertement au cours d'une opération délicate pour laquelle elle l'avait assisté avec courage et compétence !

L'homme dont elle ne voyait que le regard clair, tout pareil au sien, s'acharnait sur la délicate suture d'une amputation au-dessous du genou d'un jeune soldat qu'elle tentait de maintenir dans une semi-anesthésie à grand renfort de chloroforme.

Soudain, elle vit les mains du chirurgien s'agiter de tremblements qu'il ne maîtrisait plus, en même temps que d'une artère giclait à jets puissants le sang de l'opéré. Tétanisé, l'homme ne réagissait pas, il fixait ses mains gantées qui dansaient un inquiétant ballet, l'aiguille et le fil leur avaient échappé et baignaient maintenant dans une mare rouge. Il fallait agir au plus vite.

Florence chercha le regard du médecin, mais il se déroba. Elle s'empara alors d'une nouvelle aiguille, l'enfila et recousit la plaie avec vélocité. Lentement, le chirurgien reprenait ses esprits, calmait sa nervosité involontaire et, s'emparant de l'aiguille, rabrouait Florence avec une rudesse sans merci :

— Vous vous oubliez, mademoiselle ! Ne vous a-t-on pas appris que la blessure est au docteur et le blessé à l'infirmière ? Laissez-moi faire mon travail et faites donc le vôtre avec plus d'attention, cet homme se pâme !

La gifle verbale était d'une telle violence et d'une telle injustice que les larmes vinrent immédiatement aux yeux de Florence. Elle ne dit rien cependant, baissa la tête sur l'opéré à qui elle fit respirer un peu de camphre avant de faire couler entre ses lèvres serrées et sa mâchoire crispée quelques gouttes de remontant.

Déjà le chirurgien hélait les brancardiers :

— Terminé pour celui-là, on l'embarque ! Au suivant !

Au soir de cette journée mémorable qui se terminait sans que l'incident fût évoqué, alors qu'une équipe de relève donnait un peu de répit, une pluie apaisante se mit à tomber. Elle était la bienvenue, dans cette touffeur de printemps, pour tempérer les tensions de la journée.

Dans ce qu'on désignait pompeusement le vestiaire et qui n'était qu'un coin de wagon transformé en salle de repos, certains raccrochaient leurs grandes blouses blanches, leurs plastrons de toile rigide, leurs calots et leurs gants, d'autres discouraient au sujet d'un patient, d'autres encore se servaient un énième café ; Florence faisait l'état des lieux de sa trousse de soins. Elle frottait ses ciseaux à l'alcool, rechargeait sa boîte de compresses, plaçait toute une panoplie d'ustensiles dans l'autoclave mis à sa disposition, oublieuse de tout ce qui l'entourait quand une sorte de sanglot étouffé lui fit lever la tête.

Rencogné dans un renfoncement obscur du wagon, un homme vêtu de blanc lui tournait le dos, un dos qu'agitaient des spasmes convulsifs. Elle fit un pas vers lui en chuchotant :

— Quelque chose ne va pas, docteur ?

Interpellé, l'homme lui fit face. Elle n'avait vu que ses yeux au cours de l'intervention, pourtant elle ne doutait pas que cet homme brisé soit celui qui, ce jour, l'avait vertement tancée.

— Je vous demande humblement pardon… lui répondit-il dans un souffle chevrotant.

— N'en parlons plus, docteur. Un moment d'agacement qui ne prête pas à conséquence…

— Une attitude indigne de l'idée que je me fais, ou que je me faisais, de cette profession. Voyez-vous, je n'en puis plus ! Non, je n'en puis plus de cette boucherie qui ne rime à rien !

Ce disant, il se laissa choir sur une chaise, le corps secoué de sanglots secs.

Cette faiblesse, aux yeux de certains pitoyable, n'apparaissait pas à Florence comme telle. Elle y vit, au contraire, une humanité qui trouvait écho dans la sienne, si longtemps refoulée. Tournant le dos au va-et-vient du personnel dans le wagon, elle approcha une chaise du médecin, s'y assit sans façon, lui prit les mains et se mit à lui parler tout bas :

— Ce qui importe, docteur, ce n'est pas la façon dont nous nous comportons entre gens du métier, mais celle que nous adoptons envers les blessés qui nous sont confiés. Ils attendent tout de nous : la rémission de leurs souffrances, l'espoir de rétablissement, la vie tout simplement. Et c'est ce que vous faites, docteur, depuis des jours, des mois, jusqu'à vous épuiser.

— Et c'est vous qui me dites cela ? Vous qui ne prenez nul repos malgré les forces qui, parfois, vous font défaut ? Je vous ai observée, je vous ai admirée… Aujourd'hui, je vous envie.

Le rouge gagna le front de la jeune infirmière. Ce médecin, dont elle avait apprécié la dextérité tout en redoutant sa froideur cassante, l'admirait ?

— Je ne suis en rien admirable ! se récusa-t-elle.

La porte du wagon coulissa sur son rail. Un brancardier passa la tête et appela :

— Une équipe chirurgicale ! Vite ! Vous prenez, docteur Lagarde ?

— Nous arrivons ! répondit le chirurgien en tendant une main à Florence.

La pluie tombait toujours avec constance et l'on n'entendait plus que son clapotis sur les toits, qu'ils soient de toile ou de ferrailles. Les opérés, installés dans leur lit, flottaient encore dans des éthers d'oubli quand Florence et le Dr Lagarde s'apprêtaient à gagner leurs quartiers de repos.

Après plusieurs éblouissements qui la firent vaciller, Florence prit une profonde inspiration et prit congé du docteur.

— Bonne nuit, docteur Lagarde.

— Où allez-vous, jeune fille ?

— Visiter nos opérés et leur souhaiter à eux aussi la meilleure nuit possible.

— Et si je vous l'interdisais ? Vous n'êtes pas en état…

— Je passerais outre, docteur !

— Alors je vous accompagne.

Il pleuvait aussi à Villers-Cotterêts et dans ses environs où le régiment de Jean-Louis s'apprêtait à une offensive de grande envergure. Or, dans l'attente d'un détachement anglais et ses canons huit pouces destinés à leur apporter aide, les soldats piétinaient, s'enlisaient dans une lassitude d'attentisme qui minait le moral.

L'eau du ciel tombait dans des seaux, à même les chambrées sous le toit qui ne remplissait plus sa fonction. L'eau tombait sur l'inertie, sur le dégoût et sur la crainte d'une chausse-trape, les lignes ennemies restant étrangement silencieuses.

L'eau ennoyait les cœurs au même rythme qu'elle faisait gonfler les fleuves, en particulier l'Automne, une rivière poissonneuse qui avait fait soupirer Jean-Louis.

« Si notre Courmière avait pareil tirant, nous ne serions pas obligés, certains hivers, de triturer à sang », avait-il soupiré en pensant au moulin.

Aujourd'hui, c'est à la lecture du courrier de Katherine qu'il soupirait et il aurait été bien en peine de dire si la nouvelle le ravissait ou le terrorisait.

J'ai longtemps hésité, mon Jeannot chéri, à te faire part de ce bonheur inouï qui nous est accordé. Tout aurait été plus facile, en d'autres temps et d'autres lieux. Notre étreinte a porté un fruit qui, s'il n'était pas vraiment souhaité, sera le couronnement de notre amour et une raison de plus, pour toi, de revenir vivant de cette maudite guerre.

Enceinte ! Katia était enceinte, seule à Portes et sans autre famille que celle de Jean-Louis ! Son premier réflexe fut de griffonner un mot à ses parents, les priant de prendre soin de la future maman. Les recommandations de son père, un peu tardivement, ressurgirent pour stopper son intention.

« Papa ne sera pas fier de moi ! » songea-t-il en prenant une mine d'enfant grondé.

Toute une nuit à réfléchir sur la situation pour le moins inconfortable de sa chère Katia l'amena à organiser, à distance, l'avenir de la jeune femme et du futur bébé. Plus que la guerre, plus que les révélations sur sa propre naissance, plus que ce voluptueux pas franchi dans sa relation avec Katherine, Jeannot réalisa à quel point le fait d'avoir conçu un enfant le faisait devenir homme. Et en homme désormais responsable, il écrivit une première lettre.

Tu m'étonneras toujours, Katiouchka, et de si merveilleuse façon. Un enfant, un fils, quel beau cadeau tu fais à ton soldat. Fin novembre, prévois-tu ? Prenons le pari que la guerre sera terminée. En attendant, je t'en supplie, écoute bien mes recommandations. Finis ton année à Portes et mets-toi en disponibilité. Rentre au moulin dès la fin de juillet, mes parents t'y attendront ; chez eux, tu ne risqueras rien.

La seconde qu'il eut à rédiger lui demanda plus de diplomatie, mâtinée d'une bonne dose d'humilité qu'il se devait d'afficher, sa conduite, pour le moins légère, ne plaidant pas en sa faveur.

C'est en fils humble et respectueux que je vous supplie, cher papa et chère maman, de prendre Katherine sous votre aile. Où pourrait-elle trouver meilleur refuge qu'au Prieuré pour mettre au monde notre enfant ? Ne lui faites aucun reproche, je suis le seul coupable de la situation dans laquelle elle se trouve. Papa, maman, je vous en supplie, prenez soin de la femme que j'aime !

Pas une seconde, il ne douta de leur soutien ; pas un instant non plus ne lui vint à l'idée que pour ses parents sixième sens et clairvoyance remplaçaient tout aveu, et qu'ils avaient anticipé ses souhaits.

La révélation était venue en même temps à Louis qu'à Lucile, aux premiers jours du mois de juin. Jusque-là, rien dans la silhouette de Katherine ni dans son visage tout juste un peu plus pâlot ne les avait alertés.

Bien que, la saison largement clôturée, il ne fût plus question de prêter main-forte au moulin, elle descendait une fois par mois, heureuse de partager la vie des parents de Jeannot, de parler de ses lettres, trop rares, trop courtes, comblée de cette place qu'on lui donnait au même titre que Camille, Clémentine ou Mathieu, pour ne parler que des présents.

— Nous comptons sur ta présence, Katherine, pour la communion de notre Mathieu, s'entendit-elle proposer par Lucile. Une fête de famille sans prétention. J'en conviens, notre joie ne sera pas totale avec nos deux grands absents. À moins qu'ils nous fassent la surprise de venir en permission.

— Pour Jeannot, hélas, je ne crois pas qu'il

faille l'espérer, regretta Katherine dont le regard brilla, puis s'assombrit.

— Inutile aussi de te monter la tête en ce qui concerne Flo, ma pauvre chérie, intervint Louis en lissant de la main la tête de Lucile. Il faut qu'elle ait effectué six mois pleins, a-t-elle écrit, pour y prétendre.

— C'est toujours bon de rêver, s'excusa Lucile.

Puis se tournant vers Katherine qu'elle sentait hésitante :

— Alors c'est d'accord pour Pentecôte ? Il y aura mon frère, mes nièces, enfin tous ceux de la Sarrasine.

Excellent prétexte que servit la jeune fille :

— Justement, madame Thérond, c'est une fête de famille, je n'y ai pas encore ma place.

— Tu veux me faire disputer par Jeannot de ne pas avoir insisté ? Et puis tu m'aideras à dresser une belle table pour notre petit communiant, rusa Lucile.

Il lui fut aisé de céder. Elle se sentait si bien au sein de cette famille !

Comme elle l'avait fait deux ans plus tôt pour Camille et Clémentine malgré la guerre et la blessure de Louis, Lucile tenait à réunir la famille autour de son neveu qu'elle considérait comme son fils.

En cela comme en toute chose, Louis la suivait. Mathieu n'était-il pas l'enfant de sa sœur chérie ? Son fils par procuration, comme Jean-Louis ? Il se plaisait parfois à penser qu'il n'aurait pas eu plus d'attachement à un fils biologique qu'à ces deux-là, dont le destin, parfois tragique, parfois généreux, l'avait doté !

Lucile avait gâté son monde, comme toujours, du mieux qu'elle l'avait pu, troquant d'ici, marchandant de là, ne ménageant ni sa peine ni ses sous pourvu que dans les yeux du petit oiseau tombé du nid dont elle avait la charge brillent des éclairs de joie.

— C'est ta maman qui doit être émue, là-haut sur son nuage. Son garçon fait un si beau communiant. Nous irons sur sa tombe au sortir de la messe.

C'était une constante, chez Lucile, que de faire une halte au cimetière quand elle accompagnait sa petite nichée à l'église. Un rendez-vous que ses neveux et nièces avaient avec leur mère et auquel ils ne devaient pas déroger. Toujours empreint de ferveur, jamais de tristesse, il était l'occasion, pour ceux qui avaient connu Pascaline, de la faire revivre le temps d'une prière et, pour Mathieu, de l'imaginer nimbée de lumière et tout auréolée de perfection.

Bien que le héros de la fête soit le jeune communiant, il fut aussi longuement question des absents. Jean-Louis, Florence et même un certain Pierre, un second de cuisine au *Riche Hôtel* qui courtisait Antonia, appelé sur des terres hostiles.

— Il y en aura des mariages quand la guerre sera finie !

Lancée comme une aspiration aux réjouissances familiales, la réflexion de Camille trouva un écho autour de la table où certaines se mirent en lice.

— Albert et moi n'avons que trop attendu ! Hiver, été, on se marie aux premiers jours de paix ! affirma Maria en cherchant une approbation dans l'œil unique d'Albert.

— Dans ses lettres, Pierre ne parle que de ce jour où il viendra demander officiellement ma main à... Alors nous ne tarderons pas non plus à convoler, déclara Antonia en rosissant.

De plaisir ? Plus sûrement de gêne. Elle avait failli dire : à oncle Louis, déniant toute autorité à son père comme celui-ci lui avait refusé son affection. Toute la tablée perçut le malaise ; Clément eut un bruit de gorge avant de parler, Louis en profita pour faire diversion,

— Et notre Katherine, elle ne dit rien ? Je connais mon Jeannot et son impatience. Nous ne tarderons pas à manger des dragées. On dit que la guerre vit ses derniers sursauts maintenant que les Américains sont venus à la rescousse.

— Le ciel vous entende, monsieur Louis, bredouilla Katia dont le teint clair se brouillait d'être sous les feux de la rampe.

Au même instant, Lucile et Louis comprirent la situation de la jeune fille, ils échangèrent un regard complice et désolé, tacitement d'accord de solliciter, un peu plus tard, les confessions de Katherine.

Clément, en ayant fini de se gratter nerveusement la gorge et prenant une profonde inspiration, tous les yeux se tournèrent vers lui.

— À dire vrai, ça me fait plaisir que cette jeunesse parle mariage. Sachez cependant, demoiselles, que l'accomplissement d'un souhait ne vous est pas réservé. Ainsi Julie Boissier et moi avons décidé de vous voler la politesse. Nous unirons nos destins à la fin des vendanges.

La fête de Mathieu était terminée ! Non que

le gamin souffrît de cette annonce, pas plus que Tonia, pas plus que Clémentine. La maladresse du viticulteur était telle qu'elle frappait chacun en plein cœur, jusqu'à sa promise qui fit mine de s'offusquer :

— Ne brûlez-vous pas un peu les étapes, Clément ? minauda-t-elle. Rien ne presse, en vérité. Vos filles ont l'impatience de la jeunesse, quant à nous...

Le regard égrillard que lui jeta Clément en disait long sur les étapes brûlées et sur le peu de cas qu'il faisait de l'approbation de ses enfants. Néanmoins, il poursuivit en évoquant, pour la première fois, la façon dont il voulait les doter :

— Et tout cela, voyez-vous, me fait prendre conscience de certains arrangements que je ne puis différer.

Et d'expliquer longuement à un auditoire sur des braises que l'oliveraie tomberait dans la corbeille de Maria et qu'elle y pourrait faire sa maison si le cœur lui disait de revenir à la Sarrasine ; et que la pièce de blé sarrasin chère au cœur de son père[1] reviendrait à Antonia pour y construire elle aussi.

De Clémentine ni de Mathieu il ne fut question. Martha jubilait, les vignes ne seraient pas morcelées. Louis sentait la moutarde lui monter au nez. Un regard à son épouse le conforta dans la maîtrise de soi : ce n'était ni l'heure ni le jour.

— Vite, il faut nous apprêter ! C'est bientôt l'heure des vêpres, annonça Lucile en se levant de table.

---

1. *Voir* Le Mas de la Sarrasine.

— Ce sera sans moi ! déclara Clément. J'ai trop mangé. Je rentre à la Sarrasine.

— Et sans moi, s'excusa Louis. Un petit coup de fatigue.

Louis rattrapa Clément et tous deux marchaient en silence. Le viticulteur le rompit :

— Tu me fais un bout de chemin, beau-frère ?

— Je veux en avoir le cœur net, Clément. Dans tes belles théories, quelles places réserves-tu à Clémentine et à Mathieu ?

— Ils sont plus à toi qu'à moi, non ?

— Est-ce un reproche ?

— Pas le moins du monde. Tu ne voudrais pas, tout de même, que je morcelle la Sarrasine pour... pour...

— Pour un fils que Pascaline a mis au monde en y laissant la vie ? Pour une fille à qui elle a donné ton prénom ? Pauvre Pascaline ! Renier deux de ses enfants, c'est la faire mourir une deuxième fois.

— Tu vas trop loin, Louis ! s'emporta Clément. Tu ne digères pas que je refasse ma vie. J'ai bien droit au bonheur, après tout ce temps, même si, toute accorte et vaillante qu'elle soit, la Julie ne supplantera jamais ma pauvre Pascaline.

— Pascaline aussi y avait droit ! Et ses enfants n'ont pas mérité l'indifférence que tu leur manifestes.

— J'en ai rien à foutre de toi et de tes grands sentiments ! Monsieur se pose en donneur de leçons alors qu'il ferait bien de balayer devant sa porte. Tu crois que je ne sais pas avec quelle constance tu t'appropries les enfants des autres ? Cornard !

Le poing de Louis partit avec toute la violence de sa colère et de sa souffrance. Il atteignit Clément à la tempe et le jeta au sol. Sans faire un geste pour l'aider à se relever, le moulinier tourna les talons tandis que le viticulteur, encore un peu sonné, rentrait en maugréant à son mas.

L'unité familiale entre le Prieuré et la Sarrasine, si longtemps préservée, était irrémédiablement consumée.

— Vous... vous êtes déçu, monsieur Thérond ? demanda Katherine d'une toute petite voix. Et peut-être en colère ?

Les traits du visage de Louis s'adoucirent à l'intonation navrée de la jeune fille. Son altercation avec Clément, l'intime secret divulgué, son geste impulsif qu'il n'avait pu maîtriser et plus encore l'insulte tombée des lèvres de son beau-frère, c'était plus que n'en pouvait tolérer cet homme au grand cœur.

Il avait pourtant fallu, et le soir même car rien ne servait à se voiler la face, recueillir la confession de la jeune institutrice afin d'anticiper l'avenir. Il s'ébroua, comme pour émerger d'un mauvais rêve, et s'efforça de juguler les émotions de sa voix :

— De colère, point, jeune fille ! Je te l'assure. Tiens, si je te disais qu'une pointe de fierté me titille à l'idée d'être bientôt grand-père. Pas toi, Lucile ?

Étonnamment silencieuse, Lucile essuyait un pleur, les mains croisées sur sa poitrine.

— Je vois bien, allez, que vous vous attendiez à un tout autre comportement de notre part…

— À quoi bon revenir sur ce qui aurait pu être et n'a pas été ? Il faut entourer cette future naissance de toute l'attention qu'elle mérite. C'est pour quand ?

— Dans le courant du mois de novembre, murmura Katia.

— Si tôt ? Je ne m'en serais jamais doutée, tu es toute menue ! À peine si ta grossesse s'esquisse. Tu as consulté, au moins ?

Pour cet enfant qu'elle chérissait déjà, Lucile reprenait pied dans la réalité et s'inquiétait de lui.

— La nouvelle aurait couru, à Portes, comme une traînée de poudre, s'excusa Katherine.

— Eh bien, Ceyrargues n'est pas Portes et les ragots, je leur tords le cou ! Au premier jour des vacances, tu leur tires ta révérence à ces *Raïols*[1] ! Et pas à bicyclette. Louis viendra te chercher avec le mulet et la carriole.

Alors la pluie pouvait tomber à Villers-Cotterêts, la lettre de Lucile chantonnait dans le cœur de Jean-Louis.

Tout va bien, disait-elle, *Katherine se repose au moulin tout en préparant une jolie layette. Reviens-nous vite, mon fils !*

---

1. *Occitan : habitants des vallées cévenoles.*

XX

Les certitudes du Dr Lagarde

Bientôt quatre années à soigner, au mieux à réparer, au pire à rafistoler, les blessés de celle qu'on appellerait un jour la Grande Guerre avaient ancré nombre de certitudes dans la vie du Dr Lagarde.

Chaque jour qui se levait sur ce tonneau des Danaïdes qu'était ce qu'il jugeait sa tâche absurde et sans fin, il se jurait de ne plus jamais toucher à un scalpel, une fois revenu à une vie normale… s'il y revenait !

« Plus jamais, non, plus jamais je ne pourrai taillader dans des chairs, voir des membres tomber, plonger mes mains dans la béance des plaies. »

Chaque jour aussi qui se levait sur un conflit dont on aspirait au dénouement, il refusait l'idée de ne plus travailler aux côtés de Florence, de ne plus intercepter son regard lumineux et plein de confiance, de ne plus vibrer au timbre de sa voix qu'elle modulait comme les trilles d'un rossignol.

« C'est avec elle que je désire couler des jours paisibles pour oublier enfin toutes ces horreurs. Je ne pourrai jamais regarder une autre femme sans que son image ne s'impose à mes yeux. »

L'assaillaient alors des doutes :

« Ai-je à lui offrir, demain, autre chose que des promesses ? »

Plus incisive était cette interrogation :

« Comment cet ange de perfection, cet idéal féminin incarné, pourrait partager la vie d'un être aussi médiocre que le médecin que je ne suis pas encore et ne serai peut-être jamais ? »

Fallait-il qu'il soit aveuglé d'amour, assourdi de passion et rendu muet de béate admiration pour ne pas deviner, dans les yeux clairs de Florence, dans son écoute attentive et fervente, dans sa voix aux accents troublés, combien elle répondait à son amour ! Oui, fallait-il qu'il soit sottement ébloui pour passer à côté d'un cœur qui se consumait pour lui !

Frédéric Lagarde, jeune étudiant sursitaire de vingt-trois ans, en était à sa deuxième année d'internat dans les hôpitaux Saint-Charles et Saint-Éloi de Montpellier à la déclaration de guerre. Issu d'une longue lignée de gens de robe qui avait couardement abandonné sa particule aux premiers sursauts de la Révolution, il semblait destiné à intégrer un jour le cabinet d'avocats paternel, en association avec François, son frère aîné, quand, le bachot en poche, il osa affronter son plaideur de père.

— Père, je désire m'inscrire à la fac de médecine. La plaidoirie, ce n'est pas pour moi.

Les lèvres minces de Me Lagarde étaient devenues lames de couteau pour mieux expliquer le déplaisir d'un père. Puis, le regard clair comme une source de son rejeton l'avait radouci.

— Une décision qui engage toute une vie ne se prend pas à la légère, concéda-t-il. Me Domazian, mon ami de Bordeaux, t'invite en sa villa d'Arcachon pour les régates de Royan. Je t'ouvre un crédit illimité, Frédéric. Fais-moi honneur.

Mauvaise pioche pour l'avocat montpelliérain ! Oh, certes, le fiston n'avait pas fait honte ; d'une exquise politesse, élégant jeune premier dans des vestons d'alpaga à fines rayures pour le jour, en frac pour les soirées, il était la coqueluche des mères soucieuses de bien caser leurs filles, en particulier de Mme Domazian, mère d'une donzelle au regard faussement pudibond que démentait une démarche de diva de salon.

Quant à son implication dans ce loisir de snobinards qu'était la voile, ce fut très moyen, Frédéric n'y trouvant d'intérêt qu'à exercer un art qui l'appelait. Chutes, fractures, entorses, blessures en tout genre en firent le « médecin malgré lui » des régates de 1908 et le confortèrent dans son désir d'entrée en externat là où l'avaient précédé de glorieux carabins, Guy de Chauliac et François Rabelais, pour ne citer qu'eux.

Me Lagarde résista, pour la forme, jusqu'à la fin de l'été et céda enfin avec emphase, ayant reçu une promesse de son homologue bordelais l'assurant que sa fille, la troublante Abigaël, ne rechignerait pas à épouser un patron de clinique.

... que vous et moi mettrons dans leur corbeille de mariage le moment voulu, concluait Me Domazian dans sa missive.

— Eh bien soit, Frédéric, tu as réussi à me

convaincre, ne me le fais pas regretter ! Frédéric Lagarde, professeur en chirurgie, ça sonne bien.

La chirurgie ? Honnêtement, ce n'est pas à cette finalité que le jeune Frédéric visait en entamant de longues études. Pourtant, en bon fils, il assura son père d'y songer sérieusement quand viendrait le temps de la spécialisation.

Affirmant sa vocation en même temps que sa compétence, Frédéric Lagarde effectuait, en rééducation orthopédique, son quatrième semestre de stage, après être passé en pneumologie, en obstétrique et en pédiatrie, quand la guerre éclata. La précision de ses gestes, sa réactivité devant l'urgence étaient à l'origine de cet avancement inopiné où, d'hôpital militaire en poste d'assistance avancé, il se trouvait à ce jour affecté aux ambulances chirurgicales. Hélas, dix mois après cette dernière affectation, il éprouvait à l'égard de la chirurgie un écœurement notoire et ne manquerait dans l'avenir de décevoir ceux qui avaient misé sur lui.

Or, présentement, Frédéric Lagarde s'en moquait royalement ! À cause de la guerre, il sentait chaque jour se dérober sous ses pas la ferme assurance du bien-fondé de son choix, jusqu'à la médecine générale, celle qui l'avait appelé, à laquelle il avait répondu de toute sa fougue et pour laquelle, maintenant, il n'était pas loin de ressentir un tiède intérêt proche de l'indifférence. Habilement dissimulé, cependant, à moins qu'il ne fût éclairé par une puissance surnaturelle !

Florence ne se lassait pas de travailler avec lui et ne s'en cachait pas.

— Ce n'était pas mince affaire, docteur, que de tout tenter pour conserver le bras de notre blessé. Je ne sais quelle inspiration guide vos gestes, ni par quel sens, proche de la divination, vous présagez de ce qui est loin d'être évident. C'est comme une... grâce, oui, une grâce de travailler avec vous.

Un constat dénué de vile flatterie que Frédéric, d'une phrase laconique, ramenait au truisme :

— La force de l'habitude.

Rarement déroutée par ce qu'elle apparentait à la modestie qui fait les vrais héros, elle avait plaisir, au terme d'une délicate opération, d'en commenter certaines étapes, dissimulant derrière ce qu'elle nommait son enrichissement personnel le désir de prolonger leur collaboration.

— Ce n'est pas par hasard, n'est-ce pas docteur, qu'après avoir suturé au catgut, vous m'avez demandé de déclamper en aval du vaisseau ?

— Avec un déclampage à ce niveau, chère demoiselle, j'ai pu apprécier, en promenant la bénique[1] dans la plaie, la pression du reflux, responsable d'embolies létales.

— Donc on commence toujours par l'aval. C'est une méthode que je n'oublierai pas, docteur.

Et c'était encore un sujet d'admiration pour cette jeune fille à la curiosité toujours en éveil, passionnée par tout ce qu'elle faisait, nullement découragée au terme d'une journée d'intervention alors que lui s'en trouvait écœuré à vie !

« Comment peut-on se réjouir de redonner la

---

1. *Sonde lumineuse de diamètre et longueur variables.*

vie à un homme que l'on vient d'amputer des deux mains ? »

Ah, si seulement ces deux-là avaient pris le temps de mettre leur cœur à nu ! Heureusement que le destin allait se charger de leur donner un petit coup de pouce.

Alors que le régiment de Jean-Louis, engagé dans la troisième bataille de Picardie, asseyait sa position hardiment conquise et organisait le futur engagement de Saint-Quentin, le front allait lui aussi de l'avant, s'engageant plus profondément en Ardennes.

Un désert minéral de villes bombardées, anéanties, désertes, avait succédé à un paysage de tuiles rondes et de clochers pointus qui défiait encore l'ennemi en pays d'Argonne.

Nouvelles avancées du front, nouveaux lieux, nouvelles pathologies à affronter dans lesquelles un certain Dr Lagarde et son infirmière attitrée allaient trouver leur voie.

Ce n'était certes pas nouveau et jusque-là mal maîtrisé. Et voilà qu'en ce début d'automne, utilisé massivement et avec une technique bien rodée, le gaz moutarde faisait des ravages.

Aux jambes et bras brisés, explosés, aux visages fracassés, aux plaies à suturer, succéda le temps pour le Dr Lagarde où il eut à se pencher, dubitatif, sur des soldats au bord de la suffocation, hurlant leurs douleurs internes entre deux bouffées d'air happé dans les pires souffrances.

La décision lui vint, alors que Florence s'occupait à couvrir de tulle gras les pustules jaunâtres et horriblement urticantes éclatant sur les mains et les avant-bras d'un malheureux gazé.

— Je vais essayer de l'intuber, sinon il faudra pratiquer une trachéotomie. Préparez-le, je vous prie, Florence.

— Tout de suite, docteur, mais je vous avoue n'avoir jamais assisté à…

— Moi non plus. Nous allons faire nos premières armes à la seule fin de le soulager.

Dès lors, Florence se familiarisa avec un nouvel écarteur, des pinces spéciales, la pose de canule et de ballonnet qui s'ajouta à leur quotidien d'amputations en tout genre.

Un sur deux des soldats opérés par ses soins, Frédéric Lagarde le savait, mourait au bout de trois ou quatre semaines, cinq au plus, les tissus pulmonaires détruits. Ceux qui résistaient, moins gazés, plus résistants ou simplement plus chanceux, pourvoyaient, dans des délais variables, les sanatoriums haut perchés des Alpes et des Pyrénées. Ce qui amena la jeune infirmière à évoquer les Fournels avec son ami.

— Si je vous disais, docteur, que mes parents possèdent une ferme à plus de mille mètres d'altitude où l'air est vif, la vie paisible et que je rêve d'y envoyer tous nos patients y revigorer les poumons tout en évacuant les outrages de la guerre ?

— Je dirais, Florence, que cette pensée vous honore… et vous ressemble. Tant de générosité émane de votre personne !

— S'il suffisait de claquer des doigts ! soupira-t-elle.

— Oui, s'il suffisait… souffla-t-il à son tour.

Et soudain, il s'empara de sa main et chercha son regard.

— Florence, il faut que…

— Docteur Lagarde ! Une urgence !

L'élan de Frédéric était brisé. Rajustant masque et calot, il alla vers son destin.

La jeune fille sans faiblesse ni état d'âme qu'incarnait Florence Thérond avait ses défaillances qu'une volonté farouche reléguait derrière le masque impassible de la parfaite infirmière.

Le fait était pourtant là, qui méritait qu'on s'y arrête. Six mois pleins s'étaient écoulés depuis qu'elle avait endossé la cape bleue brodée de la croix rouge, loin, si loin de ses Cévennes natales. À ce titre, et ce n'était que justice, elle avait fait partie, au mois d'août, des engagées volontaires en droit d'obtenir une permission.

Malgré sa fatigue et la sorte de découragement qui minaient ses temps de repos, elle avait refusé au prétexte de s'être inscrite pour accompagner un train sanitaire jusqu'à l'hôpital militaire de Reims. Au risque de passer pour immodeste, elle avait justifié sa demande avec autorité :

— Je saurai apprécier les aléas postopératoires ayant, pour la plupart, assisté le chirurgien.

Que cachait cet éloignement du front d'une huitaine de jours ? Fuyait-elle le Dr Lagarde ? Comptait-elle, en prenant ce train sanitaire, y trouver quelque repos ? Auquel cas, la déception serait au rendez-vous !

Plus réfléchie était sa résolution. Il fallait qu'elle

s'éloigne du front pour sacrifier à l'exigence du Dr Lagarde qui ne lui avait pas mâché ses mots :

— Vous croyez-vous au-dessus du commun des mortels, Florence ? Le corps est une machine qu'il faut ménager si on veut qu'elle fonctionne le plus longtemps possible.

Sa brusquerie n'avait pas surpris la jeune fille. Plus troublante fut la dernière phrase qu'il ajouta à mi-voix :

— Que deviendrais-je, moi, sans vous ?

Alors elle avait trouvé ce subterfuge pour quitter le camp comme il l'avait souhaité et rester en contact avec les blessés parce qu'elle le savait : rentrer au pays, c'était retrouver la vraie vie, c'était surtout ne plus vouloir retourner dans un enfer que personne ne pouvait imaginer. Partir au pays, c'était s'éloigner de Frédéric et peut-être le perdre.

Elle s'absenta donc toute une semaine et revint au galop pour s'entendre dire :

— Vous m'avez manqué, Florence. Nous formons une si belle équipe !

Pourquoi fallait-il qu'il ramène tout au travail ? Une belle équipe alors qu'ils auraient fait un si beau couple !

Aux premières feuilles de sa treille virant au pourpre tandis que, dans ses vignes, les souches vendangées se vêtaient d'or, la Sarrasine se dota d'une nouvelle patronne.

Par la volonté des mariés qui n'étaient plus dans leur prime jeunesse, la noce devait être sobre, elle fut d'une morosité oppressante. Clément et Louis n'ayant pas fait, depuis leur éclat du mois de juin, un seul pas sur le chemin de la réconciliation, il va de soi que les Thérond étaient au nombre des absents. Maria et Antonia, que leur promesse de dot inféodait à leur père, y faisaient grise mine ; que dire alors de Martha, peu encline à céder ses prérogatives, elle qui s'était promue, depuis tant d'années, maîtresse incontestée au domaine de son père ?

Et il ne fallait pas compter sur la mariée pour alléger l'atmosphère, Julie avait tant de mal à passer de l'état de journalière à celui de patronne !

Alors ce furent les hommes qui donnèrent le ton à grand renfort de bouteilles étiquetées, de dix ans d'âge et plus. Henri était fin soûl, la tête de Clément dodelinait et le pas d'Albert n'était pas très assuré quand Maria donna le signal du départ.

Ils étaient venus tous trois à bicyclette, Antonia en amazone sur le cadre d'Albert.

— Nous allons changer, décréta Maria. Albert, tu prendras mon vélo et moi le tien.

— Et moi ? demanda Tonia.

— Rien ne change pour toi. Viens t'asseoir sur le cadre.

— Tu vas pouvoir… ?

— Et comment !

Deux pinces à linge pour relever les pans de sa jupe, le chapeau cloche enfoncé jusqu'aux sourcils, Maria enfourcha le vélo d'Albert et, après quelques embardées de démarrage, fila à grandes pédalées jusqu'à Alais, tout en jetant en arrière des œillades soucieuses aux laborieux zigzags de son fiancé.

Leur voisine de palier les attendait sur le pas de sa porte.

— Vous avez eu de la visite, mademoiselle Antonia.

Le sang de la jeune fille ne fit qu'un tour. La mine de la commère confirma ses craintes quand elle poursuivit d'un ton apitoyé :

— Un monsieur qui vous cherchait au *Riche Hôtel* et que votre patron à envoyé ici.

— Son nom ? intervint Maria.

— Té pardi, il l'a pas dit, tout *desvaria*[1] qu'il était ! J'ai bien compris, va pauvrette, que c'était pour M. Pierre…

Antonia eut un gémissement avant de s'effondrer dans les bras de sa sœur.

Il faisait nuit quand Maria revint avec un grand sourire. Après avoir réconforté sa sœur, elle était partie aux nouvelles chez les parents de Pierre, laissant sa sœur aux bons soins de l'obligeante voisine.

— Blessé ! Il n'est que blessé ! Reprends-toi, Tonia !

— Blessé comment ? Gravement ?

— Assez pour ne pas avoir à retourner au front, moi je dis que c'est une chance.

— Alors qu'il souffre peut-être terriblement ! Comment peux-tu dire ça, Maria ?

— Tout le monde souffre, les hommes à la guerre et les femmes à les remplacer dans les

1. *Occitan : troublé, éperdu.*

champs, les usines, partout ! dit rudement Maria. Alors oui, je le répète, tant mieux qu'il soit blessé, il rentre au pays et cela seul importe.

Antonia n'avait pas les mêmes certitudes que son aînée. L'exemple d'Henri, son beau-frère, parti homme paisible s'il en était et revenu intempérant et querelleur unijambiste, lui sautait sans cesse au visage. Elle passa la nuit la plus longue de sa vie et au matin, avant de prendre son travail, alla aux nouvelles.

— Lisez, lisez donc, chère petite ! insista la mère de Pierre en brandissant le télégramme sous son nez.

Antonia ne savait quelle attitude adopter. Ah, s'il y avait eu Florence pour tout lui expliquer ! Un éclat d'obus. Des côtes fracassées qui avaient perforé un poumon. État stationnaire. Transport envisagé vers un hôpital militaire.

La jeune fille comprit qu'elle devrait se contenter de ces termes lapidaires, conseil qu'elle prodigua sans conviction à sa future belle-mère.

— Dès qu'il sera en mesure d'écrire, Pierre ne manquera pas de nous donner de ses nouvelles. Ensemble, nous irons le voir, si vous le voulez bien, madame Bertrand.

— Oui, oui, ma chère enfant, nous irons !

C'est au moulin du Prieuré qu'elle se hâta, le dimanche suivant, d'apporter de bonnes nouvelles de Pierre qui, assurait-il dans un nouveau courrier, était hors de danger.

Elle y trouva toute la famille en proie aux plus vives inquiétudes. Le visage défait de Katherine, ses joues creuses et sa silhouette toute frêle, malgré son ventre qui pointait sous son jupon de cotonnade, l'obligèrent à modérer sa joie, d'autant que son oncle Louis expliquait, en deux mots, ce qui les minait :

— La dernière lettre de Jeannot date du mois de septembre ; il parlait d'un prochain retrait du front pour prendre du repos avant d'engager une marche vers l'est. Depuis, plus rien !

Son unité s'était-elle repliée sans encombre ? Un assaut l'en avait-il empêché ? Le silence du soldat était insupportable, lui qui ne les avait jamais privés de nouvelles, si brèves soient-elles.

— Ce n'est pas de lui, cet inexplicable silence ! ne cessait de soupirer Lucile.

D'ordinaire si confiante, Katherine renchérissait :

— Jean-Louis ne nous laisserait pas dans l'ignorance de son sort. Il faut qu'il soit gravement empêché ou bien...

Et Louis n'avait plus de mot pour rassurer la future maman ni la future grand-mère.

S'ils avaient su combien, allongé sur le dos, les bras en croix, leur soldat souffrait le martyre !

Et Jeannot lui-même, s'il avait su à quel massacre son calvaire lui avait fait échapper !

Comment était-il arrivé dans les environs de Saint-Quentin, soigné dans une unité de campagne, alors que son régiment essuyait une contre-offensive sur des positions si chèrement conquises ?

Les pluies d'automne, persévérantes et nourries, avaient détrempé les tranchées où la compagnie de Jean-Louis assurait sa position. Les rats y avaient élu domicile et avec eux des germes d'infections qui trouvaient un terrain de prédilection dans les corps surmenés, affaiblis, proches du découragement.

Un matin, Jean-Louis s'était réveillé avec l'impression d'avoir le haut du corps pris dans une gangue qui le paralysait. Deux camarades l'avaient aidé à se traîner plus qu'à marcher jusqu'à l'infirmerie où il attendit tout le jour d'être examiné, des blessés ne cessant d'affluer, qu'il fallait traiter en priorité.

Son tour arriva enfin alors qu'il désespérait et souffrait en silence. Un médecin l'apostropha sans ménagement :

— Un tire-au-flanc qui veut se faire porter pâle ? Voyons voir ce qu'il a bien pu inventer ? Alors soldat, les pieds ? La tête ?

La mâchoire bloquée sur une douleur qui irradiait dans tout son corps, la sueur perlant au front, Jean-Louis restait insensible à ses railleries. Un râle s'échappa de sa gorge quand, voulant lui prendre le pouls pour la forme, le médecin s'empara un peu brutalement de son bras.

— On a le trouillomètre à zéro, hein, soldat ? Il cartonne, le palpitant ! Bah, on a tous la frousse et pourtant on est des hommes... Eh là !

Jean-Louis venait de tourner de l'œil... et le toubib n'en menait pas large qui se défaussait *illico* en envoyant son patient dans les mains d'un chirurgien.

Il lui avait suffi d'ouvrir la chemise de Jeannot pour évaluer les dégâts. Aux aisselles du soldat et débordant de part et d'autre de son torse, des ganglions violacés, durs comme des noyaux de pêche, saillaient de sa peau blême, le diagnostic sautait aux yeux : la fièvre des tranchées !

C'est le nom qu'on avait donné aux infections multiples dues à la vermine, aux rats, à tout ce qui grouillait dans la boue et sur le corps. Les formes étaient variées, les dénominations nombreuses, le traitement unique : faire baisser la fièvre, pratiquer un épouillage scrupuleux, traiter à l'acide acétylsalicylique. S'ajoutait, dans le cas de Jean-Louis où l'infection s'était enkystée dans les ganglions – une forme aggravée de la maladie –, la nécessitée d'inciser et de mécher afin que toute la sanie s'évacue et n'empoisonne le sang.

Les dix jours qui suivirent l'intervention, Jean-Louis les vécut dans un état second ; pus et sang s'écoulaient en permanence des sétons de charpie, générant des abcès de paroi qui retardaient la cicatrisation.

Des bribes de conversation lui parvenaient, ouatées, confuses, qui ne le touchaient pas, son corps et son esprit totalement mobilisés pour que s'éloigne le spectre de la mort. Un jour, pourtant, l'affolement autour de lui le fit réagir.

— Un massacre là-haut, chez les lignards ! Vite, il faut évacuer pour faire de la place !

— Les lignards ? demanda-t-il aux brancardiers. Quels lignards ?

— Le 121e des « Marie-Louise » !

Jeannot laissa échapper une plainte et ne retint pas ses larmes.

L'hôpital temporaire de Laon où l'on évacua massivement malades et blessés aptes au transport ressemblait à une ruche où s'affairait un personnel, hélas, en sous-effectif pour faire face à la demande. La place aussi faisait défaut, et les lits, et le matériel, et la nourriture !

Parce qu'on avait besoin de sa paillasse pour plus mal en point que lui, on avait installé Jeannot sur une chaise longue en paille tressée. Afin qu'il ne plaquât pas ses bras à son torse, on les avait attachés avec des sangles aux accoudoirs.

Par trois fois, les jours précédents, il avait insisté auprès des infirmières qui renouvelaient ses pansements :

— Pourriez-vous écrire un mot, juste un mot à ma famille ?

— Ce serait bien volontiers, mon brave, si on avait le temps !

— Un mot ! Juste un mot, je vous en prie. J'ai des enveloppes toutes prêtes dans mon havresac.

— Plus tard ! Si on peut…

C'est en ce lieu, dans cette inconfortable position et le moral dans les chaussettes, qu'il accueillit la nouvelle au soir du 11 novembre de la bouche d'un médecin-major à la moustache humide de larmes libératrices.

— Ce jour à 11 heures, les hostilités ont cessé, la guerre est terminée… et nous l'avons gagnée !

À nouveau, Jean-Louis pleura – et il n'était pas le seul ! –, il pleura sur tant de morts, tant de souffrances, il pleura sur ses plaies qui n'avaient rien de glorieux, il pleura sur les siens qu'il laissait dans l'angoisse.

La rage lui tenait lieu de force quand il s'arracha aux liens qui le retenaient au fauteuil, une farouche volonté le fit se mettre debout, marcher jusqu'à une armoire de fer où il savait retrouver ses affaires. Il ne put qu'écrire : *J'arrive bientôt*, à même l'enveloppe, il regagna sa place, la sueur perlant à son front. La suite fut chose aisée quand il avisa plus valide que lui et le pria d'aller poster sa lettre.

Il était dit que Florence et Frédéric, et avec eux l'équipe des ambulances chirurgicales perpétuellement sous les feux croisés des belligérants, boiraient le calice jusqu'à la lie. Ils étaient en poste avancé aux abords de la forêt d'Ardennes où se déroulaient les derniers et terrifiants combats – qui aurait pu dire, en ce jour, que c'étaient les derniers ? – de la Grande Guerre quand d'une tranchée de Vergne-Meuse, à quelques kilomètres à vol d'oiseau, émergea le soldat Delaluque, sommé par son commandant d'emboucher son clairon et de sonner le cessez-le-feu général.

Dans l'assourdissant silence qui suivit, on aurait pu entendre les battements des cœurs qui bondissaient dans les poitrines. On avait tellement attendu cet instant qu'il semblait irréel.

Médecins et infirmières n'étaient pas les moins émus et l'on assista à des embrassades, à des effusions, à des manifestations de joie et de soulagement quand, parties des clochers qui se dressaient encore dans la plaine d'Argonne, les envolées joyeuses carillonnèrent à tout-va la bonne nouvelle.

Spontanément, Frédéric s'était emparé des mains

de Florence et les serrait à les briser. Cette étreinte exprimait à la fois son immense soulagement et les affres dans lesquelles le plongeait la perspective d'une inévitable séparation.

— Florence ! Florence, j'ai tant rêvé de cet instant ! Et pourtant... balbutia-t-il, la voix nouée d'émotion.

— Et moi j'ai tant prié pour que cela arrive ! répondit la jeune fille non moins bouleversée.

Elle devint aussitôt cramoisie, prise de doute. De quoi parlait le docteur ? De la fin des hostilités ou du début de leur histoire ?

Déjà le Dr Lagarde desserrait sa pression et s'excusait :

— Pardonnez-moi, Florence, je vous ai fait mal ? Je suis une brute. Malmener des mains si douces au risque de briser vos doigts effilés, je suis impardonnable.

Florence eut un pauvre sourire.

— Ce sont nos malheureux blessés qui risqueraient de ne pas vous le pardonner. Dans notre joie, nous allions les oublier.

— Eh bien allons, ne les faisons pas attendre, dit Frédéric d'un air si guilleret que Florence s'attendait à le voir aller au-devant des soldats blessés en sautillant.

Petit à petit, le poste de soins avancé se vida, les opérés d'urgence étant pour la plupart dirigés vers l'arrière ; si bien qu'au soir de l'armistice ne restaient aux ambulances chirurgicales que des cas intransportables et, pour beaucoup, désespérés. Le service de nuit ayant pris la relève, pour la première fois depuis si longtemps, chirurgiens et infirmières se sentaient désœuvrés, comme inutiles, en même temps que l'épuisement, sans cesse repoussé à son extrême, tombait sur eux comme une chape de plomb.

Autour d'un feu de bois qui tenait au chaud un grand chaudron de soupe et un autre de café, l'équipe médicale avait, pour une fois, pris le temps de bavarder en avalant sa ration. Puis chacun s'était éclipsé pour prendre du repos.

Frédéric Lagarde ne s'y résolvait pas. Il voulait prolonger indéfiniment cette journée qui serait à jamais gravée dans sa mémoire. Assis à califourchon sur une chaise, il sirotait un grand bol de café et ironisait à haute voix :

— Le café ! S'il est une chose que je ne pourrai oublier, c'est bien ce sublime nectar qui ne nous a pas été compté. Moitié eau et moitié... flotte ! Hum, quelle saveur !

D'une encoignure sombre où, par habitude, elle préparait des rubans de gaze et roulait des bandes Velpeau, Florence se manifesta :

— Il valait mieux qu'il soit léger, vu les litres et les litres que nous avons ingurgités !

— Vous étiez là, Florence ? dit Frédéric en se levant de sa chaise. Voulez-vous que nous fassions quelques pas, si vous n'êtes pas trop fatiguée ?

Pas fatiguée ? Elle était tout simplement éreintée, mais se sentait apte à gravir une montagne s'il le lui demandait.

Cette fois, il lui prit la main avec délicatesse, elle calqua son pas sur le sien qu'il voulait mesuré et tous deux s'éloignèrent du camp en devisant de tout et de rien, jusqu'à ce que leur conversation prenne un tour plus sérieux.

— Je ne sais rien de vous, Florence, sinon qu'il n'existe pas jeune fille plus délicieuse ni infirmière plus dévouée que vous. Quelle sera, désormais, votre vie ?

Après une profonde inspiration, Florence soupira :

— Ce qu'elle était avant, je pense.

— En êtes-vous sûre ?

— Non, pas vraiment. Ce que nous avons vécu, je veux dire la guerre, personne n'en sort indemne, même si nos blessures ne sont pas apparentes.

— Comme j'aime vous entendre dire cela ! Me permettez-vous cependant d'ajouter qu'elles nous rendent plus forts ? Plus éclairés aussi pour notre avenir. Moi, voyez-vous, si je ne sais pas encore comment la réaliser, j'ai une petite idée en gestation. Et une grande certitude : je ne serai jamais chirurgien. Une séquelle de guerre, en quelque sorte.

— Quel dommage, docteur Lagarde !

Il y avait de tels accents d'admiration dans sa phrase que Frédéric s'en tint là.

— À ne voir que le médecin, on occulte l'homme…

— Ne dites pas cela, Frédéric ! s'insurgea-t-elle.

On aurait cru que la Terre s'était arrêtée de tourner. Que tout s'était figé autour d'eux. Que la nuit qui les enveloppait s'était faite plus dense en même temps que l'air s'allégeait. Ils ne marchaient plus et le Dr Lagarde, faisant face à Florence dont il distinguait à peine le visage, demanda comme une prière :

— Ne pas dire quoi, Florence ?

— Que… que je ne vous apprécie qu'en tant que médecin…

— Vous aimez l'homme ? Enfin… un peu ?

— Je l'aime, tout court ! souffla-t-elle du bout des lèvres et du fond du cœur.

— Quand je vous affirmais que j'étais un idiot, une buse ! Je ne vous mérite pas, Florence, et pourtant je vous aime depuis… depuis le premier jour où j'ai rencontré votre regard si limpide.

Une lune rousse venait de s'installer dans le ciel et donnait l'aubade au couple tendrement enlacé qui échangeait de voluptueux baisers.

— Qu'est-ce qui vous fait glousser, Florence ?

— Votre moustache, Frédéric. Elle pique !

— Petite fille, je vous adore ! Parlez-moi encore de cette ferme de montagne pour me faire rêver. Je veux vous imaginer dans ce décor agreste.

— Ce n'est pas là qu'est ma vie.

— Elle le sera pour quelque temps, je vous l'ordonne. Repos, bon air et saine nourriture. Ordre du docteur Lagarde.

— Vous ne serez pas là pour contrôler, docteur !

— Qui sait ? Et puis je vous écrirai.

Ils n'avaient plus sommeil et passèrent la nuit à faire des projets à court et à long terme.

Frédéric Lagarde allait monter dans l'ambulance, direction Paris et l'hôpital du Val-de-Grâce où il était convoqué en vue de sa démobilisation, à moins qu'il n'envisage de poursuivre sa carrière dans l'armée.

Florence prendrait le soir même le train pour Lyon où elle serait rendue à la vie civile.

— Infirmière, voici mon ordonnance !

Frédéric avait pris un ton professionnel et Florence la mine d'une patiente soumise. Elle lut.

— *Deux cuillerées de sirop Marinol matin et soir.*

— *Repos complet.*

— *Occupation tolérée : écrire à son docteur préféré.*

Suivait l'adresse de Me Lagarde à Montpellier. Son regard humide se teinta de malice quand elle sortit un papier de sa poche.

— Permettez-moi, docteur, que, outrepassant mes droits, je vous donne quelques conseils qu'il serait bon que vous suiviez.

Frédéric haussa un sourcil et enfouit le papier dans sa poche.

— Ça me fera de la lecture pour le trajet.

Leurs adieux étaient terminés, ils en avaient décidé ainsi la veille. Leur amour méritait d'être encore tenu secret.

Frédéric ne tint pas plus d'une heure. Il mit la main à sa poche et lut le simple petit mot de Florence.

Le docteur Frédéric Lagarde est prié, dorénavant, de ne plus exercer son charme sur les infirmières. La plus amoureuse d'entre elles l'attend, quelque part, en Cévennes.

XXI

Le choix de Florence

Au bout du chemin, le moulin du Prieuré lui sembla endormi dans une torpeur inhabituelle. Jean-Louis pressa le pas, mû par une angoisse indéfinissable. Dans les ténèbres qui s'emparaient progressivement du paysage, il distingua des silhouettes occupées à décharger un charreton.

— Papa a embauché, dit-il à haute voix.

À son intonation, il était évident que la décision de son père le satisfaisait, et à double titre, ainsi qu'il l'avoua, poursuivant son monologue :

— Il n'aurait pas pu s'en sortir tout seul et moi je suis encore incapable de soulever un sac.

Désolé de cette défaillance du corps, il donna un coup de pied rageur à une pierre du chemin.

Personne n'avait remarqué cet homme à la démarche lente, lesté d'une musette portée en bandoulière. Déchargé de ses drupes, le charreton avançait maintenant vers Jean-Louis, une femme sans âge, pliée en deux par l'effort, le tirait. Arrivée à hauteur du chemineau, elle leva la tête, écarquilla ses petits yeux et se signa comme si elle avait vu un revenant.

— Boun Diou, c'est le Jeannot ! Presse-toi, mon pauvre, ils ont bien besoin de toi au moulin !

Se presser ? Comme il l'aurait voulu ! Au contraire, il se mit à vaciller sur ses jambes. Un malheur, il le pressentait, l'attendait au Prieuré. Usant ses dernières forces à marcher jusqu'au moulin, il y reconnut Camille et Mathieu portant à deux un récipient plein d'olives.

— Alors c'est vous les arpètes ! s'écria-t-il en les interpellant et se forçant à sourire.

— Il faut bien ! dit Mathieu tristement en baisant les joues râpeuses de son cousin.

Sautant à son tour au cou de son frère et lui donnant deux sonores baisers, Camille ajouta sans une once de gaieté :

— Il était temps que tu reviennes...

Quel accueil !

À son tour intrigué par les conciliabules des petits, Louis scruta l'obscurité et, reconnaissant son fils, courut vers lui et le prit dans ses bras, tout pétri d'émotion. On ne savait qui, du père ou du fils, retenait l'autre de tomber.

— Tu as bien tardé, mon fils. Heureux que tu sois là. Tant de choses se sont passées... Viens, rentre à la maison.

C'était quoi, à la fin, ces mines sombres, compassées, ces phrases inachevées, ces mots qui ne franchissaient pas les lèvres. Il s'était attendu à tout autre réception. Katia ? Le bébé ? Jean-Louis redoutait de savoir et en même temps se laissait gagner par l'impatience.

Précédé de son père et suivi de sa sœur et de son cousin, il entra dans la grande salle où brûlait un feu d'enfer qui éclairait de vermillon la pièce enténébrée. Un vagissement lui fit tourner la tête vers un berceau d'osier sur lequel son père se penchait, se saisissait d'une petite boule duveteuse, toute de lainage rose vêtue, et la lui tendait en disant :

— Je te présente mademoiselle Marie-Louise Stéphanie Thérond, ta fille. Lilou pour les intimes ! Elle a un mois aujourd'hui !

Jeannot approcha ses lèvres d'une menotte potelée qu'il baisa dévotement.

— Eh bien, tu ne la prends pas dans tes bras ? s'étonna Louis.

— Pas encore, papa. Mes cicatrices...

— Excuse-moi, fils.

Ils avaient tant de choses à se raconter ! Or ce n'était pas le moment. La panique gagnait Jean-Louis. Sa fille, là, sans sa mère ? Il regardait à droite, à gauche. Rien.

— Katia ? murmura-t-il désemparé.

Avant même que son père ne lui réponde, il poussa un cri rauque qui était un appel déchirant.

— Katia ! Katia ! hurla-t-il si fort que les murs en tremblèrent.

Une cavalcade dans l'escalier de bois, un cri, Jeannot ouvrit les bras dans lesquels Katherine se jeta, pleurant et riant à la fois.

Sans bruit, Louis avait reposé le bébé dans sa couche et intimé à Camille et Mathieu de le suivre.

— Laissons-les encore un peu de temps à la joie des retrouvailles.

Les deux petits le suivirent en reniflant.

Quand ils revinrent, ce fut pour trouver les deux

amoureux, main dans la main, penchés au-dessus de leur fille qui dormait d'un sommeil d'angelot.

Pourquoi faut-il que les plus grandes joies de la vie soient toujours entachées de si douloureux chagrins ? C'est ce que rumina toute la nuit le soldat Thérond rendu à sa famille et qui la retrouvait privée de l'un de ses membres, alors qu'un autre, qu'il veillait, oscillait entre la vie et la mort.

De tous les yeux, les larmes avaient coulé pendant la narration de Louis et coulèrent encore, silencieuses, avant que la fatigue ne conduise les plus jeunes au lit, suivis de peu par Katherine. Louis, lui, s'apprêtait à prendre son tour de veille auprès de la malade.

— Je vous relayerai comme d'habitude, après la tétée de Lilou, monsieur Louis, promit Katherine.

— Non, c'est moi qui prendrai ta place, ma chérie. J'assumerai également le tour de papa.

— Tu as tellement souffert, mon Jeannot !

— Et toi donc ! Il faut que tu prennes un peu de repos.

Katia n'insista pas. Elle était si fatiguée, l'ombre d'elle-même, et cela s'expliquait aisément.

Trois jours après la naissance de sa fille, alors que Katherine se remettait d'un accouchement long et difficile, grâce aux soins attentifs de Lucile, Clémentine était revenue de l'école avec une forte fièvre, des frissons et une faiblesse des membres qui la fit se mettre au lit sans tarder.

La fièvre ne reculant pas, bien au contraire, elle enserrait la tête de l'adolescente dans un étau si douloureux qu'il la faisait gémir jusque dans son sommeil. Louis alla chercher un médecin et le diagnostic tomba qui, dans les familles, allait causer plus de terreur que l'arrivée d'un télégramme barré de tricolore : la grippe espagnole !

Comme partout en France où une population affaiblie offrait le meilleur des terreaux, le fléau s'était abattu dans la plaine de Vézénobres comme la misère sur le pauvre monde. La grande faucheuse n'avait pas eu, dans les tranchées et sur le front, son comptant de victimes.

Lucile, toujours méthodique dans son organisation, de plus soucieuse d'éviter la contagion, scinda le moulin en deux.

— Camille et Mathieu, descendez votre paillasse dans la salle ; et toi aussi Katherine, fais-en de même, cela vaut mieux pour toi et ton bébé que vous délaissiez la chambre de Jeannot au profit du rez-de-chaussée.

— Et vous, madame Thérond ? Et M. Louis ?

— Moi, je m'installe avec Clémentine. Pauvre chérie, elle est si mal en point !

À ce point de sa narration, Louis avait été pris de frissons.

— Ta mère a veillé notre petit ange jour et nuit jusqu'à…

Sa voix s'était étranglée, il avait pris un peu de temps avant de poursuivre d'un ton à peine audible :

— Ta mère et moi, nous avons fermé les yeux à notre petite Clémentine qui fut terrassée, en huit jours, par cette saleté alors que ma pauvre Lucile…

— Clémentine ! Maman ! gémit Jean-Louis.

— Ta mère guérira, Jeannot ! affirma Katia.

— Nous l'espérons tous ! Ta mère donc, à son tour, fut prise de fièvre. Et c'est notre courageuse Katherine qui la soigne le jour et moi qui la veille la nuit.

C'est à ce moment du récit que Jean-Louis comprit où était son devoir.

— Ce n'est pas le moment de vous parler de moi, rien ne presse, le temps viendra. Je l'avoue, mes plaies encore fraîches ne me permettent pas de forcer de mes bras.

Il eut un pauvre sourire en direction de Mathieu et de Camille.

— Désolé pour vous deux. Il vous faudra continuer à aider papa. Moi, je vais passer la nuit au chevet de maman.

Il avait rêvé des bras de Katiouchka, de ses cheveux de lin pour chatouiller son nez, de ses lèvres pulpeuses qui recevraient les siennes sans jamais se lasser. Tant de fois aussi il avait vécu cette scène où il prendrait son enfant dans ses bras, le serrerait sur son cœur, baiserait ses menottes qu'il imaginait encore ridées de mille plis et rien ne se passait ainsi. Mais demain… demain serait un autre jour. Lucile allait guérir, il le fallait, il le voulait !

Elle guérit et ce fut un miracle, celui d'un fils revenu de l'enfer et insufflant la vie à sa mère.

Un miracle inachevé, cependant, parce que Lucile, tel un pantin désarticulé, ne trouvait plus en elle cette énergie intrinsèque qui en faisait l'âme du moulin.

Le miracle s'accomplit totalement quand, à

quelque temps de là, alors qu'elle clignait des yeux au soleil d'hiver qui éclaboussait le chemin, Lucile y distingua une silhouette légère qui faisait de grands signes. Sa fille lui revenait, enfin ! Les jours mauvais étaient finis.

Tous s'accordaient à reconnaître des changements notoires intervenus chez Florence.

En maman poule qu'elle était redevenue, Lucile se désolait de sa maigreur, de sa lassitude qu'elle essayait pourtant de dissimuler et de son manque d'appétit, ce qui n'était pas fait pour la requinquer comme elle en avait l'intention. Lait de poule, vin chaud au miel, onctueuses caillées, toutes les petites attentions sucrées d'une maman inquiète, Florence en était repue à seulement y tremper les lèvres.

— Fais un effort, Flo, suppliait Lucile.

— J'en fais, maman ! Il faut seulement me laisser un peu de temps.

— Du temps pour quoi ?

— Pour oublier... ou pour me souvenir.

Plus que sa transformation physique, Louis s'attachait à celle, morale, de sa fille. Les yeux clairs de Florence étaient un lac profond, tantôt sombre et nébuleux, tantôt scintillant de mille lamparos.

— Notre fille a laissé son cœur quelque part en Argonne, fit-il remarquer un soir à Lucile.

— Et elle ne nous dit rien, la cachottière ? Je vais la confesser.

— Garde-t'en bien, ma chérie ! Tu connais notre Flo, quand viendra son heure, plus rien ne retiendra son enthousiasme.

— Et c'est ce qui lui coupe l'appétit ?

— En partie seulement. Moi, je sais ce qu'il lui faut, un petit séjour aux Fournels...

— Sitôt rentrée, tu voudrais qu'elle parte ?

— Pour son bien, Lucile. Pour son bien !

— Gardons-la encore un peu... jusqu'à Noël...

— Noël sans notre petite Clémentine, nous n'aurons pas le cœur à le fêter.

Oui, vraiment, tous s'accordaient à dire que Florence avait changé. La preuve, elle n'avait pas rechigné un instant à la proposition de son père qui l'incitait à aller se reposer aux Fournels. Elle avait préparé sans entrain, sans contrainte non plus, un sac de voyage et s'était déclarée prête à ce séjour forcé. Si ce n'était pas un changement, ça !

À son retour de la gare où il l'avait accompagnée, Louis plaisanta pour alléger l'atmosphère pesante du moulin :

— Ah, l'amour ! C'est bien lui qui mène le monde ! s'exclama-t-il.

— L'amour des vaches ? s'étonna naïvement Mathieu.

Ce qui provoqua l'hilarité de la tablée. Comme c'était bon de rire un peu !

Alors qu'au Prieuré on brocardait gentiment sur son compte, Florence retrouvait, avec ses souvenirs d'enfance, la saveur de l'insouciance et la chaleur d'une Guillemette qui accusait son âge et aussi les privations.

Ce que ne manqua pas de lui faire remarquer Florence :

— Tu aurais donc manqué de lait et de fromages,

ma pauvre Guillemette ? Les vaches t'ont boudé leur lait ? Vrai, tu as bien maigri, dis donc !

— Pas autant que toi, petite ! Et pour ta gouverne, sache que les gens de la ville, s'ils nous oublient en temps de paix, ils savent nous retrouver en temps de guerre. Le lait, le beurre, le fromage, ils nous l'enlèveraient de la bouche.

— Et je ne te parle pas des charcutailles ! ajouta-t-elle, faussement bougonne.

— Enfin, Guillemette, il ne fallait pas te laisser démunir.

La fille de ferme prit un air embarrassé, mais elle avait un tel besoin de partager son secret qu'elle le confia, par petites touches, et sans douter de l'absolution de Florence.

— Démunir, non je ne dirais pas ça, sauf que nous étions deux à manger sur mes provisions.

— Comment ça, deux ?

— J'ai caché un déserteur, petite.

On aurait dit, dans la ferme, que le temps s'était arrêté. Guillemette baissait la tête et triturait son tablier en attendant le verdict, Florence s'absorbait dans des visions qui hantaient encore ses nuits. Un long moment s'écoula avant qu'elle ne pose une main sur l'épaule de Guillemette et n'accompagne son geste d'une parole d'amnistie.

— Qui pourrait t'en blâmer, ma brave Guillemette ? Pas moi, certainement, qui ai vu tant d'horreurs. Quant à celui que tu as caché, où qu'il aille, il faudra désormais qu'il vive avec sa conscience.

— C'est que… bredouilla la fille de ferme, il est encore là !

— Comment… ?

— Té pardi, crois-tu qu'il puisse regagner son village, tout frétillant, alors qu'il est certainement porté disparu ?

— On va aviser, décida Florence. Pour le moment, fais-le sortir de sa cachette, il n'a rien à craindre de moi.

Elle gambergea toute la journée pour trouver une solution et exposa son plan, le soir au souper, après avoir fait parler ce soldat en fuite qui lui inspirait plus de pitié que de colère.

L'homme était fils de viticulteurs du Minervois qui avait fui le front au cours d'une retraite désordonnée. Rendu fou par le bruit des bombes et des gerbes de terre et de pierres, criant et hurlant à chaque corps qui tombait, quand ce n'était pas un membre, une tête qui roulait à ses pieds, il avait couru au hasard, s'égarant à travers bois jusqu'à épuisement.

— Je ne savais pas où aller, confia-t-il, penaud et cependant convaincu d'avoir fait le bon choix. Ce qui était certain, c'est qu'en aucun cas je ne voulais retourner dans ces maudites tranchées.

Il avait marché, marché, sans fin, nagé même dans des rivières pour brouiller toute trace, dormi dans des granges, mangé l'herbe arrachée au sol, les fruits des arbres, vandalisé les potagers avant que, dépouillé de son habit militaire qu'il avait troqué contre du linge dérobé dans un jardin, un charretier ne lui fasse un bout de chemin.

— En permission, mon gars ? Hein que ça fera du bien de revoir le pays ?

Le déserteur répondit par un hochement de

tête et il se retrouva devant une gare, en rase campagne.

— Je vais pas plus loin, mon gars. Bonne route.

Il voyagea sans encombre jusqu'à Brioude quand il avisa, au redémarrage du train, un détachement de gendarmerie qui montait à bord. Sa résolution fut prise dans l'instant, avant que le convoi ne prenne de la vitesse, il sauta en rase campagne et reprit, clopin-clopant, sa marche de paria.

— Je ne pouvais rentrer chez moi, c'était me faire prendre et mettre en danger mon père et ma mère. Il fallait que je me cache dans les montagnes. Celles des Pyrénées m'attendaient, qui me procureraient un asile sûr et c'est celle du Goulet, où je me suis perdu, qui m'a donné refuge.

— Les montagnes de Lozère n'ont jamais rien caché à Guillemette Thomas. Je l'ai trouvé, plus mort que vif, tapi sous les fougères.

Après cette succincte narration qui suffit à Florence, elle exposa son plan :

— Je sais comment nous allons procéder. Guillemette va vous procurer des vêtements de paysan, ceux du père Mijoule feront l'affaire.

— Eh ! S'il en reste ! Je n'allais garder toutes ses vieilles nippes qui encombraient les armoires.

— Cherche bien, Guillemette et apporte de quoi vêtir et chausser ton protégé. Et vous, demain au petit jour, vous quitterez la ferme et descendrez, à travers bois, jusqu'à Génolhac où vous prendrez le train le plus discrètement possible ; vous irez jusqu'à Montpellier. Là, vous vous rendrez à l'adresse que je vais vous indiquer. Vous demanderez à parler au Dr Lagarde et seulement à lui, à qui vous remettrez en mains propres la lettre que je vais vous donner.

L'homme lui sembla effarouché. Florence le comprit et se fendit d'un sourire en lui assurant :

— Vous pouvez lui faire entièrement confiance.

Florence écrivait pour la première fois à Frédéric et ce n'était pas uniquement pour lui parler d'amour. Il allait apprendre à connaître son intrépide infirmière.

Je vous confie cet homme, Frédéric. Une commotion, ou quelque chose dans ce genre, l'a rendu, un temps, amnésique. Vous arrangerez ça bien mieux que moi – c'est vous le docteur – pour que ce soit crédible. Nous savons tous deux qu'il y a eu trop de morts pour jeter la pierre à ce malheureux. Je vous ai écouté, cher Frédéric, et me repose actuellement aux Fournels où j'attends de vos nouvelles en vous renouvelant toute ma tendresse et la hâte que j'ai de vous revoir.

Le lendemain, comme convenu, l'homme partit vers son destin et les deux femmes tentèrent de reprendre le cours d'une vie interrompue bien des années plus tôt. Tout en se livrant aux activités quotidiennes qu'étaient l'entretien des vaches à l'étable encore pour quelques mois, et la transformation de leur lait en beurre et en fromages, elles s'observaient à la dérobée et chacune se persuadant que l'autre avait bien changé.

« Les années écoulées ont compté double pour Guillemette, se désolait Florence. Combien te temps encore pourra-t-elle veiller sur les Fournels ? »

Loin de se douter qu'elle faisait l'objet d'un examen sans concession de la part de la jeune fille, Guillemette en faisait de même à son sujet et ses conclusions ne manquaient pas de perspicacité.

« Elle croit donner le change, ma vaillante, mais pas à moi ! Pas à la vieille Guille ! Elle peut se retrancher derrière un paravent de pondération, c'est pas à moi qu'elle dissimulera son impatience, son besoin d'aller de l'avant. »

Guillemette Thomas s'était contentée des bonheurs qui lui étaient donnés, qu'elle n'avait pas imaginés, celui que leur donnaient les enfants de Louis, le temps des grandes vacances, celui aussi d'accueillir le fils et puis le père, le temps d'une convalescence. La joie au cœur, elle les avait maternés, se réjouissant de les voir, jour après jour, reprendre force et puis elle les avait vus partir sans regret, parce que c'était la vie.

Aujourd'hui, c'était Florence, sa préférée, qu'il lui était permis de choyer ; Florence, celle qui la première lui avait donné spontanément son amour et la seule idée qu'au bout de quelques semaines elle partirait la navrait plus que de raison.

« Tu vieillis, ma pauvre Guille ! » se morigéna-t-elle.

Elle s'efforça, sans se faire trop d'illusion, à une attitude plus nuancée, à plus de détachement.

Peine perdue, en effet, car il était difficile d'échapper à la sagacité de Florence. Ainsi, non contente de s'emberlificoter dans un avenir qu'elle ne parvenait pas à définir avec netteté et qui devait prendre en compte son espoir d'amoureuse, la voilà qui devait inclure dans ses projets la vieille dame au cœur d'or.

Elle n'en avait pas fini de cogiter, de peser le pour et le contre, de se projeter dans le futur alors que son passé récent la tenaillait encore. « Personne ne sort indemne de la guerre » soliloquait-elle le soir dans son lit, fermant les yeux sur des images qui hantaient ses nuits d'insomnie.

Deux courriers arrivèrent à point nommé pour la distraire de la confusion dans laquelle elle pataugeait et peut-être pour l'aiguiller. La première lui venait de Montpellier, elle s'isola pour la savourer, ce qui éclaira en partie la lanterne de Guillemette.

« Je me disais aussi, il n'y a que l'amour pour rendre aussi *destimborlé*[1]. Il n'a pas intérêt à la faire souffrir, ce beau merle, sinon il aura affaire à moi ! »

La mine de Florence la rassura : la petite n'avait pas l'air de souffrir, elle était même tout émoustillée et fit partager une partie de sa lettre à Guillemette :

— Avec toi, ton protégé pourra ajouter un certain Dr Lagarde dans ses prières et ses actions de grâce. Il jouit maintenant de certificats médicaux qui le dédouanent d'une quelconque désertion.

— Et toi donc ? Tu lui as sauvé la mise avec tes idées lumineuses. Un bon vieux bougre que ce Dr Lagarde, c'est là-bas que tu l'as connu ?

— Qu'est-ce qui te fait penser qu'il est vieux ?

1. *Occitan : étrange, troublé, détraqué.*

s'insurgea Florence, tombant à pieds joints dans le panneau.

— Moi, ce que j'en dis… marmonna la fille de ferme en dissimulant un sourire entendu.

— En tout état de cause, il est de mon avis quant aux risques inconsidérés que tu as pris, Guillemette ! poursuivit Florence, ignorant les murmures ronchons de son interlocutrice. Tu n'ouvriras plus jamais la maison aux étrangers, entends-tu ? C'est trop dangereux, pense donc, une femme seule… et plus très jeune…

Elle enfonçait le clou à plaisir, il y allait de la sécurité de Guillemette, préférant s'attarder sur ce passage de la lettre, évoquant à mots cachés le précieux service rendu au déserteur. Le reste, tout le reste, elle le gardait pour elle comme un cadeau inestimable. Et ils avaient été si rares, les mots de Frédéric, à l'évidence plus à l'aise pour les coucher sur le papier qu'à les exprimer de vive voix.

Seulement quarante jours que je ne vous ai vue et déjà la séparation me pèse. Quel insupportable carême ! Vous vous reposez ? J'en suis heureux, vous avez tant donné de vous-même ! J'ai sans cesse votre image à mon esprit, un ange de douceur penché sur un soldat et le réconfortant. Gardez-moi une place dans votre cœur, Florence ; le mien vous est acquis.

— C'est tout ce qu'il dit, ce docteur ? la taquina Guillemette.

— La pluie, le beau temps, la vie retrouvée… Tu te fais bien curieuse en vieillissant.

— Et ton autre lettre ? biaisa Guillemette.

Le visage de Florence s'empourpra, elle l'avait oubliée à lire et relire celle de Frédéric.

— Des nouvelles du Prieuré. Tout le monde t'envoie le bonjour. Tiens, je vais te la lire ! proposa-t-elle en décachetant discrètement l'enveloppe.

— Écoute ça, Guillemette : Jeannot et Katia vont se marier à Pâques et tu es invitée ! Il paraît que le père Bolsky fait patte de velours depuis qu'il a une petite-fille. Ah ! le fiancé de Tonia a été rendu à ses foyers.

Un feuillet échappa des mains de la jeune fille. Il était noirci d'une autre écriture que Florence n'eut aucun mal à reconnaître.

Ma chère cousine je comprendrais que ma demande te paraisse osée, mais il y va de la santé de Pierre, mon promis. On nous l'a rendu mal en point, les séquelles de sa blessure au poumon en sont la cause. Il s'essouffle vite, se fatigue au moindre effort, ça le mine de ne pouvoir reprendre le travail. Je lui ai dit que j'avais la solution, celle de se refaire une santé aux Fournels. Ça te gênerait, dis, qu'il vienne te rejoindre ? Et Guillemette, est-ce qu'elle pourrait lui préparer une chambre ? Les parents de Pierre paieront la pension, pourvu qu'elle ne soit pas trop élevée, ils n'ont pas de gros moyens. Dis-lui que, si elle accepte, je lui accorde ma reconnaissance éternelle.

— Tu entends ça, Guillemette ? Antonia souhaiterait que son promis vienne passer quelque temps à la montagne…

— J'ai bien peur que ça soit pas possible.

La fille de ferme avait pris un air buté pour répondre à Florence qui mordit *illico* à l'hameçon.

— Et pourquoi ça ? s'offusqua-t-elle. Tu refuserais à ce pauvre garçon, alors que tu as caché…

— Justement ! Tu as la mémoire courte ! Il n'y a pas une minute que tu m'interdisais, sur les conseils de ton fameux docteur, d'accueillir un étranger aux Fournels. Moi, je fais qu'obéir à la demoiselle. Après tout, tu es la fille des patrons.

— Vieille bête, va ! Je vais t'aider à préparer sa chambre et j'irai poster la bonne nouvelle à Tonia.

— N'oublie pas de répondre aussi à ce docteur... comment dis-tu, Lagarde ? ironisa Guillemette. Il te prendrait pour une malpolie.

Florence affronta le regard de la vieille femme. Il était plein d'une affectueuse malice, elle lui sourit à son tour. Pour autant, elle ne se livra pas à la confidence.

L'arrivée de Pierre redonna vigueur à l'une comme à l'autre ; Guillemette souriait à la renaissance des Fournels, Florence retrouvait des attentions d'infirmière envers ce futur cousin qui se confondait en remerciements. Cependant, un différend ne tarda pas à l'opposer à la fille de ferme, que Florence eut à régler avec diplomatie.

Il ne s'était pas passé une dizaine de jours que déjà Pierre reprenait goût à la vie, et sa vie à lui, c'était la cuisine, les casseroles, les poêles. Autant dire un domaine exclusivement réservé à Guillemette. Alors, avec son franc-parler, elle l'avait apostrophé vertement :

— Si ma cuisine laisse à désirer, monsieur Pierre, il faut le dire sans détour.

— Loin de moi cette pensée, madame Thomas ! se récria le cuisinier dont le visage avait rougi sous l'attaque.

— C'est quoi, alors ? Je vous vois tourner autour de moi quand je cuisine et ça m'agace.

— N'y voyez pas critique, plutôt une sorte de déformation professionnelle, vous êtes trop généreuse, c'est tout.

— Généreuse, moi ? Et en quoi, s'il vous plaît ?

— En tout ! Trop de beurre pour assaisonner, trop de lard dans la soupe, trop de sucre dans vos desserts. Trop de tout !

Au début de l'affrontement, Florence s'amusait à les voir débattre, mais le visage courroucé de Guillemette qui, les poings sur les hanches, comptait bien répliquer au malotru l'alerta : il fallait calmer le jeu sans tarder.

— Cuisine cévenole contre cuisine lozérienne, moi je demande à voir... et à goûter ! Voilà ce que je vous propose : chacun son tour en cuisine. Est-ce que cela vous va ? demanda-t-elle aux belligérants.

Le visage de Pierre se fendit d'un sourire béat, le jeune homme avait une telle hâte de retourner aux fourneaux. Guillemette se contenta de hausser les épaules, ce qui ne l'empêcha pas de grommeler, une fois seule dans l'étable :

— Ces gens de la ville, ils voudraient en apprendre aux vieilles carnes comme moi !

Et, ma foi, on assista à une escalade muette dans l'élaboration des menus, qu'ils soient du lundi ou du mardi. Qui aurait à s'en plaindre ? Pas Florence, en tout cas, en laquelle germait une idée qui prenait forme jour après jour et dont elle ne tarda pas à poser les premières bases.

— Demain, vous n'avez pas besoin de moi ? Je

m'éclipse pour la journée ! Ne vous battez pas, vous deux.

Guillemette se garda bien de l'interroger. La petite avait des étoiles dans les yeux, c'était bon signe. Tout juste lui recommanda-t-elle :

— Ne rentre pas trop tard, je ferai une bonne *coupetade*[1] pour le souper.

Elle accompagna sa phrase d'une œillade appuyée sur Pierre qui ouvrait des yeux à ce mets jusque-là inconnu.

Florence partit donc au lever du jour et s'en revint à la nuit tombée ; elle attendit la fin du repas – qui fut apprécié à sa juste valeur – pour demander innocemment :

— Tu me logerais toute l'année, Guillemette ?

— Qu'est-ce que tu me chantes ? Une jeune fille comme toi a autre chose à faire que de jouer à la dame de compagnie avec une vieille bique comme moi.

— Dame de compagnie ? Tu t'embourgeoises, Guillemette ! Plus sérieusement, j'ai une place à l'hôpital général de Mende, il me faut un logement.

— Diable ! Ça en fait des lieues jusqu'à Mende ! Tu as pas trouvé plus loin ?

— Tu plaisantes ? Dix-neuf kilomètres exactement. Une petite promenade de santé à bicyclette.

— Et la neige, qu'est-ce que tu en fais ?

— Dis-le tout de suite si tu ne me veux pas ?

Cette joute orale avait permis de reléguer l'émotion, elles n'y coupèrent cependant pas, tombant

1. *Sorte de crêpe très épaisse à base de pain rassis ramolli dans du lait, d'œufs battus et de cèpes secs.*

dans les bras l'une de l'autre. Une ombre au tableau entachait la joie de Florence.

— Je vais encore faire de la peine à papa et maman. Je suis une bien mauvaise fille. Demain, je descends à Alais, il me faut leur permission. Si tu as une lettre pour Tonia, Pierre...

— Oui, oui, cousine. Je vais l'écrire et te la donnerai demain.

Sur le seuil de la ferme, Guillemette accompagnait Florence d'un regard plein de gratitude. La veille, elle avait longuement discuté avec la jeune fille à qui elle avait exprimé ses craintes.

— Tes parents vont me vouer aux flammes de l'enfer s'ils pensent que j'ai influé sur ta décision. Je les entends d'ici me chanter pouilles.

— Pardi que tu es en cause ! Je n'allais pas te laisser vieillir seule aux Fournels, ma pauvre Guillemette.

— Alors tu te sacrifies pour...

— Je suis bien trop égoïste pour me sacrifier, sois rassurée. J'aime cette maison, j'aime ces montagnes. Jeune, j'aimais ce souffle de liberté qui balaye ce causse. Aujourd'hui, c'est un sentiment de paix qu'il m'inspire. Une paix chèrement acquise, tu peux me croire.

— C'est pas dit qu'un certain docteur pense comme toi, fit remarquer Guillemette avec subtilité.

Florence était restée un long moment rêveuse avant de lâcher :

— Qui sait ?

Qu'avaient à dire Lucile et Louis ? Leur fille était resplendissante de santé et jubilait à la nouvelle vie qui s'ouvrait devant elle… s'ils lui donnaient leur accord.

Bien sûr qu'ils le donnèrent, se résignant à voir leur fille s'éloigner. Ils se feraient une raison, c'est du moins ce qu'ils se disaient en se remplissant les yeux de la belle jeune fille au teint rosé, venue demander leur bénédiction pour ce nouvel emploi.

— Tu es certaine de te plaire, tant à Mende qu'aux Fournels ? Les hivers y sont rudes, tu sais.

— Rien n'est irréversible, papa. Pour le moment, c'est l'endroit qu'il me faut. Du moins, je n'en imagine pas d'autres.

— Tu viendras nous voir, dis, Florence ?

La voix de Lucile s'était faite prière.

— Mes jours de congé seront pour vous s'il reste encore une petite place au moulin, et puis vous viendrez nous voir aux Fournels. Ma petite nièce viendra respirer le bon air de Lozère. Et toi aussi, ma Camille ! ajouta-t-elle en captant le regard embué de sa jeune sœur, encore secouée par la perte de sa cousine si proche d'elle par l'âge et par le cœur.

— Je t'avais jugé fin observateur, mon chéri, et là tu t'es fourvoyé, fit Lucile à Louis quand ils furent seuls. Tu ne vas pas me faire croire que notre fille s'entiche de ces montagnes par amour, tout de même.

Louis douta de lui.

— J'en aurais pourtant mis sans crainte ma main au feu, avoua-t-il, dubitatif.

Si, à son retour de Lyon, Florence avait fait peu cas de la petite Lilou, redoutant d'être l'involontaire vecteur de toutes les pathologies qu'elle avait rencontrées, son attitude avait changé du tout au tout. Libérée de ses doutes, confiante quant à la robustesse de son corps qu'elle devinait sain, elle ne cessait de papillonner autour de ce berceau, guettant le réveil du poupon pour s'en saisir et le câliner.

Ce qui amena Katherine et Jean-Louis à lui renouveler une date importante, celle du samedi de Pâques.

— Tu n'as pas intérêt à nous poser un lapin pour notre mariage, nous avons décidé de baptiser Marie-Louise en même temps et t'avons choisie pour marraine.

— Comptez sur moi, les amoureux. C'est un honneur que vous me faites. Je peux savoir le nom de mon compère ?

Jeannot sourit, tout illuminé de l'intérieur.

— C'est papa. Qui d'autre mériterait plus que lui d'endosser ce rôle ? Vraiment, je n'en connais pas.

Épilogue

Ce fut comme une renaissance de retrouver l'atmosphère feutrée de l'office des infirmières où, confidentialité oblige, on s'efforçait au chuchotement. Et plus encore de s'attarder dans les chambres où s'établissait une complicité avec les malades qui cherchaient dans son regard le réconfort, première étape de la guérison.

Florence n'avait eu aucune peine à s'intégrer dans l'équipe soignante de l'hôpital de Mende ; il ne lui fallut pas longtemps pour prendre ses marques et se faire apprécier de ses collègues de travail comme des médecins de cet honorable établissement.

Le soir, une fois rentrée aux Fournels, elle y trouvait une oreille attentive qui ne demandait pas mieux que de s'entendre narrer la journée de la jeune infirmière. Bien qu'une estime réciproque se soit instaurée entre Guillemette et Pierre, le départ de ce dernier, frais et ragaillardi, lui avait tiré un soupir de satisfaction égoïste :

« Enfin seule avec ma petite Florence ! »

Guillemette n'était cependant pas l'unique confidente de la jeune fille et l'échange épistolaire que Florence entretenait avec Frédéric Lagarde leur donnait l'occasion de longues tirades sur un métier dont les deux jeunes gens avaient fait la passion de leur vie et qui était à l'origine de leur rencontre.

C'était bien la première fois que le facteur montait chaque semaine, ou presque, aux Fournels et il ne manquait pas d'en faire la remarque à Guillemette.

— Votre demoiselle, elle reçoit un courrier de ministre ! confia-t-il un jour à la fille de ferme.

— Ça t'étonne ? Moi pas ! C'est une beauté, ma Florence, se rengorgea Guillemette.

Après avoir rendu compte de ses premières impressions sur sa fonction à l'hôpital de Mende, Florence s'était épanchée sur le choix qu'elle avait fait et qui pouvait paraître déconcertant aux gens de la ville.

Il m'en a coûté de décevoir mes parents qui auraient bien voulu que je reste encore un peu dans le giron familial. Et voilà, en fille ingrate, j'ai jeté mon dévolu sur la ville de Mende et sur cette ferme des Fournels dont je vous ai parlé. On y respire, là-haut, comme un parfum d'éternité et ce n'est pas pour me déplaire. J'aimerais tant vous faire partager mon attachement à ces lieux, cher Frédéric.

En réponse, et pour la première fois, le docteur évoqua lui aussi sa famille :

Je craignais la réaction de père à l'annonce de ma décision irrévocable de me détourner de la chirurgie. En représailles, savez-vous, mon aimée, ce qu'il a imaginé ? Je vous le donne en mille : il m'a offert une voiture ! Et voilà votre docteur préféré au volant d'une De Dion-Bouton d'un joli vert bouteille. Sacré papa ! Encore un que la guerre a bien changé !

Mᵉ Lagarde, en effet, avait mis de l'eau dans son vin. Quatre longues années de guerre, tenant ses deux fils éloignés, en danger, avaient raboté ses ambitions. Si l'aîné lui était revenu inchangé et tout disposé à reprendre sa place au sein du cabinet d'avocats paternel, le second portait dans son regard les stigmates de souffrances qu'il avait de la peine à évacuer.

Envolés donc les rêves de Mᵉ Lagarde. Adieu clinique pour le futur chirurgien ! Adieu aussi Abigaïl Domazian ! Mais cela n'était pas nouveau, la belle évaporée avait convolé, au mépris de la guerre – et de l'esprit patriotique ! – avec un riche industriel allemand. Aléa qui n'avait pas tiré un seul soupir à Frédéric, totalement ignorant des arrangements des deux pères.

Alors papa Lagarde avait dit oui à tout. Oui à ces études interrompues que le fiston reprenait avec engouement, oui à cette curieuse idée d'être pneumologue.

— La tuberculose, une maladie d'un autre siècle, Frédéric !

— Éradiquée, croyez-vous ? Puissiez-vous dire vrai, père ! Il n'y a pas que celle-là, hélas !

Il aurait voulu parler des soldats gazés, mourant dans d'atroces souffrances. À quoi bon ? Ces souvenirs-là lui appartenaient en propre qu'il ne pouvait partager qu'avec...

— Pneumologue, père, et j'y arriverai !

Partie de Montpellier en tout début d'après-midi, il avait bien fallu cinq bonnes heures à la De Dion-Bouton pour rallier Mende. Frédéric Lagarde désespérait d'en voir enfin le panneau, tant il avait hâte de faire la surprise à sa belle infirmière.

Une semaine de vacances lui accordant un peu de répit dans ses études qu'il menait à marche forcée l'avait décidé à faire le voyage ; il voulait revoir Florence ailleurs que dans le milieu où il l'avait connue. N'était-ce pas l'idéal de la retrouver dans celui qu'elle s'était choisi ? Du lundi au mercredi, il avait travaillé à sa thèse comme un forcené et, en ce jeudi qui confirmait l'installation définitive du printemps, il roulait sur les routes tortueuses et mal entretenues, évitant autant que faire se pouvait les nids-de-poule et les brebis égarées.

La ville le séduisit avec ses vieilles maisons aux toitures en carène, l'alignement de ses immeubles cossus autour de la basilique-cathédrale Notre-Dame et Saint-Privat, jusqu'à ce que, lassé de tourner en rond dans cette ville escargot, il se décidât à demander sa route.

— L'hôpital, s'il vous plaît ?

— Vous allez prendre à droite l'allée Piencourt, direction Badaroux, Le Bleymard… lui fut-il répondu fort civilement.

Il ne pouvait pas le manquer ! Trapu, ventru, bâti pour durer des siècles – et il entamait son troisième –, le rectangle de pierre élevé de trois étages offrait son porche d'entrée à l'allée ombragée tandis que son parc, à l'arrière, descendait en pente douce jusqu'à la rivière Lot.

Florence non plus ne pouvait manquer d'être attirée par cette voiture dans une ville qui, mises à part les ambulances motorisées, était encore vouée aux transports hippomobiles.

Quand, de plus, ladite voiture était « d'un joli vert bouteille », le doute n'était pas permis. Elle appuya sa bicyclette contre un arbre de l'allée et s'avança d'un pas pressé vers le véhicule d'où s'extirpait un jeune homme élégant dans un costume de flanelle grise, cravaté de soie et chapeauté d'un feutre.

— Docteur Lagarde, vous ? Si je m'attendais !

— N'est-ce pas le principe d'unc surprise, mademoiselle Florence ? Ainsi c'est ce vénérable établissement qui sert d'écrin à la perle des infirmières que vous êtes ?

— Et à des dizaines d'autres ! s'exclama-t-elle en éclatant de rire. Racontez-moi quel est l'heureux hasard qui vous conduit en ces lieux.

Frédéric Lagarde restait muet. Différente, si différente ! Et cependant la même, telle lui apparaissait la jeune infirmière qui avait su faire battre son cœur. Loin des jours sans soleil, sans espoir, sans repos, loin des nuits de découragement, de doute et de déchirure où elle avait incarné obstinément la compassion, l'espoir, la vie, Florence n'avait rien perdu de cette aura d'idéal féminin, avec en plus l'éclatante perfection de ses dix-neuf printemps.

— Le hasard se provoque, bredouilla-t-il, intimidé.

Puis il se ressaisit :

— Ne restons pas là. Venez, je vous offre une limonade. Nous nous installerons en terrasse, il fait si beau.

Des pudeurs de petite fille la prenaient soudain.

— Au café ? Non, je n'oserais jamais...

— Voulez-vous que nous marchions alors ?

— Je dois rentrer aux Fournels, Guillemette s'inquiéterait.

— Je vous ramène.

— Mon vélo ?

Les roues du vélo dépassaient largement du coffre de la voiture, les deux tourtereaux ne s'en tourmentaient pas. Par petites touches, la tendre intimité révélée au soir du 11 novembre de l'année écoulée s'installait à nouveau pour leur plus grand bonheur.

Déconcertante Florence qui répugnait à s'afficher à la terrasse d'un café et menait Frédéric jusqu'à Guillemette ! Et lui offrait l'hospitalité quand il s'inquiétait où loger.

— Je me suis accordé quelques jours de répit avant mon grand oral. Savez-vous si dans le village que nous avons traversé se trouve un hôtel ? Sinon je retournerai à Mende.

— Pourquoi ne pas rester ici ? Nous ne manquons pas de chambres inoccupées.

Froncements de sourcils de Guillemette. Que dirait le maître ? Bah, après tout, si la petite était heureuse… Et elle l'était ! Ça crevait les yeux !

Elle s'empressa de préparer la plus grande pour le Dr Lagarde pendant qu'il découvrait les pentes abruptes du mont Lozère, mettant ses pas dans ceux du plus charmant des mentors.

— Comment disiez-vous, chère Florence, dans vos lettres à propos de ces paysages ? Intemporels ?

— Ne faites pas attention, Frédéric. Je suis sottement romantique parfois et un peu trop idéaliste. La réalité est bien plus belle, le ciel immense, le regard qui porte à l'infini, l'air si doux, si pur qui balaye de bien tristes images...

— Vous parvenez à oublier ?

Elle eut un mélancolique sourire en lui retournant sa question :

— Et vous ?

Il lui répondit par le même truchement.

— Ni vous ni moi n'oublierons, poursuivit Florence. Devoir de mémoire, diraient certains. Pour ma part, je pense que tout ce qu'il nous a été donné de vivre rend plus forts, plus solides...

— Et plus affirmés dans nos sentiments ! conclut-il en l'attirant contre lui et la regardant longuement avant de s'emparer de ses lèvres offertes.

— Je vous aime, Florence, et je veux vous épouser.

— Je vous aime, Frédéric, et je veux être votre femme.

Ils avaient oublié le temps et rentraient à la ferme tendrement enlacés où Guillemette les apostropha sans façon :

— Vous avez vu l'heure ? C'est qu'elle travaille demain, la petite ; elle doit partir tôt...

— Votre protégée n'aura pas à pédaler, chère madame, je la mènerai en voiture, rassura Frédéric.

— Et pour le retour ? s'entêta la fille de ferme, ignorante des intentions du jeune carabin.

— J'en ferai de même et passerai la soirée en votre compagnie, si vous êtes d'accord, poursuivit-il en quêtant une approbation, qu'il savait acquise, dans les yeux de Florence.

Ce Frédéric commençait à lui échauffer les oreilles. Elle prit un air pincé de reine outragée.

— Sauf que la petite et moi, on descend ce soir au moulin pour marier M. Jean-Louis ! explosa-t-elle.

— Bon sang, Guillemette, j'allais l'oublier, et aussi ma filleule. Honte à moi !

Soudain inspirée, elle se tourna vers son amoureux.

— Et si nous descendions ensemble, Frédéric ? Vous feriez connaissance de toute la famille et serez adopté d'emblée, n'ayez crainte.

— Je n'en doute pas, ma chérie, mais n'est-ce pas un peu… cavalier que de m'imposer…

Son regard émoustillé démentait les réticences qu'il avançait. Bien qu'il ne fût question, de toute la soirée, que du mariage de Jean-Louis et du baptême de Marie-Louise, les amoureux savouraient en secret le grand pas vers l'avenir qu'ils feraient en ce jour et tous deux se sentaient allégés des lourds fardeaux de souvenirs qui les encombraient encore.

Tout en préparant les provisions qu'elle descendrait au moulin, Guillemette ne cessait de grommeler.

« Ils m'auront tout fait. Tout ! Hier c'était dans un train, demain dans une voiture qu'ils m'obligent à monter ! Ah, cette jeunesse ! »

Si chacun s'étonna, au moulin du Prieuré, de l'invité surprise amené par Florence, tous s'accordaient à penser que la jeune fille était l'incarnation vivante du bonheur.

Et Louis jubilait !

— Qui c'est qui avait raison ? taquinait-il sa femme.

Et si Florence s'ingénia à s'effacer devant Katherine, reine de la journée et icône radieuse de la maternité, elle ne fut pas moins prise en flagrant délit de pouponnage par un Frédéric qui la découvrait sous un autre jour.

— Je ne saurais dire dans quel rôle vous vous surpassez, mon aimée. Dans tous vous excellez et celui de marraine vous sied divinement... qui n'est que le prélude à celui de maman.

Pour le mariage de l'héritier du Prieuré qui convolait enfin avec la fille de l'alambic, on avait fait table rase des différends familiaux de tous poils.

Si les relations avec le mas de la Sarrasine, renouées par obligation autour du petit cercueil blanc de Clémentine, n'avaient pas retrouvé la chaude affection familiale rompue stupidement, du moins les familles Thérond et Loubaresse se retrouvaient-elles, sans heurt, dans les bons et les mauvais moments.

Un qui avait fait amende honorable était assurément Stéphan Bolsky. Rabotées ses ingérences dans la vie de sa fille ! Humbles ses prétentions quand il mendiait la joie de recevoir le jeune couple !

— Tu veux bien venir, Jeannot, à Saint-Maurice ? Ma femme nous fera un bortsch et aussi des pirojkis. Les meilleurs du monde.

Clément et sa famille au complet, futurs gendres

y compris, Stéphan Bolsky et son épouse, ils n'étaient pas moins de vingt-trois, avec les bébés y compris, à festoyer sur la terrasse du moulin. C'est ainsi que Louis l'aimait, son Prieuré, chaleureux et tourné vers l'avenir.

Ému aux larmes, il avait voulu faire un discours.

— J'ai quitté, en son temps, la Cévenne du seigle pour celle de la vigne. Là était ma providence puisque tout m'y a été donné : ma femme, mes enfants, tous ceux que j'aime. En ce jour, je lève mon verre à mon fils Jean-Louis et à ma nouvelle fille, Katherine. Puisse leur avenir, ici dans ce moulin, leur réserver le meilleur que l'on peut attendre de la vie.

Il affermit sa voix qui trahissait sa trop forte émotion et, se tournant vers Florence et Frédéric, il poursuivit :

— Je lève aussi mon verre aux destins à construire. Nés dans la déraison des hommes, qu'ils s'accomplissent dans le discernement qui donne à toute chose la saveur de la félicité.

Il fallait conclure, les mots ne sortaient plus de son gosier enroué, sa dernière phrase ne fut plus que murmure :

— À celle sans qui nous ne serions pas là. À Lucile, ma muse.

La caresse d'un délicat zéphyr faisait onduler en vagues frissonnantes l'herbe jeune du pré qui surplombait le chemin. Sous le regard vigilant d'une vieille femme, deux bambins faisaient des galipettes. Fesses par-dessus tête, avec la grâce de l'enfance et l'impudeur de l'innocence, ils roulaient en riant, remontaient sans perdre une minute et reprenaient leurs facéties tels les mignons de cour qui amusaient les rois.

Celle qui leur servait de duègne interrompit leur jeu. Elle avait mis sa main en visière au-dessus de ses yeux et suivait l'avancée des deux silhouettes familières qui gravissaient le chemin rocailleux.

— Magali ! Vincent ! Regardez qui s'en vient !

— Où ça ? Où ça, Guille ? demanda Vincent qui avait soufflé ses quatre bougies à l'an nouveau, en même temps que sa maman en soufflait vingt-huit.

Magali, de deux ans son aînée, pointa son index vers le chemin en s'écriant :

— Papé Louis ! C'est papé Louis avec mémé Lucile ! Courons, Vincent ! Allons à leur rencontre.

Sans pitié pour le gamin qui criait « Attends-moi » ni pour la vieille Guillemette qui trottinait derrière eux, Magali s'élança vers les visiteurs en s'exclamant :

— Mémé ! Papé ! Je parie que vous venez voir le bébé.

— Non seulement le bébé, mais aussi nos grands chéris que vous êtes, toi et ton frère, affirma Louis en faisant tournoyer la fillette qui égrenait un petit rire de gorge.

Huit ans après leur mariage qui avait été célébré au mois de juin 1920, Florence et Frédéric accueillaient en leur foyer leur troisième enfant, une petite fille qu'ils avaient décidé de prénommer Pauline, à la grande joie de son grand-père paternel, le maître incontesté du barreau héraultais, Paul Lagarde. Comme il avait opéré sur Frédéric, le charme de Florence avait agi tel un philtre sur le couple montpelliérain. Séduits par leur belle-fille, M. et Mme Lagarde n'avaient émis aucune objection à l'établissement de leur fils en la bonne ville de Mende où la plaque de cuivre du Dr Frédéric Lagarde, pneumologue diplômé de la faculté de médecine de Montpellier, reflétait les rayons du soleil.

Séduits certes par leur charmante bru et totalement subjugués par leurs petits-enfants, d'autant que François, leur fils aîné, se complaisait dans un célibat qui, les années défilant, leur paraissait irréversible, il n'était pas rare de voir leur imposante Delage aux vitres fumées gravir les pentes du Lozère, ce que confirma Magali, interrompant la conversation de ses grands-parents avec Guillemette.

— Grand-papa et grand-maman sont venus eux aussi, ils voulaient voir Pauline, commenta la pipelette.

— Et ils sont partis très vite, grand-papa allait plaider ! intervint le petit Vincent d'un air important.

— Eh bien, conduisez-nous à cette petite merveille !

La maison qu'avaient fait construire Frédéric et Florence pour y installer leur foyer avait exigé que l'on se séparât des vaches qui faisaient l'occupation de Guillemette, mais l'âge et les nouvelles dispositions de ses patrons avaient eu raison de ses dernières réticences.

La bâtisse n'avait rien de prétentieux, tout était fonctionnel. Une grande salle à manger, une cuisine et un petit logement pour Guillemette occupaient le rez-de-chaussée. Quatre chambres composaient l'étage et un grenier surplombant le tout ne demandait qu'à être aménagé si la famille devait se trouver, un jour, trop à l'étroit.

Florence se réjouissait chaque jour de cette solution pratique, elle résidait à deux enjambées de son lieu de travail, la maison de convalescence des Fournels où elle était l'infirmière en chef.

On peut dire qu'au terme d'une décennie depuis son retour de la guerre Florence avait réalisé nombre de ses rêves seulement ébauchés. Le plus enclin à les concrétiser ayant été sans conteste son mari, littéralement emballé par son projet.

— Penses-tu, ma chérie, que tes parents seraient décidés à nous vendre les Fournels ?

— C'est, en fait, plus compliqué que ça. La ferme et les terres qui restent appartiennent pour moitié à mon père et pour moitié à mes cousines et cousin.

— Ce n'est pas simple, en effet. Pourquoi partir vaincu ? On pourrait en parler et, au pire, faire une proposition de location, avec bien sûr l'autorisation d'engager des travaux.

Une réunion de famille au Prieuré regroupant les intéressés déboucha sur un séduisant compromis. Les filles de Clément étaient d'accord pour vendre leur part, leur oncle pour les leur acheter pourvu qu'elles soient raisonnables dans leurs prétentions.

— Parts à quatre, mes nièces, n'oubliez pas

votre frère ! exigea Louis quand les trois sœurs se projetaient dans un partage léonin.

— Mathieu ? s'insurgea Martha. Il n'a pas quinze ans !

— Devrait-il pour cela être débouté d'un bien venu de votre mère, de sa mère ? Je m'engage à placer son dû et le faire fructifier.

Force fut aux trois péronnelles d'obtempérer. Le reste était un jeu d'enfant.

— Votre mère et moi avons décidé, comme on dit, « d'arranger nos affaires ». Le Prieuré, et c'est justice, reviendra à Jean-Louis, les Fournels à Florence et nous n'avons pas oublié Camille ni Mathieu. N'ayant pas d'autres biens immobiliers à leur céder, nous achetons annuellement, à leur intention, des titres de capitalisation à la Séquanaise.

Les deux derniers cités tendirent une oreille curieuse. Le Prieuré, les Fournels, tout ça – et leurs parents le savaient – passait au-dessus de leur tête, Camille résolument tentée par la carrière d'enseignante à l'instar de Katherine et Mathieu, cheminot de la première heure, ne rêvant que de trains qui lui feraient sillonner la France.

— C'est quoi, ça, tonton, la Séquanaise ?

— Une poire pour la soif, pour certains, lui répondit Louis. Pour nous, c'est l'assurance que nos chers enfants seront servis équitablement.

— À condition, fit remarquer Camille, que toi et maman, vous ne vous priviez pas pour nous !

— Qui te parle de sacrifice, jeune fille ? Nous agissons en parents soucieux de l'avenir de leurs enfants. Tous leurs enfants.

Puis s'adressant à son gendre :

— Vous voilà donc potentiellement propriétaire des Fournels, je crains cependant qu'il vous faille investir beaucoup d'argent, Frédéric, pour transformer cette ferme en un centre de soins.

— Mon père nous ouvre largement sa bourse, trop heureux d'établir son fils et sa belle-fille. Néanmoins, nous n'allons pas y puiser inconsciemment et nous nous contenterons de cinq chambres doubles dans un premier temps.

C'est alors que Jean-Louis intervint.

Deux années auparavant, au cours du mois qui avait suivi son mariage avec Katherine, le temps de l'accalmie ayant sonné pour le moulin et celui de la curiosité le titillant enfin, il avait demandé à ses parents, avançant sur ce sujet avec mille précautions :

— Vous m'aviez parlé, papa et maman, de lettres dont j'aurais à prendre connaissance. N'y voyez pas malice de ma part à vous parler de ça, c'est que je suis père à mon tour et dépositaire de notre histoire de famille.

— C'est ton droit, mon fils, et seules les circonstances ont différé la remise de ce qui te revient.

Jean-Louis ne s'attendait certes pas à ce que les documents le concernant fussent accompagnés d'un si joli pactole, encore qu'il le jugeât, au bout du compte, embarrassant. En effet, pas question d'investir dans le moulin l'argent légué par Charles de Villeméjeanne, ce serait faire grande offense à Louis. Il resta quelque temps dans l'expectative, conforté par Katia de ne rien précipiter pour l'instant.

— Un jour viendra, mon Jeannot, où, loin de te chiffonner comme c'est le cas aujourd'hui, l'héritage de ton grand-père ne sera plus une gêne pour toi, mais une belle et grande satisfaction.

— La voix de la raison dans la plus attirante des bouches, ma Katiouchka.

Et le jour vint, en effet.

Avec l'entière approbation de Katherine, Jean-Louis avança sa proposition :

— Cet argent est à toi, ma sœur, à vous aussi, beau-frère. Faites tous les travaux nécessaires pour transformer les Fournels à votre convenance.

D'un même élan, Florence et Frédéric se récrièrent devant son geste généreux :

— Tu ne peux pas te déposséder, Jeannot !

— Vraiment, Jean-Louis, votre geste altruiste me touche, nous ne pouvons cependant pas accepter...

— Ne protestez, vous deux, c'est un don qui me permet d'avancer dans ma vie personnelle, en somme un don intéressé. De plus, j'ai une exigence, celle que votre établissement porte le nom de Charles de Villeméjeanne. Maison de convalescence Charles de Villeméjeanne, ça sonne pas mal, non ?

L'âme en paix, Jean-Louis avait rayé d'un trait la génération exécrée et rendu son honneur à la précédente.

Table des matières

I Importune rencontre 9
II La révolte des gueux 27
III Le prophète des platanes 47
IV Une brouille passagère 67
V La Guille 89
VI Turbulences 111
VII La fin d'un monde 129
VIII Les heures sombres 151
IX Frissons d'hiver 171
X Subtile Florence 195
XI Des ferments de doute 215
XII Le grand chambardement 237
XIII Delphine du Roure 259
XIV Convalescence 285
XV Le voile déchiré 307
XVI L'heure de Florence 329
XVII La chanson de Craonne 351
XVIII Une lumière dans la nuit 373
XIX Quand le destin s'en mêle 397
XX Les certitudes du Dr Lagarde 419
XXI Le choix de Florence 441
Épilogue 463

Achevé d'imprimer par Rodesa
en avril 2015
pour le compte de France Loisirs, Paris

Numéro d'éditeur : 80830
Dépôt légal : avril 2015

Imprimé en Espagne

Composition et mise en pages
Nord Compo à Villeneuve-d'Ascq